UN PARFUM DE VIOLETTE

ELLE CATT

UN PARFUM DE VIOLETTE

Plumes du Web

82700 Montech
www.plumesduweb.com
978-2-38151-206-8

À tous ceux qui aiment en secret...

Son essentiel

J'entends ses pas dans le couloir. Souples, légers. Comme rythmés par les battements de mon cœur que je sens vibrer dans ma poitrine. La lueur faiblarde qui taquine mes rétines m'indique que la nuit touche à sa fin. Les paupières mi-closes, j'attends son arrivée comme une dose d'opium, impatiente.

La porte s'ouvre. J'arrête de respirer.

Il entre, nu. Divinement beau. Diablement sexy.

Je m'oblige à rester immobile pour l'observer en douce, à l'abri de mes cils. Ses muscles se contractent sous l'effort qu'il produit pour ne pas faire de bruit. C'est comme ça que je le préfère. Dans le plus simple appareil, les cheveux encore humides de la douche qu'il vient de prendre. À cet instant, il paraît presque vulnérable. Et en même temps, tellement puissant...

L'ambivalence de mes perceptions me trouble. Je suis complètement accro à cet homme.

Lorsqu'il fait le tour du lit, échappant à ma vue, je lutte contre l'envie de me retourner pour l'accueillir entre les draps. L'attente se fait insoutenable et me rend fébrile. Je l'écoute se glisser sous la couette et réprime un frémissement quand le sommier geint sous son poids. J'ai passé la nuit à l'attendre...

Son odeur m'enveloppe comme un linceul, alimentant mes sens déjà en alerte. Je me mords la lèvre, attentive à la chaleur familière qui accompagne sa venue.

Surtout, ne pas bouger…

Son bras droit se glisse lentement sous ma taille tandis que l'autre m'enserre les hanches. D'un geste incroyablement tendre, il m'attire contre lui et vient enfouir son visage dans mes cheveux. Je l'entends inspirer. Profondément, comme pour s'abreuver de mon odeur.

Je ne peux plus faire semblant de dormir quand il grogne dans mon cou et pose ses lèvres, juste là, sous mon oreille.

— Déjà ? demandé-je d'une voix éraillée par l'émotion qui assèche ma gorge.

Je peux presque sentir sur ma peau le sourire qui étire sa bouche avant qu'il ne grommelle :

— Hum… Elle était fatiguée.

Ses mots me font mal. Je pince les lèvres, rongée par la jalousie, et lâche d'une voix légèrement méprisante :

— Petite joueuse.

Il rit en réponse et aligne son corps le long du mien, calant mes fesses contre son entrejambe.

— Dors bien, Pupi, soupire-t-il.

Je murmure en ravalant la boule qui s'est formée dans ma gorge :

— Dors bien, Hugo.

Il paraît que la jalousie est la gangrène des sentiments. Moi, je l'accepte sans broncher. C'est le prix à payer pour être avec lui.

Longtemps, je reste là, à attendre que sa respiration ralentisse. Je pourrais l'écouter pendant des heures. Toute une vie, même. À cet instant, je me sens comme privilégiée. Parce qu'en définitive, toutes les autres ne comptent pas. Elles n'ont jamais été qu'un moyen pour lui de laisser libre cours à sa lubricité, une passade pour soigner les blessures qu'il garde profondément ancrées et qui le rongent depuis tellement d'années. Hugo a trouvé dans le sexe un exutoire pour panser ses plaies. *Soit.* C'est une solution comme une autre, du moment qu'il me revient.

Je sais que je ne devrais pas me réjouir de cette relation qui n'a rien de normal. Pour beaucoup, elle serait avilissante et scandaleuse. Cependant, je ne peux m'empêcher de ressentir une satisfaction sordide lorsqu'il passe la porte de ma chambre, car c'est toujours auprès de moi qu'il vient dormir. *Après...*

Toujours auprès de moi qu'il trouve l'apaisement nécessaire à son repos. Je suis la seule qui puisse lui faire trouver le sommeil. La seule qui le comprenne. Je suis son refuge.

1

Je n'aime pas les roses

Violette

Avachie sur le plan de travail en marbre blanc, la tête posée sur mon bras replié, je fixe la nappe de café noir au fond de la verseuse. Chaque goutte qui tombe forme une belle auréole, parfaitement identique à la précédente. C'est captivant de les voir naître au son de l'eau qui coule.

Presque hypnotique.

Plop... Plop...

Cette mélodie résonne avec la régularité d'une marche funèbre. Moi, je la trouve poétique. Comme une douce berceuse qui m'empêche de trop penser. Je me concentre sur la musique jusqu'à ce que le bruit désagréable de la machine qui se vide vienne brusquement perturber la quiétude de ma méditation matinale. Un soupir s'échappe de ma bouche lorsque je me redresse, juste au moment où quelqu'un m'enserre la taille pour enfouir son visage dans ma nuque.

Hugo...

Je ne m'attendais pas à le voir levé si tôt. Son odeur caractéristique d'une masculinité affirmée m'envahit comme une bouffée d'air. J'aimerais me pincer le nez pour ne plus la sentir. Mais à l'inverse, j'inspire profondément pour emplir mes narines de ce fumet délicieusement interdit à la suavité orientale mêlée de fraîcheur nocturne. Mon absence de volonté me dépite. Un jour, c'est sûr, elle finira par me perdre !

Je sens les doigts du jeune homme s'enfoncer dans mes cheveux pour attraper le crayon qui les maintenait en chignon. D'un geste, il libère mes mèches brunes, les faisant retomber en cascade sur mes épaules.

— Je préfère quand tu les détaches, murmure-t-il, la voix encore voilée par les brumes du sommeil.

Je me retourne et lui arrache le stylo des mains pour le remettre grossièrement à sa place. Derrière moi, la cafetière grogne son impatience, donnant à la scène un côté étrangement comique.

— Et moi, je préfère les garder ainsi. Que cela te plaise ou non !

Hugo ricane, avant de prendre mon visage entre ses mains pour plaquer ses lèvres sur mon front. Depuis toujours, il a cette façon étrange de me saluer. Un baiser chaste... entre les deux yeux.

— Ciao, Pupi ! Tu t'es encore levée du mauvais pied ? J'espère que ce n'est pas moi qui te mets de mauvaise humeur ?

Je focalise mon attention sur un point entre ses sourcils, plutôt que son corps à moitié nu, dont le bas est recouvert d'un simple jogging gris griffé d'un petit crocodile vert. *Argh... ça ne devrait pas être autorisé d'être si sexy !* Peu importe sa tenue, du costume trois-pièces au pyjama informe, Hugo est un véritable fantasme ambulant. À croire qu'il n'y a aucune justice en ce bas monde !

— Non ! réponds-je un peu trop rudement en m'écartant de lui.

J'aurais voulu hurler que « si », mais je préfère changer de sujet. C'est beaucoup trop dangereux de rester si près de cet homme. Je m'empare du petit bout de papier que j'ai fixé sur la porte du frigo américain à l'aide d'un magnet souvenir de mes dernières vacances à la mer. J'en parcours rapidement le contenu en diagonale, et lis à voix haute, en exagérant volontairement mon phrasé :

— Ton amie... hum, Rose... est partie. Et elle a laissé ça pour toi.

Avec une grimace atterrée, je lui tends le carré jaune sur lequel sa dernière conquête a inscrit son numéro de téléphone. La fille a même poussé le vice en collant des petits cœurs multicolores sur son message.

Sérieusement ?!

— Tant de mièvrerie sur une si petite surface… C'est d'un pathétisme ! ajouté-je en soupirant. Depuis quand tu couches avec des romantiques, dis-moi ?

Si je pensais l'agacer, je me suis fourré le doigt dans l'œil. Hugo attrape le mot sans même le regarder, avant de le balancer négligemment dans la poubelle, comme tous les autres. J'ai une pensée pour la pauvre fille qui espérait vainement qu'il s'intéresserait à autre chose qu'à son corps. Encore une victime envoyée aux oubliettes en même temps qu'elle passe la porte de l'appartement.

Mon Dieu, ce qu'il peut m'énerver quand il agit de la sorte !

— T'es vraiment un connard, tu sais ça ? lâché-je en secouant la tête, dépitée par ce comportement outrageux.

Il sourit et croise ses bras sur sa poitrine avec nonchalance.

— Eh ! Fais gaffe, Pupi, tu vas finir par devenir vulgaire. Je sais que je suis un con, mais quand même ! À ma décharge, je n'ai absolument rien promis à cette fille. Elle savait très bien qu'en venant ici, elle n'aurait rien de plus qu'une nuit. C'était le deal de départ, et elle l'a accepté. Avec un certain engouement, je dois dire.

— Vantard !

— Ouais ! N'empêche qu'elle savait parfaitement comment ça allait se terminer : elle passe la porte, elle quitte ma vie. Point ! À présent, c'est à elle d'assumer les conséquences de son choix.

Ces histoires de contrat moral pour quelques heures de plaisir, ça me dépasse. Je lève les yeux au ciel et entreprends de ranger la vaisselle, pour m'occuper les mains et freiner mon emportement.

— Et les sentiments, on en parle ? Si ça se trouve, cette pauvre fille va se morfondre pendant des heures devant son téléphone en attendant que tu daignes l'appeler.

C'est au tour d'Hugo de ricaner. Il s'installe avec nonchalance sur un tabouret, faisant grincer le cuir sous son poids, avant de se servir un café.

— Oh non, je ne crois pas. D'ici quelques jours, elle m'aura oublié dans les draps d'un autre. Et puis, de toute façon, tu me connais, je n'aime pas les roses. Je leur préfère de loin la délicatesse des violettes, ajoute mon colocataire d'un air théâtral, un sourire malicieux se dessinant sur sa bouche, posée sur sa tasse fumante.

— Non, mais, t'es sérieux ?

Je lui balance le torchon qui traîne à côté de moi, sans parvenir à retenir le sourire qui vient se plaquer bêtement sur mes lèvres. C'est complètement dingue, mais je n'ai jamais réussi à lui en vouloir plus de quelques minutes. Un mot de lui et j'oublie toute ma rancœur ! Je dois bien l'avouer, Hugo est le pire goujat que je connaisse, et pourtant, je l'aime comme il est. C'est comme ça, je n'y peux rien. Particulièrement quand il utilise la carte de l'humour, comme il vient de le faire.

Mon prénom a toujours été une source de raillerie entre nous. Il me vient de l'amour de ma mère pour cette petite fleur mauve au cœur jaune qui s'épanouit dans son jardin. J'aurais vraiment préféré qu'elle s'en dispense. Alors que mes amies se prénommaient Clara ou Emma, moi, j'affichais ce prénom sorti d'un autre temps. Je le trouve très joli, ce n'est pas la question. Mais il n'a pas toujours été facile à porter, notamment quand les gamins de mon école le faisaient rimer avec des mots qui étaient, eux, beaucoup moins poétiques. Violette, quéquet... Bref !

Hugo, lui, l'adore. Il m'a toujours certifié qu'il m'allait parfaitement, et il ne manque pas une occasion de me rappeler que je dois m'estimer heureuse que ma mère ne se soit pas passionnée pour autre chose. Les chaussures, par exemple. D'après lui, j'aurais très bien pu me voir affublée d'un prénom plus loufoque comme « Louboutine ». *N'importe quoi !*

— Tu viens avec moi au shooting, ce matin ? demande mon ami en remplissant à nouveau nos tasses de substance noire.

Ai-je besoin de préciser qu'Hugo Castelli est le modèle en vogue d'une célèbre agence de mannequins parisienne ? Le jeune homme est tombé dans le milieu à l'adolescence, lorsqu'une chasseuse de têtes l'a remarqué au cours d'un match de football au Parc des Princes. Une situation pour le moins rocambolesque aux yeux d'un gamin de seize ans. Et pourtant, la dame s'est montrée tellement convaincante que le mois suivant, il participait au concours Elite Model Look avec des dizaines d'autres jeunes. Concours qu'il a remporté, le bougre !

Avec le recul, je me dis que ce n'était guère étonnant. À cet âge, Hugo avait déjà un corps d'athlète et une « gueule », comme on dit dans le milieu. Et comme si cela ne suffisait pas, la nature l'a doté de cette attitude qui constitue la signature des vrais top models. C'est le genre de personne qui fait l'amour à l'appareil, séduit le photographe et parvient à capturer votre attention à travers l'objectif. J'ai toujours admiré cette façon qu'il avait de faire passer les émotions dans ses postures. Un simple regard, une moue aguicheuse, et il vous entraîne dans une histoire d'amour impudique dont on ne peut ressortir indemne. Quand il travaille, Hugo est torride. Chaud comme la braise. Et bien évidemment, chacun aspire à se consumer dans ses bras.

Je sirote mon café, les yeux plissés, en continuant d'analyser mon ami avec la précision d'un scientifique. Hugo est un prédateur.

Car il n'est pas qu'un physique de rêve. Non. Il a aussi la tchatche d'un bateleur. Le genre de mec qui pourrait convaincre un chauve de prendre un abonnement dans un salon de coiffure, si l'envie lui en prenait. Et ce don lui promet une belle carrière. C'est indéniable.

J'avais prévenu. La vie est ingrate et Hugo Castelli est le mec le plus énervant de l'Univers...

2

Comme ma petite sœur

Violette

Derrière chaque tableau idyllique se cache un univers qui ne l'est pas toujours. C'est triste à dire, mais sexe, drogue et scandales font, comme on le sait, partie du monde de la mode. Un monde surfait empli de paillettes et d'artifices. Ce n'est plus ni un secret ni un tabou. La poudre qui circule dans les coulisses n'est pas de la poussière de fées, et la « promotion canapé » loin d'être une fiction. Mon ami n'échappe pas à ces travers. Même s'il se limite à fumer de la marijuana de temps en temps et à boire quelques verres en soirée, il est capable de monnayer sa personne pour obtenir les faveurs d'un créateur. Et bien évidemment, le contrat qui va avec.

Mais comme il se plaît à le dire, après tout, son corps n'est qu'un outil de travail !

— Bien sûr que je viens avec toi ! Il faudrait être dingue pour refuser l'opportunité de rencontrer la grande Kelly Clarks. Je rêve de la voir en plein travail…

Personnellement, j'ai choisi l'autre côté du décor. Pour m'épanouir, je suis devenue celle qui œuvre derrière l'appareil. Sauf que dans mon objectif, point de podium ou de plastique parfaite, mais de la cuisine… C'est dans la photographie culinaire que j'ai choisi de faire ma place, et cela fait maintenant trois ans que je me forme pour magnifier les assiettes et compositions des plus grands chefs en France et en Europe.

J'adore ce que je fais. Vraiment. Avec ma formation, j'ai la chance de voyager, de goûter à des plats qui font frétiller les papilles, de faire des rencontres passionnantes avec des gens passionnés, et accessoirement, de pouvoir payer une petite fortune pour ce magnifique duplex que je partage avec Hugo dans le Marais. Bien sûr, c'est lui qui finance la plus grosse partie du loyer. Mais après tout, il est l'héritier d'une famille fortunée, et puis il passe beaucoup plus de temps que moi sous la douche. Au-delà de ça, sans les extras que je facture en free-lance à mes clients, jamais je ne pourrais m'offrir cette vue incroyable sur les toits de la capitale.

J'aime déjà le métier auquel je me destine. Pour autant, j'ai toujours voué un culte sans limites à la photographie de mode. Capter l'essence même d'un être vivant sur papier glacé a quelque chose de fascinant, même si mon professeur se plaît à dire que sublimer une dinde farcie est plus compliqué que mettre en valeur un canon de beauté. Alors, bien évidemment, il faudrait que je sois folle pour refuser d'accompagner Hugo sur le plateau de tournage de la prochaine campagne Armani ! Ce sera non seulement une fabuleuse occasion de rencontrer une artiste dont j'admire le travail, mais aussi de profiter un peu plus de celui qui occupe toutes mes pensées, même si je ne l'avouerais pour rien au monde.

Mon masochisme frôle parfois la débilité. D'autant plus qu'entre Hugo et moi, il n'y aura jamais rien de plus qu'une profonde amitié. Une relation purement fraternelle. Nous nous connaissons depuis notre plus jeune âge, ayant grandi ensemble dans notre maison familiale de Saint-Germain-des-Prés. Et contrairement à moi, depuis toujours, l'objet de mes fantasmes me considère comme une petite sœur plutôt que comme une femme. C'est d'ailleurs pour cette raison qu'il m'a donné le même surnom que son doudou : Pupi, une petite peluche marionnette multicolore qu'il garde précieusement dans son tiroir de commode, comme un gosse. Un gosse de vingt-huit ans doté d'un physique de mâle Alpha à damner les saints...

Finalement, j'ai l'impression que pour lui, je ne serai jamais que cela. Un fantoche. Une poupée qu'on serre contre soi quand on a besoin de réconfort, mais qu'on balance négligemment dans un coin de sa chambre au profit de la dernière Barbie à la mode...

C'est tragique de rêver continuellement à quelque chose qui nous restera inaccessible, quoi que l'on fasse. Et c'est surtout parfaitement ridicule. Cependant, jusqu'à présent, je me suis toujours contentée de chérir chaque moment passé avec Hugo comme un cadeau, en me convainquant de la chance inouïe de partager le quotidien de cet homme qui fait tourner les têtes... Parce que contrairement à toutes ces beautés qui défilent dans son lit avant de disparaître aussi vite que des éphémères, moi, je partage son univers.

Hugo le clame haut et fort : il croque la vie à pleines dents comme une pomme bien juteuse, préférant prendre tout ce qu'il peut tant que son charme ravageur opère. Hors de question pour lui de s'emprisonner dans une relation houleuse, qu'une routine assassine finira forcément par déliter. Sa perception de l'amour est parfaitement claire. Catégorique et radicale. Pour lui, il ne surpassera jamais l'intensité d'une brève histoire de sexe.

Hugo cherche des expériences fortes de rapprochement des corps. Il veut une fête. Une célébration du plaisir au sens littéral du terme, jusqu'à l'oubli de soi. Mais après ? Après avoir brûlé ses sens jusqu'à en perdre raison et conscience... il n'y a plus rien.

Oui, pour Hugo, l'amour n'est qu'un filet dans lequel on s'emmêle jusqu'à se détester soi-même. Alors, il s'abandonne dans la luxure.

Et croyez-moi, dans cette course à la concupiscence, le bellâtre est le maître. Évidemment, il va sans dire qu'il ne manque pas de candidates. De candidats non plus, d'ailleurs – nombre d'hommes ont cherché à se glisser dans son lit, en fin de soirée. Quelques-uns y sont même parvenus, venant allonger la liste des victimes du charme ravageur de celui que l'on surnomme Casanova. Bref.

La conclusion, c'est que mon ami assume pleinement son mode de vie, n'en déplaise aux prudes et aux bienséants.

— Dis plutôt que c'est une nouvelle occasion de te rincer l'œil...

L'intéressé me sort brusquement de ma rêverie et se place devant moi, avec ce sourire aux lèvres qui me fait frissonner de la tête aux pieds. Qu'est-ce que je disais ? Son regard sans équivoque prouve qu'il est parfaitement conscient de l'effet qu'il produit sur les autres. Cependant, je ne suis pas n'importe qui. Pendant toutes ces années, j'ai appris à jouer la comédie à la perfection. Preuve en est lorsque je m'appuie nonchalamment contre le placard en bois laqué, en croisant mes bras sur ma poitrine. J'ignore les battements accélérés de mon cœur. Le mensonge, il n'y a que ça de vrai ! Et je suis devenue maîtresse en la matière.

— Je te rappelle que tu dors régulièrement à poil dans mon lit, Hugo. Il n'y a rien dans ce que je vais voir que je ne connais déjà. Alors, pas d'inquiétude, je ne vais pas me pâmer devant un morceau de chair. Même s'il t'appartient.

Ma remarque le fait rire, et ce son m'apparaît comme un rayon de soleil perçant à travers les nuages... Bon sang, je suis vraiment irrécupérable quand il s'agit de lui.

— Ouais, tu as raison. Parfois, j'ai tendance à oublier que tu es comme ma petite sœur et que je ne te fais aucun effet.

Oh, bon sang ! S'il savait... Je me mords la lèvre, mais le jeune homme s'avance déjà et place ses mains sur le plateau en marbre, de chaque côté de ma taille, m'écrasant de son aura maléfique. Sans demander la permission, il replace une mèche rebelle derrière mon oreille avec une douceur qui me fait frémir.

— Allez, sœurette, il est temps de te préparer si tu veux que je t'emmène avec moi.

Mon Dieu, a-t-il la moindre idée du mal qu'il me fait en disant cela ? Est-il conscient que son affection toute fraternelle est pour moi un véritable fardeau ? Une torture ?

J'en doute. Depuis dix-huit ans que l'on se côtoie, je n'ai pas montré le moindre signe de mes sentiments envers lui. Bien sûr, il sait que je l'aime profondément, c'est indéniable. Mais jamais, ô grand jamais, je ne lui ai laissé penser que ce que j'éprouvais pour lui était autre chose que l'amour platonique d'une amie.

Oui. Dans cette relation étrange qui me lie à Hugo Castelli, pour le coup, c'est moi la reine de l'hypocrisie.

3

Toi, mon chou !

Violette

L'appartement dans lequel nous pénétrons est un magnifique exemple d'architecture haussmannienne. Plafonds hauts aux moulures caractéristiques, parquets de grande qualité et cheminées de style Louis XV... Le combo idéal pour figurer dans un magazine de décoration. Sauf qu'à l'intérieur, ça grouille comme dans une fourmilière. Il y a autant d'agitation que dans les couloirs du métro à l'heure de pointe.

— Viens, dit Hugo en prenant ma main.

Indifférent au brouhaha, il m'entraîne à travers les pièces dont l'organisation reprend le schéma classique de la grande époque. D'abord, une réception qui s'ouvre sur un salon double, suivie d'une salle à manger à la taille imposante. Là, un studio photo a été aménagé pour accueillir le shooting. *Mon Dieu, c'est déjà l'effervescence, là-dedans !*

— Mazette ! Ils ont dû payer une petite fortune pour louer ce logement, marmonné-je dans le dos d'Hugo.

— Oui. La journée doit coûter plus cher que ce que tes extras te rapportent à l'année.

— Ah ! Hugo. Te voilà enfin !

La femme qui se faufile jusqu'à nous est un mélange étrange d'élégance et d'excentricité. Grande, blonde, les cheveux tirés en un chignon raffiné, elle affiche un maquillage outrancier qui fait ressortir ses grands yeux bleus. Son tailleur rouge vif à la coupe simpliste et agrémenté d'accessoires rutilants allonge sa silhouette déjà fine. À ses pieds, des chaussures aux semelles pailletées ajoutent une touche extravagante à l'ensemble. Jessica Wurtz, la directrice de campagne de l'agence de communication, est ce qu'on appelle un personnage. Peu avenante, elle a cette fâcheuse tendance à mépriser tout le monde.

Sans retenue, elle saisit mon ami par les épaules et embrasse le vide de chaque côté de son visage, à la manière des stars. Sans doute une façon de préserver l'épaisse couche de rouge qui recouvre ses lèvres.

Puis elle recule légèrement pour observer Hugo d'un œil critique.

— Toi, mon chou, tu n'as pas assez dormi ! dit-elle en levant son index sous son nez.

À défaut de plaider coupable, l'accusé hausse les épaules.

— Fais attention. Ça fatigue de trop baiser, mon garçon... Si tu ne dors pas, tu vas te choper des rides avant l'âge, et c'en sera terminé de ta carrière. Tu as presque trente ans, je te rappelle.

Cette remarque déplacée me fait tousser. Par réflexe, je plaque ma main sur ma bouche pour étouffer le bruit. Trop tard. La femme se penche déjà sur le côté pour voir d'où provient ce coassement de grenouille déplacé.

— C'est quoi, ça ? demande-t-elle en me toisant d'un air hautain, les sourcils relevés en accents circonflexes.

Ça ? Carrément !

— Oh, ce n'est rien. C'est Violette qui m'accompagne, s'empresse de répondre Hugo.

De mieux en mieux. J'apprécie moyennement le « rien », qui ne semble toutefois pas assez convaincant pour Jessica Wurtz.

— Hugo, tu sais très bien que je ne veux pas que tu emmènes des filles au boulot. Je m'en fiche de savoir qui tu baises, mais ne mélange pas tout, s'il te plaît. « No zob in job ! », c'est la règle numéro un.

Je suis choquée d'entendre de tels propos dans la bouche d'une femme aussi distinguée. Comme quoi, la vulgarité n'est pas incompatible avec l'élégance. Au-delà de ça, je sens dans ses paroles une légère pointe de jalousie tandis qu'elle m'examine de haut en bas.

— Ce n'est pas « une fille ». C'est Violette, insiste Hugo.

Décidément. J'adore...

— Eh bien, Violette ou pas, on a déjà perdu trop de temps. Alors, tu la poses dans un coin et tu lui demandes de ne pas te déranger pendant le shooting ! Je ne veux pas la voir traîner dans tes pattes, c'est compris ?

Dans un monde idéal, Hugo aurait crié : « On ne laisse pas Pupi dans un coin ! » Mais dans la réalité, il se tait. Pour mon plus grand désarroi.

Sans un regard de plus, la mégère tourne les talons et nous laisse comme deux ronds de flan.

— C'est décidé. Je hais cette femme, murmuré-je au bout de quelques secondes, avant de donner une tape sur la poitrine de mon ami. Et toi, je te déteste aussi !

Il écarte les bras en signe d'impuissance.

— Quoi ? Qu'est-ce que j'ai fait ?

— *Ce n'est pas une fille !* répété-je en l'imitant. Nan, mais, carrément ! Et je suis quoi, alors ? Un meuble ? Une plante verte ?

— Arrête, ce n'est pas ce que je voulais dire, Pupi.

Sa bouche qui s'étire sur un petit sourire en coin ferait fondre n'importe quel glacier. Mais je résiste et croise les bras sur ma poitrine pour marquer mon mécontentement.

— Ah ouais ? Et tu voulais dire quoi, exactement ?

Il s'approche et m'attrape par la taille pour m'obliger à lui faire face.

— Je voulais dire que tu n'es pas comme les autres. Toi, tu es mon amie. La seule femme de ma vie.

Oh, bon sang ! Pourquoi mon cœur fait-il un bond dans ma poitrine à chaque fois qu'il me dit ce genre de choses ? Déception et joie se mélangent pour former un étrange cocktail.

— C'est ça ! Tu veux certainement dire la seule personne qui soit capable de vivre avec un débauché comme toi !

Il éclate de rire.

— C'est pour ça que tu m'aimes, avoue...

Cette fois, ma respiration se bloque. Je secoue la tête et coupe court à cette conversation avant qu'elle ne devienne vraiment embarrassante. Mon petit cœur n'y survivrait pas.

— Tu ferais mieux de te préparer au lieu de dire des âneries. Sinon, tu vas mettre la harpie en rogne.

Il jette un rapide coup d'œil à sa montre, puis emmêle mes doigts aux siens.

— OK. Mais avant, viens avec moi. J'ai quelqu'un à te présenter.

Il m'entraîne dans une pièce attenante, dans laquelle tout un attirail a été installé.

— Kelly ?

Je n'ai même pas le temps de réagir que déjà, il rejoint la femme occupée à brancher des câbles sur un ordinateur.

— *Oh, my God !* Hugo Castelli ! Mon cher ami, l'accueille-t-elle avec un accent américain prononcé. Quel plaisir quand j'ai appris que tu faisais partie du casting !

— Plaisir partagé, Kelly. C'est toujours un honneur de poser pour toi.

Je reste un peu à l'écart lorsqu'ils s'embrassent comme le feraient de vieux amis.

— Kelly, ajoute Hugo en m'invitant à les rejoindre. Je te présente ma meilleure amie, Violette Le Bon. En deux mots.

Je lève les yeux au ciel, mais le sourire avenant de la femme m'incite à approcher.

— Madame Clarks, c'est un honneur de vous rencontrer, dis-je d'une voix timide en lui tendant la main.

— Violette étudie la photographie, je lui avais promis de faire les présentations...

L'artiste m'observe pendant quelques instants par-dessus ses lunettes rondes. J'ai l'impression qu'elle cherche à m'analyser.

— Tu me sembles bien vieille pour une étudiante. Mais bon, *it's cool* ! Tu vas pouvoir m'aider.

La surprise et son culot me font ouvrir la bouche.

— Jagger, mon second assistant, m'a plantée ce matin. Version officielle : le pauvre « chu » a la grippe.

Impossible de ne pas sourire en l'entendant écorcher le mot « chou ». Elle se tourne vers moi pour chuchoter derrière sa main :

— Les mauvaises langues disent qu'il a préféré rester au lit avec son nouveau biscuit. *Ungrateful*[1] ! Mais peu importe. J'ai besoin de quelqu'un pour m'aider avec la lumière. Tu crois que tu pourrais faire cela ?

Oh, mon Dieu, je crois rêver.

Hugo m'encourage à accepter, je décide de suivre son conseil.

— Bien, déclare-t-il en glissant ses mains dans ses poches, l'air satisfait. Alors je te la confie, Kelly. Maintenant, je file me préparer avant que le dragon ne me transforme en tas de cendres.

— Ah, ah ! Effectivement, il ne s'agirait pas de brûler ce joli minois. *Go* ! Je m'occupe de... Violette, *that's it*[2] ?

Hugo adresse un clin d'œil à Kelly avant de se pencher vers moi pour appliquer un baiser chaste sur ma tempe.

— Tu vois, Pupi. Je t'avais dit que ce serait amusant.

Sans plus attendre, il s'éloigne, me laissant seule avec la photographe.

— Nan, mais, regardez-moi ce cul ! s'extasie la quinquagénaire.

Je manque de m'étouffer quand, d'un clin d'œil entendu, elle désigne le postérieur de mon ami. J'acquiesce, oubliant qu'un feu brûlant est en train de colorer mes joues en cramoisi.

Hugo a raison. Cette matinée s'annonce plutôt sympathique.

---

[1] Ingrat !

[2] C'est ça ?

4

Il était moins une !

Violette

Sympathique... Et mon postérieur à moi, c'est du poulet ?

Cela fait plus d'une heure que je me trimballe sur la pointe des pieds avec un truc de cinq kilos porté à bout de bras... J'ai la lourde tâche d'illuminer ceux qui brillent déjà par leur beauté tapageuse, et j'ai des crampes dans les jambes. Sans compter que je vais bientôt finir avec une luxation de l'épaule.

— Violette, plus à droite, le réflecteur !

J'obéis, m'appliquant à déplacer le rond de toile argentée dans la direction indiquée. Une énième fois.

— Un peu plus. Encore... Voilà, c'est bien.

Je me morigène intérieurement d'être une poule mouillée. J'ai toujours eu du mal à dire « non ». Ou « stop ». Ou « va te faire foutre ! ». Parce que je suis une fille gentille et que je préfère rager intérieurement en hurlant des noms d'oiseaux.

— OK ! À vous de jouer, mes chéris, ordonne Kelly. Lâchez-vous ! Montrez-moi que vous avez compris l'essence de ce parfum.

Elle mitraille les mannequins agglutinés autour de l'immense sofa de cuir blanc installé au centre de la pièce. Hugo surplombe la scène tel un roi devant sa cour, tandis que les autres modèles rampent à ses pieds comme de pauvres manants. C'est l'image même que le parfumeur souhaite donner à sa dernière création :

Attractive Man. Bien sûr, c'est mon colocataire qui en est l'égérie. Ce rôle de tyran irrésistible lui sied à la perfection.

Il est tellement fascinant avec ses cheveux humides et sa peau lisse. De petites gouttes perlent, dévalent lentement son torse et sillonnent la vallée de ses abdominaux pour venir se perdre dans... *Merde !* Je me surprends à lécher ma lèvre avant de la mordre vigoureusement, réalisant qu'une nouvelle fois, Hugo fait valser tous mes principes.

Moi qui m'étais juré de ne pas baver !

– *Great !* Maintenant, rapprochez-vous. Je veux voir le désir dans vos regards. *That's it*... C'est ça ! *I want heat on bodies*[3].

Heat on bodies... Est-ce qu'on en parle de la bouffée de chaleur qui remonte jusqu'à mon crâne ? Indifférente à mon état, la photographe s'empare d'un pot d'huile dorée qu'elle applique avec soin sur les modèles à des endroits précis. Les yeux rivés sur la scène, je tente tant bien que mal de tenir la pose en me tortillant pour dompter le feu qui couve au creux de mon ventre. L'atmosphère s'alourdit tandis que les effluves épicés du parfum de luxe exacerbent nos sens en alerte. Les corps se frôlent, les mains se caressent...

Rapidement, la tension se fait lascive, insolente. Elle devient hypnotique. Et même si je me sens comme une intruse dans ce tableau libertin, je ne parviens pas à détourner le regard de ces gens qui s'offrent librement à nos fantasmes.

Cette campagne va mettre le monde en ébullition...

– Violette, *please*. Peux-tu repositionner le drap correctement sur Hugo ?

Je sursaute, soulagée d'avoir quelque chose d'autre à faire. Bon sang ! Hugo, mon Hugo, est à moitié à poil. Le tissu qui le recouvrait menace de découvrir son entrejambe. Bien évidemment, il est impossible pour lui de le replacer, au risque de salir le cuir immaculé du sofa. Mais qui a eu l'idée saugrenue de mettre tout ce blanc dans la scène ?

---

[3] Je veux de la chaleur sur les corps.

Je vais devoir escalader tout le monde pour remettre le « truc » en place. Mais pourquoi moi ? Parce que Dimitri, le « premier » assistant de Kelly, est déjà occupé avec le projecteur. Et parce ce que j'ai accepté d'aider la photographe avec la volonté clairement affichée de me faire bien voir. *Ça m'apprendra à jouer les lèche-bottes, tiens !*

Sans lâcher mon accessoire, j'enjambe les modèles avec précaution pour m'approcher d'Hugo, indifférente aux ricanements amusés et autres râles de mécontentement. Lorsque je lève la tête vers mon coloc, il ancre ses yeux de jais dans les miens. Je crois deviner un léger sourire s'afficher sur ses lèvres à l'ourlet parfait. *Non, mais, je rêve !* Il est là, avachi sur le dossier du canapé, les bras écartés... comme un prince. Et il se fout allégrement de moi.

Le salaud ! Il sait que je suis dans tous mes états. De toute façon, c'est impossible pour moi de le cacher ! Je dois être rouge comme une tomate. Je saisis le coin du drap, serre les dents et le ramène précautionneusement sur son bas-ventre, en prenant soin de ne pas le tremper dans le liquide doré. Son air moqueur lui vaut un regard noir. Si je pouvais, je lui enfoncerais le chiffon au fond de la gorge !

Je me redresse, un peu trop rapidement. Deux secondes plus tard, je pousse un cri.

Quelle probabilité avais-je de glisser en me relevant ? Quatre-vingts, quatre-vingt-dix pour cent ? Je ne veux même pas le savoir. À cet instant, seule m'importe la perspective horrible de me vautrer comme une crêpe sur le sol. Ou plutôt sur les mannequins qui baignent à présent comme des sardines dans l'huile parfumée.

Mais alors que je vois la catastrophe arriver, deux bras puissants me saisissent par la taille pour me retenir.

Il était moins une !

Je laisse échapper le réflecteur qui roule sur le carrelage dans un bruit de casserole, brisant le silence embarrassant qui s'est installé. Le sang quitte mes joues lorsque je me retrouve plaquée contre le torse d'un parfait inconnu dont le parfum suave taquine mes narines. C'est dingue, les autres n'ont pas bougé d'un centimètre. J'aurais pu me fracasser la tête, ils seraient restés figés comme des statues.

Bande d'ingrats !

— Hey ! Attention. Vous allez vous blesser. Ce serait dommage d'abîmer ce joli visage.

Je me fige. La voix de celui qui se tient dans mon dos est juste à tomber à la renverse. Grave, avec un grain particulier, légèrement éraillé... *Mon Dieu.* C'est toutes mes terminaisons nerveuses qui se mettent en alerte quand je sens la chaleur de son corps tout contre moi.

Mais je suis vite refroidie lorsque mon regard croise celui d'Hugo, qui semble hurler « c'est qui celui-là ? ». Brusquement, je réalise que je suis collée à un type que je ne connais pas, et que rester plus de cinq secondes dans cette position est indécent. Je m'écarte pour faire volte-face, les joues cramoisies. L'homme qui se retrouve face à moi est grand, athlétique, et il me fixe avec un large sourire.

Génial ! Il y en a au moins un qui s'amuse, ici !

— Ça va aller ? demande-t-il d'une voix aimable, indifférent à mon air idiot.

Je hoche la tête, mais déjà le type se penche pour ramasser le réflecteur qu'il me tend. Je m'empresse de le placer devant ma poitrine. *Comme si ce truc pouvait me protéger de je ne sais quoi, d'ailleurs !*

— Merci, m'obligé-je à murmurer pour ne pas paraître impolie.

— De rien. C'était un plaisir.

Oh, vraiment ?

Kelly frappe dans ses mains, interrompant brusquement notre échange visuel.

— OK, *thank you so much, guys*[4]! On fait une pause.

La photographe s'avance, bras ouverts.

---

[4] Merci beaucoup, les gars !

— Cole ! *You just saved my shooting*[5] !

Est-ce que je me sens visée lorsqu'elle me jette un regard de biais ? *Oui.* Est-ce que j'ai honte ? *Terriblement !*

[5] Tu viens de sauver mon shooting.

5

Je t'envie, jeune fille !

Violette

J'ai résisté pendant longtemps à l'envie d'aller me planquer dans un trou de souris. Malheureusement, cet appartement de luxe semble interdit aux rongeurs. Alors, je me fais toute petite dans un coin, en évitant les regards empreints de pitié des gens.

Je déteste ça. Depuis que je suis gamine, j'ai l'impression de ne susciter que de la compassion chez les autres. La pauvre Violette qui a perdu son papa. La petite Violette qui a la santé trop fragile. L'invisible Violette qui vit dans l'ombre de son ami populaire...

Mais je n'ai pas envie qu'on me plaigne, moi ! Je veux qu'on me foute la paix !

— Tu vois, quelque part, je t'envie, jeune fille.

La surprise me fait sursauter. *Mince !* Je n'avais même pas vu que Kelly Clarks était dans la pièce, penchée sur les planches de photos. *Son ami est déjà parti ?*

— Vraiment ? Avouez, vous vous moquez de moi.

Je m'approche, chassant cette idée saugrenue de mon esprit. Franchement, je me demande bien ce que cette femme trouve à envier. Sans me regarder, elle se penche sur un nouveau cliché, l'œil collé à sa loupe.

— Pas du tout. Je t'envie parce que tes sujets à toi ne sont pas des êtres humains. Dimitri ! *Come here*[6] !

L'assistant trottine jusqu'à nous avec empressement. C'est une vraie caricature des personnages que l'on peut retrouver dans un shooting. Grand et longiligne, engoncé dans un costume impeccable, pantalon-blazer-bretelles. Avec une coupe de cheveux improbable, raie sur le côté, plaqués à la gomina. Je sais, c'est moche d'entrer dans les stéréotypes, mais tout de même, celui-ci est particulièrement représentatif de la faune « fashionable » parisienne.

— La trois, la quatre-vingt-douze et la soixante-quinze. Comme d'habitude, *it's better*[7], en début de séance. On devrait arrêter de flasher après la centième prise. *So !* On garde celle-ci pour les bandeaux. Ces deux-là pour les paysages. Et celles-ci pour le Web. *Are you OK*[8] ?

— La trois, la quatre-vingt-douze et la soixante-quinze, récite le jeune homme, la bouche pincée, en griffonnant sur son calepin. Trente-huit pour les bandeaux, cinquante-sept et soixante et onze pour les paysages. Deux et neuf pour le Net.

— Tu n'es pas obligé de répéter tout ce que je dis non plus. *Go !* Va donner ça au dragon. Je veux qu'elle valide avant de jeter tous ces trucs.

La photographe balaye négligemment les autres clichés, tandis que le pauvre Dimitri trotte jusqu'à la directrice de campagne en serrant des fesses.

Oui, il trottine beaucoup, ce jeune homme… On dirait un cheval.

— Si elle savait que tout le monde l'appelle comme ça, cette garce, ricane Kelly avant de se tourner vers moi, affichant un air étonné comme si elle redécouvrait soudain ma présence.

Moi, j'attends toujours ses explications.

---

[6] Viens par là !
[7] C'est mieux.
[8] Est-ce que c'est bon ?

— Vous avez dit que vous m'enviiez parce que je ne photographiais pas des êtres humains, lui rappelé-je avec tact.

Son sourire se transforme en grimace.

— Si tu veux éviter les emmerdes, ma jolie, fuis ce monde !

Elle s'empare d'un petit carré glacé qu'elle agite sous mon nez.

— Pour faire ce métier, il faut être « straight[9] ». Mais, *fuck* ! L'art n'est pas *straight* ! Travailler en tenant compte des décideurs, c'est la mort du job ! *It's dead !* Pfff... Foutu !

J'avoue avoir du mal à comprendre où elle veut en venir et pourquoi elle s'emporte, les mains qui s'agitent dans tous les sens.

— Tu vois cette photo ? reprend-elle en secouant un cliché sous mes yeux. *Gorgeous, isn't it[10]?*

J'acquiesce. Effectivement, elle est très réussie, et artistiquement percutante. On y voit une jeune femme à l'allure androgyne qui brûle un billet de banque au-dessus d'une énorme bouteille de parfum de luxe écrasant une reprographie des *Demoiselles d'Avignon*. C'est décalé, avant-gardiste, et très engagé.

— Je jure de m'arracher les yeux si ce truc entre dans une galerie un jour.

— Ah bon, et pourquoi ?

Elle balance la photo sur la table avec amertume.

— *Darling*, tu ne vois pas où est le problème ? Aujourd'hui, il faut rentrer dans des cases. Des grandes cases, puis des petites cases. Des cases, des cases, et encore des cases ! Toutes ces cases tuent la créativité !

J'avoue que je n'avais jamais envisagé cela sous cet angle. Le métier de photographe peut parfois être très... cadré.

— Tout est rigide. On a des cahiers des charges, des contraintes... Et de la paperasse, des tonnes de paperasses qui nous enferment dans un carcan de *shit* !

Elle reprend la photo pour me la coller sous le nez.

---

9 Carré.

10 Magnifique, n'est-ce pas ?

— Tu vois ça ? C'est trop... *touchy*, qu'ils disent ! Les capitalistes veulent faire du fric avec notre talent. Ils veulent nous contrôler. C'est la mort de l'art !

Le message que Jessica Wurtz a voulu faire passer dans sa mise en scène est clair. Certains diront que le travail d'un artiste n'engage que son auteur. Certes. Mais là, c'est l'assurance de déclencher une polémique et de s'attirer les foudres des clients.

— J'ai déjà vécu un scandale par le passé, et *fuck !* Je n'ai pas envie de réitérer l'expérience. Cinq longues années..., s'exclame-t-elle. Ils m'ont fait payer cette erreur de débutant pendant cinq longues années.

Elle lève les bras au ciel.

— Tu sais qu'on m'a même traitée de folle ! Moi ! Savent-ils seulement que c'est la folie qui ouvre la voie de la créativité ? J'avais conçu un chef-d'œuvre, et ils n'ont pas été capables de le comprendre. Soit ! Je n'avais pas besoin d'eux... J'ai fait ma rebelle et j'ai publié la photo sur mon site. Mais ces rapaces ont le bras long. Tout le monde m'a tourné le dos. Au début, j'en avais rien à foutre de leur fric... Jusqu'à ce que je me retrouve à bouffer des boîtes de conserve dégueulasses et à quémander une chambre pour passer la nuit. *Shit !*

Elle s'emporte, le doigt tendu vers moi, comme si j'étais à l'origine des accusations. Avant de le rebaisser en réalisant que je n'y suis pour rien. Folle... C'est rien de le dire. Je ne comprends pas un traître mot de ce qu'elle me raconte.

— Je te le dis, jeune fille, reste avec tes légumes et tes cuisiniers. Eux, au moins, ils te laisseront t'exprimer librement. Pour l'heure, nous allons faire du « sobre et lisse », pour rentrer dans les cases et faire tout comme ils veulent. Cela m'évitera un nouvel ulcère.

— Alors ? Vous avez trouvé votre bonheur ?

La voix suave d'Hugo me couvre d'un voile de douceur. Et je ne suis pas la seule. C'est une tout autre Kelly qui se tourne vers lui, sourire aux lèvres et rose aux joues.

— Trésor, avec toi sur les prises de vue, je les choisirais toutes.

Nan, mais c'est une blague, ou elle vient de lui peloter les fesses ? La photographe semble complètement transformée par le charme de mon colocataire. Je lève les yeux au ciel, ce qui fait marrer Hugo.

Excédée, je reporte mon attention sur les nombreuses photos qui finiront bientôt à la poubelle.

— Je peux ? demandé-je timidement.

— *Yes !* Prends tout ce que tu veux. Et...

Kelly fouille dans son sac et en ressort un petit carton.

— Tiens. Je fais une soirée samedi prochain, dans ma maison à Boulogne. Viens avec qui tu souhaites. Je te présenterai quelques personnes.

Oh, mon Dieu ! Elle est sérieuse ? Je saisis la petite carte et la glisse précieusement dans ma poche en marmonnant un remerciement gêné.

— Je peux venir aussi ? demande alors Hugo sans aucun embarras.

Je le fusille du regard, mais il s'en moque et se plaît même à me caler son putain de sourire « ultrabrite » sous le nez.

— Évidemment, chéri. Ma porte t'est toujours ouverte, tu le sais bien.

La quinqua lui adresse un clin d'œil sans équivoque avant de s'éloigner en se déhanchant exagérément. Je profite du fait qu'elle tourne le dos pour donner un coup dans les côtes de mon ami qui la reluque sans vergogne.

— Quoi ?

— Décidément, tu ne changeras jamais !

Il sourit de plus belle.

— Mais c'est comme ça que tu m'aimes, avoue !

Je pouffe.

— T'es incorrigible !

— Et toi, jalouse ! Allez, magne ! Le taxi est en bas et le compteur tourne !

J'empoche les photos, puis lui emboîte le pas en fixant son dos avec insistance. J'aimerais tellement être dotée d'un pouvoir surnaturel qui me permettrait de le transformer en crapaud. *Ça lui ferait les pieds !*

— Tu as couché avec elle, avoue, finis-je par demander en lui courant après.

— Qui ça ? Kelly ?

— Qui d'autre, espèce d'idiot !

Hugo tourne la tête dans ma direction, avec ce sourire mutin et parfaitement clair qui confirme mes craintes.

Mon Dieu !

6

C'est quoi le programme ?

Violette

Est-ce que c'est abusé de coller les photos d'Hugo à l'intérieur de mon dressing comme une groupie ? *Oui, assurément.* Cependant, à ma décharge, il était hors de question pour moi de les jeter. Elles sont vraiment terribles. Surtout celle où je me tiens en équilibre au-dessus de lui, en train de cacher sa virilité aux yeux du monde.

Je me marre au souvenir de cet instant mémorable. Après avoir échangé quelque peu avec elle, je suis certaine que Kelly Clarks a fait exprès de la prendre, celle-ci. Cette femme est pleine d'humour et de malice. De folie, aussi. Un cocktail que j'adore.

Je m'attarde quelques secondes sur le beau visage mi-sérieux mi-amusé de mon ami. J'avais bien remarqué que me voir penchée au-dessus de lui le faisait marrer. Cependant, je n'avais pas vu son regard provocateur, qui semble me mettre au défi d'aller jusqu'au bout.

Hugo me connaît par cœur. Il sait que je ne suis pas du genre à prendre des initiatives. Et surtout, il connaît mon expérience limitée, voire quasi inexistante, avec les hommes.

Oui, parce qu'on ne va pas se mentir, me faire aspirer la langue par Tony en terminale, ça ne compte pas. Et je ne parle même pas du pelotage en règle de Charles dans le box de son poney pour mes vingt et un ans. J'ai encore en mémoire la morsure du froid sur mes seins, la sensation désagréable de la paille collée sur ma peau, et ses doigts rugueux qui s'aventuraient dans ma culotte comme s'il cherchait des clés dans sa poche.

Résultat, à presque vingt-six ans, je suis encore vierge. Un véritable exploit quand on sait que ça fornique à tout-va dans mon appartement. Mais j'ai des circonstances atténuantes. Tomber sur des guignols, ça n'encourage pas à faire le grand saut. Bien sûr, j'ai eu des petits copains, plusieurs même, mais je n'ai jamais réussi à me sentir assez confiante pour passer à l'acte. Pour moi, la virginité est précieuse. Il est hors de question que je la donne à n'importe qui !

En vérité, si j'étais honnête avec moi-même, je dirais surtout que les sentiments que je cultive à l'attention de mon colocataire bloquent toute possibilité de relation avec une tierce personne. Mais bien évidemment, je ne le suis pas... alors je préfère taire la petite voix intérieure qui me traite régulièrement d'hypocrite quand je reluque en douce mon meilleur ami.

Mes yeux se fixent sur un cliché différent des autres. Sur celui-ci, Hugo me lance un regard noir, comme s'il m'en voulait de quelque chose. Comme s'il se retenait de me sauter à la gorge pour m'étrangler. Un flash passe devant mes yeux quand je reconnais l'expression qu'il avait quand il était petit et qu'il n'arrivait plus à se contrôler...

Repoussant les mauvais souvenirs, je referme rapidement la porte de mon placard et attrape mon téléphone pour consulter mes notifications. Mia, ma pote de toujours, m'a déjà envoyé plusieurs SMS. Je secoue la tête et ne peux m'empêcher de ricaner lorsque je vois la teneur de ses messages.

Mia : [Hey meuf ! T'es là ?]

Mia : [Tu réponds pas :(, t'es sous la douche ?]

Mia : [Ne me dis pas que tu es occupée ? Avec qui, cachottière :O]

Mia : [Bon ! Je te préviens, je débarque chez toi à vingt heures ;D]

Mia : [Tu saoules de pas répondre ! M'en fous, j'arrive <3]

Mia habite à une demi-heure de chez moi et son dernier message est arrivé il y a environ cinq minutes. Cela m'en laisse donc vingt-cinq avant qu'elle ne débarque à l'appartement. J'enfile rapidement ma combinaison en pilou, attache mes cheveux en chignon, et monte au salon au pas de course.

Le logement que j'occupe avec Hugo est un duplex à l'agencement atypique niché sur les hauteurs de la capitale. Il occupe une bonne partie des deux derniers étages d'un immeuble cossu du Marais. Le « rez-de-chaussée », consacré à l'espace nuit, compte deux suites et une chambre d'amis avec une vue imprenable sur l'église Saint-Nicolas-des-Champs. Quant à l'espace de vie, il s'étale sur l'ensemble du dernier étage et s'ouvre sur une terrasse surplombant les toits. C'est la vue qui nous a convaincus, Hugo et moi, de louer ici. Cet appartement nous coûte une fortune, mais il en vaut le coup. Particulièrement à cette heure tardive où les lumières de la ville ressemblent à des petits lampions suspendus dans le vide.

Je monte quatre à quatre les marches en béton jusqu'à la cuisine, puis mets le four en marche avant de sortir du congélateur des parts de pizza et des sticks de mozzarella. Avec un peu de salade verte, cela fera l'affaire pour notre dîner. Quand la sonnette retentit, le repas est prêt et nous attend déjà dans le salon.

— Monte, Mia, je suis en haut ! hurlé-je à l'attention de mon amie.

Quelques secondes plus tard, la jeune femme fait son apparition, béret planté sur la tête et mine renfrognée.

— Jamais tu ne réponds à tes messages, toi ? me lance-t-elle en guise de salut.

— Salut ! Un stick de mozza ?

Je fais exprès de faire passer le plateau sous son nez et parviens sans peine à tuer sa mauvaise humeur. Pour Mia, la nourriture, il n'y a que ça de vrai. Elle attrape un fromage pané qu'elle enfourne dans sa bouche laquée de rouge avant même d'avoir quitté ses chaussures. Cependant, ses paupières se plissent quand elle s'arrête de mastiquer.

— La corruption, tu sais combien ça coûte ?

Elle reprend un nouveau beignet et ôte sa veste, qu'elle a enfilée sur son vieux pyjama rayé, puis se laisse tomber lourdement sur le canapé recouvert de plaids. C'est la seule nana que je connaisse qui peut être maquillée comme une pin-up prête à aller en boîte, tout en étant vêtue comme une clocharde.

— Alors ? C'est quoi le programme ? On se mate un *Gossip Girl* ?

J'attrape mon MacBook et m'installe à côté d'elle, jambes croisées.

— Non ! On travaille, ma biche. Notre cher ami Bulbizarre nous a envoyé la trame du prochain devoir.

Mon amie soupire.

— Oh non ! Moi qui voulais passer une soirée tranquille. Qu'est-ce qu'il nous a encore pondu, celui-là ?

Bulbizarre, c'est le formateur censé nous faire travailler sur les marchés de niche. En vérité, il s'appelle Jean Thomasson. Mais on lui a donné ce surnom à cause de sa ressemblance avec le Pokémon plante. Ce n'est pas vraiment flatteur, seulement avec ses yeux trop écartés et sa grande bouche, il a vraiment quelque chose du petit animal vert.

— Fais voir ! dit Mia en se penchant vers mon écran, la bouche pleine de pizza.

Elle lit les consignes en mastiquant bruyamment.

— T'es vraiment obligée de faire ça ? demandé-je.

— Quoi ?

— Me postillonner dans les oreilles…

— Hum… Vas-y, j'ai une idée !

Elle se penche un peu plus. En fait, elle n'en a rien à faire de ce que je lui raconte.

— Le sujet, c'est « la nourriture dans tous ses états ». Alors, pourquoi ne prendrait-on pas ce truc en photo ?

Je lève un sourcil quand elle me tend le carton de pizza.

— Quoi ? Tes emballages dégoûtants ?

Elle se redresse, les yeux pétillants.

— Oui ! Ce serait marrant. En gastro, tout le monde pense à de belles assiettes, des présentations soignées... Mais la nourriture, en vrai, c'est dans des trucs polluants qu'elle se vend. Ce serait une sorte de dénonciation écologique.

Pas con. Un sujet mêlant l'art aux valeurs du développement durable... Je réfléchis, visualisant comment on pourrait mettre cette idée en valeur sur des photos.

— C'est une approche intéressante.

— Mais carrément ! Tu peux me dire merci. On va pouvoir se mater *Gossip Girl* tranquille !

— Sauf que je ne suis pas persuadée qu'on soit vraiment dans le sujet. Relis bien. Il est écrit que le sujet peut être des mets, des compositions, des aliments, de la boisson... À aucun moment, on ne parle d'emballage.

— Mouais...

— Par contre... Plutôt que des boîtes vides, il pourrait être intéressant d'orienter le projet sur les restes... pour respecter la consigne.

Elle m'observe quelques secondes comme s'il m'était poussé une corne sur le front, avant de lever la main en l'air, un sourire étirant ses joues.

— Génial ! Tope-la. Maintenant, balance l'épisode, chérie !

Non, mais, celle-là...

Sans attendre ma réponse, elle saute sur la télécommande et lance sa série préférée en se calant dans les plaids. Et à peine le générique se termine que des éclats de rire nous parviennent du rez-de-chaussée.

Je roule les yeux vers Mia, qui fait la moue.

— Tranquille, tu disais ?

Ouais, connaissant Hugo et ses potes, c'est mal barré !

7

On va se marrer !

Violette

Effectivement, pour la discrétion, on repassera. Quand la bande de potes d'Hugo déboule quelque part, il est impossible de les ignorer. Ces canons de la beauté font tourner toutes les têtes sur leur passage. Ce qui est, somme toute, assez normal, puisque ce sont des mannequins de profession. Mais ce qui les rend fascinants, c'est cette façon qu'ils ont de tout prendre avec légèreté et insouciance. Ça m'a toujours impressionnée. Pour eux, la vie est un vaste podium sur lequel ils s'amusent à défiler. Tout devient alors prétexte à faire la fête : la fin d'une campagne de pub, la signature d'un énième contrat, la sortie du nouveau fer à lisser Dyson, voire le dernier blush de chez Sisley...

Apparemment, ce soir, c'est l'arrivée d'une nouvelle collègue qui justifie tout ce tapage.

Le groupe débarque dans un joyeux brouhaha, bouteilles de champagne à la main, sourire jusqu'aux deux oreilles. José, le meilleur pote d'Hugo, aussi beau et timbré que lui. Gabrielle, l'exubérante blonde au visage de poupée. Ayako, plus discrète avec son teint de porcelaine. Ghislain et Anton, les deux inséparables, toujours là pour les bons coups. Et... la nouvelle. Une magnifique brune aux yeux clairs et à la peau dorée qui semble descendre tout droit de l'astre solaire.

— Salut, les filles, c'est nous ! déclare Hugo d'une voix enjouée.

C'est marrant, on n'avait pas remarqué, tiens ! Au lieu de cela, je murmure du bout des lèvres un discret « Salut ! ».

— Eh, c'est trop sympa de nous avoir préparé l'apéro !

José s'affale à côté de Mia et tend le bras vers la coupelle de mozzarella. Quand la jeune femme lui claque le dos de la main d'un coup de cuillère, l'obligeant à la retirer, il pousse un couinement de douleur.

— Pas touche, rapace ! Ce n'est pas pour toi !

L'homme grimace en portant ses doigts à sa bouche pour souffler sur la rougeur qui apparaît déjà sur sa peau.

— T'es malade ? Tu sais combien ça coûte en assurance un corps pareil ? Tu as failli m'estropier la main !

Je lève les yeux au ciel en entendant ses âneries. Je sens que ça va vite dégénérer. Comme à chaque fois que ces deux-là se retrouvent dans la même pièce.

— Ah ! Je savais bien que tu n'étais qu'une chochotte !

Et voilà ! Qu'est-ce que je disais !

José plisse les paupières, vexé.

— Bien sûr, tu ne peux pas comprendre, toi ! Ça douille, putain !

J'attrape un glaçon et l'enroule dans un mouchoir avant de le lui tendre.

— Tiens, mets ça. Le froid va anesthésier la douleur.

— Moi qui pensais que tu étais un mec viril, un vrai, avec des poils et tout ! Quelle déception ! singe mon amie en portant sa main à son front. Déjà les poils, parlons-en... Dis-moi, tu t'épiles ou c'est naturel ?

Elle exagère, parce qu'elle sait parfaitement que José est imberbe et que pour lui, c'est un complexe. Tout Méditerranéen qui se respecte doit être doté d'une pilosité à la hauteur de ses origines. Sauf José De Fuentes... Aussitôt, le jeune homme lève son sweat pour dévoiler sa rangée d'abdominaux lisses et parfaitement alignés.

— Je sais pas, touche pour voir ! À moins que tu aies peur du grand méchant loup qui se cache plus bas...

— Et c'est parti, soupire Ayako. On en a pour un quart d'heure de chamailleries !

Concentrée sur les piques que se lancent à présent les deux intéressés, elle s'installe face à moi avec Gabrielle, Ghislain et Tony pour assister au spectacle. Le canapé en L est suffisamment large pour que tout le monde tienne. Cependant, Hugo et Paloma restent un peu à l'écart. Je tourne la tête vers mon colocataire, observant avec méfiance la nouvelle recrue.

— Ah, au fait ! Violette, voici Paloma.

Oui, ben j'avais deviné...

— Et ? demandé-je en pinçant les lèvres.

Ce n'est pas très aimable d'accueillir la jeune femme de cette manière, mais voir Hugo se dandiner sur ses jambes m'agace. Je le connais. Cette attitude n'augure rien de bon.

— Et... je lui ai proposé de passer quelques jours ici, avant qu'elle ne récupère les clés de son appart.

Qu'est-ce que je fais ? Je lui hurle tout de suite dessus ou j'attends que nous soyons en tête à tête ? Hugo comprend à mon expression que cela ne me plaît pas d'être prise ainsi sur le fait accompli, car il affiche un air de chien battu quand il s'avance. Les mains posées sur les accoudoirs de mon fauteuil, il se met à ma hauteur.

— S'teuplaît, Pupi... Ne fais pas ta mauvaise.

J'aimerais avoir le courage de l'envoyer balader, voire de lui coller mon poing dans la figure. Seulement, son sourire ravageur est bien plus fort que ma volonté. Impossible de résister à son charme. Hugo a cette capacité de me faire oublier jusqu'à la raison de ma colère d'un simple regard. Je grimace et le repousse pour rejoindre la pauvre Paloma, qui semble redouter qu'on la fiche à la porte.

— Tu peux utiliser ma salle de bains, lui dis-je. La vue y est plus belle que dans la sienne.

La jeune femme m'adresse un sourire reconnaissant. Elle a l'air sympa... Je l'invite à rejoindre les autres autour du ring... enfin, du canapé. Mia et José sont toujours en train de se bagarrer.

— Je t'aurais bien montré à quel point ma virilité se porte comme un charme. Mais franchement, tes fringues de vieille, ça ferait débander n'importe quel acteur porno gavé à la salsepareille.

Mia pouffe.

— Quoi ? La salsepareille ? Mais qu'est-ce que tu racontes, encore ! T'as décidé de te prendre pour un Schtroumpf ?

Tout le monde explose de rire, malgré l'air courroucé de José.

— Espèce d'ignares ! Cette plante a des vertus médicinales, je vous signale. Elle est utilisée pour soigner l'impuissance.

— Vas-y, souris pour voir ? demande une nouvelle fois Mia en serrant sa mâchoire entre son pouce et son index.

Pris au dépourvu, José obéit.

— C'est bien ce qui me semblait. Tu en as encore un morceau entre les dents !

Sans crier gare, le mannequin se jette sur elle avec un grognement.

— Je vais t'étriper, Mia Tavares, je te le jure !

Je secoue la tête en entendant mon amie éclater de rire quand le jeune homme la chatouille. Je l'ai toujours dit. Ces deux-là sont faits pour s'entendre.

— Bon, eh bien, en attendant que les enfants finissent de régler leurs affaires, qu'est-ce que vous dites de boire une petite coupe pour fêter l'arrivée de Paloma ? suggère Ghislain en levant une bouteille.

Ayako, qui est restée plutôt discrète jusqu'à présent, intervient :

— Tut-tut ! Pas le temps, les enfants ! Jackie nous attend pour vingt et une heures trente... On vient de recevoir un message.

Jacqueline, c'est la directrice de casting, celle qui a repéré Hugo lors d'un match de foot. Les modèles ont tous beaucoup d'affection pour elle. Ce soir, elle organise une soirée pour l'agence Elite dans un club select. Bien évidemment, notre joyeuse équipe est cordialement invitée. Seulement, ils ne s'attendaient pas à devoir s'y rendre si tôt.

— Apparemment, il y a déjà du beau monde qui nous attend là-bas...

Beaucoup envient la vie mondaine des « people ». Moi, je les plains. Devoir toujours être tirés à quatre épingles, irréprochables pendant que les autres les jugent comme des bêtes de foire. Je préfère de loin rester sur mon fauteuil en pilou-pilou, cachée sous un plaid.

— Hey ! Pourquoi vous ne viendriez pas avec nous, les filles ? s'exclame soudain José.

Il est malade ?

— Hein ?

Mia écarquille des yeux comme des soucoupes, les joues encore rougies d'avoir trop ri.

— Bonne idée ! Et t'as pas le droit de dire non, toi ! Tu m'es redevable.

Je lance un œil inquiet à mon amie. Elle semble ravie.

— OK ! Mais elles ne peuvent pas venir dans cet état, rétorque Ghislain d'un air dégoûté. Elles ne passeront jamais la sécurité.

Oh là ! J'ai le droit de protester ?

— Non, mais, c'est bon, laissez tomber. Je n'ai pas prévu de sortir ce soir. Et puis, je n'ai rien à me mettre.

— Oh, mais j'ai plein de choses dans ma valise, moi ! intervient Paloma. Je suis sûre que certaines de mes robes vous iront.

Je m'apprête à décliner, lorsque mon attention se porte sur Mia. Un seul regard suffit à ce que ma volonté s'effrite. *Pourquoi suis-je si influençable, bon sang ?*

Quand Hugo se penche de nouveau vers moi, c'est lui qui m'assène le coup de grâce.

— Allez, Pupi... viens. Je te promets, on va se marrer.

Oh, bon sang ! Je suis faible... Tellement faible.

8

Faites-vous plaisir !

Hugo

C'était une mauvaise idée !

Jamais je n'aurais dû emmener Paloma dans notre appartement. Jamais je n'aurais dû lui proposer de loger chez nous. Et bordel, jamais je n'aurais dû insister pour que Violette nous accompagne au *Select*, ce petit club branché hyper fermé.

Mais qu'est-ce qui m'a pris, bon sang ?

À présent, je me sens comme un loup en cage et je passe mon temps à la fliquer. J'ai l'impression d'être son putain de *bodyguard* !

Qui aurait cru qu'un peu de maquillage et une robe de soirée pourraient transformer ma meilleure amie en véritable appât vivant ? Qui aurait cru qu'elle deviendrait l'objet de tous les fantasmes ? La tentation originelle de tous les pervers en manque ?

Je ne l'ai jamais vue comme ça avant. Je ne l'ai même jamais vue sous aucun angle, d'ailleurs. Violette, c'est ma petite sœur. Ma douce « Pupi ». Celle qui fait partie de ma vie depuis toujours. Celle que je considère comme ma moitié vertueuse. On se complète, elle et moi. Comme le yin et le yang. Elle est l'ange, et moi le démon. Moi, le chaud, et elle, la douce fraîcheur... Depuis toujours, cette fille est le soleil éclairant mes ténèbres quand moi, je ne fais que ternir sa lumière de ma noirceur.

Elle est tout ce que je ne suis pas. Tout ce dont j'ai besoin.

Je serre les doigts autour de mon verre en voyant un énième type s'approcher dans son dos tandis qu'elle se dandine sur la piste. Plus jamais je ne la laisserai boire de l'alcool ! Je fustige le mec des yeux.

Qu'est-ce qu'il lui veut ce connard ?

C'est complètement débile comme question. Je sais ce qu'il cherche. Il veut la toucher... L'entraîner dans sa débauche pour profiter de son petit corps tendre et chaud. Violette est belle et désirable, et moi, je viens de la balancer dans la fosse aux loups.

Je jure que s'il pose la main sur elle, ne serait-ce que sur son épaule, je lui colle mon poing dans la gueule.

— Ça ne va pas, mec ?

José s'accoude au bar, juste à côté de moi. Je me renfrogne.

— Si, si. Tout va bien.

Le nez plongé dans mon Manhattan, je ne lâche pas la jeune femme des yeux. L'ombre d'un sourire glisse sur mes lèvres lorsqu'elle rabroue le type qui s'éloigne d'un air mécontent.

Bien fait, connard !

Je sais qu'elle peut se défendre, ma Pupi. Mais je vais quand même garder un œil sur elle. Il ne faut jamais tourner le dos aux loups affamés.

— Dis-moi, j'avais jamais remarqué à quel point ta Violette peut être canon quand elle fait un effort, intervient Anton, qui vient de se joindre à nous.

Le whisky qui remonte brusquement dans mon nez m'oblige à tousser, maculant ma chemise au passage.

— Qu'est-ce que t'as dit ? interrogé-je mon ami en essuyant ma bouche d'un revers de main.

— Je disais que Violette...

— Ta gueule, je sais parfaitement ce que tu as dit !

J'attrape mon pote par les épaules. Mon visage doit être terrifiant, car je le vois blêmir. Il ne connaît pas cet aspect de ma personnalité. Mon moi maléfique. C'est pourtant d'une voix calme et posée que je le menace en le prenant par le cou.

— Anton ! T'es mon pote, et je t'aime comme un frère. Mais tu vois Violette, là ? Elle est canon, je te l'accorde. Sauf que c'est la famille. Alors, on n'y touche pas. Jamais ! Je veux que ça rentre bien profond dans ta petite tête de piaf. C'est clair ?

Il déglutit et finit par acquiescer, les yeux écarquillés.

— Bien, déclaré-je en tapotant sa joue, avant de le relâcher.

Je réajuste son costume, dont j'époussette les épaulettes, et retourne à ma place.

— Putain, t'es flippant, mec..., soupire José en se laissant tomber sur un tabouret.

— T'inquiète. J'y toucherai pas à ta Violette.

Anton attrape son verre et avale une gorgée, puis il balance :

— Enfin, pas ce soir, en tout cas...

Je grogne, mais il n'en a que faire et ricane.

— C'est bizarre quand même, cette réaction. Tu sais qu'elle ne va pas rester éternellement dans tes pattes et qu'un jour, elle va tomber amoureuse ?

Merde ! C'est quoi ce truc qui me brûle dans la poitrine ? Je renifle tout en portant mon verre à mes lèvres. Je reporte mon attention sur Violette, qui rit aux éclats avec Mia. Beaucoup ne comprennent pas la relation que nous entretenons. Depuis le jour où j'ai débarqué dans sa grande maison de Saint-Germain-des-Prés, ce petit bout de femme a chamboulé ma vie. Et Dieu sait combien j'ai bouleversé la sienne.

Elle venait de perdre son père, et sa famille nous a accueillis, ma mère et moi, comme si nous en faisions déjà partie. J'étais un gamin perturbé, rempli de rage et d'idées noires. Je ne la calculais même pas. Jusqu'à ce soir-là, où je l'ai trouvée en rentrant de l'école. Ce petit con de Mathieu Pardet était en train de lui coller un chewing-gum dans les cheveux, encouragé par ses potes. Violette pleurait, mais ils n'en avaient rien à foutre. Ça m'a mis la haine de voir ces bouffons s'en prendre à une gosse sans défense. Je n'ai pas pu m'empêcher d'intervenir.

Pardet n'a pas mis longtemps à comprendre à qui il avait affaire, mais il n'a pas été assez rapide pour s'enfuir. J'étais fou de rage. Et si personne n'était allé chercher le directeur de l'école, Dieu seul sait comment cette bagarre aurait fini. L'autre a eu le nez pété, ainsi que plusieurs hématomes pas jolis à voir. Et moi, j'y ai laissé une dent de lait. Je m'en fichais. J'avais dix ans. Rien ne parvenait à me toucher à cette époque. Pourtant, quand Violette a posé sur moi ses yeux humides empreints de gratitude, tout a changé. Ce regard, jamais je ne l'oublierai.

— Je crois qu'on demande après toi, mec...

Je sors brusquement de mes pensées. José me désigne de la tête Paloma et une autre fille de l'agence qui se trémoussent au rythme lent de la musique. Elles ont les yeux rivés sur moi. Des regards qui m'appellent...

Chassant le passé, je fronce les sourcils, termine mon verre d'une traite, et me dirige droit sur elles.

Violette

J'ai toujours eu des a priori sur ces soirées. Cependant, je dois bien l'avouer, c'est plutôt amusant. Peut-être est-ce la tenue prêtée par Paloma et son maquillage qui me désinhibent ? Je pose un œil sur mon verre, à moitié vide. Non. C'est plutôt lui, le coupable ! Ce délicieux daïquiri fraise qui me monte à la tête.

Je bois très rarement. Mais ce soir, j'ai fait une exception, attirée par ce cocktail aux couleurs acidulées. Frais et sucré comme un bonbon. Et doté d'une bonne dose de rhum.

— Waouh ! Je vois qu'on sait apprécier les bonnes choses, par ici !

Je ne reconnais pas la voix qui m'interpelle. Cependant, le type qui s'installe à côté de moi ne m'est pas inconnu. Je l'ai déjà vu plusieurs fois sur les plateaux de shooting où Hugo m'emmène régulièrement. C'est Tom Walden, un type de l'agence. Il m'a toujours mise mal à l'aise, avec son regard trop insistant à mon goût. Et ce soir, ses yeux clairs et vitreux lui donnent un air encore plus pervers.

J'inspire profondément, fatiguée d'être, comme souvent, la cible de ce genre d'énergumènes. À croire que j'ai une inscription sur le front en taille quarante-huit qui indique : « Fille innocente et naïve, à utiliser sans modération ! »

L'homme se penche vers moi, me faisant profiter de ses relents d'alcool. *Beurk !* Je réprime une grimace lorsqu'il crie pour surpasser le bruit de la musique :

— Je t'ai déjà vue, toi. T'es la copine d'Hugo.

Au lieu de répondre, je dresse la tête à la recherche de Mia. *Purée, mais qu'est-ce qu'elle fout ?* Les secondes passent pendant lesquelles je sens le poids du regard du type sur moi. Il m'observe.

— Tu es superbe dans cette tenue.

Je plonge mon nez dans mon verre. Parfois, l'ignorance est la meilleure défense. Mais mon indifférence ne semble pas le dissuader. Il s'étale sur le comptoir et glisse son bras derrière moi.

— Violette, c'est ça ? J'ai toujours été fasciné par les belles bouches. La tienne est incroyable.

Je manque de m'étouffer. Le liquide remonte dans mes narines, m'arrachant des larmes.

Encore un connard qui pense qu'une fille qui met du rouge à lèvres lui lance une invitation. Je me tourne vers le type, choquée.

— Si vous pensez que je suis...

— Non, loin de moi cette idée. Tu es l'amie d'Hugo, tout de même. Je n'oserais pas...

Il avale une gorgée avant de pencher la tête sur le côté.

— Non, je me demandais juste si tu aimais les bonbons au caramel.

Il est taré ! C'est quoi le rapport ? Je hausse les sourcils avant d'acquiescer, machinalement, sans comprendre où il veut en venir.

— Ceux au beurre salé demandent à être sucés lentement pour libérer tout leur arôme...

Je me fige quand son index glisse sur mon bras et qu'il termine, un sourire lubrique aux lèvres, la voix pleine de sous-entendus salaces :

— Tu vois, moi, j'aimerais être un bonbon au caramel. Pour que tu me suces avec ta belle bouche...

Mes yeux sortent de leurs orbites en même temps que mon sang quitte mes joues. Un quart de seconde plus tard, mon poing s'abat violemment sur sa mâchoire.

9

Le choc de leur crâne

Violette

La vache ! Ça fait un mal de chien !

Je me plie en deux sous le coup de la douleur qui fuse dans mes phalanges, tout en secouant ma main pour éteindre le feu qui irradie dans mon poignet. Mais le hurlement de Walden me fait oublier ma propre souffrance. Je reporte mon attention sur l'homme tombé à la renverse qui me fixe d'un air incrédule en se tenant la mâchoire. Son visage est un mélange de stupeur et de crainte, comme s'il avait vu un fantôme.

Malgré la souffrance, je ne peux empêcher le sourire triomphant qui étire ma bouche. Malheureusement, la victoire est de courte durée, car déjà mon adversaire se relève, les poings serrés, le regard fou. L'idée selon laquelle il va me rendre la pareille me traverse rapidement l'esprit. Je me tasse sur moi-même, prête à esquiver son assaut.

Le type n'est pas vraiment impressionnant, cela dit, il est sans conteste beaucoup plus fort que moi. Je fais rapidement volte-face quand il lance son attaque. Mais déjà, sa main s'empare de mon bras et me tire vers lui. Je perds l'équilibre et me retrouve projetée violemment en arrière. Je n'avais pas imaginé que Tom Walden aurait une telle force. Mon corps vole comme une poupée de chiffon jusqu'à ce que ma tête cogne un poteau en béton dans un bruit mat.

Ma vue se trouble, autant par les larmes qui affluent que par les dizaines d'étoiles qui se mettent à scintiller lorsque je glisse au sol. Je suis sonnée, mais pas assez pour ignorer le cri de douleur que pousse mon agresseur au même instant. Hugo a surgi de nulle part et le maintient à sa hauteur en le tenant par les oreilles.

À travers le voile humide qui brouille mes yeux, je peux voir le visage de mon ami, déformé par la rage. J'appréhende autant que j'espère ce qui va suivre. Je connais Hugo. Je sais comment il peut être...

Sans une once d'hésitation, il assène un coup de boule magistral à sa victime. Le choc de leurs crânes, sec et bref, me tétanise, mais moins que le liquide écarlate qui gicle et éclabousse mes joues. Je l'essuie machinalement d'une main tremblante avant de fixer mes doigts, sans vraiment savoir à qui ce sang appartient. Je crois que je vais vomir...

Voyant la situation dégénérer, les autres se précipitent vers nous.

— Violette ! Qu'est-ce qui s'est passé ? demande Mia, d'une voix beaucoup plus aiguë que la normale.

Sans répondre, je garde les yeux fixés sur les deux hommes qui sont tombés au sol et se rouent à présent de coups. Au bout de plusieurs minutes seulement, Ghislain, Tony et José parviennent à les séparer.

— Hugo... arrête ! Tu vas le tuer !

Il ne faut pas moins de trois hommes pour que l'intéressé finisse par stopper ses coups. Il se relève et essuie sa lèvre coupée en menaçant son adversaire.

— Si je te revois ne serait-ce que poser tes yeux sur elle, je te défonce. Et cette fois, je ne m'arrêterai pas, tu m'entends ?

Il me semble que c'est ce qu'il vient de faire, non ? Tom Walden roule sur le côté en se tenant les côtes, le visage tuméfié. À cet instant, mon cerveau perturbé lui trouve une étrange ressemblance avec les combattants de MMA.

Délaissant sa victime, Hugo se dirige vers moi. Ses traits sont marqués par l'inquiétude lorsqu'il attrape l'arrière de ma nuque avec précaution pour me ramener contre sa poitrine.

— Viens là, Pupi.

Sentir son odeur me rassérène. J'enfouis ma tête dans son cou, le cœur battant, avant de reculer aussitôt.

— Je vais salir ta chemise, dis-je d'une voix faible.

La sienne est méconnaissable lorsqu'il répond en attrapant ma tête entre ses mains :

— On s'en carre de ma chemise. T'es blessée ? Il t'a touchée ?

Je secoue la tête, mais Hugo attrape ma main pour observer mes doigts, dont les jointures ont maintenant pris une teinte violacée. Il pince les lèvres, et je vois bien à ses mâchoires serrées qu'il est encore en colère.

— Je suis désolée, murmuré-je.

— C'est pas ta faute.

Il m'enlace quelques instants, puis m'entoure de ses bras.

— Accroche-toi, Pupi, on s'arrache d'ici.

Je me cale dans le creux de son épaule quand il me lève du sol.

— T'inquiète, on va gérer ce connard, intervient José lorsqu'on passe près de lui.

Hugo le remercie d'un signe de tête. Encore sous le choc, je me laisse porter vers la sortie, sans un regard vers Walden, qui gît toujours sur le sol.

Une demi-heure plus tard, quand nous pénétrons dans l'appartement, l'ambiance s'est alourdie. Hugo n'a pas prononcé un mot depuis que nous avons quitté le club, et a passé tout le trajet en taxi, la tête vissée à la fenêtre.

Paloma était déjà rentrée. L'absence de lumière et le silence ambiant indiquent qu'elle doit être couchée.

Je me traîne en direction de ma salle de bains lorsqu'Hugo attrape ma main.

— Attends, dit-il d'une voix sourde. Il faut te soigner.

Toi aussi, ai-je envie de répondre en fixant sa lèvre blessée et encore gonflée. Mais à voir sa mine assombrie, je m'abstiens du moindre commentaire. Alors, je me laisse conduire jusqu'à sa chambre, une vaste pièce à la décoration typiquement masculine, mélange de bois et de cuir. Hugo m'invite à m'asseoir sur son immense lit recouvert de draps en percale.

— Je reviens, dit-il avant de s'éclipser.

Je profite de son absence pour observer les lieux. Je viens régulièrement dans son espace, mais comme toujours, je suis troublée de voir à quel point cet endroit lui ressemble. Sobre et classe à la fois, avec une tête de lit en panneaux de cuir noir et des LED, stratégiquement placées, qui donnent une atmosphère chaude et sensuelle. Machinalement, mes doigts caressent le grand lit qui occupe tout l'espace, en digne pièce maîtresse de ce sanctuaire dédié à la dépravation. En vérité, je ne saurais même pas dire le nombre de filles qui sont passées ici. Combien ont caressé ces draps...

Hugo revient avec une poche remplie de glaçons et un tube de crème anti-inflammatoire. Sans un mot, il s'installe à mes côtés et entreprend d'appliquer l'onguent sur mes phalanges abîmées. À cet instant, sans trop savoir pourquoi, je me sens le besoin de répéter :

— Je suis désolée... Je n'aurais pas dû réagir de la sorte...

Il pince les lèvres, tout en continuant à me masser les articulations.

— Ne t'excuse pas. Tu n'as rien à te reprocher. Tu n'as rien fait de mal. C'est ce connard qui a un problème !

Je ne comprends pas pourquoi il est aussi en colère. Mais je n'ai pas le temps de répondre qu'il poursuit :

— Tout est de ma faute ! Je n'aurais jamais dû te laisser aller dans ce club !

Je baisse les yeux sur la robe de Paloma, tachée de sang. Cette soirée est un véritable fiasco.

— Regarde-toi, Violette ! Dans ces fringues, tu ressembles à une...

Les sourcils d'Hugo se rejoignent. *Mon Dieu, j'ose espérer qu'il ne pense pas à...* Je m'insurge, les poings sur les hanches.

— À une quoi ?

— À une femme !

Le con ! Alors, nous y voilà ! J'aurais dû m'en douter. Son instinct protecteur le rend complètement irrationnel. C'est pour cette raison qu'il a passé la soirée à me surveiller. Ce qui, malgré tout, est une bonne chose, car sans cela, il n'aurait jamais pu venir me délivrer de ce salaud de Tom Walden. Pour autant, il est temps qu'il ouvre les yeux.

— Mais je suis une femme, Hugo ! Et ça fait plusieurs années, figure-toi. Je te rappelle que je vais bientôt avoir vingt-six ans. Depuis le temps, tu aurais dû t'en rendre compte.

Il replace une mèche de mes cheveux derrière mon oreille et inspire profondément.

— Oui. Une femme magnifique. Il faut juste que je digère. Même si pour moi, tu seras toujours ma petite sœur... Argh, je ne supporte pas de voir des mecs qui ont la dalle te regarder comme une friandise. T'es pas un objet sexuel, putain !

Coup de poignard dans le cœur. Je réagis par le sarcasme.

— Pardonne-moi, j'oubliais qu'il n'y a que toi qui puisses considérer les femmes comme tel...

Le regard noir qu'il m'adresse pourrait faire trembler n'importe qui d'autre, sauf moi. Depuis que nous sommes enfants, il a toujours agi ainsi avec moi. *Mais je n'ai pas besoin d'ange gardien, moi !* Personne ne devrait en avoir besoin... Hugo relâche ma main et referme le bouchon sur le tube de crème.

— En tout cas, t'as une sacrée droite, Pupi !

C'est vrai. Je ne pensais pas que j'avais un tel coup de poing. J'étire mes doigts. La douleur est toujours vive, mais supportable.

— Rappelle-moi de ne jamais devenir ton ennemi !

— Jamais !

Hugo me tend la poche de glace que je positionne sur la bosse qui s'est formée derrière ma tête. Un silence s'installe pendant lequel nous nous fixons, jusqu'à ce que la gêne devienne insupportable.

— Je crois que je vais aller me coucher, dis-je en me levant. Cette soirée a été beaucoup trop éprouvante.

Plus tard, allongée sur mon lit, la couette tirée jusque sur mon nez, j'écoute le silence. Moi qui pensais pouvoir m'endormir rapidement, je suis soudain envahie par les images de la soirée. Mon cerveau tourne à plein régime. Beaucoup trop.

Alors, au bout d'un moment, je finis par me lever.

Pourtant, quand j'arrive devant la porte d'Hugo, je marque un temps d'hésitation. Mais l'appréhension de me retrouver de nouveau seule me pousse à donner de petits coups.

— Oui !

J'entre. Il est couché sur le dos, les bras croisés derrière sa tête. Son visage s'éclaire lorsqu'il me voit.

— Je n'arrive pas à dormir, dis-je en guise d'excuse, un peu honteuse.

Il m'adresse un léger sourire avant de m'inviter à entrer en levant les draps. Soulagée, je referme la porte et me précipite dans son lit, puis me cale contre lui, cherchant le réconfort de sa présence.

10

Je suis là !

Violette

Je pensais que j'allais sombrer en quelques secondes et dormir profondément, bien à l'abri dans les bras d'Hugo. Mais j'ai beau me tourner dans tous les sens, je n'arrive pas à fermer l'œil. Cela fait maintenant plusieurs heures que je cogite. Je crois que je me suis surestimée en pensant que je surmonterais le traumatisme de cette soirée. Sans cesse, je revois la scène où Tom m'a sauté dessus. J'entends ses paroles salaces dans ma tête...

Ordure !

Quand je pense qu'il a suggéré que je puisse... *Beurk !* Je n'arrive même pas à le formuler en pensée.

Honnêtement, je ne regrette pas de l'avoir frappé, même si mes articulations souffrent en me faisant comprendre le contraire. Et si c'était à refaire, je recommencerais. Peut-être même avec encore plus de force. Hélas, je crois que Walden est le genre de type pour qui le moindre refus provoque l'excitation. Avec le recul, je n'ose imaginer comment tout cela se serait terminé si Hugo n'était pas intervenu.

Mon Hugo... Mon sauveur.

Je frémis en me remémorant son intervention. Il était défiguré par la rage, j'ai même cru à un moment qu'il allait perdre le contrôle. Comme quand nous étions petits.

Machinalement, je bloque ma respiration pour écouter le bruit de la sienne. Elle est régulière. Calme. Rassurante. Avec précaution, je démêle nos jambes et retire son bras qui repose sur ma taille, avant de me retourner pour lui faire face, la tête posée sur mon coude replié.

Hugo est couché sur le côté et son visage affiche la sérénité d'un profond sommeil. J'aime le voir dormir ainsi. Paisiblement. Loin de ses démons.

Je tends la main pour écarter la mèche de cheveux rebelle qui retombe sur son front. Ce simple geste suffit à m'émouvoir. J'ai envie de l'embrasser. De le serrer dans mes bras jusqu'à disparaître en lui.

J'aime tellement cet homme que ça me fait mal.

À ces pensées, une boule se forme dans ma gorge. Je ne sais pas s'il s'agit d'un trop-plein d'amour ou si c'est l'angoisse de savoir que mes sentiments ne seront jamais partagés... mais cette boule m'étouffe.

Je déglutis dans l'espoir de la faire disparaître. Cependant, elle reste là, bien nichée dans ma poitrine, et m'empêche de respirer normalement. À cet instant, l'idée saugrenue que je pourrais mourir me traverse l'esprit. Hugo serait affecté par ma disparition...

J'inspire profondément et me perds dans la contemplation de celui qui fait battre mon cœur depuis toujours. Ses cheveux semblent un peu plus longs et retombent en mèches désordonnées sur son front. Longuement, je fixe sa bouche aux contours ourlés. Une bouche que toute femme rêverait de dévorer. Mes yeux remontent la ligne de ses mâchoires pour venir se poser sur ses paupières, dont les longs cils fournis se mettent à frémir.

Soudain, les traits du jeune homme se figent, comme sous le coup de la douleur. Il frissonne et se met à murmurer des paroles inintelligibles.

— ... Pi ! Non... Sal... Non !

Je pose ma main sur sa joue pour tenter de l'apaiser, quand il se redresse, les yeux écarquillés d'effroi.

— Lâche-la !

Sans crier gare, il attrape mon poignet et tire violemment sur mon bras pour m'attirer vers lui. Surprise par la rapidité de son geste, je n'ai pas le temps de réagir qu'il se jette sur moi. En un quart de seconde, je me retrouve immobilisée sous lui, le corps bloqué par ses jambes qui emprisonnent mes hanches. Je me débats dans l'espoir de me libérer, mais ne parviens qu'à lui faire resserrer sa prise.

— Pupi ! Reste...

Mince ! Pas besoin de réfléchir longtemps pour comprendre qu'Hugo nage en plein délire. Il est en train de rêver.

— Hugo, c'est moi !

Je tente de le forcer à me regarder. Mais il poursuit dans sa phobie hallucinatoire.

— Reste avec moi ! répète-t-il d'une voix à peine reconnaissable.

Cette fois, je crie pour me faire entendre.

— Hugo, nom d'un chien ! Lâche-moi ! Tu me fais mal !

Mes paroles lui font l'effet d'une gifle. D'un coup, il s'arrête et pose sur moi des yeux hagards. Les traits figés par la stupeur, il semble seulement réaliser qu'il est là, au-dessus de moi, dans son lit.

— Violette ?

— C'est moi. Je suis là.

Je vois son corps se détendre subitement, comme si le simple fait de constater ma présence le soulageait. Ses sourcils s'arquent lorsqu'il me fixe, jusqu'à ce qu'il desserre sa prise et finisse par me relâcher.

— Je suis là, répété-je une nouvelle fois, plus doucement, en caressant sa joue pour l'apaiser.

Il hoche la tête, le regard perdu. Lentement, je me dégage pour reprendre ma place. Et presqu'aussitôt, Hugo se laisse retomber sur le dos. Il reste là plusieurs secondes, à regarder le plafond, attendant que sa respiration redevienne normale. Puis il revient se caler contre moi, le torse contre mon dos.

— Je suis désolé, Pupi, murmure-t-il dans mon cou, enserrant ma taille de son bras.

— Ne t'en fais pas, ce n'est rien.

Je l'entends respirer profondément mes cheveux, comme s'il avait besoin de mon odeur pour se calmer. Quelques secondes plus tard, il est déjà retombé dans le sommeil.

J'ai l'habitude de ces crises. Elles font partie de lui depuis toujours. Comme cette rage qu'il garde enfouie et qui ressurgit parfois, on ne sait pour quelle raison. Mais cela faisait longtemps qu'il ne s'était pas réveillé la nuit.

Se battre avec Walden a dû raviver ses vieux démons, ceux qu'il tente de cacher au fond de lui depuis des années. En vain. Il y a toujours eu ce mystère autour de l'enfance d'Hugo. Ses terreurs nocturnes, ses accès de violence incontrôlés... C'est comme quelque chose que l'on sait, mais dont on ne parle pas. Une sorte d'omerta.

Quand Hugo est arrivé dans ma famille, j'avais huit ans. Il en avait dix. Sa mère et lui venaient d'Italie. Allegra Castelli avait été la correspondante de ma mère durant son adolescence et cherchait un logement. Ma mère voulait prendre une colocataire, alors elle lui a proposé de vivre chez nous, dans notre maison de Saint-Germain-des-Prés. Depuis, elles ne se sont plus jamais quittées, devenant aussi proches que peuvent l'être deux sœurs.

Hugo, lui, était un garçon à part. Asocial. Renfermé. Et violent. Il était sujet à des colères qui le rendaient incontrôlable. Je l'ai vu à l'œuvre de nombreuses fois, et à l'école, tout le monde le fuyait. On ne savait pas trop comment ça venait, ni pourquoi. Mais dans ces cas-là, il se mettait à frapper tout ce qu'il pouvait, arrivant même à se blesser. Sa mère disait qu'il avait vu des choses qu'il n'aurait pas dû voir, et vécu des choses qu'il n'aurait pas dû vivre. Mais je n'ai jamais su quoi, exactement... Cela fait partie du mystère. Et j'ai fini par ne plus me poser de questions.

J'avoue qu'au départ, j'ai eu du mal à accepter l'arrivée d'Hugo dans ma vie. Je ne comprenais pas ce qui rendait ce garçon si méchant. Et surtout, j'avais peur de lui. Parce que la nuit, des cauchemars le hantaient au point de le faire hurler. L'entendre crier me glaçait le sang. Alors, la seule solution que j'ai trouvée pour pouvoir m'endormir, c'est de prendre la petite boîte à musique que mon père m'avait offerte avant de mourir et de faire tourner la manivelle jusqu'à ce que la mélodie me fasse oublier les cris et m'emporte dans les ténèbres.

La journée, Hugo semblait prendre un soin particulier à m'ignorer. Jusqu'au jour où il est venu me sauver des griffes de Mathieu Pardet, je ne sais pas trop pourquoi. Cela a tout changé entre nous. La vision que j'avais de lui, notre relation et ma vie à l'école.

Du jour au lendemain, plus personne n'est venu m'embêter.

Un soir, après une énième crise de panique nocturne, Hugo s'est retrouvé devant ma chambre, sa marionnette à la main. La musique de ma boîte l'avait attiré comme un aimant. J'avais peur, mais au lieu de le repousser, je lui ai ouvert ma porte et j'ai continué à tourner la manivelle jusqu'à ce qu'il s'endorme sur mon lit.

C'est la première fois qu'il a passé la nuit avec moi. Il est revenu le lendemain. Puis le surlendemain. Et tous les jours où il ne se sentait pas bien. Les crises se sont espacées et elles ont fini par disparaître peu à peu.

Aujourd'hui, je ne sais toujours pas ce qui les provoque, ni pourquoi les crises d'Hugo diminuent à mon contact. Mais ce dont je suis certaine, c'est que toute ma vie, quoi qu'il se passe, ma porte lui sera toujours ouverte.

11

Tu n'as pas encore tout vu

Violette

Le jour se lève. J'aime particulièrement la clarté du ciel à cette période de l'année. Les rayons du soleil qui percent à travers la brume matinale font miroiter les perles de rosée sur les fleurs qui dévoilent leurs bourgeons sur la terrasse. Je suis complètement nulle en botanique, au grand dam de ma mère, mais Hugo est doué. Il sait s'occuper des belles plantes comme il se plaît à le crier.

Avec un sourire, je me perds dans la contemplation des toits de Paris, tandis que l'astre du jour s'élève dans le ciel, tel un disque de feu. Machinalement, j'attrape mon appareil et immortalise cet instant de quiétude, captant l'émotion subtile que seuls les initiés reconnaîtront.

— Ça fait longtemps que tu fais ça ?

Je me redresse. Paloma s'avance dans la pièce, les cheveux en bataille, son kimono grossièrement noué autour de sa taille fine. Cela fait quatre jours qu'elle est avec nous, et elle doit récupérer les clés de son nouvel appartement dans la journée. Dommage, je commençais tout juste à m'habituer à sa présence.

— La photo a toujours fait partie de ma vie. Mon père était un passionné. Il passait sa vie avec ça autour du cou. Un jour, il m'a fait essayer et j'ai su que j'en ferais mon métier.

« Ça », c'est le vieil appareil que je conserve précieusement depuis que mon père est mort quand j'avais huit ans. Il est toujours fonctionnel et je l'utilise régulièrement pour travailler. Bien sûr, je me sers aussi de matériel plus moderne et de logiciels de retouche. Cependant, j'aime le rendu authentique que j'obtiens avec l'argentique. En particulier lorsque la lumière se teinte de tons rose orangé, comme ce matin.

— Tu travailles dans la mode ?

Je grimace.

— Non. Je préfère des sujets moins… compliqués.

Elle rit.

— Oui, je te comprends. Parfois, sur les plateaux, il y en a certains à qui j'arracherais bien les yeux.

Oui. Des mecs comme Tom Walden…

— Après, tu peux demander à Hugo. Je suis certaine qu'il accepterait de poser pour toi.

J'écarquille les paupières. Il a posé des milliers de fois pour moi sans même le savoir. Mais impossible de lui avouer que mon placard est recouvert de photos de mon ami, prises à la sauvette. D'ailleurs, s'il savait que je collectionne les clichés de lui, je me demande bien quelle serait sa réaction… Non, en vérité, je ne veux pas savoir. Ce serait tellement gênant…

— Peut-être un jour, murmuré-je.

— En tout cas, tu ne pourrais pas trouver mieux. Je t'assure, je n'ai pas vu beaucoup d'hommes avec un tel physique, parfaitement proportionné et équilibré… Une vraie statue grecque !

Je ris devant le ton exagéré qu'elle emploie.

— T'inquiète, je ne le sais que trop. Et je ne dis pas ça parce que je suis son amie. Je le pense vraiment. Hugo est le symbole même de la perfection. Mais bon, c'est aussi une arme de destruction massive, si tu vois ce que je veux dire. Ce n'est pas pour rien qu'on le surnomme Casanova !

Les mots sont sortis tout seuls, je les regrette aussitôt en voyant le petit air amusé de Paloma. Qu'est-ce qui m'a pris de lui balancer ce que je pense, comme ça, sans aucun filtre ? Je toussote et m'empresse de changer de sujet en masquant ma gêne dans ma tasse de thé.

— Et toi ? Tu as toujours voulu être mannequin ? demandé-je pour changer de sujet.

Elle s'installe à côté de moi et ramène ses genoux contre sa poitrine.

— Non. Mais je n'ai pas eu le choix. C'était ça ou rester moisir dans les favelas.

Le détachement avec lequel elle évoque son passé me file des frissons. Je savais qu'elle était brésilienne et issue d'une famille modeste, mais sans plus.

— Et je suis très contente d'avoir accepté. Franchement, je ne suis pas à plaindre. J'espère à présent pouvoir décrocher des contrats qui me permettront d'aider ma famille, à São Paulo.

Cette fille est si touchante de sincérité que j'éprouve l'envie de lui donner un coup de pouce.

— J'ai été invitée à une soirée privée par Kelly Clarks. Je pense qu'elle ne verra pas d'inconvénient à ce que je vienne avec une amie.

Les yeux de la jeune femme s'éclairent.

— Kelly Clarks ? Tu es sérieuse ?

— Oui. Elle m'a proposé de venir accompagnée, alors si ça te dit, tu es la bienvenue.

Paloma se penche vers moi pour me prendre dans ses bras. Elle semble aux anges.

— Oh, merci infiniment !

Puis, elle se redresse et son visage affiche soudain une forme d'inquiétude.

— J'espère que je suis dispo. Elle a lieu quand cette soirée ?

Je me lève pour chercher la petite carte de l'artiste.

— Vendredi soir ! s'exclame une voix masculine.

Je n'ai pas entendu Hugo monter, et je me demande depuis combien de temps il est dans la pièce. J'espère bien après ma tirade dithyrambique sur sa petite personne. Le jeune homme s'approche de moi et applique un léger baiser sur mon front, sous le regard surpris de Paloma.

— Vous êtes étranges, vous, les Français, dit-elle en se levant à son tour.

Hugo lui lance son sourire de tombeur.

— Et encore, tu es loin d'avoir tout vu...

Aussi étonnant que cela puisse paraître, Paloma n'est effectivement pas encore passée dans le « champ de tir » de mon colocataire. Un véritable exploit ! À croire qu'il l'apprécie suffisamment pour lui épargner son schéma habituel. À moins qu'il n'attende qu'elle ait définitivement emménagé dans son propre appartement. Tout est possible avec Casanova !

La jeune femme ne se laisse pas déstabiliser et s'approche de lui d'une démarche souple, presque féline. Arrivée à sa hauteur, elle plante ses yeux dans les siens, sa jolie bouche déformée par un sourire mutin.

— Inutile de te fatiguer, bel étalon. Il n'y a rien chez toi qui puisse attirer mon attention. En revanche, ta copine, je ne dis pas non... Je préfère de loin la délicatesse de l'abricot à la rudesse de l'aubergine.

Lentement, elle tourne la tête vers moi et m'adresse un clin d'œil. *Hein ? Quoi ?* Il me faut plusieurs secondes pour comprendre la subtilité de ses paroles. J'éclate de rire en voyant Hugo se décomposer devant moi.

— Oh merde !

Son air déçu est bidonnant. Je m'appuie contre le bar de la cuisine pour profiter de sa déconvenue. C'est moche de ma part, mais il est tellement habitué à avoir toutes les femmes qu'il veut qu'un refus ne lui fera pas de mal. Paloma s'éloigne d'un pas léger, presque aérien.

— Je vous laisse, les jeunes. J'ai rendez-vous avec mon agent immobilier dans une heure... On se voit plus tard ?

— Avec plaisir, Paloma ! m'écrié-je en forçant mon enthousiasme.

Je croise les bras sur ma poitrine sans cesser de sourire.

— Enfin une qui ne finira pas épinglée à ton tableau de chasse, soufflé-je à l'attention de mon ami.

— Quel gâchis !

Mauvaise que je suis, j'observe sa déception avec une certaine satisfaction. Sa lèvre est encore tuméfiée de la bagarre de l'autre soir. Argh ! Soudain, le remords m'assaille. Cette blessure a chamboulé son planning et lui a même fait perdre un contrat.

Je tends la main, le faisant frémir au contact de mes doigts sur sa peau meurtrie.

— Tu as encore mal ? demandé-je, redevenue sérieuse.

— Un peu.

— Je suis désolée que tu aies perdu ce job, ajouté-je en grimaçant.

— T'inquiète. Un de perdu, dix de retrouvés. Évidemment, tu sais que je ne parle pas que de boulot, n'est-ce pas ?

Je secoue la tête face à son sourire en coin diabolique. Ce mec est incorrigible.

— Vantard !

— Ah ouais ?

Il s'avance et plaque ses mains de chaque côté de mon corps, m'emprisonnant de son parfum irrésistible.

— Tu crois que je ne pourrais pas le faire ?

Je lève le menton en signe de provocation.

— Quoi ? Satisfaire dix femmes ?

— Ouais.

— Personne ne le pourrait !

— Sérieux, Pupi. Tu me connais comme personne. Tu sais à quel point je peux être performant. Tu as pu constater plusieurs fois ma résistance.

Je ne peux nier qu'Hugo connaît tout de l'art de contenter une femme. Ou du moins, je l'imagine. Les cris qui parviennent régulièrement à mes oreilles, traversant les murs, sont sans équivoque. Parfois, ils durent des heures... Mais je m'arracherais une dent plutôt que lui avouer ce qu'il veut me faire dire.

— En vérité, je n'en sais rien puisque je n'ai jamais testé. Alors, impossible pour moi d'affirmer quoi que ce soit. Après tout, peut-être que ces filles simulaient quand elles s'égosillaient dans ton lit ?

Il se renfrogne, et son souffle vient caresser mon visage lorsqu'il murmure :

— Alors là, c'est quand tu veux, Pupi... Mais fais attention aux défis que tu lances, je pourrais avoir envie de les relever.

Cette fois, c'est moi qui me fige. Parce qu'à cet instant, j'ignore si sa remarque est sérieuse ou non.

12

Alors là, j'hallucine !

Violette

La maison de Kelly Clarks est une immense demeure d'architecture moderne haute en couleur, à l'image de l'artiste qui nous accueille, les bras ouverts, un large sourire sur ses lèvres laquées. Vêtue d'une combinaison en mousseline d'un bleu électrique improbable surmontée d'un voile jaune poussin et retenue par une large ceinture blanche, cette femme est d'une extravagance qui pourrait paraître farfelue pour n'importe qui d'autre. Pourtant, sur elle, cette tenue est d'une classe folle !

— *Hey ! Come in, friends*[11]... Je suis heureuse que vous ayez répondu favorablement à mon invitation.

Hugo s'approche pour l'embrasser sur la joue, un peu trop longuement à mon goût, un peu trop près de la bouche, aussi...

— Nous n'aurions raté ça pour rien au monde, Kelly. Tes petites fêtes rencontrent un tel succès qu'il serait indécent ou idiot de ne pas répondre présent.

Visiblement subjuguée, autant par son charme que par ses mots, elle lui caresse la joue avec affection avant de se tourner vers moi.

— Quel flatteur, cet Hugo ! Violette, si je me souviens bien...

---

[11] Entrez, les amis.

Je lui rends son accolade.

– Merci encore pour votre invitation, Kelly. Si vous le permettez, je suis venue accompagnée de deux de mes amies. Vous avez certainement déjà croisé Paloma lors des shootings. Elle vient d'arriver à l'agence Elite. Et voici Mia, qui étudie la photographie artistique avec moi.

– Parfait ! Enchantée, *darling*. On a toujours besoin de sang neuf dans ce milieu. Edward !

Elle agite ses bras en l'air et presqu'aussitôt, le majordome qui nous a ouvert la porte quelques minutes auparavant apparaît à ses côtés.

– Oui, Madame ?

– Accompagnez ces jeunes gens au bar. Vous verrez, il y a un excellent cocktail, ajoute-t-elle à notre attention avec un clin d'œil, avant de tourner les talons dans un nuage de mousseline pour rejoindre d'autres invités.

Nous suivons l'employé dans une immense verrière au plafond cathédrale donnant sur un jardin luxuriant de verdure. Là, plusieurs invités s'affairent déjà autour d'un buffet géant, pendant que d'autres se balancent au rythme d'une musique lounge diffusée par le DJ qui joue des platines un peu plus loin.

– Mazette ! siffle Mia à mes côtés. Elle a gagné au loto, tu crois ?

– Son quatrième mari était multimillionnaire, intervient Hugo en attrapant un petit four sur le plateau d'un serveur qui passe à proximité.

Je comprends mieux. J'ai l'impression d'être immergée dans l'une de ces fêtes de nantis où le champagne coule à flots et où le caviar se consomme comme des petits pains. Sauf que la coupe que l'on me tend ne contient pas de liquide pétillant, mais un mélange couleur lagon.

– Joliment assorti à votre tenue, Mademoiselle.

J'attrape le verre, interpellée par l'accent anglais de celui qui me flatte. Ce n'est pas très courant qu'un serveur drague les invités. La voix légèrement éraillée de l'homme me rappelle vaguement quelqu'un. Quand je me tourne vers son auteur, je marque un temps d'arrêt en reconnaissant celui qui, pendant la séance photo d'Hugo, m'a sauvée d'une humiliante chute lorsque j'ai manqué de m'effondrer devant tout le monde.

— Mer... merci.

Bon sang ! Mais pourquoi est-ce que je bégaye ?

Le pseudo-inconnu me fixe avec un large sourire qui ajoute encore à mon embarras. Il faut dire qu'il est vraiment pas mal : un visage typiquement masculin, des mâchoires carrées et un menton volontaire. Ses yeux rieurs se veulent rassurants.

— Hey ! Mais vous êtes Cole Sanders !

L'intervention de Paloma tombe à point nommé et me sauve de ce moment gênant. L'homme se penche en avant et embrasse poliment la main qu'elle lui tend.

— Pour vous servir, très chère.

— Je suis une grande fan de vos vidéos. Est-ce que cela vous dérange si... Est-ce que vous m'autoriseriez à prendre un selfie avec vous ?

— Bien sûr !

Je profite qu'ils prennent leur photo pour récupérer un souffle normal en l'observant du coin de l'œil. Je ne sais pas qui est ce Cole Sanders et ce qui le rend si important aux yeux de Paloma, mais elle semble sous son charme.

— Merci infiniment ! J'adore vraiment ce que vous faites ! s'extasie encore la jeune mannequin.

L'homme lui sourit, mais reporte rapidement son attention sur moi, provoquant la déception de sa groupie. Je cache ma gêne en levant mon verre dans sa direction, avant de le porter à ma bouche avec précaution. La dernière fois que j'ai bu de l'alcool, cela s'est mal terminé, alors ce soir, je préfère limiter les risques.

— Ne vous inquiétez pas, ce breuvage n'est pas aussi fort qu'il en a l'air.

Je sirote le liquide et le recrache aussitôt avec une grimace.

— Pas fort ? m'écrié-je en toussant. Vous vous foutez de moi ?

— C’est un Blue Lagoon. Un peu de vodka, du curaçao et du jus de citron. Si je vous l’avais dit, vous n’auriez jamais goûté… Alors ? Vous aimez ?

Je lèche mes lèvres, avant de hocher la tête.

— Oui, ce n’est pas mauvais. Mais si je bois tout ça, je risque de terminer ronde comme un coing.

Ma remarque le fait éclater de rire, et alors, c’est tout son visage qui s’éclaire. J’avais déjà des doutes, mais à présent, c’est une certitude. Cet homme fait partie de ceux qui rayonnent et mettent incontestablement du soleil dans la vie de leur entourage.

— Comment dites-vous ? Ronde comme un « coin » ?

— Parfaitement, un coing. Vous savez… le fruit. Avec un G, à la fin.

— Ah, le coing !

Sa manière de prononcer le mot me fait rire à mon tour.

— Violette, c’est ça ? finit-il par demander.

Mince, il connaît mon prénom ?

J’acquiesce poliment, en prenant la main qu’il me tend.

— Et moi, je suis Hugo. Hugo Castelli.

Choquée par cette intervention soudaine, je retire mes doigts. Hugo s’est jeté devant moi pour faire face à Cole Sanders, le torse bombé comme un coq de basse-cour. *Il est sérieux, là ? Qu’est-ce qui lui prend ?* Je lui fais les gros yeux, mais il n’en a que faire, et continue de toiser son interlocuteur avec cet air de vouloir marquer son territoire. Malheureusement pour lui, le dénommé Cole ne se laisse pas impressionner et lui serre la main sans cesser de sourire.

— Cole Sanders. Je suis… le cuisinier.

Oh mince ! Avec son costume trois-pièces, jamais je n’aurais imaginé qu’il était cuisinier.

— Oh ! Ne me dites pas que c’est vous qui avez préparé tout ça ? demandé-je en désignant la longue table recouverte de plats garnis de petits fours.

— Tout juste !

— OK, donc vous êtes le traiteur.

C’est moi, ou Hugo a envie d’être con, ce soir ?

Je lui flanque un coup de coude dans les côtes. Devant ses yeux écarquillés qui semblent me demander ce qu'il a bien fait de mal, je me retiens de le frapper de nouveau. Heureusement, une fois encore, notre interlocuteur prouve sa bonne composition en ignorant le sarcasme. Cependant, il se rend bien compte que me parler s'avère compliqué.

— Oui, on peut dire ça. D'ailleurs, je vais devoir vous abandonner quelques instants. Le devoir m'appelle ! J'espère qu'on se verra plus tard, Violette.

Il s'incline légèrement pour nous saluer et s'éloigne en direction des cuisines.

— Qu'est-ce qui te prend ? demandé-je aussitôt à Hugo.

— Quoi ?

Et il se fout de moi, cet idiot !

— Que t'a fait cet homme pour que tu le traites ainsi ? Tu ne le connais ni d'Ève ni d'Adam !

— Donc, j'ai vu juste. Il te plaît !

J'ouvre la bouche pour répondre, mais reste sans voix.

— Ben, il faudrait être sacrément difficile quand même, intervient Mia. Ce mec est canon. Moins beau que toi, Hugo. C'est impossible. Mais canon quand même.

— C'est vrai qu'il est beau, reprend Paloma. Et puis, il a un charme fou quand il cuisine. Je pourrais le regarder faire cuire des pâtes pendant des heures.

— Je croyais que tu aimais les filles, toi ! la rabroue Hugo.

— Et alors ? Je le trouve beau, j'ai pas dit que je voulais coucher avec !

Mon Dieu, cette conversation devient carrément surréaliste. Je repose mon verre sans même l'avoir terminé.

— OK. Vous êtes complètement dingues, dis-je en tournant les talons.

— Hey ! Mais où tu vas ?

Je sors mon appareil numérique de mon sac et le lève en l'air sans même me retourner.

— Faire ce pour quoi je suis venue ici ! Prendre des photos !

13

L'ivresse des saveurs

Violette

L'œil coincé dans le viseur, je mitraille tout ce que je peux. Tapie dans l'ombre, je me déplace discrètement pour me faire oublier des convives et capturer ces instants de vie festifs.

— Quelle bonne idée d'être venue à cette soirée, déclare Mia en s'installant à côté de moi. On ne pouvait pas rêver mieux. Et en plus, ces petits fours... hum... c'est une tuerie !

Je ne peux qu'acquiescer. Les plats préparés par Cole Sanders sont un véritable enchantement pour les papilles. Tout est exquis et d'un raffinement sans nom. Mais surtout, ils constituent un sujet idéal pour notre projet d'étude. Les couleurs, les compositions... Et tous ces gens qui se jettent dessus comme des hyènes sur une carcasse. C'est ce qu'il fallait pour illustrer ce que nous avons imaginé. Alors si, en plus, les plats sont signés d'un maître de la gastronomie, alors c'est d'autant plus satisfaisant.

En faisant ma fouine sur Google, j'ai constaté que « l'homme » n'était pas n'importe qui. Chef en vogue à New York, Cole Sanders est venu à Paris pour passer quelques semaines en résidence à *l'Astrance*, restaurant gastro trois étoiles du XVIe arrondissement. Rien que ça ! Et ce n'est pas tout. À seulement vingt-sept ans, son CV ferait pâlir les plus grands. Il est demandé dans le monde entier et les critiques sont unanimes pour saluer son inventivité.

Est-ce que j'ai aussi regardé sa date de naissance et sa situation personnelle ? *Évidemment*. Il est célibataire, et c'est un Poisson.

— Si avec ça, Bulbizarre ne valide pas notre choix de sujet, je ne m'appelle plus Mia...

Je me redresse et fais défiler les clichés sur l'écran numérique. Le résultat me plaît. C'est exactement ce que je voulais. Il suffira juste d'un petit travail de montage et ce sera parfait. Cependant, n'ayant pas pour habitude de tout considérer comme acquis, il subsiste un léger doute dans mon esprit.

— J'espère qu'on est bien dans le cahier des charges.

Parfois, j'ai du mal à savoir ce que les formateurs attendent de nous. La crainte d'être « hors sujet » plane toujours au-dessus de nos têtes. Mais, quoi qu'il en soit, si ces clichés ne rentrent pas dans les exigences du référentiel, je pourrais certainement les intégrer à mon book.

Mia s'avance pour regarder par-dessus mon épaule.

— Rhoooo. C'est excellent, Vio. Le rendu va être incroyable !

— Oui. Si j'arrive à faire ce que je veux, ça ne devrait pas être mal.

— Eh, les filles ? Vous avez terminé ? nous lance Paloma depuis la piste de danse. J'ai envie de danser, moi !

— *Yes !* On arrive.

Mia piaffe déjà d'impatience, prête à faire fumer ses semelles sur le dancefloor. Pour ma part, je suis plus réservée.

— Vas-y, toi, dis-je en faisant la moue. Je vais prendre encore quelques clichés. Je vous rejoindrai plus tard.

Elle n'attend même pas que j'aie terminé ma phrase pour se précipiter vers Paloma en se déhanchant. Pendant quelques secondes, je fixe mon attention sur les deux jeunes femmes. Abandonnant l'ambiance *chill* du début de soirée, le DJ a décidé de réchauffer l'atmosphère avec une musique plus sensuelle. Mais, étonnamment, je ne vois aucun signe d'Hugo parmi les danseuses. Ferait-il la grève de la traque à la grue ? Honte à moi pour tenir ce genre de propos. Ce ne sont pas les victimes que je vise en m'exprimant ainsi, mais la technique de drague de mon colocataire. C'est vraiment l'image qui me vient lorsque je pense à sa manière de procéder : une partie de chasse.

Je cherche mon ami des yeux et le trouve rapidement, assis sur un fauteuil, en pleine discussion avec une magnifique rousse. *Ah, qu'est-ce que je disais...* On ne change pas un loup en agneau si facilement. Je ne peux empêcher mon cœur de se serrer en l'imaginant sortir son baratin habituel. J'avoue que cela fonctionne à merveille. La jeune femme est déjà ferrée comme un poisson sur un leurre. Il faut dire que l'appât est de taille, Hugo attire tous les regards avec son jean brut, sa chemise blanche et sa veste noire qui tombe parfaitement sur ses hanches.

Je me mords la joue en observant la jeune femme qui rejette la tête en arrière et éclate de rire, probablement en réaction à une énième blague douteuse. J'ai assez souvent observé ce scénario pour savoir qu'elle indique clairement que les charmes de Casanova ne la laissent pas indifférente. Bien au contraire. Je grimace lorsque mes dents s'enfoncent plus durement et qu'un goût de ferraille envahit ma bouche. Encore une victime de l'incorrigible tombeur !

— Violette !

Je fais volte-face en reconnaissant l'accent prononcé de Kelly Clarks. Cependant, je suis surprise de la découvrir au bras de son célèbre cuisinier.

— Oh, *sorry*. Je n'avais pas vu que tu étais en plein travail, dit-elle en désignant mon appareil photo. *Darling*, voici justement le créateur de tes sujets, Cole Sanders.

Elle se penche vers moi avant de chuchoter, comme une confidence.

— Il nous vient tout droit de New York.

Mince ! Machinalement, je cache mon matériel derrière mon dos en réalisant que je n'ai pas demandé la permission au chef de photographier ses plats. J'espère qu'il ne va pas mal le prendre...

Remarquant ma gêne, l'intéressé vient à mon secours.

— Nous nous connaissons. Nous nous sommes déjà rencontrés. Un moment intense et très agréable.

La femme lève un sourcil.

— *Really*[12] ?

— Oui. Rappelle-toi... La première fois, elle a manqué de m'écraser en tombant dans mes bras. Et la seconde, eh bien, elle a failli s'étouffer avec mon cocktail. C'était il y a à peine deux heures. J'avoue avoir de loin préféré notre première rencontre.

Bon sang ! Qu'est-ce que je ne donnerais pas pour pouvoir me cacher dans un trou de souris, à cet instant ! Surtout que je dois ressembler à une écrevisse grillée au soleil avec mes joues en feu.

— Je...

Zut ! Qu'est-ce que je peux dire pour sauver la face ?

— J'étais en train de photographier les restes.

Bravo Violette ! De mieux en mieux. Cole lève un sourcil tandis que Kelly se décompose.

— Enfin, non pas que vos plats ne soient pas intéressants. Ils sont magnifiques et délicieusement... délicieux, mais...

J'ai l'impression d'aggraver la situation, alors je cesse de parler devant le regard inquisiteur de mon interlocuteur. Cependant, il ne semble pas du genre à lâcher l'affaire aussi rapidement.

— Mais ? insiste-t-il.

J'inspire un grand coup, puis tourne mon écran LCD dans leur direction.

— J'ai un devoir à rendre sur le thème de l'alimentation. Et j'aimerais vraiment montrer que la gastronomie d'aujourd'hui ne se résume pas à montrer de belles assiettes bien décorées. Pour moi, c'est un plaisir qui se vit et qui existe à travers ceux qui s'en délectent. Si personne ne se régale, la gastronomie n'a aucune raison d'être. Il faut revenir à l'essentiel même de la cuisine moderne : le plaisir d'assouvir un besoin primaire avec des choses simples.

Cole sourcille.

— Intéressant. Continuez.

Rassérénée par ses encouragements, je pose mon appareil et m'empare d'un plat sur lequel est monté un dessert.

---

[12] Vraiment ?

— Regardez cette revisite de la forêt-noire. C'est vous qui l'avez créée, n'est-ce pas ? Elle est magnifique. Délicate et harmonieuse... D'une perfection si accomplie qu'on ose à peine y toucher. Et pourtant, c'est quoi sa véritable destination ?

J'attrape la bouchée en forme de cerise et croque dedans avec gourmandise avant de reposer l'autre moitié dans l'assiette.

— C'est d'être mangée..., répond le cuisinier, intrigué.

— Exactement... Humm... Mon Dieu, ch'est incroyable !

Je me lèche les doigts avec avidité, déglutis et reprends mon appareil pour photographier le dessert, déjà à moitié dévoré.

— C'est ça que je veux montrer à travers ce projet. Ce qu'un plat sur papier glacé ne pourra jamais illustrer. Le goût... L'ivresse des saveurs... Le plaisir.

Je m'arrête, le cœur battant, la respiration rapide d'avoir trop parlé. L'appréhension me gagne alors que j'attends leurs réactions. Cole Sanders me fixe longuement, puis ses yeux se posent sur sa composition, détruite par mon étrange mise en scène. Il attrape ma main et la porte à ses lèvres.

— Violette..., murmure-t-il de sa voix chaude, son souffle caressant ma peau. Violette comment, déjà ?

— Violette Le Bon.

Sa bouche frémit avant de s'étirer sur un sourire qui ferait chavirer n'importe quelle femme.

— Violette Le Bon. Je sens que nous allons faire de grandes choses ensemble...

14

La faute à qui ?

Violette

Est-ce que j'ai toujours ce sourire parfaitement idiot plaqué sur la figure ? *Oui.* Est-ce que j'ai l'impression de planer sur un petit nuage depuis que nous sommes partis de la fête ? *Aussi.* Mais je m'en fiche complètement d'avoir l'air d'une idiote, parce que Cole Sanders vient de me proposer un contrat !

N'est-ce pas incroyable ?

Mon idée de projet lui a tellement plu qu'il m'a offert de l'aider pour sa prochaine campagne promotionnelle. C'est une chance inespérée et je n'en reviens toujours pas qu'il m'ait demandé ça à moi, la petite stagiaire qui termine sa formation de photographie.

Pfiou...

Si on m'avait dit qu'en venant chez Kelly Clarks, j'ouvrirais une porte sur un avenir absolument insensé... Moi qui étais simplement venue dans l'optique de prendre quelques photos à la dérobée, me voilà embarquée dans un partenariat avec l'homme que tous les restaurants gastronomiques s'arrachent. Et cet homme, ce qui ne gâche rien, est le parfait combo du « mec canon gentil ».

C'est dingue !

Je coupe le robinet de la douche et m'essuie rapidement avant d'enfiler ma tenue du dimanche, un magnifique ensemble côtelé en coton bio vert bouteille qui, je l'avoue, est un poil trop grand pour moi. Peu importe, pour rester cocooner dans l'appartement, il est parfait. Je monte à l'étage en nouant mes cheveux en un chignon lâche dont plusieurs mèches rebelles s'échappent. L'odeur de café et de pain grillé titille mes papilles. J'ai une faim de loup.

Arrivée sur le palier, je marque un temps d'arrêt. Hugo est encore « torse-poil » – c'est être à poil, mais uniquement du torse – et s'affaire aux fourneaux. Le voir de dos, en train de battre avec vivacité les œufs au-dessus de la poêle, me donne le sourire. Si j'avais l'esprit mal tourné, je verrais forcément dans son geste une tout autre activité que celle de préparer une omelette...

Mon cœur fait un bond lorsqu'il se retourne, sa gamelle fumante dans une main, une spatule en bois dans l'autre. Bon sang, parfois, il m'arrive d'oublier à quel point il peut être sexy dans cette tenue. Enfin, en l'occurrence, cette absence de tenue.

— Hello, Pupi ! T'as l'air d'être en forme ce matin...

Mince ! J'ai encore mon sourire débile collé aux lèvres.

— Oui, toi aussi.

C'est moi ou son bas de jogging est plus serré que d'habitude ? Je détourne rapidement les yeux, légèrement honteuse, et attrape machinalement le petit Post-it qui traîne sur le plan de travail pour le jeter à la poubelle sans même le regarder.

Hugo a pris soin de dresser la table sur l'îlot central. Je désigne la mise en scène d'un geste de la tête avant de grimper sur un tabouret. L'odeur de viande et de pain grillé est trop alléchante pour que je boude un tel banquet.

— Et c'est en quel honneur, tout ça ?

Mon colocataire dépose une belle tranche de lard grillé dans mon assiette déjà garnie d'œufs brouillés.

— Je ne sais pas... L'Amérique ?

J'ouvre la bouche.

— Ah, ah ! Je t'ai vue faire les yeux doux au cuisinier ! se moque-t-il.

— Et alors ? Je ne vois pas en quoi ça te regarde.

— Oh, mais ça ne me regarde pas. Quoi que... Tu pourrais le ramener à la maison, ajoute-t-il d'une voix méfiante en s'installant à son tour.

Je hausse les épaules.

— Tu ramènes bien des inconnues, toi !

Il réfléchit, avant de redresser la tête.

— Oui, j'assume. D'ailleurs, tu n'aurais pas vu un Post-it traîner ?

Oh zut ! Ce doit être celui que je viens de balancer. Pendant quelques secondes, je le regarde chercher, la fourchette levée devant ma bouche, et demande, incrédule.

— T'es sérieux ? La grande rousse ?

Il écarquille les yeux.

— Ben quoi ! Je l'aime bien.

Je fais la moue. C'est la première fois qu'il envisage de conserver le numéro d'une fille. Est-ce que cela me dérange ? *Ouais, carrément !* Pourtant, je prends sur moi et fais mine de ne pas être touchée par ses paroles.

— Je crois qu'il a glissé dans la poubelle, déclaré-je avec mauvaise foi.

Hugo arque les sourcils avant de fouiller dans le sac rose. Il retrouve rapidement le petit carré jaune que j'ai chiffonné quelques minutes plus tôt.

— Elle s'appelle Enéa. C'est mignon, tu ne trouves pas ?

Ouais, j'imagine le cliché. Une Écossaise, issue d'une longue lignée de highlanders.

— Tu vas vraiment la rappeler, ou tu fais juste ça exprès pour m'énerver ? demandé-je en croquant dans mon bacon avec rage.

Hugo s'assied face à moi et pose son menton sur ses mains.

— Serait-ce le démon de la jalousie que je vois poindre derrière toi ?

Je secoue la tête et ignore sa question.

— Tu ne les rappelles jamais, d'habitude.

Il sourit en se redressant.

— Oui, mais là, j'avoue que cette belle plante m'a donné un petit goût de « reviens-y ».

Je grimace. Soudain, j'ai une méchante envie de lui effacer son sourire d'un revers de la main... Je me lève à mon tour en repoussant mon assiette. Je n'ai plus faim.

— Un jour, je voudrais que tu tombes amoureux..., lâché-je sans réfléchir. Vraiment !

— Oh là ! C'est pas près d'arriver, crois-moi.

— Effectivement, il faudrait déjà que tu aies un cœur pour ça. Pas une pierre.

— Tu sais, Pupi, tout le monde ne court pas après le grand amour. Les filles qui viennent ici préfèrent pour la plupart rester libres. Une nuit de plaisir leur convient mieux qu'une vie d'emmerdes.

Mon Dieu, je crois que j'aurais tout entendu...

— T'es vraiment irrécupérable.

— Laisse tomber. Tu ne peux pas comprendre. T'es encore vierge.

Cette fois, je laisse tomber mes couverts dans un fracas métallique irritant.

— Tu n'es qu'une sale ordure, Hugo Castelli ! craché-je en vidant le reste de mon café dans l'évier. Parfois, je me demande comment je peux être ton amie.

— Hey, mais qu'est-ce que j'ai dit ? s'insurge Hugo.

Cet idiot ne comprend même pas qu'il me blesse avec ses paroles. Je m'apprête à quitter la pièce quand il m'attrape par la taille pour me ramener contre lui. Contre son torse chaud et lisse... Bon sang !

— Attends, je m'excuse. Je n'aurais pas dû dire ça.

Il m'oblige à me retourner entre ses bras pour me faire face.

— Menteur, je ne te crois pas.

— Promis. Je te jure, j'arrête. Cesse de pincer les lèvres, Pupi, tu vas finir par te coller des rides.

Je renifle.

— La faute à qui ?

Hugo caresse ma joue, avec une tendresse qui contraste avec la goujaterie dont il vient de faire preuve. Malgré moi, je finis par me détendre.

— Eh bien, justement, en parlant de ça, je te parie que je ne le serai bientôt plus.

Après un instant d'hésitation, le coin de sa bouche se relève.

— Quoi ? Vierge ?

— Hum hum. Je me donne trois mois.

J'ai dit ça comme ça, sur un coup de tête, rien que pour lui faire les pieds. Cette fois, Hugo éclate carrément de rire.

Bravo ! Mon petit manège est un échec total...

— Avec machin ? Nannnn, impossible.

— Parfaitement. Avec Cole Sanders. D'ici trois mois, j'aurai couché avec lui.

Mon amour propre est plus fort que ma raison. Il m'incite à poursuivre cette folie. Oui, c'est certainement dingue ce que je fais. Mais je ne peux plus faire marche arrière. D'autant plus quand Hugo lève la main et s'écrie :

— J'adore les défis. Pari tenu, Pupi !

15

De finesse et de gourmandise

Violette

Mais qu'est-ce qui m'a pris, bon sang ? Pourquoi me suis-je embarquée dans ce pari stupide ? Est-ce un accès de folie ? Un excès de confiance ? Une envie soudaine de forcer le destin et de me convaincre que mon hymen ne passera pas mon vingt-sixième anniversaire intact ?

Dans tous les cas, c'était complètement insensé de jouer avec Hugo. C'est toujours lui qui gagne dans ce cas de figure ! Je devrais le savoir mieux que quiconque. Déjà, lorsqu'on était petits et qu'on se lançait des défis de gamins, c'est toujours moi qui finissais par lui filer mes bonbons. Heureusement, cette fois, j'ai eu la présence d'esprit de ne rien mettre en jeu. Parier sur l'avenir de ma virginité, c'est déjà un sacré engagement.

Je jette un coup d'œil en direction du cuisinier, occupé à dresser son plat avec la minutie d'un orfèvre. Cet homme est décidément trop beau, probablement riche et déjà célèbre dans son milieu... Alors que moi... je ne suis rien. Rien qu'une petite photographe insignifiante au physique banal qui cherche à se construire une vie privée et un avenir dans le domaine qui la passionne.

Finalement, on peut dire que j'ai de la chance dans mon malheur. Parce que plus je regarde Cole, plus je me dis que ce pari est une énorme connerie. Je ne sais pas ce que je me suis imaginé avec un homme tel que lui. Certainement un moment d'égarement durant lequel j'ai cru que je pouvais lui plaire. Mais à présent, j'ai des doutes. De gros doutes.

Je me perds dans la contemplation de ses mains qui s'affairent avec expertise, s'attachant à transformer l'assiette en écrin de poésie. Cole a l'assurance des grands. Il sait ce qu'il fait. Et il navigue dans l'immense cuisine comme un poisson dans l'eau. Bien sûr, ayant déjà travaillé avec des chefs de renom, cet environnement ne m'est pas étranger. Cependant, le charisme et le charme du cuisinier ont un côté intimidant qui me met en émoi.

Le jeune homme s'appuie sur le plan de travail pour attraper un pot d'épices, dévoilant les muscles de ses avant-bras et la rondeur de son postérieur. Le voir ainsi, penché au-dessus du marbre blanc, fait naître des images étranges dans mon esprit. Version « interdite aux moins de dix-huit ans ». Je m'imagine sous lui, les mains agrippées à ses fesses, dont je devine la fermeté sous le tissu de son pantalon.

Et si je lui proposais carrément de coucher avec moi, là, tout de suite, direct ? Le meuble a l'air assez solide pour résister aux assauts d'un étalon... *Stop ! C'est n'importe quoi !* Cole va me prendre pour une folle. Il faut vraiment que j'arrête de lire des romances hot, moi !

Je ferme brièvement les yeux en me massant l'arête du nez pour chasser ces pensées licencieuses. Si Cole Sanders doit être le premier, il le sera sans que j'aie besoin de me transformer en vamp. Hugo dit toujours que la séduction est un art. Moi, j'en ferai un chef-d'œuvre.

— Voilà. Encore une petite touche de couleur et ce sera parfait.

Le cuisinier se redresse avec l'air satisfait de celui qui s'est dépassé. Effectivement, en découvrant le plat posé devant lui, je comprends qu'il puisse être fier. Ce montage est superbe. Mélange de finesse et de gourmandise.

Il coupe le gaz, essuie ses mains sur un torchon et se tourne vers moi. Je dois avoir encore la bouche ouverte et l'œil pétillant, car il s'avance, un petit sourire aux lèvres.

— Vous appréciez ce que vous voyez ?

Le double sens de ses paroles me fait tousser.

— Comment ne pas aimer ? C'est juste… magnifique.

— Bien. Je suis vraiment content que vous ayez pu venir, Violette.

Et moi donc !

Le chef de *l'Astrance* a laissé carte blanche à Cole pour utiliser son espace afin qu'il puisse composer. Je mesure la chance que j'ai de pouvoir pénétrer dans les coulisses de ce haut lieu de la gastronomie française, considéré par beaucoup comme l'un des meilleurs restaurants du monde.

Cole me surprend en m'embrassant sur les joues.

Habituellement, les Américains sont réticents à faire la bise. Le jeune homme s'aperçoit de mon étonnement et m'adresse un sourire.

— Ma grand-mère maternelle était française.

Ah. Tout s'explique ! Je me demandais d'où lui venaient son petit accent et la perfection de son français.

— Elle travaillait dans un restaurant, à Manhattan. C'est elle qui m'a donné le goût de la cuisine.

Sans attendre de réponse de ma part, il pose son plat devant moi.

— Alors, Violette, je vous présente ma dernière création : l'ivresse des saveurs.

Je suis choquée. Cole a utilisé mes mots pour nommer son plat. Cette simple idée me fait fondre…

— C'est vous qui me l'avez inspirée, ajoute-t-il sans cesser de me regarder. Vous, et votre énergie créative.

— Merci. Je suis touchée. Qu'est-ce que c'est ?

— Carpaccio de Saint-Jacques, caviar de Sologne, perles de mangue et… fleurs de violette sauvage.

OK.

Cole vient de créer un plat rien que pour moi. Je n'ai même pas les mots pour exprimer ce que je ressens à cet instant. Le chef me tend une fourchette avec laquelle je pique un morceau de Saint-

Jacques que je glisse délicatement entre mes lèvres. Le goût qui explose dans ma bouche réveille mes papilles et me fait fermer les yeux.

— Hummm. Mon Dieu, c'est délicieux !

Lorsque je rouvre les paupières, c'est pour croiser le regard troublant du cuisinier. Est-il possible que je lui plaise ?

Rapidement, il toussote comme pour reprendre contenance.

— Bien, finit-il par dire, mettant un terme à cet échange visuel trop intime. Alors, voilà... Comme je vous l'ai dit, j'ai énormément aimé votre approche artistique lors de la soirée de Kelly. Ça m'a donné une idée.

Il marque une pause et fait tourner l'assiette sur elle-même.

— Si vous êtes d'accord, j'aimerais que l'on reprenne votre concept pour mettre en valeur ma prochaine collection capsule. Je voudrais apporter une nouvelle approche à la gastronomie. Casser les codes. Et adapter votre idée de « revenir à l'essentiel de la cuisine ».

C'est dingue, ça ! Aurait-il appris par cœur toutes mes paroles ?

— Il y aurait une vingtaine de plats. De l'amuse-bouche jusqu'au dessert.

Je ne pouvais pas rêver mieux pour mon projet. Bulbizarre ne va pas en revenir. J'acquiesce en faisant mine de réfléchir à sa proposition. *Règle numéro 1 : ne jamais montrer trop d'enthousiasme avec un client...*

— Cela me semble accessible.

Je reste posée et calme. Mais à l'intérieur, mon cœur fait des saltos.

— Génial ! Je veux sortir des sentiers battus et montrer au monde que la cuisine est avant tout une histoire de plaisir.

Ouais. Dit comme ça, il est impossible de refuser.

— OK. Alors, quand est-ce qu'on signe ? demandé-je en plaisantant.

Son sourire est un véritable rayon de soleil quand il s'empresse de répondre.

— Dimanche soir. Autour d'un dîner. C'est moi qui vous invite !

Mon sang quitte mes joues en même temps que mon palpitant s'emballe. Je ne m'attendais pas du tout à cela. La dernière fois que l'on m'a invitée à dîner, c'était le jour où Hugo a voulu me faire passer pour sa petite amie afin de se débarrasser d'une conquête trop envahissante.

Cole attrape sa mallette et fouille à l'intérieur pour en retirer une enveloppe qu'il me tend.

— Voilà. Tout est dans le contrat. Prenez le temps de le lire, et nous pourrons évoquer les points qui vous intéressent dimanche soir.

Je hoche la tête en sortant la liasse de papiers. *Waouh !* Moi qui pensais simplement lui vendre quelques clichés, je réalise qu'il attend beaucoup plus.

— Pour la rémunération, si cela pose souci, n'hésitez pas à m'en faire part. Nous pourrons revoir cela ensemble.

— Bien.

Cole s'approche encore, si près que je dois lever les yeux vers lui.

— Je serais vraiment ravi que l'on puisse collaborer, Violette. Alors, s'il y a quoi que ce soit...

— Oui, dis-je en faisant la moue.

Ses sourcils se froncent.

— Quoi ?

— Oui, il y a bien quelque chose qui me tracasse, Cole.

— Ah bon ? Mais... dites-moi.

Je ris intérieurement de son appréhension.

— Puis-je terminer l'assiette ?

16

Plus fort que le sang

Violette

Article 12. Remise des livrables

Les clichés originaux seront remis au format numérique, accompagnés des modèles retouchés, dans les trente jours suivant la prise de vue.

Je parcours le contrat des yeux, survolant les points accessoires pour m'attacher aux éléments essentiels de l'accord. Cole a vraiment tout prévu. Cela dit, l'homme doit être habitué à établir ce genre de document. Il a même probablement un avocat pour le conseiller. J'ai vu qu'il avait déjà collaboré avec des photographes de renom et que plusieurs magazines de cuisine lui avaient consacré des reportages de plusieurs pages. Cela me fait presque peur de bosser avec un homme aussi talentueux.

Et si je n'étais pas à la hauteur ?

— Arrête de froncer les sourcils, Pupi !

Je lève la tête de ma liasse de papiers. Hugo est dans la piscine, appuyé nonchalamment contre le bord à m'observer, la tête posée sur le dos de ses mains. Bon sang, il est tellement sexy avec ses cheveux humides qui laissent échapper quelques gouttes sur son visage. Encore une injustice. Quand le commun des mortels a l'air d'un chien mouillé, lui ressemble à un dieu de la mer.

— Je suis concentrée, dis-je avec humeur.

À cet instant, il pose ses mains à plat pour s'extirper de l'eau à la force des bras.

Bordel de merde !

Cela ne me ressemble pas d'être aussi vulgaire, mais c'est vraiment ce qui me vient à l'esprit quand je vois Hugo, le corps ruisselant, qui s'avance vers moi de sa démarche féline et dangereuse. Des perles cristallines dévalent ses pectoraux pour venir s'écraser sur le sol, terrassées par le charme ravageur du mannequin. Je lève mes lunettes de soleil pour mieux profiter de la vision de ses muscles qui roulent sous sa peau. Sans même m'en rendre compte, mes yeux s'aventurent sur ses abdominaux parfaitement dessinés et glissent vers son boxer bleu marine, fermé par un lacet blanc... et durant quelques secondes, je fais une fixette sur la bosse qui déforme le tissu...

Bon sang ! Je porte rapidement ma main en visière sur mon front, tout en me serinant : « Lève les yeux, Violette ! » Ma bouche se referme dans un claquement sec et je réalise avec une certaine gêne qu'elle s'était ouverte toute seule.

— *J'étais* concentrée, murmuré-je pour moi-même entre mes dents serrées.

J'attrape une serviette à côté de moi et la lui envoie dans la figure en ronchonnant.

— T'es obligé de te trimballer sans arrêt à poil devant tout le monde ?

— Hey ! Je suis en maillot de bain. Tu veux que je mette quoi d'autre ? Une combinaison de plongée ?

— Et pourquoi pas ? Ça éviterait que ces dames ne bavent dans leur tasse de thé.

Je désigne de la tête les amies que ma mère a invitées pour leur traditionnelle partie de Scrabble.

Comme chaque premier samedi du mois, Hugo et moi passons la journée à Saint-Germain-des-Prés, en compagnie de nos mères respectives. C'est là qu'on a grandi. Dans cette grande bâtisse des années trente, posée sur un magnifique jardin aux couleurs chatoyantes parfaitement entretenu. Héritage de famille que ma mère s'est saignée à entretenir. Enfin, avant l'arrivée d'Allegra.

Il y a quelques années, ma mère et elle y ont fait construire une immense véranda qui abritait une piscine intérieure bordée de végétation. Un vrai petit paradis, résultat du travail acharné de ces deux passionnées de jardinage. Depuis que nous avons quitté la maison, c'est devenu une sorte de rituel de passer du temps ensemble dans ce havre de paix. Parfois, notre cercle familial s'agrandit, incluant quelques amies fidèles qui viennent s'affronter aux jeux de société. J'aime beaucoup venir ici, me ressourcer dans la maison de mon enfance.

D'habitude, je joue volontiers en compagnie des vieilles dames, mais là, j'avoue que je ne suis pas d'humeur très joviale. Surtout lorsqu'Hugo me fait râler en essuyant ma bouche avec la serviette que je lui ai lancée.

— Attends, il te reste un peu de bave au coin des lèvres, Pupi.

Je lève mon majeur dans un geste qui n'a rien d'élégant.

— Je ne comprends pas ton air chafouin, Violette, déclare ma mère en me jetant un coup d'œil par-dessus sa rangée de jetons. Tu ne devrais pas être contente de ce nouveau contrat ?

Mon soupir en dit long sur mon état d'esprit.

— J'ai horreur de tous ces termes juridiques. J'ai toujours l'impression que ça nous enferme dans un cadre qui brime la créativité.

— C'est normal. Dans toute collaboration, il faut protéger ses intérêts. Tu veux que je jette un œil ?

Ma mère ayant été juriste dans une grande entreprise, elle est effectivement bien mieux placée que moi pour décortiquer les termes de ce contrat. Je repose les feuilles sur la table basse, avant de me rallonger sur ma chaise longue.

— Si tu veux. Ce truc m'a donné mal au crâne.

— Ce ne serait pas plutôt la perspective de travailler avec Machin qui te donne la migraine ? Aurais-tu peur de perdre ton pari ?

Je lève les sourcils en direction d'Hugo.

— « Machin » a un prénom, je te signale.

Il hausse les épaules et installe sa serviette sur un bain de soleil à côté de moi.

— OK. Sanders, si tu préfères. Mais lui donner un nom ne changera pas grand-chose au résultat.

Il s'allonge et ferme les paupières, ébloui par le soleil qui perce à travers les vitres du plafond.

— Donc, il te plaît vraiment, ce type ?

Je mords ma lèvre, comme à chaque fois que je suis mal à l'aise.

— Peut-être..., finis-je par avouer.

Mon ami rouvre un œil.

— Alors, qu'est-ce que tu attends, petite fleur ? Fonce !

Je secoue la tête énergiquement.

— Tout le monde n'est pas un don Juan comme toi, Hugo. J'ai besoin d'un minimum de temps pour entreprendre quoi que ce soit. Et puis, si ça se trouve, il me trouve moche.

— Ça, ça m'étonnerait !

Il marque une pause avant de demander, d'un ton aguicheur :

— Ce qu'il te faut, c'est quelqu'un qui te montre comment faire. Tu veux que je t'apprenne ?

Cette fois, je me redresse en poussant un rire sardonique.

— M'apprendre quoi ? Comment on jette quelqu'un juste après l'avoir baisé ?

Je vois que je l'ai vexé à la manière dont Hugo tord sa bouche, entre sourire et grimace.

— OK. Eh bien, débrouille-toi toute seule, alors. Seulement, prépare-toi à perdre ton pari.

Je me rallonge et reprends d'une voix adoucie :

— Tu n'y connais rien à l'amour, Hugo. Comment veux-tu que je prenne en compte tes conseils ?

— Si. Je t'aime, toi.

Mon cœur se fissure.

— Pfff ! Ce n'est pas pareil.

— Pourquoi ? C'est de l'amour. Je t'aime comme ma petite sœur.

— Je ne suis pas ta sœur. On a juste été élevés ensemble. Il n'y a aucun lien de parenté entre nous.

Hugo se tourne sur le côté et pose sa tête sur sa main pour me regarder.

— Les liens du cœur sont plus forts que ceux du sang, Violette. Tu es la personne la plus précieuse qui soit à mes yeux. Peut-être même plus précieuse que ma propre mère. Alors, si tu n'es pas ma sœur, tu es mon âme sœur. Mon alter ego. Tu as beau le nier, je sais que c'est aussi ce que tu ressens.

Il tend la main et la pose là, juste au-dessus de ma poitrine. Je bloque ma respiration pour tenter de calmer mon pouls qui s'affole.

— Ton cœur bat plus vite quand je suis près de toi.

Mon Dieu, mais comment fait-il pour m'énerver à ce point et me faire fondre la minute d'après ? Il retire ses doigts, laissant à la place une sensation de brûlure, puis de vide. Sans se soucier de l'impact de ses paroles, il reprend sa position sur le dos, les bras croisés derrière la nuque.

— Nous deux, c'est pour la vie, Pupi. Je ferais tout pour toi, tu le sais. Alors si tu as besoin, n'hésite pas. Tu sais où me trouver.

Ses paroles résonnent étrangement à mes oreilles. Je reste un long moment à observer son profil à la ligne parfaite, figé comme peuvent l'être les statues grecques. Cependant, en y regardant de plus près, je distingue un petit muscle sur sa joue qui s'agite nerveusement. Sa pomme d'Adam remonte lorsqu'il déglutit.

— Tu as le droit de renoncer, tu sais ?

Comme je ne réponds pas, il tourne la tête vers moi.

— Le pari. Rien ne t'y oblige. Alors ? Tu as le droit de déclarer forfait...

Alors, c'est ça... *Il a peur que je gagne !* Je plisse les paupières avant de lui balancer d'un ton plus déterminé :

— Jamais !

17

Il est trop tard

Hugo

— Alors, mon chéri, toujours pas d'amoureuse en vue ?

Ma main s'arrête en suspens au-dessus de la poignée de la porte. Je pensais pouvoir y échapper... Mais ma mère a toujours eu ce don de poser les questions qui me font chier au mauvais moment. Là, en l'occurrence, c'est pile quand nous nous apprêtons à partir, Violette et moi.

— Maman... Si tu veux que je te présente une petite amie, je peux le faire sans aucun problème. J'ai des tas de filles dans mon répertoire. Seulement, tu me connais. N'espère pas qu'elle devienne la mère de mes enfants.

Elle écarquille les yeux, mais je ne suis pas dupe de son air outré. Comme je l'ai dit, elle me connaît. J'ai emmené ma première conquête à la maison quand j'avais à peine dix-sept ans... Et après, j'ai enchaîné sans laisser la moindre chance aux filles d'amorcer une quelconque relation. D'ailleurs, l'étonnement de ma mère ne dure pas longtemps, car déjà, elle me menace de l'index.

— Je te préviens, *cariño*, je ne mourrai pas avant d'avoir eu des petits enfants !

— Oh, mais Mamma, ce n'est pas demain la veille. Regarde-toi, tu es aussi fraîche qu'un bourgeon baigné par la rosée du matin.

Ma mère n'a jamais su résister à mes flatteries. Amadouée, elle caresse ma joue avec tendresse. Je vais pouvoir échapper à la sempiternelle discussion que je redoute à chaque fois qu'elle aborde ma vie sentimentale. Celle où elle voudrait m'appliquer le schéma classique « maison-mariage-chien-gosses » et pour lequel je réponds « prison-servitude-contraintes-emmerdes »... Je n'ai jamais eu l'âme d'un romantique. Un jour, il faudra qu'elle comprenne que former un couple n'est pas un accomplissement. Ce n'est tout simplement pas fait pour moi. Et ça ne le sera jamais. Elle, mieux que quiconque, devrait savoir que l'amour est un poison qui finit toujours par nous tuer.

À l'instant où je pense pouvoir esquiver le sujet, je croise le regard de Violette. La diablesse est en train de sourire comme une roublarde. En gros, elle se fout de moi, et je sens qu'elle va dégainer l'une de ces piques dont elle a le secret. Je plisse les yeux dans l'espoir de l'intimider.

— Quoi ?

— Oh, rien... Rien du tout. J'étais juste en train d'imaginer quelle serait ta tête si l'une de tes conquêtes te ramenait un rejeton. On n'est à l'abri de rien, et un accident de préservatif est si vite arrivé...

J'ouvre la bouche, mais aucun son n'en sort. C'est une erreur de penser que Violette est une petite chose douce et fragile. Quand on la cherche, cette tigresse est capable de sortir les griffes et de vous lacérer le visage.

— D'ailleurs, en parlant de cela, il faut qu'on passe à la pharmacie. Depuis la semaine dernière, ta boîte de cinquante y est passée.

Ma mère pousse un juron, choquée d'entendre de tels propos dans la bouche de la jeune femme.

— Violette ! Cesse d'embêter Hugo, réprimande gentiment Flore en tendant une veste à sa fille.

Celle que je considère comme ma seconde mère vient toujours à ma rescousse quand je me chamaille avec Pupi. Ce qui ne manque pas d'énerver ma meilleure amie.

— On voit bien que tu ne vis pas avec lui, maman. Je te promets que toi aussi, tu finirais par en avoir marre de ce défilé incessant de top models. En plus, ça file des complexes d'être entourée de toutes ces filles parfaites. Et crois-moi, bientôt, il n'y aura plus une femme dans Paris qui ne sera pas passée dans le lit d'Hugo. Ce n'est pas pour rien qu'on l'appelle Casanova ! Alors, c'est moi que tu devrais plaindre.

Flore s'indigne.

— Oh ! Mais qu'est-ce que tu racontes ? Arrête de dire n'importe quoi ! Elle dit n'importe quoi, n'est-ce pas mon petit Hugo ?

J'aurais bien une réponse à balancer sur le fait qu'il y aura au moins une femme que je n'aurai pas touchée dans cette putain de ville, mais je m'abstiens, de peur de blesser mon amie. Je me contente plutôt d'ouvrir la porte en ignorant royalement le petit air victorieux et provocateur de ma « chère et tendre » colocataire.

Néanmoins, elle ne perd rien pour attendre.

— Et toi, Violette ? demande ma mère.

— Moi ?

Ah ! Il suffisait de demander. C'est ton tour, ma belle !

Violette a brusquement changé de couleur, ses joues devenant cramoisies quand elle se met à bégayer.

— Moi... ? Eh bien... Il faudrait...

— Il faudrait déjà qu'un mec s'intéresse à elle !

Et bam !

Je devrais être satisfait de la voir se renfrogner et pincer les lèvres sous le coup de ma réplique mesquine. Mais bizarrement, en voyant la peine marquer ses traits, j'ai comme un goût amer dans la bouche qui m'empêche de rire.

Une demi-heure plus tard, quand je gare mon Audi dans le parking souterrain de notre immeuble, j'attends quelques secondes avant de couper le moteur.

— Tu es toujours fâchée contre moi, Pupi ?

Depuis que nous sommes partis de Saint-Germain, elle n'a pas ouvert la bouche, se contentant de regarder fixement le pare-brise, les lèvres pincées. Quand la jeune femme tourne la tête pour accrocher ses beaux yeux de biche aux miens, les éclairs dans ses pupilles me foudroient.

J'avais vu juste. Elle est en colère.

Pourtant, alors que je crois qu'elle va m'envoyer l'une de ses tirades bien choisies, elle se ferme comme une huître et quitte la voiture en claquant la porte.

— Bordel ! Violette !

Je me précipite hors du véhicule à sa suite. Elle marche vite et a déjà rejoint l'ascenseur. Je suis obligé de courir pour la rattraper et empêche in extremis les portes de se refermer, glissant mon pied entre les deux battants. Je me faufile à l'intérieur sous le regard courroucé de Pupi.

— Violette... Je suis...

— Tais-toi, Hugo ! Je t'en prie, ferme-la.

Je m'appuie contre la cloison métallique, les sourcils froncés, décontenancé par cette attitude inhabituelle. Nous avons pourtant l'habitude de nous chamailler. Toutefois, je ne l'ai jamais vue réagir aussi vivement. Pourtant, Dieu sait qu'elle aurait de quoi s'énerver plus d'une fois après moi.

Je ne sais pas pourquoi, mais je ressens toujours le besoin de la provoquer. C'est plus fort que moi.

Et là encore, je ne parviens pas à stopper le flot de paroles qui s'échappe d'entre mes lèvres.

— Sinon quoi ? Tu vas me frapper ?

Elle relève le menton en signe de défi.

— Je pourrais.

— Ne me tente pas. Je suis sûr que j'adorerais ça.

Je souris de voir son teint blêmir et ses yeux s'agrandir sous le coup de cette nouvelle provocation. C'est tellement facile de la faire réagir. J'avance vers elle et replace ses cheveux derrière son oreille. Je n'ai jamais réussi à résister à la tentation de faire ce geste. Dès que je vois une petite mèche rebelle s'échapper de son éternel chignon, il faut que je la remette à sa place. Ma main s'attarde sur sa joue.

Quand ses grands yeux se lèvent vers moi, elle est si touchante de vulnérabilité que je réprime l'envie de l'attirer contre moi.

— Pupi, ma petite fleur... si pure. Si innocente. Tu sais, tu n'es pas obligée de coucher avec un homme pour te prouver que tu peux le faire, surtout si tu n'es pas à l'aise ou si tu n'en as pas envie.

Moi qui pensais la rassurer en mettant un terme à ce pari débile, je la mets en rogne avec cette question débile. Elle se dégage d'un mouvement brusque.

— Merde, Hugo ! s'emporte-t-elle soudain. Je ne suis pas « pure ». Ni « innocente ». Bon sang, ce n'est pas parce que je suis encore vierge que je suis naïve et frigide !

La virulence de son ton me percute et résonne étrangement en moi. Une petite flamme s'allume dans mon esprit. Incendiaire. Démoniaque. Sans réfléchir, j'appuie sur le bouton de l'ascenseur, qui s'arrête dans un bruit métallique, la faisant sursauter.

— Ah ouais ? demandé-je.

Passé l'instant de surprise, Violette croise les bras sur sa poitrine, comme pour se protéger. Je vois bien qu'elle est troublée. Parce qu'elle sait au fond d'elle que j'ai raison. Elle a fait ce pari uniquement pour prouver à tout le monde, et surtout à elle-même, qu'elle pouvait le faire. Pas parce qu'elle en avait envie. Mais cette tête de mule est bien trop fière pour l'avouer.

Je m'approche, jusqu'à l'acculer contre la paroi. Il faut qu'elle comprenne à quel jeu elle joue.

— Est-ce que tu as déjà embrassé quelqu'un, au moins ?

Un voile sombre s'affiche dans son regard.

— Je veux dire, un *vrai* baiser. Celui qui te retourne les tripes, te détruit le cerveau et te fait oublier jusqu'à ton propre prénom ?

Je la vois déglutir, les yeux écarquillés. Elle cherche à esquiver.

— Est-ce que tu veux que je te montre ce que ça fait, Violette ?

Je crains un instant qu'elle ne fuie... Mais contrairement à ce que j'imaginais, elle soutient mon regard. Sa bouche s'ouvre. Puis d'un imperceptible mouvement de tête, elle me donne l'autorisation que j'espérais.

Alors, avec un petit sourire satisfait planté sur les lèvres, je fonds sur elle.

18

À présent, tu sais

Violette

Le temps s'arrête, comme suspendu, et le monde tout autour disparaît. Je flotte à présent entre rêve et réalité tandis que les secondes s'étirent dans l'attente douloureuse de ce qui va suivre.

Hugo se penche vers moi. Inexorablement.

J'appréhende. Mais plus fort encore que ma peur, il y a ce besoin impérieux qui me rend fébrile. J'ai envie qu'il le fasse. Oui. Je veux sentir ses lèvres sur les miennes. Ses mains sur mon corps. Éprouver la passion dévorante qui naît d'un vrai baiser.

Et quand le visage d'Hugo n'est plus qu'à quelques centimètres du mien, le rêve devient réalité. Mon cœur manque plusieurs battements avant de repartir plus fort, plus vite, plus exigeant. Il s'emballe alors que mon corps se transforme en une enveloppe apathique qui semble devenue trop petite pour contenir toutes mes émotions. J'ai l'impression d'être dehors et dedans à la fois. De me perdre quelque part, entre appréhension, excitation et impatience.

Et la cause de ce mélange exquis, c'est cette bouche qui se rapproche, et la main d'Hugo qui ouvre un passage derrière ma nuque frissonnante. Impérieuse et douce à la fois, elle m'attire contre lui.

Un frisson me balaye lorsqu'Hugo murmure d'une voix rassurante.

— Chut... N'aie pas peur, Pupi. Je vais seulement t'embrasser.

Je. Vais. Seulement. T'embrasser.

Les mots se répercutent dans mon cerveau comme une balle de ping-pong. *Peut-être devrais-je fuir ? M'éloigner le plus possible de cette innommable tentation ?* Cet homme est comme le diable. Dangereux tentateur au charisme mortel. *Peut-être que s'il me touche, je serai damnée à jamais ?*

Hugo perçoit mon trouble et fait glisser ses doigts le long de ma joue, pour venir appuyer sur mes lèvres. Son souffle me caresse lorsqu'il susurre, à quelques centimètres seulement de mon visage :

— Je veux que tu sois sûre, tu comprends ? Un mot de toi et on arrête tout. Est-ce que tu veux que j'arrête ?

Est-ce que je veux qu'il arrête ?! Je cherche une réponse dans le regard du jeune homme, mais n'y trouve qu'une lueur étrange qui m'émeut... Le désir...

— Dis-moi que c'est ce que tu veux, Pupi.

J'ai peur.

Peur de ce qu'Hugo s'apprête à faire. Et en même temps, tout mon être le réclame.

— Je ne veux pas que tu t'arrêtes...

Ma bouche s'ouvre d'elle-même quand il vient la frôler d'une caresse subtile et maîtrisée. J'ai tellement rêvé ce moment que je crois défaillir. Attentive, le cœur cognant dans les tempes, je le laisse explorer l'ourlet de mes lèvres du bout de la langue, tandis qu'à travers ses paupières mi-closes, il observe mes réactions.

Un soupir m'échappe. L'impatience me fait trembler. À moins que ce ne soit la sensation de ses doigts qui glissent derrière ma taille. D'un regard, je le supplie d'en finir. Hugo se redresse. À peine quelques secondes, un sourire satisfait illumine ses traits.

— Je m'en doutais...

Je ne comprends pas pourquoi il dit ça. Je ne cherche même pas à le savoir, et je m'en fiche. Seule m'importe sa bouche qui capture la mienne avec avidité. Sa langue qui s'immisce entre mes lèvres. Ses doigts qui remontent dans mes cheveux, et sa main qui m'attire vers lui, calant mon corps contre le sien. Une chaleur dévorante prend possession de mon être tandis que son baiser se fait plus pressant. Plus profond.

Rapidement, il devient un raz-de-marée, sauvage et indomptable, qui emporte tout sur son passage. Je m'abandonne dans ses bras, lui laissant prendre possession de ma bouche avec un abandon dont je ne me croyais pas capable.

À cet instant, il peut faire de moi ce qu'il veut. Je n'ai pas la force de contrer ce désir impérieux et insolite qui enflamme mes sens. Maintes fois, j'ai imaginé ce que cela ferait d'embrasser Hugo. Maintes fois, je me suis joué le scénario de notre étreinte dans mon esprit. Mais bon sang, j'étais tellement loin du compte !

Cet homme est maître dans l'art du retourner les sens. Un virtuose…

J'aime tout de lui. De ses mains qui m'agrippent pour me maintenir contre lui, de ses lèvres qui caressent les miennes… au goût de sa langue sur mes papilles… et à nos souffles qui s'emmêlent, ponctués de soupirs impudiques.

Sa main abandonne ma nuque, glisse lentement sur mes épaules, et rejoint celle sur ma taille pour enserrer mes fesses. La surprise m'arrache un cri lorsque d'un geste, il me plaque contre son bas-ventre. D'instinct, je m'accroche à ses cheveux, encouragée par son râle de satisfaction.

J'aimerais que ce moment dure toujours. Vivre et mourir en même temps, là, entre ses bras. Bientôt, la notion du temps et de l'espace m'échappe. Je ne sais plus où je suis ni ce que je suis. À part cette boule de nerfs qui piaffe avec avidité, prête à exploser…

Est-ce que c'est ça, mourir d'amour ? La sensation de perdre pied et de tomber dans le néant sans jamais pouvoir toucher le fond ? Disparaître en un million de particules qui se dispersent dans l'atmosphère jusqu'à devenir invisibles ?

Parce que si c'est ça, alors oui, je suis déjà morte.

Malheureusement, dans la dure réalité de ma vie, même la mort a une fin. Et quand Hugo s'arrache à moi, mon cri de frustration n'y change rien. Je tente de le retenir en croisant mes mains derrière sa nuque, mais il m'oblige à les retirer avec douceur et fermeté.

J'ai l'impression d'être une gamine à qui on reprend un cadeau d'anniversaire.

Le jeune homme s'écarte, le visage ravagé par... je ne sais quoi. Ça ne dure que quelques secondes, car rapidement, il reprend une expression normale et caresse ma joue avec une tendresse... toute fraternelle.

C'est comme s'il me vidait un seau d'eau froide sur la tête.

— Bien, dit-il d'une voix étrangement calme comparée à la ferveur dont il a fait preuve jusqu'alors. À présent, tu sais...

Incrédule, je porte la main à mes lèvres gonflées de son baiser pendant qu'il réajuste sa tenue et passe rapidement ses doigts dans ses cheveux, comme si de rien n'était. Comme si on ne venait pas de se dévorer comme des bêtes, quelques minutes plus tôt.

— Bien, répété-je, abasourdie.

J'aimerais être assez naïve pour ne pas comprendre ce qui vient de se passer et pouvoir combler ce trou béant qu'Hugo vient de faire dans ma poitrine, sans même en avoir conscience. Il pense m'avoir rendu service, alors qu'il vient juste de m'arracher le cœur pour le réduire en miettes.

À présent, j'ai les jambes qui tremblent et l'impression que je vais m'effondrer. Je me sens idiote. Mais je ne pleurerai pas. Non. Je n'ai pas encore perdu toute ma fierté pour ça. Alors, je déglutis et serre les dents afin de retenir les larmes qui montent, inexorablement.

Hugo appuie sur le bouton de l'ascenseur qui redémarre dans un ronronnement continu et monotone. Il évite mon regard et quelque part, je m'en réjouis. Parce que sinon, il pourrait voir à quel point je suis pathétique, là, à essayer de ne pas craquer.

Quand nous arrivons à notre étage, la sonnerie annonce ma délivrance. Je me mords l'intérieur de la joue pour m'obliger à garder une contenance. Puis, la tête haute, les épaules droites, je balance un simple :

— Merci !

Je pensais qu'il se moquerait de moi, mais son visage reste impassible, comme... éteint.

— De rien, Violette.

Est-ce moi, ou il y a ce petit muscle qui bat frénétiquement sur sa joue ?

— Je suis heureux d'avoir été le premier.

Une ombre passe dans ses yeux, mais je ne parviens pas à la décrypter.

— Bonne nuit, Pupi, ajoute-t-il avant de s'éloigner en direction de sa chambre.

— Bonne nuit.

Je reste quelques secondes à regarder sa porte, après qu'il a disparu dans son antre. Puis, tel un automate, je m'enferme dans la mienne et m'appuie quelques secondes contre le battant, les yeux vides. Machinalement, je lèche les lèvres qu'il a embrassées, comme pour vérifier que je n'ai pas rêvé ce qui vient de se passer. Elles ont encore le goût de lui.

Dans un état second, je m'avance dans la pièce, le cœur si lourd que j'ai l'impression de devoir traîner un boulet. Enfin, je m'affale sur mon lit. Et c'est seulement à cet instant, que je laisse les larmes couler.

Mon Dieu... Mais qu'est-ce qu'on a fait ?

19
C'est malsain

Hugo

Je plaque une main sur la froideur du carrelage émaillé et laisse l'eau à peine tiède couler sur mes épaules, la tête honteusement baissée sur mon repentir. Embrasser Violette était une erreur. Une erreur grossière qu'il va à présent me falloir assumer. À commencer par cette putain d'érection qui me martyrise depuis plus de dix minutes et que je ne parviens pas à calmer.

Je tourne le mitigeur pour augmenter le débit et refroidir la température. L'eau glaciale me fait frissonner, mais pour mon glorieux, rien à faire, il est toujours aussi pimpant. *Bordel !* Cela faisait longtemps que je n'avais pas ressenti cet effet. Je suis toujours tendu comme un arc alors que je n'ai rien fait d'autre que l'embrasser. Je n'ose même pas imaginer dans quel état je serais, si je l'avais touchée...

Bon sang, c'était vraiment une grosse connerie ! Et j'ai l'impression que je mesure à peine le bordel que toute cette histoire va foutre dans nos vies. *Qu'est-ce que je croyais en faisant cela ? Que j'allais lui donner une bonne leçon et basta ?* Certes, j'avais envie de la punir. Lui rabattre le caquet en lui prouvant que la séduction est un jeu dangereux et qu'elle n'a pas les épaules assez solides pour en sortir indemne. Mais je n'ai réussi qu'à ajouter de nouvelles règles encore plus tordues à cette partie d'échecs que nous avons entamée tous les deux.

Avec un râle de colère, j'attrape mon membre tendu et entreprends de soulager ce désir qui se fait douloureux.

J'ai perdu la première manche. Lamentablement.

Que Violette ait jeté son dévolu sur le cuisinier, soit. Je l'accepte. Mais savoir qu'elle ignore tout de ce qu'est l'amour m'insupporte. J'ai tellement peur qu'elle souffre que ça m'a fait vriller. Je n'y peux rien, je la vois encore comme une petite fille tout juste sortie de son cocon... alors qu'elle est clairement devenue une femme qui s'assume.

J'inspire un grand coup, les dents serrées, tandis que ma raison me hurle que Violette n'a plus rien d'une gamine. Même si elle n'a aucune espèce d'expérience dans les relations sexuelles, elle apprend sacrément vite. À croire que la petite fleur a ça dans le sang. J'ai encore sur ma langue le goût de la sienne.

Bordel !

Ça me rend dingue de penser à la fougue dont elle a fait preuve lorsqu'elle m'a rendu mon baiser. Son corps aux formes délicatement voluptueuses plaqué contre moi, sa bouche scellée à la mienne avec gourmandise, et ses petits gémissements aguicheurs... tellement excitants.

J'ai cru un instant perdre pied. Si je n'étais pas un maître dans l'art du self-control, j'aurais pu la prendre là, dans cet espace confiné, en me fichant éperdument des conséquences. Si elle n'avait pas été « elle », c'est sûr qu'elle aurait terminé la jupe retroussée sur la taille, le dos cambré, moi pénétrant avec vigueur et délectation ses secrets les plus intimes...

Argh...

Cette idée me fait exploser, et il me faut plusieurs secondes pour redescendre après cet orgasme foudroyant. Cependant, mon trouble est toujours présent.

Je chasse rapidement les images salaces qui envahissent mon esprit tandis qu'un goût amer s'invite dans ma bouche. Jamais je n'aurais imaginé que Violette puisse provoquer en moi une telle réaction. Et la confusion de mes pensées est d'autant plus difficile à gérer que je l'ai toujours vue comme ma petite sœur. Quelqu'un d'important à mes yeux, mais sexuellement intouchable. Indésirable.

Pourtant, là, je dois bien avouer que je suis loin de l'avoir traitée comme un membre de ma famille. Il y a encore quelques minutes, je la dévorais pendant qu'elle se tortillait contre moi... haletante et impétueuse. À cet instant, je n'avais plus qu'une envie, prendre ce qu'elle promettait de m'offrir sans aucune réserve. Et je viens de me masturber en pensant à elle, bordel !

Mais quel con !

D'un geste rageur, je frappe la faïence, ne réussissant qu'à érafler la jointure de mes doigts sous la violence de l'impact. Je ne devrais pas penser à Violette de cette façon.

C'est malsain.

Je referme le robinet et sors de la douche pour me sécher rapidement. Ma tentative pour me calmer est un échec cuisant. Quant à ma volonté de la faire sortir de ma tête, c'est carrément un fiasco ! Car lorsque je quitte ma chambre, mes pas m'emmènent directement devant celle de Violette, comme si toute volonté m'avait quitté en posant mes lèvres sur les siennes. À cet instant, j'aimerais m'excuser. Lui dire que je suis désolé de ce que j'ai fait. Seulement, j'ai peur qu'en passant cette porte, je ne puisse plus rien maîtriser. J'ai encore les nerfs à fleur de peau et l'envie d'assouvir le feu qu'elle a allumé.

Les minutes passent et je lutte intérieurement, tiraillé entre ma raison et mon cœur. Cependant, dans ce combat, les règles sont viciées depuis le début. Notre destin est déjà tout tracé. Et il semble vouloir m'éloigner d'elle. Quand je glisse la main dans la poche de mon jogging, le signe qu'il m'envoie est on ne peut plus clair.

La mâchoire serrée, je fais volte-face et monte à l'étage pour récupérer mon téléphone, serrant entre mes doigts un petit Post-it jaune.

Violette

Mon plafond n'a jamais été aussi passionnant qu'à cet instant, où je tente de me perdre dans la contemplation des moulures en plâtre sculpté. Mais même si j'essaye de faire le vide dans mon esprit, je n'arrive pas à fermer l'œil.

Cette soirée a été une véritable épreuve et les émotions sont encore trop présentes dans ma tête pour que je puisse m'endormir sereinement. Il y a encore son odeur partout sur moi. La sensation de sa chaleur sur ma peau... Tout mon corps frissonne à la simple évocation de celui qui vient de me faire perdre la tête.

Comment ce sera, demain ? Quand nous nous retrouverons dans la cuisine, autour de notre café quotidien ? Est-ce qu'il sera gêné ? *Cela m'étonnerait.* Hugo n'est pas du genre à regretter quoi que ce soit. Alors que moi, je me vois déjà rougir à la simple pensée de ce qu'on a fait.

Je sais que je n'ai rien à attendre de lui et que je ne dois pas me faire d'illusions. Mais bon sang, ce baiser, ce n'était pas du cinéma ! Rien à voir avec les quelques expériences malheureuses que j'ai vécues par le passé. Hugo avait raison. Je n'avais jamais vraiment embrassé avant lui. Et je sais que cette démonstration restera gravée dans mon cœur comme ma première fois. De toute façon, les autres n'ont déjà plus de raison d'être. Il les a effacées dès qu'il a posé ses lèvres sur les miennes.

J'attends encore quelques minutes, puis finis par me lever. Boire un thé m'aidera peut-être à me rafraîchir les idées et à calmer mes angoisses. J'enfile rapidement un peignoir et quitte ma chambre. Cependant, quand j'arrive dans le couloir, je marque un temps d'arrêt.

La porte d'Hugo est entrouverte. Et à l'intérieur, je perçois du mouvement. Je m'approche prudemment, attirée par les gémissements étouffés qui me parviennent, tandis qu'une boule se forme dans ma poitrine.

C'est terrible, cette propension qu'a l'homme à aller au-devant de ce qu'il craint le plus. Comme si la simple idée de se faire du mal était un leitmotiv plus puissant que l'angoisse elle-même. À cet instant, je sais que ce que je vais découvrir va me détruire. Et pourtant, je persiste à avancer. Inexorablement. Est-ce masochiste de savoir que l'on va souffrir et de continuer, malgré tout ?

J'imagine que oui. Car lorsque mes yeux croisent ceux d'Hugo dans l'entrebâillement, je ne parviens plus à me détourner de la scène. Non. Il m'est impossible de me détacher de la vision de cette fille qui le chevauche, la tête rejetée en arrière, tandis que lui me provoque de ses prunelles sombres, accentuant ses mouvements, un léger sourire aux lèvres.

20

Quelque chose à fêter

Violette

Bon, OK ! Maintenant, deux options s'offrent à moi. Soit, je m'enferme dans ma chambre pendant trois mois et je m'enfonce dans la déprime. Soit, je mets mon mouchoir sur ma fierté et j'affronte le monde. À savoir qu'ici, le monde en question se résume à une seule et unique personne : Hugo.

Jusqu'à présent, j'ai toujours réussi à gérer mes sentiments en trouvant une sorte d'équilibre entre mes attentes et ce qu'il m'offrait au quotidien. En venant dormir avec moi les nuits où ses névroses prennent le dessus, mon ami m'a enfermée dans un rôle protecteur dans lequel j'ai fini par me complaire. Peut-être parce que quelque part, cela me donne le sentiment d'être importante et précieuse à ses yeux. Depuis que nous sommes enfants, peu à peu, une interdépendance s'est créée. Nous sommes devenus indispensables l'un pour l'autre. Lui, parce que je ne peux vivre sans l'amour qu'il m'inspire, et moi, par le côté apaisant que je lui apporte.

Je sais, la relation que l'on entretient est clairement malsaine.

Qui fait ça ? Qui dort avec son « presque » frère, après qu'il a forniqué avec une autre ? Un psy aurait certainement une merveilleuse théorie là-dessus. Mais je suis bien trop lâche pour oser partager mes secrets intimes et affronter mes vices les plus tordus.

Je fixe mon reflet dans le miroir d'un œil critique. Mes yeux bouffis sont d'une sincérité impitoyable. Comment faire croire que j'ai passé une nuit normale avec cette tête-là ?

J'asperge mon visage avec de l'eau froide en caressant le vain espoir que cela change quelque chose à mon apparence désastreuse. Cependant, quand je relève la tête, c'est toujours aussi catastrophique.

Mais peu importe. Parce que c'est décidé ! Je vais faire comme si de rien n'était. Reléguer mes sentiments pour Hugo au fin fond de mon cœur, dans une zone interdite d'accès, et oublier ce baiser qui n'avait somme toute qu'un intérêt purement pédagogique. Parce que c'est bien ce qu'il m'a fait comprendre, n'est-ce pas ? Mon cher colocataire ne m'a embrassée que pour m'apprendre... Eh bien, c'est fait ! Le chapitre est clos.

Certes, je dois avouer que le bougre est relativement efficace dans son rôle de mentor. Mais il l'est encore plus dans celui de « gros connard » incapable de contrôler son excédent d'hormones. Quand je pense que cela faisait à peine quelques minutes qu'il avait ôté sa langue de ma bouche que déjà, il la fourrait dans celle d'Enéa. Et pas que sa langue, j'imagine. *Quel goujat !*

Bien sûr, je ne vais pas nier que je suis en colère contre lui. Je lui en veux même terriblement pour ce qu'il a fait. Mais au lieu de me miner le moral, je vais faire « comme si ». Comme s'il ne m'avait pas blessée. Comme si je n'étais pas amoureuse de lui depuis toujours. Et comme si je ne l'avais pas surpris en train de faire crier Enéa comme une chatte en chaleur.

Le visage de la jeune femme s'impose brusquement à mon esprit, arrachant au passage un nouveau morceau de mon cœur déjà meurtri. Ses yeux révulsés et sa bouche déformée étaient on ne peut plus manifestes. Elle ne simulait absolument pas son orgasme. Elle le vivait pleinement. Dans un abandon total d'elle-même.

Je pince les lèvres, amère.

Il faut croire qu'Hugo a le don d'enseigner le plaisir à une femme. Je suis sûre qu'il serait parfait dans la peau d'un maître en éducation sexuelle.

Hugo, prof de cul. Apprenez l'art du sexe à travers des séances de travaux pratiques approfondies ! De l'initiation jusqu'à l'expertise.

Je me marre toute seule devant mon miroir avant de me mordre la lèvre. En parlant d'expertise, je me demande bien jusqu'où vont ses compétences en la matière...

Mince, mais pourquoi est-ce que je pense à un truc pareil ? Moi qui avais promis de passer à autre chose, c'est mal barré. Agacée, j'enfourne ma brosse pleine de dentifrice dans ma bouche et entreprends de frotter méticuleusement mes dents. Comme si cela pouvait me laver du souvenir du baiser interdit...

Quelques minutes plus tard, rafraîchie et déterminée, je monte à l'étage. Le bruit dans la cuisine m'indique qu'il y a déjà du monde. Effectivement, je découvre Enéa installée devant l'îlot central, une tasse dans une main, la théière dans l'autre.

— Bonjour, m'accueille-t-elle, un sourire aux lèvres.

— Salut.

Est-ce que cela se voit que je suis énervée de la trouver là, dans le peignoir d'Hugo, assise à *ma* place, qui plus est ? Je m'installe en face d'elle en prenant sur moi pour ne pas lui demander ce qu'elle fout dans *ma* cuisine, avec *ma* tasse et *ma* théière. Habituellement, aucune des conquêtes d'Hugo ne reste à l'appartement après avoir couché avec lui. C'est la règle. *Alors, qu'est-ce qu'elle fiche encore ici ?*

Un silence gêné s'installe durant lequel la fille me lance des coups d'œil hésitants.

— C'est joli, ici.

— Hum.

Bordel. J'avais dit que j'arriverais à gérer, mais là, il me fout des bâtons dans les roues, le beau gosse ! J'attrape une tasse et me verse un café.

— J'espère qu'il ne sera pas trop fort.

OK ! Donc, c'est elle qui a fait le café. *De mieux en mieux.* Je me retiens de le balancer dans l'évier et à la place, lui demande :

— Il est où, Hugo ?

— Parti chercher des croissants.

Non, mais, je rêve ! Il n'a jamais fait une chose pareille de toute sa vie ! Et pour personne !

— Oh ! Aurait-on quelque chose à fêter ?

Je suis aigrie et ça se sent dans mes paroles. La pauvre fille est en train de devenir rouge comme une pivoine. Le remords m'envahit.

— Je dis ça parce qu'Hugo n'est pas vraiment du genre galant, si tu vois ce que je veux dire...

Elle repose son mug et me fixe droit dans les yeux.

— J'aimerais croire que je suis différente. Mais je suis lucide. Et je connais sa réputation.

Oups... Elle finit par se lever.

— Tu crois que je peux utiliser sa salle de bains avant qu'il n'arrive ? m'interroge-t-elle.

Je sais qu'Hugo déteste que les filles s'approprient son espace, alors je décide d'en rajouter un peu. *Oui, c'est très moche la jalousie...*

— Fais-toi plaisir. Il y a des serviettes dans son meuble. Et tu peux prendre son gel douche, aussi. Il aime quand les filles sentent son odeur.

Ce qui est absolument faux... Je devrais avoir honte, mais voir Enéa me remercier du bout des lèvres me fait jubiler. *Il va être fou...* Au moment de descendre, la jeune femme se retourne.

— Tu m'intrigues, dit-elle à brûle-pourpoint.

Je lève un sourcil, et elle poursuit sans attendre.

— Je ne sais pas comment tu as pu vivre aussi longtemps avec Hugo sans finir dans son lit. Tu es mignonne, pourtant...

Sa remarque me prend au dépourvu, et ce n'est que lorsqu'elle a atteint la moitié de l'escalier que je réalise la portée de ses paroles. *Sérieusement ?!* Troublée, je vide mon restant de café dans l'évier, juste au moment où la porte d'entrée claque.

J'attends qu'il monte, le dos appuyé contre le meuble, les bras croisés. Quand il atteint le seuil, il marque un temps d'arrêt avant d'avancer vers moi comme si de rien n'était.

— Salut, Pupi.

Je serre les dents, mais je le laisse faire lorsqu'il applique un baiser chaste sur mon front.

— Enéa est toujours là ?

Je le regarde déballer ses viennoiseries et réponds du bout des lèvres :

— Elle prend une douche.

Hugo se fige, et la satisfaction se peint sur mes traits lorsque les siens se renfrognent. Cependant, il prend sur lui en essuyant rapidement ses mains sur son jean. Je lui trouve un air gêné qui ne lui sied pas du tout.

— Écoute, Pupi... Pour hier...

— Stop ! lui intimé-je. On ne reparle pas d'hier. Jamais !

Ses sourcils se rejoignent tandis que ses yeux trahissent sa pitié. Je n'ai pas envie qu'il me plaigne. Surtout pas. Alors, je m'impose un sourire de façade.

— Alors ? En forme ?

Non, mais, pourquoi j'ai dit ça ?

— Tu vas bien ? demande-t-il, inquiet.

J'inspire un grand coup.

— Je ne me suis jamais sentie aussi bien.

— OK.

— OK.

Il hoche la tête.

— Parfait.

— Parfait, répété-je.

Sa mimique témoigne qu'il n'est pas dupe de ma petite comédie. Mon Dieu, je sens que les prochains jours vont être compliqués...

21

Pretty Woman ? Sérieux ?

Violette

Ding ! Nouveau message.

Le numéro qui s'affiche sur mon téléphone est inconnu dans mon répertoire. Je clique sur l'icône de la messagerie et je crois halluciner en reconnaissant la voix de Cole Sanders qui s'élève de l'appareil.

« Bonjour, Violette. C'est Cole. J'espère que vous allez bien. »

Pause. Il se racle la gorge.

« Je voulais juste vous rappeler que je passe vous prendre ce soir. À vingt heures. Je vous embrasse. »

Je réécoute le message plusieurs fois. *Comment connaît-il mon adresse ?* Avec toutes ces histoires, j'ai presque oublié que c'était aujourd'hui, notre fameux dîner.

Mince ! Qu'est-ce que je vais bien pouvoir mettre ? Je n'ai jamais eu à me présenter à ce genre de... dîner d'affaires ? Rencard ? J'avoue que je ne sais pas trop ce qu'il en est. J'opte pour la première option. Après tout, on va parler « contrat ».

Je fonce dans mon dressing et examine rapidement les étagères d'un œil critique avant de soupirer de dépit. J'ai l'impression que toutes mes fringues sont moches. Je fais défiler les robes de ma penderie en grimaçant.

— Trop basique... Trop coloré. Trop... fleuri.

Bon sang, il n'y a rien là-dedans qui soit adapté à un dîner d'affaires. *Dîner d'affaires ?!* OK j'avoue, c'est une grosse blague ! Si c'était vraiment cela, je ne me préoccuperais pas autant de ma tenue. Je chasse rapidement cette pensée embarrassante. La seule personne qui soit capable de m'aider dans cette situation, c'est Mia. J'attrape mon téléphone et pianote.

Moi : [SOS ! J'ai rien à me mettre !]

Sa réponse ne tarde pas à s'afficher.

Mia : [J'arrive !]

Quarante-cinq minutes plus tard, la sonnette retentit. Mia est déjà à la porte, des sacs plein les mains.

— Tadam ! Et voici Mia, la sauveuse de l'Univers !

Mon amie écarquille les yeux quand elle aperçoit ma tête. En vérité, je suis tellement à cran que je n'ai pas vraiment envie de rire.

— Oh merde ! C'est plus grave que je ne pensais, dit-elle en pénétrant dans l'appartement.

— Merci d'être venue, Mia. C'est gentil.

— Je suis passée chez Cléo, avant. Tu sais, ma cousine qui bosse aux Galeries. Elle m'a filé plein de trucs. Sûr que dans tout ça, on va te dégoter de quoi te transformer en Cendrillon.

Je n'en demande pas tant. Juste une tenue adaptée à ce genre de rendez-vous. Nous installons le stand d'essayage dans ma chambre. Il est clair qu'en voyant la montagne de vêtements que Mia étale sur mon lit, je vais bien arriver à trouver quelque chose. Cette idée me rassure un peu et je finis par me détendre.

Ma copine attrape un ensemble robe-blazer aux tons poudrés qu'elle me tend, avant de s'installer dans mon fauteuil pouf.

— Allez, c'est parti ! Commence avec ça.

Je fronce les sourcils. *Elle croit sérieusement que je vais faire un défilé de mode ?* Vu son sourire idiot, oui.

— Attends, tu penses vraiment que je vais tout essayer ?

Mia redresse le menton en me fusillant des yeux.

— Et toi ? Tu crois vraiment que tu as le choix ? Allez, hop, hop, hop !

Mon amie est intraitable et je sais que je n'arriverai pas à lui faire entendre raison. Quand elle a une idée en tête, elle n'en démord pas. Cela risque de prendre des heures pour arriver à la convaincre sans assurance de réussir, alors je finis par me plier à sa volonté. Même si c'est à contrecœur.

Je file dans mon dressing en soufflant, et à peine ai-je enfilé la robe que la musique de *Pretty Woman* s'élève de mon enceinte JBL.

— Sérieux, Mia ! râlé-je. T'es obligée de faire ça ?

— Oui ! ricane-t-elle de l'autre côté. Obligée !

Cette fille est complètement folle. Mais contre toute attente, je finis par me prêter au jeu des essayages. Tout y passe. Des robes, des pantalons, des jupes… et des trucs improbables, comme cette tunique en satin rose dans laquelle je me perds.

— Purée, mais elle est où la tête, là-dedans ?

Finalement, après une heure de défilé et de fous rires, j'ai retenu trois tenues possibles pour ce dîner. Seulement, maintenant, je n'arrive pas à choisir entre le tailleur pantalon beige, la jupe crayon-chemisier et l'incontournable petite robe noire. J'ai beau me tourner et me retourner dans tous les sens, je n'arrive pas à me décider.

— Je sais ! s'écrie soudain Mia.

Devant mon regard inquisiteur, elle poursuit :

— Je sais ce qu'il te faut ! Il te faut… un avis masculin !

Je crains de deviner où elle veut en venir.

— Oh non ! Oublie ça, ma vieille !

Ai-je déjà dit que c'était une vraie tête de bourrique ?

— Il n'y a personne de mieux placé qu'Hugo pour t'aider à choisir. Ce mec passe sa vie sur les podiums et il a fait des dizaines de shootings. Il côtoie les plus belles meufs de la terre et a porté des centaines de vêtements de créateurs. Qui mieux que lui pour t'aider à trouver la tenue idéale ?

Elle marque une pause avant de me fixer, sceptique.

— Qu'est-ce qui t'arrive ? Ne me dis pas que tu as peur ?

— Moi ? N'importe quoi !

Je secoue la tête, autant pour la persuader que pour me convaincre. En vain. Mais quand je m'apprête à protester, Mia passe la tête par la porte de la chambre et se met à hurler dans le couloir.

— Hugo ! Ramène ton joli petit cul par ici. On a besoin de toi à la cabine d'essayage ! C'est une question de vie ou de mort !

Puis elle se tourne vers moi avec un sourire lubrique.

— J'avoue. Son cul m'a toujours fait baver...

Sa remarque m'arrache un rire nerveux qui s'efface quand les pas de l'intéressé résonnent dans l'escalier. Plus moyen de faire marche arrière.

— On m'a demandé ?

Le jeune homme marque un temps d'arrêt avant de balayer la pièce des yeux.

— Oh ! Vous avez décidé de faire un vide-grenier ?

— Pfff ! Je te signale que ces fringues viennent des Galeries. Violette a un dîner « d'affaires », ce soir.

Elle mime même les guillemets, cette bécasse !

— On cherche la tenue adéquate.

— Ah oui...

Un voile passe devant les yeux de mon colocataire quand il me scrute de haut en bas, et inversement. Il approche, la bouche tordue en une petite grimace. Il me juge et ça m'agace.

— ... le dîner avec le cuistot.

Je peux sentir l'amertume dans le ton de sa voix. Mais rapidement, il désigne les tenues pendues sur le portique.

— Robe noire, trop sexy. Tailleur pantalon, trop clair. Tu auras l'air malade, là-dedans. Et merde, jupe crayon... t'as envie de passer pour sa secrétaire, Pupi ? Non, il te faut un truc classe et qui mette tes formes en valeur.

Mon Dieu ! Il vient vraiment de dire « tes formes » ? Je sens le rouge me monter aux joues. Hugo ignore ma gêne et se met à fouiller dans la pile amoncelée sur le lit. Il en ressort une combinaison Gucci fluide bleu nuit, qu'il place devant moi en fronçant les sourcils. Puis, sans un mot, il tire une ceinture dorée du sac d'accessoires.

— Tu as toujours tes escarpins Liu Jo ?

Je hoche la tête. Pour mon dernier anniversaire, Hugo m'a offert cette magnifique paire de chaussures dorées à talons hauts, qui trône fièrement sur l'étagère, parfaitement intacte.

— Depuis le temps que tu cherches une occasion pour les étrenner. Allez, enfile tout ça, pour voir.

Quelques minutes plus tard, je ressors du dressing d'un pas peu assuré.

— Waouh..., murmure Mia.

Je ne vois pas sa tête, car à cet instant, je suis happée par le regard d'Hugo. Chaud, empreint d'admiration et d'autre chose, plus inquiétant encore. Lentement, il s'approche pour ajuster le col autour de mon cou. La sensation de ses doigts sur ma peau m'arrache un frisson. Glacial et brûlant à la fois. Je lève les yeux vers lui lorsqu'il pose ses mains sur mes épaules dénudées afin de m'obliger à me retourner face au miroir, avant de les faire glisser sur ma taille.

Il reste quelques secondes à me fixer, les yeux sombres, puis se penche vers mon oreille, et murmure à mon unique attention :

— Tu es superbe, Pupi. N'en doute jamais. Et si ce type ne le voit pas, alors c'est qu'il est aveugle, con... ou mort.

22

Je peux mourir après ça

Violette

La sonnerie qui retentit fait manquer un battement à mon cœur. Il est exactement dix-neuf heures cinquante-sept. C'est Cole.

Un coup d'œil rapide dans le miroir de la salle de bains me permet de faire un dernier check-up. *OK. Je crois que je suis prête.* J'attrape mon sac et me précipite en dehors de ma chambre. Les bruits de voix qui s'élèvent dans le vestibule me font ralentir. Hugo a déjà ouvert la porte, mais d'après ce que je comprends, il ne lui est même pas venu à l'idée d'inviter Cole à entrer.

— Salut.

— Salut.

— Vous êtes Hugo, c'est ça ? Le colocataire ?

Je souris en percevant un petit côté caustique dans le ton de mon rencard.

— Yep. Et vous, le cuisinier.

— Tout juste.

— Ce n'était pas une question.

Mon Dieu, quelle froideur ! J'imagine aisément les deux protagonistes qui se mesurent à présent du regard, tels deux mâles en rut prêts à s'affronter. J'avoue que l'image n'est pas pour me déplaire. Peu d'hommes se sont battus pour moi. Cependant, je sens qu'il faut que j'intervienne avant que ça ne tourne au vinaigre.

— Hey ! Bonsoir.

C'est quoi cette voix aiguë ? On dirait une grue ! Je toussote élégamment pour reprendre une tonalité normale.

— Bonsoir, répété-je.

— Violette... Vous êtes...

— Incroyablement sublime, termine Hugo, qui s'est tourné vers moi.

Il exagère, comme toujours. Néanmoins, à voir la tête qu'ils font, je me demande si c'était une bonne idée de laisser Mia me maquiller. Moi qui me contente habituellement d'un peu de mascara, j'ai accepté qu'elle applique un trait de crayon khôl plus marqué autour de mes yeux et qu'elle teste sur moi le nouveau kit « Volume Extrême » d'Yves Saint-Laurent. Extrême, il l'est, puisque la longueur de mes cils a doublé au point que j'ai l'impression d'avoir des parapluies au-dessus des yeux...

En terminant mon make-up par une touche de *Chanel Coco Carmen* sur mes lèvres, mon amie m'a transformée en une autre femme. Ce qui ne semble pas déplaire aux deux hommes, qui me reluquent sans vergogne, les yeux pleins d'admiration et d'autre chose qui me ferait presque rougir.

Masquant ma gêne derrière une assurance illusoire, je leur adresse mon plus beau sourire de convenance.

— Merci. À présent, on peut y aller. Je suis prête.

Plus tôt on sera partis, plus tôt j'échapperai au regard plus que déroutant de mon colocataire. Cole me présente son bras sur lequel je m'empresse de poser la main.

— J'ai réservé une table au *Ritz*, dit-il avant de m'adresser un clin d'œil. C'est un ami...

Wôw ! Rien que ça ! Je jette machinalement un regard par-dessus mon épaule. C'est moi ou Hugo fait une grimace dans le dos du cuisinier ?

Quel gamin, celui-là !

Je décide de me persuader que j'ai imaginé sa langue sortie de sa bouche et me concentre sur mon cavalier.

— C'est un honneur, Cole, merci.

— Rien n'est trop beau pour fêter notre future collaboration.

Ah, eh bien, justement, en parlant de ça...

— Oups, attendez ! J'ai oublié le contrat.

Je retourne rapidement dans ma chambre à la recherche de mon enveloppe et d'un stylo. Lorsque je reviens dans l'entrée quelques minutes plus tard, le visage de Cole semble plus pâle, et Hugo affiche un sourire bizarrement satisfait. C'est louche. Je lui lance un regard noir en me demandant ce qu'il a bien pu dire en mon absence. Mais mon cavalier reprend son air jovial et m'invite à enfiler mon manteau pour le suivre.

— Allons-y, Violette, avant que votre ami ne décide de vous séquestrer ici toute la nuit.

— Je serai là quand vous rentrerez, menace Hugo en s'appuyant contre la porte, comme si c'était normal.

Je roule des yeux ronds en secouant la tête, dépitée. *Non, mais, il est dingue de dire des choses pareilles !* Plus tard, lorsque nous prenons place à bord de sa Mercedes de location, je n'y tiens plus et finis par interroger le cuisinier :

— Qu'est-ce que cet idiot vous a raconté ?

Le sourire de Cole devrait me rassurer. Cependant, je sais que ce qu'il me révèlera ne va pas me plaire.

— Oh, simplement qu'il me ferait bouffer mes... je cite, « couilles », si je vous faisais le moindre mal.

Oh, le con ! Je blêmis.

— Non ! Rassurez-moi, il n'a pas dit ça ?

— Si, si. Ce sont ses mots, je vous assure. Exactement ses mots.

— Oh, je suis vraiment désolée. Hugo est...

Je ne trouve même pas le bon adjectif pour le qualifier. Mon Dieu, je jure que je vais le tuer en rentrant. Heureusement, au lieu de le vexer, son attitude puérile semble amuser Cole. Il rit.

— Vous savez, vous avez de la chance d'avoir un ami aussi... *protecteur* à votre égard. C'est rassurant.

— Oui, eh bien, parfois, j'aimerais pouvoir m'en passer.

Je suis ingrate. Et menteuse, aussi. Parce que je ne pense pas un mot de ce que je viens de dire. Hugo a toujours été là pour moi. Depuis que nous sommes enfants. Et je n'échangerais notre amitié pour rien au monde. Même s'il a le don de me mettre hors de moi.

Face à mon embarras, Cole a la prévenance de changer de sujet. Il désigne l'enveloppe posée sur mes genoux.

— Vous l'avez lu ?

— Hum, hum.

Je caresse le papier kraft du bout des doigts.

— Et ?

— Et je ne dirai rien avant d'avoir dîné.

Il éclate de rire, détendant du même coup l'atmosphère.

Le *Ritz*.

Jamais je n'aurais espéré passer la porte de ce restaurant un jour. Et je suis là, avec Cole, me délectant d'une pêche pochée à la framboise signée François Perret, à discuter de notre future collaboration.

— Oh, mon Dieu ! Je peux mourir après ça, murmuré-je en fermant les yeux.

Cole sourit.

— C'est vraiment un plaisir de vous voir manger, Violette. Vous êtes tellement... enthousiaste.

Mince. Je repose ma cuillère et essuie le coin de ma bouche en essayant d'oublier que je viens de passer pour une grosse gourmande.

— On ne devait pas parler boulot ? demandé-je pour changer de sujet.

L'homme fait la moue.

— Je vous propose de terminer les premiers essais avant mon départ pour New York.

— Oh, vous repartez déjà ? Quand ça ?

Ma question est abrupte et le fait sourire.

— Dans trois semaines.

Oh, mince ! Percevant ma déception, le cuisinier précise :

— Un événement auquel je ne peux échapper m'oblige à rentrer chez moi pendant un certain temps. Mais ne vous inquiétez pas, je ne serai parti qu'un petit mois. Après, je reviendrai ici pour finir ce que l'on aura commencé ensemble.

Parle-t-il de la photographie ou d'autre chose plus intime ?

Bon sang, Hugo, sors de ce corps !

— Enfin, si vous acceptez de signer, termine Cole avec un rictus amusé.

Je décide de faire comme si je n'avais pas perçu le double sens de ses paroles.

— Bien sûr ! Il faudrait être folle pour refuser une telle opportunité.

— Parfait. Alors dites-moi, Violette. Vous avez pu lire le contrat ? Est-ce que vous avez des interrogations ou vu des choses qui méritent des explications ?

Ma mère ayant épluché tous les articles, je n'ai qu'un seul point à aborder :

— Vous me rémunérez pour réaliser les clichés de votre prochaine campagne et en contrepartie, je vous cède l'intégralité des droits sur ces photos. Que ce soit sur les réseaux, votre site internet, mais aussi sur votre prochain livre de cuisine. C'est bien cela ?

Il hoche la tête.

— Oui. C'est cela.

— OK. Alors, je veux un pourcentage.

Ses sourcils s'étirent vers le haut.

— Quoi ?

— Je veux un pourcentage sur les ventes de votre bouquin.

Il pince les lèvres et le regard qu'il m'adresse à cet instant dénote un intérêt accru.

— Vous êtes jeune et déjà si dure en affaires.

— Je n'ai jamais dit que je ne l'étais pas.

Il finit par sourire.

— Une femme qui a du cran et qui prend les choses en main.

Pourquoi cette chaleur le long de ma colonne vertébrale, tout à coup ? Les secondes s'éternisent, durant lesquelles Cole me scrute avec attention. J'ai peur qu'il refuse.

— J'adore ça, lâche-t-il.

Il lève sa coupe de champagne, les yeux plantés dans les miens, avant de reprendre :

— OK ! J'accepte. Nous allons ajouter une clause manuellement. Et puisque tout est réglé, alors à nous, Violette Le Bon en deux mots !

Un frisson me parcourt, mais sans me démonter, je l'imite en portant mon verre à hauteur de mon visage.

— À nous, Cole Sanders, répété-je du bout des lèvres.

23

Alors, heureuse ?

Violette

Je referme la porte de l'appartement, un sourire idiot plaqué sur les lèvres. J'ai passé une soirée absolument surréaliste. Et parfaite. À des années-lumière de mes espérances les plus folles. Cole Sanders est un homme charmant, intelligent, drôle… riche – je n'ai même pas osé regarder le montant de la note de notre dîner – et le plus incroyable, c'est qu'il semble plus qu'intéressé par ma petite personne.

N'est-ce pas tout simplement ahurissant ?

Je déchausse mes escarpins que je balance dans un coin, jette mon manteau sur le banc et monte à l'étage en détachant mes cheveux. J'ai trop mangé… mais honnêtement, comment aurais-je pu me restreindre alors que les mets les plus délicieux passaient dans mon assiette ? C'était tellement bon…

Quand j'arrive dans la cuisine, je pose mon contrat sur le plan de travail et me jette sans attendre sur le réfrigérateur pour en ressortir une bouteille d'eau gazeuse. *Mauvaise idée,* me soufflerait ma mère, *les bulles, c'est mauvais pour la digestion !*

Je ricane en portant le goulot à ma bouche, vide le contenu d'une traite et pousse un long soupir de bien-être.

— Alors ? Heureuse ?

La voix d'Hugo me fait sursauter.

Je n'avais même pas remarqué sa présence dans la pièce. Il est assis sur le canapé, les bras croisés sur sa poitrine. Et il a l'air de mauvaise humeur. Malheureusement pour lui, je n'en tiens pas compte. Son air grognon ne va certainement pas entamer ma joie.

J'attrape l'enveloppe et l'agite devant moi, avec une certaine fierté, avant de répliquer :

— Grave ! J'ai signé !

Le jeune homme se lève pour me rejoindre dans la cuisine. Peu impressionné par ma réussite, il pose son verre de whisky dans l'évier avant de se tourner vers moi.

— Bravo ! Mais je ne parlais pas de boulot.

— Ah...

Je fais la moue en soutenant son regard.

— Eh bien, je crois que Cole m'aime bien, figure-toi.

Une ombre passe dans ses prunelles déjà sombres. Une ombre qui ne me dit rien qui vaille...

— Tu m'étonnes !

Il ricane. Je ne sais pas comment je dois prendre son attitude.

— Quoi ?

— Je te l'ai dit, Pupi. Il faudrait être fou ou aveugle pour ne pas s'intéresser à toi.

Cette fois, c'est à mon tour d'éclater de rire.

— Arrête ça, Hugo ! S'il te plaît.

Ses sourcils se rejoignent tandis qu'il semble surpris par mon ton moqueur.

— Arrête de me faire croire que tu me trouves jolie, alors que je sais pertinemment que ce n'est pas le cas. Tu as les plus belles femmes qui passent dans ton lit, et moi, tu me trouves quoi ? Attirante ? Laisse-moi rire ! Je ne suis pas idiote, tu sais. Ni naïve.

Il tortille sa bouche et finit par hausser les épaules.

— OK, comme tu veux. Je ne le dirai plus. Seulement, j'espère que Machin mesure la chance qu'il a.

Je ris. Je ne sais pas si c'est la soirée que je viens de passer qui me rend de si bonne humeur. À moins que ce ne soit le champagne qui pétille encore dans mon cerveau ?

— Cole ! Il s'appelle Cole. Mais comment peux-tu oublier son nom ?

Hugo croise les bras sur sa poitrine, comme un gosse qui fait sa tête de cochon.

— Je préfère Machin. Je trouve que ça lui va mieux au teint.

Je secoue la tête, imperturbable. Il aura beau dire ce qu'il veut ce soir, il ne parviendra pas à m'énerver. Je décide donc de changer de sujet en le frappant sur le torse.

— Mais dis donc, tu m'attendais ou je rêve ? demandé-je pour le taquiner.

C'est vrai ça, d'abord ! Qu'est-ce qu'il faisait dans le noir, tout seul, un dimanche soir ? Hugo lève les yeux au ciel en retournant vers le canapé.

— N'exagère pas. J'allais juste me mater un film.

Il attrape la télécommande pour allumer le grand écran 4K qu'il a acheté dernièrement.

— Je peux regarder avec toi ?

Je n'aime pas quand on se brouille. Et en ce moment, nous nous chamaillons un peu trop souvent à mon goût.

— Évidemment !

Rassurée, je file en direction de l'escalier.

— OK. Attends-moi avant de démarrer, je vais enfiler mon pilou !

Quelques minutes plus tard, je remonte, démaquillée et vêtue de mon pyjama préféré, celui en flanelle avec les rayures bleues et les cœurs roses. Hugo m'attend sagement, installé sur le canapé. Je suis surprise de constater qu'il a même préparé un plaid dans lequel je vais pouvoir me lover. J'ai l'impression que lui aussi veut enterrer la hache de guerre.

Quand je m'approche, le jeune homme m'invite à prendre place à ses côtés.

— *Shinning* ? propose-t-il.

OK. Moi qui pensais qu'il avait de bonnes intentions...

J'ai une peur bleue des films d'horreur, et Hugo le sait parfaitement. Alors, je le soupçonne d'avoir choisi ce titre exprès.

Surtout lorsque je le vois guetter ma réaction d'un œil attentif. À cet instant, ma tête doit être à l'image de mon ressenti parce qu'il se met à rire.

— Allez, un peu de courage, Pupi ! Ce n'est pas pire que de coucher pour la première fois avec un homme !

Je lui donne un coup de coude.

— T'es vraiment con des fois, tu sais ?

Il sourit.

— Seulement des fois ? Merde, je suis déçu...

Je me glisse sous le plaid et ramène mes genoux contre ma poitrine.

— Pfff. Allez, vas-y, balance-le, ton film. Mais je te préviens, si je te crie dans les oreilles en te sautant dessus, tu ne viendras pas te plaindre !

— Jamais !

Il lance la vidéo et m'attire contre lui avant d'embrasser mes cheveux. Avec Hugo, nous ne restons jamais fâchés très longtemps. J'ai l'impression de revenir plusieurs années en arrière, lorsqu'adolescents, nous passions des nuits entières devant la télé. Hugo m'offrait toujours ses bras rassurants dès que je me mettais à flipper.

Parfois, on finissait par s'endormir là, sur le canapé, blottis l'un contre l'autre. Je me cale contre son torse et me laisse envahir par sa chaleur bienfaisante. Mais à l'instant où le générique démarre, un détail me revient en tête. Je me redresse pour le regarder droit dans les yeux.

— C'était pas cool de menacer Cole.

Sa bouche s'étire sur un sourire, et à la lueur bleutée de l'écran géant, il ressemble à s'y méprendre à un acteur de cinéma.

— C'était la moindre des choses, susurre-t-il.

Mon Dieu, un jour, ce mec aura ma peau. Je fais mine d'être fâchée. Néanmoins, je ne peux nier que je suis touchée qu'il se soit montré aussi protecteur envers moi. Hugo ne partage peut-être pas mes sentiments, mais j'ai au moins la certitude qu'il tient à moi.

Soudain, son visage prend une apparence plus sombre.

– J'étais sérieux, tu sais ? Quand je lui ai dit que je lui ferais bouffer ses...

– C'est bon ! Je sais ce que tu lui as dit, m'empressé-je de l'interrompre en balayant l'air de la main. Pas la peine de préciser.

Hugo me ramène contre lui et m'enserre de ses bras puissants.

– C'est pas une plaisanterie, Violette, reprend-il d'une voix sourde, le visage enfoui dans mes cheveux. S'il te fait du mal, je le détruirai.

OK...

24
La moindre des choses

Violette

L'amour c'est comme une paire de chaussures. Au début, on s'oblige à la porter pour s'y adapter. Puis, petit à petit, on finit par l'aimer. Parce qu'elle nous fait de jolis pieds, et aussi parce qu'on a appris à apprécier son confort, son maintien, sa robustesse. Elle nous devient vite indispensable. Et un jour, on ne sait pas pourquoi, une ampoule apparaît. D'abord petite, légèrement gênante, elle se met à grossir de plus en plus, jusqu'à nous meurtrir et devenir insupportable au point qu'on se sente obligée de se séparer de ces chaussures qu'on aimait tant. C'est un peu triste, mais dans la vitrine, il y a ces magnifiques escarpins qui nous font de l'œil depuis plusieurs jours et qu'on pourrait porter avec nos dernières tenues. Après tout, pourquoi conserver de vieilles godasses qui nous font si mal, alors que les neuves nous conviendraient mieux ?

Cela fait seulement deux semaines que je travaille avec Cole Sanders sur son projet. Et je n'arrête pas de me poser ce genre de questions. Cet homme est-il fait pour moi ? En quelques jours à peine, il a tout chamboulé. Mon quotidien, mes sentiments, mes certitudes. Il est un peu cette paire d'escarpins dans la vitrine qui me vend du rêve et m'ouvre un nouvel horizon. Avec lui, je me sens différente. Et je crois que je lui plais.

Parce que c'est bien cela que je lis dans ses yeux lorsqu'il me regarde... De l'intérêt, de l'attirance. Du désir, aussi. Et bon sang, ça me fait un bien fou de sentir qu'un homme comme lui pourrait s'intéresser à moi. Même un petit peu.

Alors, bien sûr, je suis toujours profondément amoureuse d'Hugo. Lui, je l'aimerai jusqu'à ma mort, et il tient une place tellement importante dans mon cœur qu'aucun autre ne pourra l'évincer totalement. Mais Cole m'offre de nouvelles perspectives. J'ai l'impression qu'avec lui, je pourrai enfin aimer et être aimée en retour. Et même si je sais que je ne ressentirai jamais autant qu'avec Hugo, je suis sûre que je saurai m'en contenter.

Peut-être que je fabule complètement et qu'il ne se passera jamais rien ? En vérité, depuis que l'on se côtoie, Cole n'a jamais rien tenté directement. Mais je ne sais pas, il y a ce petit quelque chose... Dans la manière dont il me regarde lorsque je me concentre sur mes photos. À la façon dont il s'arrange pour me toucher quand je suis près de lui... Il y a des signes qui ne trompent pas. Je le sais. Je le sens au fond de moi, parce que ça me rend vivante.

Ce jour-là, c'est avec une certaine impatience que je quitte mon centre de formation pour le rejoindre sur son lieu de travail. Mais alors que je passe les grilles en fer forgé, je suis stoppée dans mon élan par Mia qui saisit mon bras.

— Hey ! Regarde un peu qui va là.

Un peu plus loin dans la rue, adossé contre sa Mercedes de location rutilante, Cole m'attend, les bras croisés, un sourire aux lèvres.

Le seul fait de le voir ici gonfle mon cœur d'allégresse et, je dois l'avouer, d'une certaine fierté.

— Eh bien, le prince charmant a sorti son beau carrosse, on dirait, murmure mon amie. J'espère bien qu'il n'en restera pas là et te présentera bientôt son sceptre magique...

Le navrant et non moins célèbre humour à deux balles de cette chère Mia. Et pourtant, je ne peux m'empêcher de pouffer, malgré ma gêne.

— Pfff, t'es con, toi !

Elle ricane.

— Ben quoi ? Avec un peu de chance, tu auras droit à la suite nuptiale dès la première nuit.

Je secoue la tête en levant les yeux au ciel. C'est malin ! À présent, je dois être rouge comme une pivoine. Je pose mes mains sur mes joues pour arrêter le feu qui m'envahit, embrasse mon amie et rejoins Cole, un sourire idiot flanqué sur les lèvres.

— Salut, dit-il en m'accueillant.

— Salut.

Nous restons quelques secondes à nous regarder avant qu'il n'ouvre la portière du côté passager.

— Je vous dépose ?

— Avec plaisir. C'est gentil.

Nous travaillons ensemble depuis plusieurs jours et pourtant, nous avons continué à nous vouvoyer. Bizarrement, cela ne me dérange pas. Le vouvoiement ajoute un côté spécial à notre relation. Comme si nous avions à cœur de maintenir un respect réciproque.

— En vérité, je suis venu pour vous ramener chez vous, déclare Cole en démarrant le moteur.

Comme je l'interroge du regard, il m'explique :

— Je dois annuler la séance de travail de ce soir. Il y a malheureusement un impératif auquel je ne peux déroger. Je suis désolé, ce n'était pas prévu comme ça.

Dommage. Je me faisais une joie de goûter le filet de bar aux agrumes, son plat signature...

— Vous n'étiez pas forcé de venir jusqu'ici. Il vous suffisait de me téléphoner, et voilà tout.

— Non. Je ne voulais pas vous laisser rentrer à pied chez vous.

Je pourrais lui répondre que le métro n'est qu'à quelques centaines de mètres d'ici, mais je préfère lui laisser le bénéfice de ce geste attentionné. C'est tellement rare de nos jours, la galanterie. Vingt minutes plus tard, il arrête sa voiture devant le porche de notre immeuble, après un trajet quasi silencieux. Puis sans attendre, il sort du véhicule et en fait le tour pour m'ouvrir la portière.

— Merci, soufflé-je en m'extirpant du siège baquet, surprise par tant de prévenance.

— C'est la moindre des choses.

Je souris.

— Pas vraiment. Je le répète, vous n'étiez pas obligé de venir me chercher à l'école pour me ramener chez moi. C'est vraiment gentil de votre part d'avoir fait un tel détour.

Son visage s'assombrit quand son regard s'accroche au mien.

— Non, c'est vrai. Je n'étais pas obligé. Mais j'en avais envie.

Ses yeux se fixent sur ma bouche tandis qu'il se rapproche, imperceptiblement. *C'est moi ou il fait plus chaud, d'un coup ?* Cole lève la main et enroule autour de ses doigts une mèche de mes cheveux, échappée de mon chignon.

— J'avais très envie de vous voir..., répète-t-il.

Machinalement, je mords ma lèvre inférieure, comme à chaque fois que je suis troublée.

— C'est quand notre prochain rendez-vous, déjà ?

Sa voix devenue grave me fait l'effet d'une caresse.

— Lundi soir, je crois.

— Dans trois jours.

Je hoche la tête.

— Oui.

— Une éternité, répond-il.

Oh, bon sang ! J'ai du mal à savoir où il veut en venir. Mais déjà, il poursuit :

— On pourrait peut-être... sortir ensemble, samedi soir ?

Mon Dieu, je rêve ou il vient de m'inviter à sortir avec lui ?

— C'est un rencard ?

Il sourit.

— Ça m'en a tout l'air...

— Hum, ce serait donc impoli de refuser.

— Je crois, oui.

Son humour commence à me plaire.

— Alors c'est d'accord, j'accepte.

Ma réponse illumine le visage du cuisinier.

— Génial !

C'est dingue, même en prononçant ce mot, il reste d'une classe incontestable. Sa main descend sur mon épaule et glisse le long de mon bras pour venir serrer la mienne. D'un geste doux, mais ferme, il m'attire vers lui.

Pendant un quart de seconde, je crois qu'il va m'embrasser. Mais au dernier moment, il tourne la tête et pose ses lèvres sur ma joue avant de me relâcher.

Je déglutis, subjuguée par l'expression de son regard lorsqu'il le pose sur moi.

— Bien ! Je m'occupe de tout..., dit-il d'une voix devenue bizarrement rauque.

Je hoche la tête, et sans plus attendre, il fait volte-face avant de reprendre place au volant de sa berline. Pendant plusieurs minutes, je reste là, à regarder la voiture disparaître au coin de la rue. Je ne sais pas ce qui vient de se passer. J'ai un peu de mal à réfléchir. Mais j'ai l'impression que ma relation avec Cole Sanders vient de prendre un nouveau tournant.

Et quand je pénètre dans l'appartement, je remarque rapidement que je ne suis pas la seule à l'avoir compris. Hugo est là, près de la fenêtre, et je mettrais ma main à couper qu'il n'a pas raté une miette de ce qui vient de se passer. Son expression courroucée se suffit à elle-même. À cet instant, je ne sais pas ce qu'il me prend, mais j'ai envie de le taquiner un peu.

— Trois mois, on avait dit ?

Il me fusille du regard Alors, je me paie le luxe de lui adresser un sourire satisfait avant de lui tourner le dos, le buste gonflé d'orgueil mal placé.

— Ça va être trop facile !

25

Pas d'humeur

Hugo

Combien de tours le glaçon a-t-il faits dans mon verre, déjà ? Je l'ignore complètement. J'ai arrêté de compter. Cela fait presque dix minutes que je me concentre dessus, à le regarder tourbillonner, en espérant que cette vision annihile toute capacité de jugement dans mon cerveau dérangé.

Mais je dois me faire une raison. Cette stratégie est un échec total. À cet instant, j'ai juste l'impression que mes yeux vont se noyer dans le liquide couleur d'ambre et m'entraîner dans leur sillage jusque dans les tréfonds de mon esprit tourmenté.

J'en suis déjà à trois, quatre... peut-être cinq verres, mais je ne parviens pas à oublier. L'image du cuisinier qui se penche trop près de Violette me hante. Elle est encore si présente dans ma tête que même l'ambiance agitée du *Silencio* ne parvient pas à l'effacer.

— Eh bien, dis donc, Cass'... T'as une sale gueule ce soir !

José s'affale sur le tabouret à côté de moi en reprenant son souffle. Lui, il n'a pas l'air d'avoir le moral dans les chaussettes. La sueur perle sur son front et sa chemise est déjà trempée de sueur à force de s'agiter sur le dancefloor.

— Je ne suis pas d'humeur, préviens-je sans lever la tête de mon whisky.

Et depuis quand mes potes s'occupent-ils de mes mises en garde ?

— Oh, oh ! Merci de prévenir. Mais dis-moi, ne me dis pas que c'est à cause d'une gonzesse que t'es dans cet état ? Si ?

Mes sourcils se froncent en guise d'avertissement. Mais déjà, mon pote se redresse pour se mettre à hurler.

— Oh putain, les mecs ! J'ai un scoop ! Notre Casanova a un chagrin d'amour !

Quel con ! Il a rameuté toute la troupe. Je n'ai pas envie de rire, et je sens déjà qu'ils vont me prendre la tête. Ayako se penche vers moi et pose son index sous mon menton pour me scruter de droite à gauche, le front plissé et la bouche tordue.

— Fais voir ? Ah oui, c'est vrai... Il n'a pas l'air en forme notre don Juan. Qu'est-ce qui se passe, mon bichon ?

Argh ! Je la repousse un peu trop rudement et le regrette aussitôt.

— Il y a plein d'autres types à torturer dans la salle, leur intimé-je d'une voix sèche. Alors, foutez-moi la paix !

— Ohhhh, mais c'est qu'il ferait presque flipper, le gros méchant loup ! s'exclame Ghislain en exagérant son phrasé. Ce n'est pas comme ça que tu vas pécho une fille ce soir, mon grand !

Je vide mon verre d'une traite et le pose bruyamment sur le comptoir.

— Allez vous faire voir ! Bande de dégénérés !

Je m'éclipse, avant qu'ils ne finissent par me rendre dingue. Je les adore, tous autant qu'ils sont, mais quand ils se mettent après ma peau, ils seraient capables de me faire péter un câble. Je peux être très con quand j'ai l'araignée à l'envers. Et je n'ai pas envie d'aller jusque-là. Alors je préfère fuir et m'isoler. De toute façon, ils me connaissent et savent comment je suis.

Comme chaque samedi soir, le *Silencio* est plein à craquer. Et comme chaque fin de semaine, nous avons droit à un sempiternel défilé de célébrités. Des grands noms de la mode, du luxe, de la pub, de la musique, des artistes en vogue, ou encore des stars de cinéma...

Tous se mêlent pour former le cercle fermé de la jet-set. Un monde à part que beaucoup envient.

— Salut, beau gosse ! Appelle-moi quand tu auras une heure à tuer...

La femme qui vient de glisser une carte dans la poche de mon jean en me pelotant sans complexes le postérieur a la cinquantaine bien tassée et le visage déformé par la chirurgie esthétique. Je reconnais une amie de Jessica Wurtz, qui m'avait fait ouvertement du rentre-dedans lors d'un tournage. Elle représente tout ce que je déteste. Richement mariée, elle utilise l'argent de son conjoint et son influence pour mettre ceux qu'elle convoite dans son lit... Sauf que la dame a oublié qu'à ce petit jeu, c'est toujours moi qui décide *quand* et *avec qui* je baise. En l'occurrence, ce soir, elle ne me donne pas envie.

Quel hypocrite je fais, n'est-ce pas ? Parce qu'au fond, je suis pareil. Seulement, mes armes sont différentes. Ce n'est pas mon argent qui attire, mais mon physique. Et je sais très bien que s'il n'y avait pas des gens comme elle, je n'aurais certainement jamais percé dans le milieu de la mode.

Je me renfrogne et me dirige vers la seule de ce monde pour qui j'éprouve un profond respect. Jacqueline Charmant, mon agent. Celle qui m'a repéré parmi des dizaines de milliers de personnes et qui, en croisant mon regard, a changé ma vie. Elle est assise un peu à l'écart, visiblement submergée par la foule qui papillonne autour d'elle.

Quand elle m'aperçoit, elle se lève pour m'accueillir.

— Hugo, trésor !

Je l'attrape alors qu'elle me tombe dans les bras.

— Jacquie... Comment vas-tu ?

— Beaucoup mieux depuis que je t'ai vu. Emmène-moi au bar, s'il te plaît. Sinon, ces charognards vont finir par me saigner jusqu'à la dernière goutte.

Je souris et l'entraîne avec moi jusqu'à un serveur pour commander son Bloody Mary habituel. Quand je lui tends son verre, je réalise qu'elle me fixe avec attention.

— Tu es conscient que je sais quand ça ne va pas, Hugo…, dit-elle en portant son cocktail à sa bouche. Alors, vas-y, raconte !

Je secoue la tête.

— Non, ce n'est rien. J'ai juste horreur de ces soirées.

Elle s'étonne.

— Alors pourquoi est-ce que tu viens, mon chou ?

— Parce que c'est ton anniversaire.

Elle sourit.

— Ah oui. C'est une bonne raison, en effet.

Ses yeux se plissent quand elle regarde derrière moi.

— Ce n'est pas ta petite protégée qui danse là-bas ?

Je jette un coup d'œil par-dessus mon épaule et le sang quitte brusquement mes joues. Quelle probabilité y avait-il pour que Violette vienne ici ce soir avec son cuisinier ? Elles étaient quasiment nulles. Et pourtant, c'est bien elle qui ondule sur la piste, tout près de lui. *Trop près…*

— Elle a quelque chose de changé, non ? murmure Jacqueline. Elle semble plus… Je ne sais pas. Plus épanouie ?

Je ne réponds pas. Pourtant, je ne peux qu'être d'accord avec elle. Violette rayonne. Et même si ça me bouffe de l'avouer, je sais que c'est en partie grâce au type qui la fait danser. Je devrais être heureux pour elle. Mais à l'intérieur, il y a quelque chose qui se brise à chaque fois que je la vois avec lui. J'ai l'impression qu'elle s'éloigne. Chaque jour un peu plus. Et ça, j'ai du mal à le supporter.

Depuis que j'ai l'âge de dix ans, je n'ai jamais été séparé de Violette. Et une fois adulte, je me suis même arrangé pour qu'elle vienne vivre avec moi. Certains diront que je ne suis qu'un égoïste. Peut-être… C'est même sûrement vrai. Mais à ma décharge, je n'arrive pas à concevoir ma vie sans elle. Elle est la seule qui parvienne à empêcher mes démons de refaire surface. La seule qui, par sa simple présence, puisse calmer mes névroses. Comment pourrais-je envisager une seule seconde qu'elle s'éloigne de moi ?

Pourtant, c'est ce qu'elle est en train de faire.

Et paradoxalement, c'est moi qui l'ai encouragée dans ce sens. Je sais, c'est tordu. Pourtant, je ne regrette pas. J'ai envie qu'elle soit heureuse.

Violette doit sentir la pression de mon regard, car elle lève les yeux dans ma direction à l'instant même où la musique d'Ofenbach s'élève dans la salle... Elle s'agrippe au cou de son cavalier et commence à se déhancher, ses beaux yeux de biche ancrés dans les miens.

Faut-il y voir un signe du destin ? Je l'ignore. La seule chose que je sais, c'est que je n'arrive plus à me détacher d'elle, dansant dans les bras d'un autre.

26

Regarde, et apprends !

Violette

Lorsque Cole m'a proposé d'aller dans un club après notre dîner à *l'Astrance*, j'étais à des lieues d'imaginer qu'il m'emmènerait au *Silencio*, cette discothèque branchée qui sert de repaire à la jet-set. Le cuisinier est plein de surprises. Mais il est surtout titulaire du fameux Graal permettant d'accéder à cette adresse chic où se retrouve la scène artistique parisienne.

Je ne m'y suis pas opposée quand il m'a proposé de terminer la soirée au club. Bien que je ne sois pas friande de ces endroits très, voire trop *select*, j'ai l'habitude de les fréquenter avec Hugo. J'étais d'ailleurs quasiment certaine qu'on allait le retrouver ici, avec toute sa bande et une nouvelle fille se débattant dans ses filets comme une crevette fraîchement pêchée. Peut-être même qu'au fond de moi, je l'espérais. C'est donc sans hésitation que j'ai passé les portes de l'ancienne imprimerie du quotidien *l'Aurore*, qui abrite désormais le fameux club imaginé par David Lynch.

En suivant Cole dans les salles aux murs tapissés de feuilles d'or, j'ai survolé la foule, à la recherche de mon cher colocataire. En vain... J'avoue que ça m'a déçue de ne pas le trouver là. Heureusement, j'ai pu me rabattre sur de délicieux cocktails à la rose avant de me laisser entraîner vers la piste de danse. Et c'est alors que je l'ai vu. Comme prévu.

C'est comme si un radar me poussait à tourner la tête dans sa direction. À cet instant précis où mes mains se posent sur les épaules de Cole et où je me colle contre lui, bercée par la musique d'*Overdrive* qui envahit la partie club. Je soutiens le regard de mon ami tandis qu'au fond de moi, une satisfaction malsaine affole mon cœur. Je sais qu'en vérité, Hugo ne me croit pas capable de séduire un homme. Qu'il ne me voit que comme une gamine, incapable d'avoir une relation. Alors, j'ai envie de lui montrer.

Oui, je vais lui prouver qu'il se trompe et que moi aussi, je peux flirter avec n'importe qui.

Mes doigts courent légèrement le long du torse de Cole, puis remontent sur ses biceps en suivant la ligne de ses veines. Je ne sais pas si ce sont les cocktails qui me poussent à tant d'audace ou si c'est le regard d'Hugo qui ne me quitte pas, mais je me sens l'âme d'une tentatrice… Aguicheuse et séductrice.

Les paroles de mon partenaire me reviennent en mémoire : « J'aime quand les femmes prennent des initiatives. » Eh bien, c'est exactement ce que je suis en train de faire. Avec une moue provocante, je m'approche davantage de lui jusqu'à sentir son entrejambe contre mon ventre. D'abord surpris par mon assurance, le jeune homme ne met pas longtemps à entrer dans mon jeu. Sa main se pose sur ma taille avec assurance tandis qu'il m'attire un peu plus contre lui. La chanson ne se prête pas vraiment à une danse langoureuse, mais peu importe. Je l'oblige à ralentir le rythme au moment où il emprisonne mes mains pour enfouir son visage dans le creux de mon cou.

Son souffle sur ma peau m'arrache un frisson. Et lorsqu'il se penche pour murmurer à mon oreille, je lui facilite l'accès pour mieux accueillir ses mots :

— Tu sens divinement bon, Violette…

Mes pupilles se dilatent sous l'intensité du regard d'Hugo. Il est toujours là, son verre à la main, seul. Et il me retient prisonnière. J'aimerais tellement que ce soit lui qui murmure dans mon cou, lui qui se colle contre moi… Je ferme brièvement les paupières pour reléguer ces idées pernicieuses au fin fond de mon esprit. Je me fais du mal. Je le sais.

Parce que je ne devrais pas penser à lui de cette façon, à cet instant où un autre me touche. Cependant, même dans les bras de Cole, je ne parviens pas à me libérer de son emprise. Il reste toujours là, à rôder dans l'ombre… attendant la faille pour bondir à nouveau. Jamais cet homme ne quittera mes pensées.

Cole pose son doigt sous mon menton pour me relever la tête vers lui, reprenant le contrôle de mon attention. Je me mords la lèvre et finis par me perdre dans les promesses qui illuminent le bleu de ses yeux. Ma bouche s'ouvre, et c'est sans surprise qu'il répond à mon appel en posant ses lèvres sur les miennes.

Son baiser est tendre et léger. Presque hésitant. Rien à voir avec l'étreinte torride d'Hugo, capable d'enflammer n'importe quelle femme comme une allumette en seulement quelques secondes. Cole, lui, n'est que douceur, depuis ses lèvres que je sens à peine sur les miennes jusqu'à sa main qui glisse dans mon dos en une caresse délicate, aussi légère qu'une plume. Sa tendresse m'émeut. Et en même temps, j'aimerais plus. Mais déjà, il s'écarte pour me regarder, tout en suivant délicatement de l'index la ligne de ma mâchoire.

— J'ai quelque chose à t'avouer, déclare-t-il, le regard sombre.

C'est seulement à cet instant que je réalise qu'il s'est mis à me tutoyer.

— Demain, je serai à New York.

Je m'écarte, surprise.

— Ah bon ? Mais je pensais que tu partais en fin de semaine ?

Un voile de contrariété assombrit son regard lorsqu'il fronce les sourcils.

— Une urgence… Mais ne t'en fais pas, je serai de retour très vite pour terminer notre projet.

C'est à mon tour de marquer mon doute.

— Vite ?

— À la fin du mois.

La fin du mois… OK…

— Nous sommes le trois, rétorqué-je aussitôt. La fin du mois, c'est dans quatre semaines.

La déception me rend amère. Il soupire.

— Je sais. Mais dit comme ça, je trouvais que ça paraissait moins long.

Son sourire d'excuse me touche.

— Alors, ce soir…

— Ce soir, nous passons une soirée merveilleuse.

Il attrape ma nuque pour appliquer un baiser rapide sur mes lèvres.

— Et ce n'est que le prologue d'une longue et intense… collaboration.

Je réponds à son sourire. Je ne me suis même pas rendu compte que nous avions quitté la piste et que nous étions à présent tout près d'Hugo. Ce dernier n'est plus seul. Enéa l'a rejoint et s'accroche à lui comme une moule à son rocher. C'est tout mon être qui se fige lorsqu'un regain de jalousie me submerge. Je m'apprête à faire demi-tour pour entraîner Cole à l'écart, mais il est trop tard, mon cavalier a déjà reconnu mon ami.

— Hugo. Comment allez-vous ?

Est-ce que j'ai envie de le frapper quand je le vois toiser avec mépris la main que le cuisinier lui tend ? *Non, mais, il se prend pour qui ?* Heureusement, il finit par la serrer, un léger sourire étirant ses lèvres magnifiques.

— Pas de vouvoiement entre nous, Cole. Vous faites presque partie de la famille, à présent.

L'homme sourcille, sans comprendre le sarcasme.

— Apparemment, vous sortez avec ma petite sœur… Et ce n'est pas souvent qu'elle ramène un homme à la maison. Voire… Jamais.

Cole tourne la tête vers moi. Il semble décontenancé.

— C'est mon colocataire de toujours, expliqué-je. Et aussi mon… Bref, c'est difficile à expliquer, mais en gros, nous avons grandi ensemble.

— Je comprends… Et vous, mademoiselle ? Vous êtes ?

Enéa s'avance, tout sourire.

— Enéa Falke. Enchantée.

— Bien ! intervient Hugo, clairement amusé par la situation. Maintenant qu'on sait qui est qui, vous allez bien trinquer avec nous…

— Pas moi, merci. Je prends mon vol cette nuit. Et l'alcool n'est pas vraiment mon allié lorsque je voyage en avion.

— Oh, déjà ? Quel dommage !

Quel hypocrite, celui-là !

— Mais il revient bientôt ! m'empressé-je de répondre à Hugo. Dans un petit mois.

— C'est cela, reprend Cole en m'attirant à lui. Je ne l'ai pas encore quittée que j'ai déjà hâte de la retrouver.

Il m'embrasse furtivement sur la joue, puis s'écarte afin d'extirper son téléphone qui vibre dans sa poche de veste.

— Excusez-moi, je vous abandonne quelques minutes. Je dois répondre.

Le sourire moqueur d'Hugo m'énerve encore plus alors qu'il épie la moindre de mes réactions. Puis, profitant qu'Enéa se tourne vers le bar pour attraper son verre, il s'avance et murmure à mon attention :

— Tu fais pitié, Pupi. Tu ne connais rien au flirt. Alors maintenant, regarde bien et apprends !

Il attrape le verre d'Enéa et le repose sur le bar, avant de saisir la jeune femme par la nuque pour la ramener contre lui. D'un geste lent, il prend le temps d'écarter ses cheveux de son visage et l'embrasse avec gourmandise. D'abord choquée par cette attitude inconvenante, je me retrouve captivée par la langue d'Hugo qui glisse entre les lèvres de la jeune femme. Sa main descend le long de son corps pour remonter haut sur sa cuisse.

Rapidement, Enéa se cambre contre lui, s'abandonnant à ce baiser ardent duquel je ne peux me détacher, tandis qu'Hugo s'obstine à garder les yeux ouverts, plantés dans les miens comme une provocation.

27

C'est quoi le truc ?

Violette

Encore un peu de contraste par ici, un poil d'ombrage par là, et ce sera terminé. J'examine mon travail, agrandissant l'image sur l'écran de mon moniteur pour vérifier la précision de mes retouches lorsqu'un courant d'air frais me balaye l'échine.

Pas besoin de tourner la tête pour reconnaître l'odeur d'Hugo. Les effluves de *Sauvage* le trahissent. Il porte la fragrance Dior depuis sa sortie en 2015. Je me rappelle parfaitement ce jour où Jacqueline Charmant lui a offert ce parfum en cadeau pour fêter son premier contrat avec la célèbre marque. Il lui va tellement bien. Il est à son image, tel un cheval libre, impossible à dompter.

— C'est original…

J'observe son profil lorsqu'il se penche par-dessus mon épaule pour examiner mon travail d'un œil critique. Cela fait deux jours que je boude, alors bien sûr, je le vois venir à des kilomètres. Il veut enterrer la hache de guerre…

— Tu t'intéresses vraiment à ce que je fais ou c'est une manière maladroite de t'excuser ?

Il se redresse et hausse les épaules. À voir son expression, il n'a pas l'air de vouloir plaisanter. Cela tombe bien, je ne suis pas d'humeur très joviale. Hugo pose sa main derrière mon crâne, puis pose un léger baiser sur mon front, un peu plus longuement que d'habitude.

— Je n'aime pas quand on se fâche, Pupi.

J'avoue, moi non plus. Et en ce moment, nous nous prenons le bec un peu trop souvent à mon goût. Même si je suis habituée à nos *punchlines* énergiques, cela commence à peser. Je m'attarde quelques secondes dans ses bras. Puis, avec un léger reniflement, je lui demande :

— Enéa est partie ?

Il hoche la tête, mais reste évasif.

— Hum.

Ce n'est pas suffisant pour satisfaire ma curiosité.

— Et quand est-ce qu'elle revient ?

— Jamais.

Le jeune homme s'installe sur le siège à côté du mien et s'étire de tout son long, avec une nonchalance manifeste. Bien évidemment, il ne semble pas affecté par la situation.

— C'est dommage. Je l'aimais bien cette fille.

— Moi aussi. C'est pour cette raison qu'elle ne reviendra pas.

J'avoue ne pas comprendre. Qui a dit que les femmes étaient complexes ?

Devant mon désarroi, mon ami s'explique.

— Je ne voulais pas qu'elle s'attache. Alors, il valait mieux en finir rapidement.

Je me déplace dans mon fauteuil pour l'observer, les sourcils froncés.

— J'ai du mal à comprendre pourquoi tu as toujours refusé d'avoir une vraie relation. On dirait que tu fuis tous ceux qui s'intéressent à toi.

— Je ne veux pas de « vraie relation », comme tu dis.

— Qu'est-ce qui te bloque ? Tu as peur de quoi ? De tomber amoureux ?

J'ai dit ça pour le provoquer, mais son visage prend une expression qui me laisse perplexe.

— L'amour n'est pas fait pour moi.

Je n'ai jamais entendu une telle absurdité ! Tout le monde rêve de trouver l'amour.

— N'importe quoi !

— C'est pas des conneries. L'amour est destructeur. Et dangereux.

OK. Alors, Hugo ne rigole pas. Il s'approche un peu plus pour me regarder, mais ses yeux semblent voir au-delà de ma personne.

— Certains meurent à cause de lui, d'autres tuent. L'amour est mortel. Il te grignote le cerveau et annihile ta raison... Peu importent les choix qui s'offrent à toi, dans tous les cas, ça se termine en tragédie.

Je suis étonnée de sentir autant de rancœur dans sa voix. Hugo a perdu son père très jeune, c'est d'ailleurs l'un de nos points communs. Je sais aussi que sa mère n'a pas été très heureuse dans son couple et que l'histoire s'est terminée de façon dramatique. C'est pour cette raison que ma mère a accueilli Allegra, alors qu'elle n'avait pas eu de nouvelles d'elle pendant des années. Elle a été émue par cette femme expatriée et son petit garçon qui n'avaient pas d'endroit pour reconstruire une nouvelle vie.

Hugo avait seulement dix ans, il était très perturbé. Sa mère cherchait un refuge, comme si elle craignait pour sa vie. J'ai toujours pensé que les cauchemars du gamin venaient de ce passé douloureux qu'ils gardaient secret. Cependant, je n'avais pas mesuré que cette situation allait saboter sa perception de l'amour au point qu'il le considère comme un fléau. Est-ce pour cela qu'il transforme toute relation en une simple passade, torride, mais éphémère ?

— Je trouve ça triste, murmuré-je, comme pour moi-même.

— Ne t'inquiète pas pour moi, Pupi. Je n'ai pas besoin d'amour pour être heureux.

— Si tu le dis...

J'attrape ma souris et reporte mon attention sur l'assiette composée, qui s'affiche en gros plan sur mon écran LCD.

— Et toi ?

— Quoi, moi ?

— Tu es amoureuse ?

Mon Dieu, s'il savait ! J'éclate de rire pour masquer ma gêne et oriente la conversation sur Cole.

— T'es dingue ! On ne tombe pas amoureux en quelques jours.

Il m'observe avec une telle intensité que je sens le rouge me monter aux joues. Si bien que je finis par lui dire ce qu'il veut entendre.

— OK, disons que je pourrais l'être... éventuellement. Un jour.

Impossible de lui avouer que je rêverais de pouvoir aimer un autre homme afin de l'oublier, lui. Indifférent à mon trouble, Hugo reporte son attention sur les queues d'écrevisses affichées sur l'écran et magnifiquement disposées sur une poignée de mesclun.

— Eh bien, tu sais ce qu'il te reste à faire quand Machin reviendra en France.

Oui, je sais. Mais je ne peux décemment pas lui avouer que ça me fait carrément flipper. Hugo se redresse, mais je l'arrête.

— Justement, dis-moi. Qu'est-ce qui vous fait craquer, vous les hommes ? demandé-je à brûle-pourpoint.

Il lève un sourcil, pris au dépourvu.

— Je veux dire, vraiment ! C'est quoi le truc ? Celui qui fonctionne à tous les coups, avec n'importe quel mec ? Toi qui collectionnes les aventures, tu dois savoir. Qu'est-ce qui t'attire le plus chez une femme ?

Sa bouche qui s'étire sur un petit sourire en coin ne me dit rien qui vaille. Il tend ma main pour m'inviter à me lever et une fois debout, il enserre mon menton entre ses doigts.

— Tu as absolument tout ce qu'il faut pour faire tourner la tête d'un homme, Pupi. Il te manque juste...

Il s'approche encore, son souffle caressant mon visage.

— La confiance.

Je grimace et fais un pas en arrière.

— Ce n'est pas un scoop. Tu ne m'aides pas beaucoup là.

Il secoue la tête.

— Non, tu ne comprends pas. Un homme comme Cole Sanders aime les femmes de caractère. Les femmes fortes. Il veut que celle qui marche à son bras s'assume. Totalement, sans crainte ni complexes.

Ah... Je constate qu'il se rappelle son nom.

— Mais... tu sais bien que je ne suis pas ce genre de femme. Je ne le serai jamais. Et la confiance, ça ne s'achète pas au kilo.

— Non, tu n'es pas comme ça. Mais tu peux le devenir. Ça s'apprend. Je peux t'apprendre, moi.

Le silence retombe sur nous, je ne sais plus quoi penser.

— Pourquoi, Hugo ? finis-je par demander. J'ai cru comprendre que tu n'appréciais pas particulièrement Cole, alors pourquoi veux-tu m'aider à le séduire ?

Il ne répond pas tout de suite. À la place, il m'attire vers lui. La chaleur qui m'envahit alors qu'il me serre dans ses bras est confuse. Mélange de tendresse et d'une tout autre chose bien moins fraternelle.

— Depuis que nous sommes gamins, tu m'as toujours soutenu, Pupi. Tu es celle qui m'aide quand j'en ai besoin. Celle qui me comprend et m'encourage. Alors, pourquoi est-ce que je ne te rendrais pas la pareille, cette fois ?

Il embrasse le haut de mon crâne avant de me relâcher.

— Je te l'ai dit. Je veux que tu sois heureuse. Et si ça passe par t'aider à mettre ce type dans ton lit, alors je le ferai. Sans aucune hésitation. Donc, si tu veux bien, oublions ce foutu pari et concentrons-nous sur ton bonheur !

Je déglutis. Je ne sais même pas quoi répondre, de toute façon. Heureusement, Hugo s'écarte et reprend place face à mon PC. Il lance le moteur de recherche.

— Première étape, commence-t-il. Analyser ta cible.

Il est sérieux ? Apparemment, oui. Car déjà, il « scrolle » la page Wikipédia du cuisinier. Hugo semble avoir décidé de m'aider dans ma quête de l'amour. Sans savoir que c'est lui que j'aime depuis toujours. Après tout, pourquoi pas ? Je sais que je n'ai pas d'avenir avec lui. Peut-être que construire une nouvelle histoire avec Cole m'aidera à passer à autre chose et à ne plus souffrir en silence ?

D'abord désorientée, je finis par m'asseoir à côté d'Hugo. Quelle ironie du sort, quand l'homme que j'aime devient celui qui me pousse dans les bras d'un autre.

28

Il n'y a rien qui va

Violette

— C'est quoi cette... chose ?

Hugo soulève un morceau de tissu noir devant lui, les yeux écarquillés, la bouche tordue en une grimace de dégoût.

Son expression me semble beaucoup trop exagérée pour la situation.

— C'est une gaine, réponds-je sans me démonter. Évidemment, tu ne sais pas ce que c'est. Les femmes avec qui tu as l'habitude de sortir n'en ont pas l'utilité. Elles sont parfaites !

— Alors là, Pupi, excuse-moi, mais je défie quiconque d'arriver à bander devant ce truc immonde !

Je lui arrache le tissu des mains avant de le lisser pour le replier correctement.

— Ce truc immonde, comme tu dis, sert à avoir une belle silhouette quand on porte un vêtement un peu trop ajusté, si tu veux savoir.

La manière dont il me fixe m'indique qu'il ne devait pas connaître l'objet, ce qui n'est guère étonnant, vu le milieu dans lequel il évolue.

— T'as jamais été boudiné dans une robe, toi ! Alors, tu ne peux pas comprendre.

Il rit.

— Non. Mais j'ai du mal à croire que tu t'obliges à enfiler un engin pareil. T'es magnifique, Pupi. Si ta robe te boudine, c'est tout simplement qu'elle est mal taillée ou pas faite pour toi.

Je lève les yeux au ciel. Quand il dit ce genre de choses, je ne sais jamais s'il se moque de moi ou non.

— Bon, tu as terminé ?

Je croise mes bras sur ma poitrine, le dos accolé à la porte de mon placard... Celle sur laquelle j'ai posé un énorme panneau « sens interdit ».

Hugo fait courir ses doigts sur les cintres de la penderie. Son œil critique inspecte, examine, analyse. Je trouve ça complètement inutile. Cela fait des années que nous vivons ensemble, alors il connaît déjà toutes les pièces présentes dans ce dressing. Cela dit, il ne doit pas me regarder suffisamment pour se le rappeler...

Après plusieurs minutes d'inspection, il finit par se tourner vers moi et me fixe, la bouche en bec de canard, les sourcils froncés.

— Bon. C'est bien ce que je pensais, déclare-t-il avec une solennité que je trouve parfaitement inadaptée.

— Quoi ?

— Il n'y a rien qui va, là-dedans.

Alors là, j'hallucine !

— Hein ? Tu exagères. .

— À moins que tu ne caches des trésors dans ce placard derrière toi, tout est bon à jeter. En tout cas, si tu veux espérer séduire ton cuisinier.

Mayday ! Mayday ! Le sang quitte mes joues, et instinctivement, je m'appuie un peu plus contre la porte. Hors de question qu'il l'ouvre et découvre que je l'ai recouverte avec des photos de lui.

— Il n'y a pas de vêtement, là-dedans.

Son air sceptique me fait paniquer, mais heureusement, il change de sujet.

— Tu as de la lingerie ?

— Quoi ?

— De la lingerie, répète-t-il en insistant sur les mots.

— Je suis pas débile, je sais ce que tu as dit ! Et non ! Je ne vais pas te montrer mes culottes ! T'as déjà vu ma gaine... c'est assez humiliant.

— Donc, tu portes des culottes. Hum, beaucoup trop sexy, Bridget Jones.

Mon Dieu, qu'il m'énerve ! Je hausse les épaules.

— C'est ça, fous-toi de moi. Les culottes, c'est confortable et pratique.

— Oui. Et pour les mecs comme Machin, c'est un remède contre l'amour ! Il n'y a que Daniel Cleaver qui fantasme sur ça.

Je reste quelques secondes à le fixer, les yeux ronds, la chique coupée, impressionnée par sa connaissance du roman d'Helen Fielding. Cette situation est complètement ubuesque. Qu'est-ce qui m'a pris d'accepter qu'Hugo m'aide à me relooker ? *Un moment d'absence, certainement. Je sens que je vais le regretter longtemps...*

Mon colocataire s'approche et je crains un instant qu'il ne m'oblige à m'écarter pour ouvrir mon placard de groupie. Mais à la place, il attrape ma main pour m'entraîner à sa suite.

— Viens par là.

Il me tire jusque dans sa chambre, plus exactement vers son lit, sur lequel sa tablette a sans aucun doute été négligemment jetée.

— Tu as déjà fouiné sur son compte Insta ? demande-t-il, me prenant au dépourvu. Son compte perso, je veux dire. Pas ses trucs de cuisine.

Je fronce les sourcils.

— Oui. Enfin, un peu...

J'avoue avoir regardé rapidement, mais je ne m'y suis pas attardée. Hugo lance l'application sur son iPad et se met pianoter.

— Ce type est un collectionneur.

Il me plaque l'écran sous le nez.

Je secoue la tête.

Si le but de la manœuvre est de me faire flipper, alors c'est réussi. Je soutiens son regard, et comme à chaque fois que je suis mal à l'aise, j'attaque.

— Tu veux dire... un collectionneur comme toi ?

Il ne relève pas. À la place, il fait défiler son écran avec l'index. Les photos de Cole en bonne compagnie me sautent à la figure, comme autant d'agressions.

— Regarde ! Chaque post pourrait figurer à la une d'un magazine de mode. Sa com' est parfaitement maîtrisée. Et les femmes qui posent à son bras sont des bombes. Belles, sûres d'elles, et certainement expertes dans l'art de donner du plaisir. Et quand je dis « plaisir », je ne parle bien évidemment pas de bouffe.

Je déglutis.

— Si tu veux ce type, il va falloir te préparer, ma belle !

Je sais qu'il a raison. Cela fait plusieurs jours que je ne cesse de ressasser les paroles de Cole. Il aime que ses collaborateurs soient audacieux et créatifs. Il a été parfaitement clair sur ce point. J'imagine que c'est pareil dans tous les domaines.

Et moi... Malgré mon petit numéro de l'autre soir, je n'ai aucune espèce d'expérience en la matière.

— Donc, tu es en train de me dire que c'est peine perdue, c'est ça ? Que je n'ai aucune chance avec lui et que je dois passer à autre chose ?

Hugo jette sa tablette sur le lit et pose ses mains sur mes épaules.

— Non. Je dis simplement qu'il faut que tu aies conscience du niveau d'exigence de ce type.

— Tu as dit que tu m'aiderais.

— Oui. Je vais t'aider. Je te l'ai promis. Mais il faut que tu obéisses sans broncher à tout ce que je vais te demander.

— OK.

J'ai dit ça, mais je suis beaucoup moins sûre de moi, d'un coup.

— Les cours commencent demain. Je t'emmène boulevard Haussmann. On va voir la cousine de Mia.

Les Galeries Lafayette... Ça promet.

— Mais... J'ai cours ! tenté-je d'esquiver.

— Tu sèches ! Y a des priorités, bébé. Mia va bien te filer les leçons. Plus tard, on ira chez Massato. Il me doit un service et je suis sûr qu'il va arriver à faire quelque chose de bien avec ça.

Hugo enroule son doigt autour de la sempiternelle mèche de cheveux qui refuse de se plier à mes exigences. Je pose ma main sur mon chignon décoiffé d'un geste dépité.

— Mais je les ai toujours eus comme ça... J'ai pas envie de changer.

Ma remarque est puérile, pourtant c'est la vérité. Depuis toujours, je persiste à garder mes cheveux attachés.

— À bientôt vingt-six ans, c'est le moment d'avoir une *vraie* coupe, chérie, déclare Hugo en me positionnant face au miroir.

Le reflet me renvoie une image de moi, les yeux apeurés, la mine déconfite. Hugo se penche pour murmurer à mon oreille, ses prunelles sombres plantées dans les miennes à travers le tain :

— Il est temps que tu ressembles à ce que tu es à l'intérieur, Pupi.

Un piètre sourire apparaît sur mes lèvres.

— Et qu'est-ce que je suis à l'intérieur, selon toi ?

— La plus belle femme du monde.

Je sais qu'il ne dit ça que pour me convaincre de le suivre dans son délire de transformation. Et pourtant, une part de moi se plaît à le croire. C'est triste. Parce que ça arrive pile au moment où j'ai fait définitivement une croix sur cet homme, persuadée que l'aimer en secret ne me mènera qu'à ma perte.

Alors oui, je vais faire ce qu'il veut, en espérant ainsi ouvrir une porte sur ma vie amoureuse.

29

Le masque de la mort

Hugo

Je suis désolé, Pupi. J'ai déconné.

Je suis content de m'être excusé auprès de Violette et d'avoir éclairci la situation. Mais par-dessus tout, je suis soulagé qu'elle ait accepté mes excuses, même si j'aurais compris qu'elle m'envoie balader. Je le méritais amplement.

Je me suis comporté comme un con. Et aujourd'hui, je le regrette. Je sais pertinemment qu'avec elle, je ne peux pas agir de la même manière qu'avec les autres. Parce que, justement, elle n'est *pas* comme les autres. Violette m'est bien trop précieuse pour que je prenne le risque de la perdre. Alors, j'ai eu de la chance. Ce qui s'est passé dernièrement aurait pu mal finir. Mais heureusement, elle ne m'en veut pas.

Du moins, je l'espère..

Je fixe le plafond de ma chambre sans vraiment le voir. Tout ce blanc immaculé ajoute de la confusion dans mon esprit déjà perturbé.

Je me pose encore trop de questions sur le « pourquoi » du « comment ». Même si, à présent, je sais pour quelle raison j'ai agi aussi bêtement avec ma meilleure amie. La voir en compagnie d'un autre homme et imaginer qu'elle puisse s'intéresser à lui m'a fait péter un câble.

J'étais jaloux ! Voilà, c'est dit. J'ai enfin mis *le* mot sur ce que je ressentais. Et aujourd'hui j'ai l'intime conviction que c'est ce sentiment qui m'a rendu dingue. J'étais bouffé par la jalousie. Encore une fois, j'avoue avoir du mal à l'imaginer avec un autre homme. Certainement parce que je ne l'ai jamais vraiment vue comme une femme. Sauf ces derniers temps...

Mais surtout, ce qu'elle s'apprête à vivre, je sais que jamais je ne pourrai y prétendre. L'amour m'est interdit. En vrai, c'est moi qui le réfute.

Violette a raison. Je suis terrorisé à l'idée de m'attacher à quelqu'un. Certainement à cause des souvenirs horribles que cela m'évoque, je ne veux pas tomber amoureux. Je ne *peux pas* tomber amoureux. C'est définitif. J'ai vu ce que l'amour pouvait faire, et je suis intimement convaincu qu'il ne peut être heureux.

Alors oui, je vais aider mon amie à séduire son cuisinier. Pour autant, je ne suis toujours pas convaincu que ce sera l'aboutissement de sa vie.

Je m'étire, soulagé, et en même temps un peu tendu. Demain est le début de la transformation de Violette. Et avec le recul, je me demande si c'est une si bonne idée...

J'entends ses pas dans le couloir... Le choc de ses talons sur le carrelage, comme autant de coups dans ma poitrine. Ce bruit hypnotique et effrayant rythme mon cœur.

Bam ! Bam ! Bam !

Jusqu'à ce qu'il s'arrête brutalement, laissant dans l'espace exigu de ma cachette le souvenir glauque de cette mélodie macabre. La peur m'enveloppe de son voile glacé, couvrant ma peau de frissons humides tandis que j'attends la suite avec un masochisme inquiétant. Une porte claque.

— Allegra !

Silence. Ma mère est prostrée contre moi, dans le placard. Son visage est l'image même de la terreur. Les yeux exorbités, la bouche tremblante et déformée, sa main moite tient fermement la mienne, comme pour s'y accrocher...

Elle pose son regard sur moi et m'adresse un pauvre sourire forcé, vaine tentative pour me rassurer. À cet instant, je pense que je la déteste. Je la maudis de ne pas avoir eu assez de courage pour partir et nous emmener loin de cette maison luxueuse devenue notre prison.

— Allegra, si tu ne te montres pas, tu sais ce qui vous attend !

« Vous ». Je frémis sous le coup de la menace. Ma mère me fixe, puis comme si ce « vous » avait une quelconque influence, elle s'écarte de moi et m'attrape par les épaules pour m'obliger à la regarder.

— Hugo, promets-moi de rester ici, quoi qu'il arrive, chuchote-t-elle en prenant mon visage entre ses mains.

Je hoche la tête, sans vraiment comprendre pourquoi elle dit ça.

— Maman...

— Promets !

Cette détermination ne lui ressemble pas. Pas plus que cette voix, d'habitude si douce, devenue aussi tranchante qu'un rasoir...

— Allegraaaa !

J'acquiesce, alors que mon cœur se serre en entendant mon père hurler sa colère.

— Je t'aime, tu sais ?

— Moi aussi, maman, je t'aime.

Les mots se brisent dans ma gorge. L'instinct me hurle le danger. Pourtant, je ne fais rien quand elle ouvre la porte et s'extirpe du petit placard. Pas plus que je ne réagis lorsque j'aperçois la lame qui brille entre ses doigts serrés.

Je ne sais pas combien de temps je reste là, à attendre le drame qui changera nos vies. Je n'arrive plus à réfléchir. Alors, je me recroqueville sur moi-même dans l'attente du pire. Le silence qui règne se fait oppressant.

Jusqu'à ce qu'enfin, il se brise. Le hurlement de l'homme résonne dans le hall comme une trahison. Je crois un instant que ma mère a réussi. Mais rapidement, ce sont ses cris à elle qui me parviennent.

Il est en train de la massacrer. Fidèle à sa promesse.

— Non... Lâche-moi, Vito !

— Troia[13] *!*

J'imagine la scène, lui au-dessus d'elle, et elle, les mains devant son visage pour parer les coups. Je ne supporte plus de les entendre, alors je me bouche les oreilles tandis que des larmes d'impuissance roulent sur mes joues, inexorable conséquence de ma lâcheté d'enfant.

Bientôt, le silence retombe, tel un linceul sur une couche mortuaire. Il me glace le sang. Me tétanise. J'ai peur. Pourtant, au bout d'un moment, une curiosité malsaine me pousse à sortir de ma cachette, reléguant ma détresse à l'arrière-plan.

J'avance dans le couloir d'un pas mesuré, partagé entre l'appréhension de ce que je vais découvrir et l'envie d'en finir. Je n'entends plus ma mère. Et quand j'arrive sur le lieu du drame, je comprends. Il a les mains serrées autour de son cou. Et elle a déjà sur le visage le masque de la mort.

— Quand on épouse un Moretti, on lui appartient. Corps et âme. Tu as donné ta vie au Clan. Et le Clan ne rend jamais ce qu'on lui donne. Tu croyais quoi ? Que tu pouvais me quitter comme ça, et refaire ta vie tranquillement avec cet homme ? Tu n'as pas compris, Allegra. Si tu ne peux être à moi, alors tu ne seras jamais à personne.

— Non...

Ma voix n'est qu'un souffle, mais ma détermination est l'instrument de ma rage. Mon instinct me porte jusqu'à lui. Il me guide et me pousse à saisir sur la table la dague pleine de sang qui a servi à la frapper. Je l'agrippe fermement comme pour m'accrocher au courage qui brusquement m'anime. La haine envers l'homme m'aveugle. L'adrénaline inonde mes veines et l'envie de tuer annihile ma raison.

Je m'avance vers lui, indifférent au regard apeuré et déjà vitreux de ma mère qui, dans un dernier sursaut de vie, semble

---

[13] Salope ! (italien)

vouloir me dissuader. Quand je suis assez près, sans une once d'hésitation, j'enfonce profondément la lame dans le flanc de mon père.

Je me redresse, les yeux hagards et le corps en sueur. Il me faut plusieurs secondes pour mesurer l'endroit où je me situe, jusqu'à ce que je la voie. *Violette...* Mon ange gardien, essuyant mon visage avec une serviette humide.

— Chut ! Ça va aller. Ce n'est qu'un mauvais rêve, Hugo.

Encore un mauvais rêve...

L'esprit tourmenté par la précision de mon cauchemar, j'attrape mon amie et l'attire vers moi, enfouissant mon visage dans ses cheveux. Elle est la seule qui m'apaise et éloigne les souvenirs qui me hantent...

La seule... mais pour combien de temps encore ?

30
Pony

Violette

Hugo a fait un cauchemar cette nuit. Et cette fois, il n'est pas venu dans mon lit. Quand je l'ai entendu hurler, j'ai dû me précipiter dans sa chambre pour pouvoir le calmer. Je ne l'avais jamais vu dans un tel état, sauf peut-être la première fois où il est venu dormir avec moi, quand nous étions enfants. Je m'en souviens comme si c'était hier.

Ce soir-là je m'appliquais à reproduire *La Foule* avec le petit instrument que mon père m'avait ramené de voyage. J'actionnais le mécanisme d'un mouvement régulier en concentrant mon attention sur la mélodie. *Tadamtadam, tadamtadam...*

Et puis, Hugo a fait une crise... Le genre de cauchemar durant lequel il gardait les yeux fermés et frappait sur tout ce qui passait à sa portée. Rien ne parvenait à le calmer. Allegra et ma mère étaient démunies. Alors, je suis allée dans sa chambre, tout en continuant de tourner la manivelle pour masquer ses cris.

Quand je suis entrée, il s'est arrêté. Presque instantanément. Dès le lendemain soir, c'est lui qui s'est présenté à ma porte, sa marionnette à la main, et qui m'a demandé s'il pouvait dormir avec moi. Je l'ai accueilli. Et j'ai recommencé à jouer.

Je me sentais comme le Joueur de flûte de Hamelin, charmant l'indomptable avec ma musique.

J'étais comme dotée d'un irrésistible pouvoir de fascination...

Ses terreurs nocturnes n'ont pas disparu tout de suite. Elles restaient imprévisibles et violentes. Mais Hugo parvenait à les anticiper. Et quand il se sentait sur le point de vriller, il venait se réfugier vers moi. Petit à petit, en grandissant, les crises se sont espacées jusqu'à disparaître complètement à certaines périodes. Seulement, ces derniers temps, elles sont revenues. Plus rapprochées et brutales. À tel point que cette fois, il n'a même pas eu le temps de venir me retrouver.

Pour quelle raison ? Je l'ignore.

Et ce n'est pas lui qui va m'aider à comprendre. Le lendemain matin, il semble avoir tout oublié de ce qu'il s'est passé durant la nuit. Hugo ne parle pas de ses cauchemars. Jamais. J'ai bien interrogé sa mère sur ces crises étranges, mais la réponse qu'elle m'a donnée est encore plus énigmatique : « On ne réveille pas les démons du passé, si on ne veut pas les voir ressurgir. »

Bien. Et après ? Je fais quoi moi, avec ça ?

J'imagine que je ne saurai jamais quelle est l'origine des tourments qui hantent le jeune homme. D'ailleurs, peut-être ne les connaît-il pas lui-même.

En tout cas, ces derniers jours, je peux me féliciter d'avoir enfin retrouvé Hugo. Mon ami de toujours. Celui qui me fait rire et qui prend soin de moi. Celui qui fait battre mon cœur. Et j'avoue que ça me fait un bien fou. Je n'aime pas qu'on s'engueule. Cela ne nous ressemble pas. Alors, même si la perspective d'un avenir sans lui me fait peur, je suis ravie que l'on ait enfin retrouvé notre complicité d'avant. Ce lien indéfectible qui nous unit... Il est toujours là. Plus fort encore.

Aujourd'hui, c'est avec le cœur léger que je le rejoins devant l'immense entrée des Galeries Lafayette.

— Salut, Pupi, dit-il en embrassant mon front.

— Salut.

— T'es prête ?

Prête ? Pas vraiment. Mais ai-je le choix de dire non, à présent que je lui ai donné carte blanche ? Je hoche la tête et le laisse glisser ses doigts dans les miens pour m'entraîner dans l'immense hall à la décoration « art nouveau ». J'ai beau habiter Paris depuis ma naissance, je n'ai jamais trop fréquenté cet endroit, préférant les petites boutiques indépendantes aux grands magasins. Cependant, je dois avouer que le bâtiment vaut le détour et mérite son titre de lieu emblématique du shopping parisien.

Si je ne me sens guère à mon aise dans cet univers haut en couleur, Hugo, lui, est comme un poisson dans l'eau. Il parcourt le secteur mode comme s'il vivait ici, attrapant çà et là des pièces au hasard. Et c'est avec un panier plein à craquer que nous arrivons vers les vestiaires, lui tout pimpant, moi, à reculons... Quand il m'invite à pénétrer dans la cabine d'essayage, un large sourire aux lèvres, je ne peux m'empêcher de râler en lui posant mon index sous le nez.

— Mia m'a déjà fait le coup de *Pretty Woman*. Donc, si j'entends la moindre note de la chanson, je te préviens, je me casse et je te laisse en plan avec ton caddie plein !

Ma menace ne parvient pas à effacer sa mine réjouie. Bien au contraire.

— Tu me connais, Pupi. Et puis, moi, je fais plutôt partie de la team *Magic Mike*. « *Someone who knows how to ride without even falling off.*[14] »

Cette andouille se met à mimer le déhanché sulfureux d'une scène mythique du film, ce qui ne manque pas de faire marrer les autres filles présentes dans la zone d'essayage. Je lui arrache des mains la robe qu'il me tend, et avec un soupir dépité, je m'engouffre dans la cabine, non sans lui balancer d'un air faussement mauvais :

— Laisse tomber, Hugo, tu ne fais pas le poids. Channing Tatum le fait beaucoup mieux que toi.

Quelques minutes plus tard, je suis... perplexe. Je n'avais pas fait attention à la tenue qu'Hugo m'avait choisie. Une superbe

---

[14] Paroles de « Pony », interprétée par le groupe Ginuwine. « Quelqu'un qui sait monter à cheval, sans même tomber. »

robe noire à la coupe légèrement cintrée et au tissu fluide qui épouse parfaitement mes formes. Le bustier souligne l'arrondi de ma poitrine et la finesse de ma taille. Et par le plus grand des hasards, pour une fois, je ne trouve pas qu'elle élargit mes hanches. Elle est même plutôt confortable à porter, avec ses bretelles fines et sa longueur à mi-jambe. Parfaite.

Je jette un œil sur l'étiquette et étouffe un cri. *Cinq cent soixante-quinze euros ! Rien que ça !* J'ai beau avoir les moyens, je ne dépenserai pas une telle somme pour une seule tenue. Même si je l'aime bien.

— Eh ! Tu comptes prendre racine là-dedans ?

Mince ! J'avais presque oublié que je ne pouvais pas échapper à l'œil de l'expert. J'ouvre le rideau, un peu gênée. Et quand je vois la tête que fait Hugo en me découvrant, je suis sûre d'être aussi rouge qu'un gyrophare de pompier.

— Je le savais !

— Quoi ?

— Je savais que tu serais canon, là-dedans. *Little black dress !* C'est un incontournable. Et celle-là est faite pour toi, Pupi. Tu peux balancer ta gaine à la poubelle !

J'écarquille des yeux horrifiés en remarquant les vendeuses qui se sont approchées de nous et qui n'ont rien manqué de la conversation. *Évidemment, elles sont déjà sous le charme...* En bon top model qui se respecte, Hugo a attiré l'attention de toutes les femmes présentes dans un rayon de vingt mètres. Elles nous tournent autour comme des mouches.

Je le fusille du regard. Évidemment, il n'a que faire que je me sente humiliée. À la place, il me tend un ensemble tailleur-pantalon gris foncé. Mais je l'arrête.

— T'as oublié un détail, *coco*, déclaré-je en désignant l'étiquette. Mon éthique refuse de mettre autant de fric dans des fringues. Je préfère garder mon argent pour un nouvel appareil photo.

— C'est pour moi !

— Hein ? Non, hors de question...

Il s’approche et me prend par la taille.

— Si ! Ce sera ton cadeau d’anniversaire.

Je ne sais quoi répondre, alors je me contente de lever les yeux au ciel. Mais le bougre insiste.

— Je t’interdis de refuser, Pupi. Et puis, tu le dis toujours, je suis blindé. Je ne sais même plus quoi faire de toute cette thune !

Je secoue la tête en répondant à son sourire. C’est vrai. J’ai toujours entendu dire qu’Hugo et sa mère avaient hérité d’une petite fortune à la mort de son père. Je ne sais pas à quel niveau de richesse ils se situent, mais ils n’ont jamais regardé la dépense. Même quand il s’est offert cette magnifique Porsche 911 qui dort dans le sous-sol de notre immeuble.

J’inspire profondément avant de céder.

— OK. Mais on ne s’enflamme pas trop, hein ?

Je m’empare du tailleur pantalon, seulement, au moment où je m’apprête à retourner dans la cabine, une magnifique jeune femme blonde s’approche de nous.

— Voilà, Hugo ! Je t’ai ramené tout ce que tu m’as demandé.

La fille papillonne des cils, la bouche en cœur. Malheureusement pour elle, le mannequin accorde plus d’attention à son panier qu’à sa personne.

— Parfait ! C’est exactement ce que je voulais.

Je baisse les yeux vers le contenu du chariot et manque de m’étouffer quand je découvre qu’il est rempli d’ensembles de lingerie.

— Alors là, n’y pense même pas ! m’écrié-je.

À cet instant, Hugo m’adresse son sourire de tombeur. Le fameux rictus machiavélique auquel personne ne résiste.

— Tu veux parier ?

Mon Dieu, je suis faible… Saletés d’hormones !

31
Le bon choix

Hugo

Est-ce que j'ai bien fait de forcer Violette à essayer ces fringues ? *Oui*. C'était une nécessité et une question de survie. Est-ce que c'était une bonne idée de rajouter de la lingerie dans le package ? *Joker* !

Mais à ma décharge, je ne pensais vraiment pas qu'elle se plierait au jeu des essayages. Pourtant, contre toute attente, elle a attrapé le panier rempli d'ensembles affriolants et s'est enfermée dans la cabine en pestant. Je pensais bien qu'elle ne ferait pas un défilé avec le peu de tissu qu'elle avait sur le dos. L'exhibitionnisme, ce n'est pas son genre.

Par contre, j'étais à des lieux d'imaginer qu'elle ne fermerait pas correctement le rideau de velours, au point de laisser assez d'espace pour que je puisse jeter un œil en toute impunité. Suis-je un mauvais pécheur pour avoir profité de la situation ? *Certainement*. Je finirai cramé en enfer, c'est indéniable. Mais bon sang, je ne suis qu'un homme. Un homme qui n'a pas baisé depuis une semaine et dont les hormones commencent sérieusement à attaquer le cerveau !

Il m'était impossible de détourner les yeux de son corps délicat. Cet ensemble en dentelle noire sur sa peau blanche était tout simplement divin. L'objet même du péché. Savoir que c'est

Machin qui va en profiter me fait grincer les dents... J'espère au moins qu'il a conscience de la chance qu'il a, ce veinard !

Je sais que Violette n'apprécie pas particulièrement son corps et que ses formes constituent un complexe. *Mais putain, elle est divine ! Canonissime !* J'aimerais la convaincre qu'elle a tout ce qu'il faut là où il faut pour faire perdre la tête à un homme. Néanmoins, je sais qu'elle pensera que je me moque d'elle. Ce qui est complètement faux, d'ailleurs. Je suis on ne peut plus sérieux quand je déclare qu'elle est belle. Belle comme une fleur fraîchement éclose dans la rosée du matin.

Merde... Je commence à divaguer.

Ça ne présage rien de bon.

Peut-être ne suis-je pas objectif en disant cela ? Après tout, je la vois avec les yeux d'un type qui se dit son meilleur ami. Quoique, ces derniers jours, je n'en suis plus si certain.

Oh bordel ! Cette histoire est en train de vriller !

Machinalement, je lève la tête en direction de la cabine où Violette essaye un nouvel ensemble. Je n'aurais pas dû. Car à l'instant où je l'aperçois, dans le mince espace entre le rideau et la cloison, je ressens comme un coup de poignard dans la poitrine.

Violette est en train d'enfiler un bustier de dentelle blanche qui vient épouser son corps comme une seconde peau. Les bonnets galbent parfaitement ses seins et les lanières de satin s'entrelacent autour de son ventre, magnifiant la finesse de sa taille. Le tanga assorti remonte haut sur ses hanches, faisant ressortir sa chute de reins vertigineuse et l'arrondi de son...

Putain !

Je me mords violemment la lèvre pour éteindre le feu qui vient de prendre naissance dans mon pantalon.

— Pense à un truc moche, Hugo !

— Tu m'as parlé ?

La voix de Violette me refroidit instantanément. D'autant plus qu'en tournant la tête, elle s'aperçoit que le rideau est mal tiré et le replace correctement.

— Non, non... Je me parlais à moi-même.

Purée, je donnerais cher pour pouvoir me glisser sous une douche froide...

— Il paraît que ça reflète des émotions refoulées... Tu dois avoir de vieux fantasmes !

Bordel, si je lui confiais mes fantasmes, là, tout de suite, c'est elle qui irait se planquer...

Je m'impatiente alors qu'elle ricane comme une gamine.

— Tu as bientôt fini ?

— Oui, oui. C'était le dernier.

— Et ? demandé-je, curieux.

Elle ressort de la cabine et me tend deux tas de vêtements. En voyant l'ensemble blanc sur le haut de la pile de droite, j'espère secrètement qu'elle choisira celle-là. Cependant, je ne peux pas le lui dire sans risquer de me griller.

— Ça, je prends. Et ça... non.

Je souris comme un con, et Violette ne manque pas de le remarquer.

— Un problème ?

— Non. T'as fait le bon choix.

Nous passons à la caisse sous l'œil envieux de la vendeuse qui me reluque sans vergogne.

— Ce qu'elles peuvent m'énerver ! murmure Violette avec humeur.

Je l'interroge du regard, étonné de la voir si virulente, d'un coup.

— Je pourrais très bien être ta copine qu'elles n'en auraient rien à faire. Elles continueraient à te faire les yeux doux sous mon nez. Non, mais, je te jure ! Elles n'ont vraiment aucune retenue.

Sa jalousie me fait marrer intérieurement. Néanmoins, sur le fond, elle a raison. Ces filles sont sans gêne. La vendeuse me tend le sac avec un grand sourire aguicheur. Mais je l'ignore et à la place, j'attire Violette contre moi.

— Tu vas être magnifique là-dedans, bébé, déclaré-je assez fort pour que tout le monde m'entende.

D'instinct, elle lève la tête vers moi lorsque je me penche pour aspirer ses lèvres entre les miennes, sous le regard médusé des deux nanas. Au-delà de ma petite blague, je suis surpris de voir que Violette ne recule pas. Au contraire, elle se laisse faire. Et finalement, je suis presque déçu de devoir la relâcher.

— Merci, murmure-t-elle, les joues rosies. Pour tout !

Le soir, je retrouve ma meilleure amie dans le salon, emmitouflée dans son plaid, un chocolat chaud dans une main, son téléphone dans l'autre. Elle a lancé sa playlist préférée, celle des années 60, et les voix d'Aretha Franklin et Dionne Warwick s'enchaînent, plongeant la pièce dans un autre temps.

J'ai voulu la relooker, mais finalement, c'est comme ça que je la préfère. Simple et décontractée. Elle est encore plus belle. Ses sourcils froncés témoignent de sa concentration alors qu'elle fait défiler son écran. Je m'installe à ses côtés pour constater qu'elle est en train de scroller le profil de Sanders.

— Tu trouves des choses intéressantes ?

Elle lève la tête vers moi, comme si elle réalisait seulement ma présence.

— Hum.

Je vois à la ride qui barre son front qu'elle est contrariée.

— Quelque chose ne va pas, Pupi ?

Elle soupire profondément, avant de reposer son smartphone sur la table basse.

— Non. Enfin si. C'est juste que… ce ne sera pas suffisant.

Son inquiétude m'interpelle.

— De quoi ? Je ne comprends pas.

— Le relooking, tout ça, c'est bien. Mais ça ne suffira pas pour que Cole me tombe dans les bras.

Je souris, soulagé que ce ne soit pas plus grave. Glissant mon bras sur son épaule, je la rapproche de moi.

— Il va tomber raide dingue de toi, c'est sûr.

Elle cale sa tête dans le creux de mon cou et commence à triturer la fermeture Éclair de mon sweat.

— Non. Pour qu'il tombe sous mon charme, il faudrait que je sois plus... expérimentée, tu vois ?

Je m'écarte, surpris.

— Tu veux dire... expérimentée en amour ?

Elle acquiesce.

— Et ?

Je crains de comprendre où elle veut en venir quand elle se redresse et me fixe avec une moue boudeuse.

— Je suis vierge, Hugo ! Et ça m'étonnerait qu'un type comme Cole Sanders se tape des vierges de vingt-six ans !

J'en reste bouche bée.

— J'aurai beau revêtir des guêpières que ça n'y changera rien. Je n'ai aucune expérience en matière de sexe ! Et crois-moi, il va vite s'en rendre compte.

— Qu'est-ce que tu attends de moi, exactement ?

— Je veux que tu m'aides à trouver un plan cul.

Merde ! Je ne m'attendais pas à ça, et je ne sais même pas quoi répondre.

— S'il te plaît..., supplie-t-elle. Tu as promis de m'aider.

Elle n'a pas besoin d'en dire plus, j'ai compris. Je me relève, comme si rester à côté d'elle m'était devenu insupportable.

— T'es complètement folle, Pupi ! Je ne ferai jamais ça.

Ses traits prennent une expression douloureuse.

— Alors, je suis si répugnante que même le grand « Casanova » n'imagine pas que je puisse me trouver un coup d'un soir ?

Je me renfrogne tandis que les images d'elle, vêtue de sa lingerie blanche, reviennent brusquement dans ma tête. Répugnante ? Non. Bien au contraire. Et c'est là tout le problème. Mais je ne peux pas le lui dire. Alors, lâche que je suis, je préfère fuir.

— Non, Pupi. Je ne t'aiderai pas à renoncer à tes principes en couchant avec le premier mec venu. Je suis désolé.

Ça m'énerve tellement qu'elle puisse penser que je l'aiderais à faire une chose pareille. Aussi, quand elle ouvre la bouche, je l'arrête avant qu'elle n'aille trop loin.

— Inutile d'insister. C'est non ! Et c'est définitif !

Avant de le regretter, je quitte la pièce, emportant avec moi la vision d'elle sur ce canapé, le visage empreint de doute et de déception.

32
Plan B

Violette

— Pourquoi tu refuses de m'aider, Hugo ?

J'ai beau insister, le jeune homme garde obstinément le nez dans son café, la mine sombre.

— Parce que tu es ma meilleure amie.

— Et alors ? Je ne vois pas le rapport.

— Alors, on n'aide pas sa meilleure amie à coucher avec n'importe qui juste parce qu'elle a décidé de donner sa virginité au premier connard venu. Je sais ce que ça représente pour toi. Du moins, ce que ça *représentait* jusqu'à hier soir...

Je pouffe.

— Depuis quand tu t'enquiers de ce qui est bien ou pas, toi ?

Son long soupir en dit long sur son état d'esprit. Je vois bien que je l'ennuie à insister de la sorte. Cependant, il se fourre le doigt dans l'œil s'il pense que je vais lâcher l'affaire.

— Depuis que je l'ai décidé.

— Franchement, tu saoules ! Je ne demande pas la lune, quand même !

— Écoute-moi bien, Pupi. Je ne te laisserai pas faire ça ! Point final ! C'est clair ?

Grrr ! J'ai envie de l'étriper quand il fait sa tête de mule. Je claque ma tasse contre la table, agacée.

— Donc toi, tu as le droit de fourrer ta bite dans tous les vagins de Paris, mais ça te dérange quand moi, ta meilleure amie depuis toujours, je veux coucher avec un homme, juste une fois, vite fait ?

J'ai déjà dit que je pouvais être mauvaise quand j'avais une idée en tête ? Cette vulgarité inhabituelle chez moi ne le fait même pas ciller.

— *Niet, nada, no, nej*... Dans toutes les langues que tu veux, c'est NON ! N'insiste pas, je te dis. Tu ne vas pas renoncer à tes principes juste parce que tu veux relever le défi avec un mec de passage !

— Et comment tu comptes m'en empêcher, dis-moi ?

Cette fois, il se fait vraiment menaçant.

— S'il faut en arriver là, je t'enfermerai à double tour dans cet appartement !

Mon Dieu, il va me rendre dingue !

— Quoi ? Mais t'as qu'à me mettre une ceinture de chasteté, tant qu'on y est !

— Ne me tente pas, Pupi !

Je me lève, vexée. Moi qui pensais qu'une bonne nuit de sommeil l'aurait fait changer d'avis.

— Bien, déclaré-je en pinçant les lèvres. Ce n'est pas grave. Je me passerai de ton avis. Tu veux bien me passer ton téléphone, s'il te plaît ?

Il grogne en le ramenant vers lui, méfiant.

— Pour quoi faire ?

— Je voudrais appeler Anton. Je suis sûre que lui se fera un plaisir de m'aider...

Cette fois, Hugo bondit, renversant son café sur le marbre blanc du plan de travail.

— Non, mais, ça va pas ? T'es complètement malade ?

— Et pourquoi, je te prie ? Je couche avec qui je veux !

Je crains une seconde qu'il ne se jette sur moi pour m'arracher les yeux. Cependant, il n'en fait rien, se contentant de me menacer de l'index.

— Jamais tu ne demandes un truc pareil à mes potes ! Je te préviens, Pupi, si tu tentes quoi que ce soit ou, même si tu envisages ne serait-ce que de leur parler de ton plan foireux, je ne réponds plus de rien.

Alors là, il rêve ! Je place mes poings sur mes hanches, buste en avant pour gonfler ma poitrine, une moue provocatrice ancrée sur les lèvres.

— Parfait. De toute façon, tu ne pourras pas toujours être derrière moi !

Le sang quitte les joues d'Hugo avant de remonter brutalement jusqu'à ses tempes, les colorant d'un rouge vif. Je crois bien qu'il est au bord de l'explosion. À moins qu'il ne s'agisse d'une implosion. Bref, dans les deux cas, il est furieux et lutte probablement contre ses pulsions assassines, quand il décide de battre en retraite.

— C'est bon ! Je lâche l'affaire.

Il fait racler son siège sur le carrelage, pose sa tasse dans l'évier et s'éloigne en direction des escaliers d'un pas vif.

— Ben, tu vas où ?

— Je me casse avant de t'étrangler.

Quand il disparaît, ma bouche se tord en une grimace.

Bon ! Il va falloir que je me débrouille toute seule, maintenant.

— C'est très bon, Le Bon. Très intéressant.

Je hausse les sourcils.

Bulbizarre, enfin, Monsieur Thomasson, s'est penché par-dessus mon épaule pour examiner mon écran d'ordinateur. J'ai toujours pensé qu'il faisait exprès de faire des jeux de mots débiles avec nos noms de famille. Le mien en particulier. Ça doit le faire marrer. D'habitude, ce manque de respect me fait bondir, mais aujourd'hui, je n'ai pas envie d'y accorder de l'importance. J'ai d'autres chats à fouetter que de m'occuper d'un marginal à tête de Pokémon.

— J'espère que vous nous présenterez ce projet pour votre oral de fin d'année. Il est très original.

Je hoche la tête. Je n'ai pas vraiment prévu de faire ça, mais peut-être que Cole accepterait que je me serve de son travail pour valider mon diplôme ? C'est à réfléchir.

— Eh ben, chuchote Mia, une fois qu'il est parti. Tu as la cote, ma belle ! J'aurais dû choisir la cuisine plutôt que les plantes vertes, moi !

Je souris et examine les photos de plantes aromatiques qu'elle a retravaillées pour un magazine de jardinage. L'angle de prise de vue donne à l'ensemble une perspective incroyable et des contrastes soignés, mettant en valeur le végétal.

— Tes photos sont superbes, Mia.

Je ne dis pas cela pour lui faire plaisir. Je le pense vraiment. Mia a un sens artistique incroyable, et ça se ressent sur ses clichés.

— Et toi, c'est ton cuisinier qui est canon. *Argh*... Pourquoi les jardiniers qui bossent avec moi ressemblent tous à des Télétubbies aux mains dégueulasses ?

Je pouffe.

— Il ne te plaît pas, Nicolas le jardinier ?

Quel était le pourcentage pour que le mec avec qui elle bosse se prénomme ainsi ? Elle enfourne ses doigts dans sa bouche pour mimer un haut-le-cœur.

— T'es vraiment une sans-cœur. Il est adorable avec toi ce monsieur.

— Oui. Et moche, aussi, précise-t-elle avant de retrouver son sérieux. Ce n'est pas sympa, mais c'est objectif. D'ailleurs, en parlant de mec, c'est pour quand tes retrouvailles avec le beau « Ricain » de la côte Est ?

— Il revient à Paris dans un mois.

— Avec ton nouveau look, il va te sauter dessus, c'est sûr !

J'ai informé Mia de mes plans avec Cole Sanders. Elle sait que je compte bien le séduire une fois qu'il sera revenu.

— Mouais. J'ai des doutes. Il ne doit pas manquer de tentation à New York. Si ça se trouve, il m'a déjà oubliée.

Elle secoue la tête, la mine renfrognée.

— Non, je ne crois pas. J'ai vu comment il te regardait. On aurait dit qu'il allait te bouffer comme l'un de ses muffins. Tout cru.

Je rougis devant l'image que ses mots m'inspirent.

— Et Hugo ?

— Quoi, Hugo ?

Pourquoi est-ce que je me sens sur la défensive, d'un coup ? Peut-être parce qu'on s'est pris la tête ce matin même...

— C'est bien lui qui t'a relookée en femme fatale, non ?

Je laisse échapper un léger soupir.

— Oui. Enfin, il m'a emmenée faire du shopping aux Galeries. Il est dans son monde, là-bas.

— Tu m'étonnes ! D'ailleurs, vous n'avez pas vu Cléo ?

Je secoue la tête. Je ne me souviens pas avoir aperçu la cousine de Mia dans les rayons de prêt-à-porter. Je ne l'ai vue qu'une fois, mais je me serais rappelé cette petite rousse aux yeux verts, aussi pétillante que ses boucles. En même temps, le magasin était blindé de monde...

— C'est dommage, elle t'aurait fait un prix.

Je hausse les épaules.

— C'est Hugo qui a payé.

Les mâchoires de mon amie se décrochent.

— Merde, mais pourquoi ça ne m'arrive jamais à moi des trucs pareils ? C'est dégueulasse. Enfin bon, tant mieux pour toi si ce mec a encore dépensé une fortune pour que tu trouves ton bonheur.

— Oui. Enfin...

J'aurais préféré qu'il m'apprenne à mettre un mec dans mon pieu plutôt que m'emmener faire les boutiques. Mais il ne veut rien entendre, le bougre ! Il pense que je regretterai de coucher avec le premier venu. Mais il me connaît. Il sait que je n'abandonnerai pas l'idée. Et je ne désespère pas de perdre ma virginité avant que Cole ne revienne en France. Il le faut. C'est impératif si je veux caresser l'espoir de devenir sa petite amie.

Je mâchouille le bout de mon crayon tactile en m'imaginant vêtue de ma nouvelle guêpière blanche, appuyée contre l'encadrement de la porte, soutenant le regard avide de Cole Sanders... Mon esprit divague, et bientôt, ce n'est plus le cuisinier qui me fait face, avec l'expression d'un loup affamé et les yeux assombris de désir... c'est Hugo.

Ding ! Je sursaute.

— Ah, ben tiens, quand on parle du loup...

Mia saute sur son téléphone.

— Hein ? demandé-je, en chassant ces pensées dérangeantes.

— Cléo ! Elle vient de m'écrire.

Elle me tend son écran sur lequel s'affiche le flyer d'une soirée privée.

— Une invit' ! Tu viens avec moi !

Je grimace.

— Je ne sais pas trop, Mia. Je n'ai pas la tête à sortir en ce moment, et puis, il y a ce projet...

— Tu plaisantes ? C'est son anniversaire ! Il y aura tous les jeunes branchés du milieu artistique ! Tu ne peux pas louper ça !

Je reste sourde à ses suppliques, jusqu'à ce qu'elle balance :

— Des mecs canons, du champagne, du caviar, ça te parle ? Si tu veux en profiter un peu avant le retour du prince charmant, c'est le moment, ma belle !

Elle sait que je ne suis pas de ce genre-là, alors, c'est avec étonnement qu'elle m'entend demander :

— Des mecs canons, tu dis ?

— Des tas !

Je souris et frappe sa main tendue avec un regain d'enthousiasme.

Parfait ! La chasse au plan cul est ouverte !

33

Ce soir, c'est mon soir !

Violette

La lumière des toilettes éclaire mon visage, lui donnant un aspect étrangement pâle, presque trop. J'avoue, j'ai légèrement forcé sur le maquillage, et malgré l'expertise de Mia en la matière, il commence à couler. D'ici quelques heures, c'est sûr, j'aurai l'air d'un panda. J'essuie rapidement les contours de mes yeux avec un mouchoir en papier humidifié quand mon amie me saute dessus.

— Ah, Violette ! T'es là ! Je te cherchais partout !

Je ne peux pas lui dire que je suis venue me planquer ici pour ne pas avoir à affronter le regard d'Hugo. Parce que oui, bien évidemment, ce petit con est invité à la fête. Un incontournable pour attirer les filles, il paraît !

Bref, quand je suis tombée sur lui en arrivant, j'ai cru que j'allais faire demi-tour. Mais, après coup, je me suis dit que je ne lui devais rien. Sauf peut-être cette magnifique robe noire Laurence Bras, qu'il a gentiment financée. Si j'avais l'argent, je crois que je me serais payé le luxe de le rembourser. Est-ce que je suis rancunière ? *Oui*. Est-ce que je lui en veux ? *Terriblement*. Et depuis deux jours, j'ai l'impression qu'on a inversé les rôles. Hugo est devenu le mec raisonnable, et moi la fille dévergondée. Il est têtu, mais moi aussi. Je ne lâcherai pas l'affaire. Ce soir, on fêtera ma défloraison !

— J'étais venue me refaire une beauté.

J'ai toujours su mentir. Alors, c'est avec une certaine assurance que je sors un tube de mon sac et applique méticuleusement un peu de rouge sur mes lèvres. Mes cheveux noirs, savamment attachés, me donnent l'air d'une vamp. Mais pour être honnête, à l'intérieur, je suis loin d'être aussi confiante.

— Il me faut un verre, déclaré-je en attrapant le bras de mon amie.

— Hey ! J'ai pas fait pipi !

Quelques minutes plus tard, Cléo nous rejoint et nous nous mettons à jouer les piliers de bar en enchaînant les daïquiris. Je suis complètement nulle en ce qui concerne la composition des cocktails, alors je ne sais même pas ce que l'on retrouve dans ce délicieux mélange aux couleurs acidulées. En vérité, peu m'importe, du moment qu'il m'aide à me détendre. L'alcool désinhibe, et je compte bien dessus pour m'aider à atteindre mon but. Seulement, au bout de plusieurs verres, la chaleur caractéristique de l'enivrement engourdit mon esprit et je commence sérieusement à bafouiller.

— Nan, mais je... je t'assure, Cléo. Ce soir, c'est mon soir !

En vrai, je n'ai pas encore eu le courage d'aborder qui que ce soit. Et pourtant, Mia avait raison. Cette boîte est un repaire de beaux gosses ! Peut-être ai-je besoin d'un dernier verre pour me lancer ? Je grimace en avalant une gorgée de liquide jaune, ignorant la petite alarme dans ma tête qui me crie que j'ai largement dépassé mon seuil de tolérance.

La cousine de Mia éclate de rire et attrape mon bras.

— Tu me fais trop rire, Violette. Venez avec moi, les filles, je vais vous présenter des amis. Je suis sûre qu'ils ne resteront pas insensibles à votre charme... et vos charmes !

Je la suis en direction de la piste, tanguant sur mes talons de douze. Qui aurait cru que j'arriverais à danser avec ces trucs qui martyrisent mes pieds ? Nous dépassons un groupe plutôt bruyant qui ne manque pas de nous héler au passage.

Mince ! C'est bien la première fois que je me fais siffler par des inconnus. Même si elle n'a rien de gratifiant, cette idée m'exalte.

Je ne dois vraiment pas être dans mon état normal pour me sentir flattée par cette drague déplacée. Je m'agrippe à Cléo, incapable de retenir le sourire niais qui se colle sur ma figure quand je me cogne violemment contre un torse.

Chemise blanche déboutonnée. Veste noire. Jean usé. Et ce putain de parfum que je reconnaîtrais entre mille. Sauvage.

— Hugo..., sifflé-je entre mes dents.

L'homme est entouré de ses potes et me toise de toute sa beauté insolente.

— Violette...

Je peux entendre sa colère gronder dans le ton de sa voix. S'il croit qu'il me fait peur, il se fourre le doigt dans l'œil. Au lieu de m'intimider, il me donne envie de le provoquer. À moins que ce ne soit l'alcool qui me rende aussi hardie ? Je fais un pas vers lui, menaçante, mais ne parviens qu'à perdre l'équilibre.

Oh zut ! Quelle idiote ! Je savais bien que c'était dangereux d'être perchée sur des Louboutin.

Hugo

— Cléo, je te présente Hugo, mon meilleur ami... Enfin, plutôt mon « frère ». Il... il y tient, bégaye Violette.

Elle sourit d'un air idiot, s'accrochant à ma chemise pour me tirer vers elle. *Merde !* Elle tient à peine sur ses escarpins, cette gourde. Des relents de rhum et de citron me parviennent, indiquant qu'elle a picolé plus que de raison.

— Maintenant, c'est comme ça que je vais l'appeler. Mon frèèèèrrreeee... Parce que c'est précisément pour cette raison qu'il veut pas me laisser coucher avec qui je veux. Y m'prend pour sa petite sœur qu'il doit protéger contre les méchaaannnnts garçons. Alors que pas du tout ! On n'est pas du même sang. On a juste été élevés dans la même maison. *Hips !*

— T'es bourrée, Pupi, murmuré-je, agacé.

Ce n'est pas une pique. C'est un fait. Mais elle ignore mon intervention. À la place, elle se redresse d'un coup, ses yeux lançant des éclairs.

– Tu te rends compte à quel point c'est dégueulasse ? poursuit-elle à l'attention de notre hôte. Il s'est tapé la moitié de la capitale, et moi, j'ai même pas le droit de baiser ! Un p'tit coup de rien du tout, vite fait... C'est non ! Mon « frère » refuse de me laisser faire ce que je veux, ce sale traître ! Je te dégoûte à ce point que tu penses qu'aucun mec ne voudrait me toucher ?

Comment lui faire comprendre qu'elle est bien plus belle et précieuse à mes yeux que toutes celles qui sont passées dans mon lit ? Vu son état, ce serait une perte de temps. Elle est trop alcoolisée pour assimiler quoi que ce soit. Je la soutiens par le coude lorsqu'elle s'écroule de nouveau contre moi. Un voile triste passe furtivement dans ses prunelles, provoquant un pincement dans mon cœur.

Son visage vient se caler dans mon cou et elle prend une profonde aspiration avant de s'écarter comme si mon contact la répugnait. Son regard empli d'aigreur me touche. Mais moins que la douleur dans sa voix qui la plie en deux.

– Putain, je l'aime tellement ce mec que ça me bouffe de l'intérieur... juste là. Dans la poitrine.

Elle frappe son buste avant d'agripper sa robe pour tirer dessus, dévoilant beaucoup trop sa poitrine à mon goût.

Merde !

Troublé, je m'apprête à la prendre dans mes bras, mais elle se redresse déjà et s'accroche à Mia qui me fixe d'un air désolé. Son amie m'indique de ne pas insister. Et elle a raison, car Violette reprend du poil de la bête.

– Oh, mon Dieu ! J'adore cette chanson. Viens, chérie, on va danser !

Elle s'éloigne vers la piste en titubant, entraînant Mia et sa cousine avec elle. Elle a certainement déjà oublié les mots qu'elle vient de prononcer. Mais moi, je sais qu'ils me hanteront toute la nuit et celles qui suivront.

Je la surveille tandis qu'elle se colle au premier type qui passe à portée de sa main. Mes poings se serrent. Je ne peux pas la laisser faire ça. Parce que je sais qu'elle le regrettera lorsqu'elle aura repris ses esprits.

— Eh bien, elle en tient une bonne ta « frangine » ! mime José à côté de moi.

Je ne réponds pas, les yeux rivés sur elle.

— C'est vrai ce qu'elle a dit ? Elle veut coucher avec un mec… juste comme ça, pour coucher ?

Mes sourcils se rejoignent tandis que j'observe Violette se frotter contre le type sans vergogne. Elle fait n'importe quoi ! Et si elle se voyait, là, tout de suite, elle serait certainement rouge de honte.

— Franchement, tu devrais le faire, toi, reprend José en levant son verre dans sa direction.

— En tout cas, moi, à ta place, je lui sauterais dessus, intervient Anton, qui a tout entendu de la conversation. Elle doit être carrément torride au pieu, cette fille.

J'ignore mon ami. Non pas pour m'empêcher de lui coller mon poing dans la tronche, mais parce qu'à cet instant, Violette se penche brusquement en avant pour vomir son désespoir sur ses chaussures à mille balles.

34
Douche froide

Hugo

— Viens par là, ma belle... Attention la tête... Là. C'est ça...

Je cale ma main contre l'arrière de son crâne pour éviter qu'il ne cogne contre le chambranle de la porte. Je fais de mon mieux pour ne pas la secouer, mais on ne peut pas dire que la belle endormie me soit d'une grande aide.

Violette est comme une poupée de chiffon entre mes mains tandis que je l'emmène à l'intérieur de notre appartement. Elle s'abandonne dans mes bras, son petit corps blotti contre le mien. Elle semble si vulnérable à cet instant que je n'arrive même pas à lui en vouloir. Et pourtant, j'aurais largement de quoi être en colère.

Je me tortille pour lui ôter ses chaussures que je balance dans un coin, avant de la porter jusqu'à sa salle de bains.

Elle a vraiment abusé, ce soir. Abusé de la boisson. Abusé des hommes. Abusé tout court. La voir appuyée contre ce type et se lever sur la pointe des pieds pour tenter de fourrer sa langue dans sa bouche m'a passablement énervé. Parce que je suis persuadé qu'elle l'a fait exprès pour me provoquer.

Heureusement, elle a abandonné l'idée de brancher l'un de mes amis. Vu ce qu'il m'a dit, je suis certain que ce saligaud d'Anton aurait sauté sur l'occasion de la coller contre un mur.

Depuis le temps qu'il reluque dans sa direction...

C'est moche, mais j'ai presque trouvé drôle que Violette vomisse sur ses chaussures hors de prix, éclaboussant au passage celui qu'elle prenait pour son objet sexuel. Le type est passé d'un regard de merlan frit à un rictus écœuré en moins d'une seconde. Ça valait le coup d'œil. En y repensant, j'aurais dû prendre une photo pour la faire chanter. Ou pour la menacer quand elle me prend la tête.

La pauvre...

Quand je vois tout ce qu'elle a régurgité, elle a vraiment dû être mal. C'est même étonnant la quantité de liquide qu'un estomac peut contenir. En tout cas, j'espère que ça lui servira de leçon et qu'elle ne recommencera pas de sitôt. Prendre une cuite est un jeu dangereux, et elle n'a clairement pas le métabolisme pour en sortir victorieuse.

Je la dépose délicatement sur un fauteuil et la cale avec des serviettes pour qu'elle ne tombe pas. Elle a les yeux hagards et pousse de petits grognements mécontents quand je m'attelle à descendre un peu la fermeture de sa robe pour la mettre plus à son aise.

— Hum... pfff... mais...

Je souris devant les efforts que Violette fait pour me repousser. Même ronde comme une queue de pelle, elle s'obstine à me tenir tête.

— Chut, ma belle. Tu n'es pas en état de protester.

— Je peux... Je vais le faire... seule.

— C'est ça ! Et moi, je suis un moine abstinent.

Elle se marre, tente de se relever, mais retombe lourdement sur le siège, sa tête dodelinant dangereusement. Je l'attrape in extremis avant qu'elle ne bascule vers l'avant. À cet instant, je ne peux réprimer une grimace de dégoût.

— Merde, tu pues Violette, c'est une horreur.

Ses yeux s'écarquillent d'effroi, mais je n'y prête qu'une vague attention et l'oblige à s'appuyer contre le mur.

— Ne bouge pas ! ordonné-je.

Quelques secondes plus tard, je reviens avec son pyjama et un gant humide que je passe sur son visage. La jeune femme lève un regard vitreux vers moi, comme pour me remercier. Elle est saoule, les yeux charbonnés par son mascara dégoulinant, sent l'alcool comme un clodo, et pourtant, je la trouve belle.

– Je me sens tellement conne..., murmure-t-elle, de façon claire cette fois.

Je ne réponds pas. Inutile de la sermonner maintenant. De toute façon, demain, sa migraine aura tôt fait de lui rappeler qu'effectivement, elle a déconné. Elle soupire et rejette sa tête en arrière, en fermant les paupières. Machinalement, je caresse sa joue, mais elle ne réagit pas. Je crois bien qu'elle est dans les vapes.

Bon sang !

Elle ne peut pas dormir ici. Et encore moins dans cet état. Je vais devoir la laver avant de la mettre au lit. Je fronce les sourcils et l'attrape sous les aisselles pour la soulever. Puis, redoublant d'efforts, je la traîne jusque devant son lavabo. Il me semble que sa brosse à dents est dans le placard à ma gauche. J'attrape l'objet en la maintenant contre moi pour le glisser entre ses lèvres.

Sauf que l'opération ne se révèle pas si simple.

– S'il te plaît, aide-moi, Pupi... Ouvre la bouche.

Contre toute attente, elle obéit et me permet de lui rafraîchir l'haleine. Je la rince et l'oblige à recracher.

– Maintenant, à la douche ! dis-je, comme pour me persuader de la nécessité de le faire.

Je la retourne entre mes bras pour défaire la fermeture de sa robe, qui glisse rapidement au sol dans un froissement de tissu. Violette se retrouve en sous-vêtements. Dans son ensemble en dentelle blanche... Bordel ! J'évite de regarder alors que je la dépose dans sa douche italienne.

À cet instant, je réalise que je n'ai pas d'autre choix que d'entrer avec elle, si je veux la laver. *Grrr... Comme si ça ne suffisait pas de la voir à poil !* Sans la lâcher, je retire rapidement mes fringues et les jette à terre. Quand je me tourne vers elle, simplement vêtu de mon boxer, je la surprends en train de me reluquer avec un petit sourire.

— Alors, c'est toi qui vas me... baiser ce soir... *hips* ? ricane-t-elle.

Je lui lance un regard noir.

— Arrête de dire des conneries ! Essaye plutôt de rester debout et de ne pas me vomir dessus !

Sans attendre, je dégrafe son soutien-gorge et lui ôte sa culotte que je balance hors de la douche avant d'ouvrir les robinets.

Ne pas la regarder...

L'eau tombe en pluie fraîche sur nous, refroidissant d'un coup l'atmosphère. Le cri de Violette me fait intérieurement marrer. Et en même temps, il m'indique que c'était la bonne solution pour la ranimer.

— Hiiiii ! Ça va pas, non ? C'est glacé !

— Arrête de faire ta chochotte et laisse-moi faire !

J'ajuste la température, et bientôt, la vapeur envahit l'espace exigu de la douche. Violette a maintenant la tête sous le jet, les yeux fermés, laissant les bienfaits de l'eau la laver de ses récentes erreurs. J'attrape son savon au lait d'ânesse, à l'odeur subtile de fleur de coton, et entreprends de la nettoyer, m'appliquant à frotter sa peau avec des gestes méthodiques. Je shampooine ses cheveux, masse son cuir chevelu, puis glisse sur ses épaules pour décontracter ses muscles. Son soupir d'aise m'indique qu'elle apprécie.

Après l'avoir rincée, j'entreprends de me laver à mon tour, lorsque je m'aperçois qu'elle a les yeux fixés sur moi. Son regard me taillade comme une lame de rasoir. Franc et triste à la fois. Il m'effraie, et en même temps, il me chauffe comme un rayon de soleil.

Mon corps réagit. Et bientôt, je réalise avec effroi que je bande comme un taureau.

Bon sang ! J'ai réussi à ne pas me laisser emporter par mes hormones pendant que je la touchais, et voilà qu'avec un simple regard, elle me met en émoi comme un adolescent prépubère !

Merde !

D'instinct, je coupe le robinet et attrape une serviette, pour me couvrir la taille. Violette ne dit rien et me laisse la sécher, impassible. Seul son regard reste intense. Trop intense. Elle ne proteste pas lorsque je lui enfile une culotte en coton propre et sèche.

Surtout, ne réfléchis pas à ce que tu es en train de faire, Hugo...

Je ferme mon esprit et la soulève dans mes bras pour l'emporter dans son lit. Sa tête repose sur mon épaule, sa bouche se cale dans mon cou. Je l'entends inspirer profondément, comme pour se nourrir de mon odeur.

Bordel, ça devient dur... Vraiment, vraiment dur.

Je m'empresse de la glisser entre ses draps avant de ne plus pouvoir gérer la proéminence qui déforme le tissu éponge de ma serviette. Alors, j'applique un baiser rapide sur son front.

— Merci, Hugo..., murmure-t-elle d'une voix rauque.

Je hoche la tête avec un léger sourire. Puis, fuyant son regard de feu, je me précipite hors de la chambre.

Je crois qu'il va me falloir une nouvelle douche. Mais froide, cette fois !

35

Une formalité

Violette

Je n'ai jamais eu aussi honte de toute ma vie. *Quelle idiote ! Je me suis comportée comme une gamine, insensée et immature !* Et pourtant, si c'était à refaire, je recommencerais certainement les mêmes erreurs. Parce que j'en suis à un stade où le désespoir pollue tellement ma raison que j'ai perdu toute rationalité.

Je me pince l'arête du nez, grimaçant sous le coup des pulsions régulières qui malmènent mes tempes. *Argh ! J'ai l'impression d'avoir des marteaux-piqueurs dans la tête*... À tel point que j'ai du mal à distinguer la carafe posée sur la console de la salle de bains.

En bon samaritain, Hugo a laissé de l'eau et de l'aspirine à mon attention. Il a l'expérience des soirées trop arrosées et savait que j'en aurais besoin après mes bêtises de la veille.

C'est gentil. Et pourtant...

Je jette un cachet effervescent dans le verre préalablement rempli, avant de regarder fixement les bulles qui se forment à la surface du liquide. Je déteste avaler ces mixtures écœurantes. Malheureusement, c'est le seul moyen de faire disparaître les chevaux imaginaires qui font méchamment claquer leurs sabots dans ma tête. La métaphore est fidèle. J'ai vraiment l'impression qu'on me tape dans le crâne.

J'avale le médicament en grimaçant avant de reposer le verre sur la table. Une bonne douche m'aidera à me requinquer. J'ôte rapidement mes sous-vêtements, et ce simple geste ravive les quelques souvenirs de la veille. Quand Hugo m'a déshabillée, portée, lavée... Mes joues s'empourprent à l'idée de ses mains effleurant mes parties intimes. *Je n'arriverai plus à le regarder en face après ça !*

J'ouvre les robinets et me laisse submerger par mes pensées troublantes.

Tout ceci ne serait jamais arrivé si je ne m'étais pas comportée comme une ado qui assiste à sa première fête. Il y avait pourtant tout ce qu'il fallait à cette soirée. Les hommes étaient pour la plupart canons et certains, suffisamment intéressés par ma petite personne pour me donner espoir. J'étais prête à prendre le premier client qui se présenterait pour mener à bien mon plan diabolique. Il faut dire que l'alcool m'a bien aidée... Seulement, j'ai un peu trop forcé sur la dose.

Mais à ma décharge, voir Hugo m'a déstabilisée, et comme une imbécile, j'ai bêtement cru que je pourrais lui tenir tête en buvant plus que de raison. Erreur de débutante.

Cependant, je ne m'avoue pas vaincue, car si je veux être à la hauteur des femmes que côtoie Cole, je n'ai guère d'autre choix que de mener mon projet à son terme. Et ce n'est qu'une question de temps.

Après tout, je vais bien réussir à me dégoter un mec qui voudra me délivrer de cette chasteté devenue trop pesante. Je n'ai qu'à me rendre dans un bar miteux, picoler deux ou trois shots de tequila bon marché, et... *beurk, non !*

Je réprime un haut-le-cœur.

Avec ma chance, je serais capable de tomber sur un pervers ou pire, un éjaculateur précoce !

Je sors de la douche, la serviette enroulée autour de la tête, et me retrouve face à mon reflet. Le miroir est d'une intransigeance implacable. Il me renvoie froidement mon image, sans filtre ni fioriture. Je suis loin des standards avec lesquels Hugo a l'habitude d'évoluer. Avec mon mètre soixante-huit, je dois être la plus petite femme de son entourage. Et ne parlons pas de mon bonnet D et de mes hanches un peu trop développées pour entrer dans du trente-six...

Mes formes ne m'ont jamais posé de problèmes jusqu'à présent. Je les ai toujours assumées. Mais les confier aux mains expertes d'un homme habitué à se taper des canons est une autre paire de manches. Parce qu'on ne va pas se mentir, cette soirée était un repaire de beaux gosses. Si ça se trouve, le type m'aurait jetée en me voyant à poil...

Mon Dieu, je n'ose imaginer la honte que j'aurais ressentie si l'heureux élu n'était pas parvenu à... s'enthousiasmer devant moi.

Un rire nerveux m'échappe, mais rapidement, le dépit me gagne. J'enfile ma nuisette pour cacher mon corps encore humide. Finalement, ce n'est peut-être pas plus mal que je ne me sois tapé personne hier soir. Un inconnu vite fait dans un coin sombre s'avèrera beaucoup moins hasardeux pour ma fierté.

Je tire sur la serviette enroulée sur ma tête et libère mes boucles qui déversent une légère pluie sur mes épaules, me faisant frissonner. Quand soudain, la porte s'ouvre. Je sursaute en ramenant le drap de bain contre ma poitrine, à peine cachée par le tissu devenu transparent.

Hugo se tient dans l'embrasure de la porte, torse nu, un jean élimé rivé à ses hanches. *Bordel ! On dirait une pub Calvin Klein !*

Je suis à peine surprise de voir son regard sombre des mauvais jours. Après le fiasco d'hier soir, ce n'est guère étonnant... La honte m'envahit de plus belle, mais elle est bientôt remplacée par la gêne lorsque ses yeux glissent sur moi. Sa façon de me regarder est différente. Plus intense. J'ouvre la bouche pour protester, mais il ne m'en laisse pas le temps.

— Chut ! Tais-toi ! Je ne veux pas t'entendre.

OK... Il est furax. Après tout, c'est normal. Je l'ai mérité.

— Il est hors de question que ce soit un autre que moi.

Hein ? Qu'est-ce qu'il raconte ?

Je dois faire une drôle de tête parce qu'il poursuit.

— Si tu veux absolument te faire baiser avant de retrouver ton cuisinier, je n'ai rien à dire, c'est ton choix. Mais je ne te laisserai pas jeter ta virginité en pâture aux chiens.

Je déglutis difficilement tandis que l'information peine à atteindre mon cerveau encore embrumé. Je crains qu'il ne se fiche de moi. Mais quand son regard s'assombrit un peu plus, je comprends qu'il ne plaisante pas. Il continue de me fixer, durement.

— Je te propose un marché. C'est moi qui vais t'apprendre.

— Quoi ?

Cette fois, je n'ai pas pu me taire.

— Tu as parfaitement entendu. Je serai ton professeur. Jusqu'à ce qu'il revienne.

J'ai l'impression de nager en plein délire. Pourtant, jamais Hugo ne s'était montré aussi grave, et ça me fait presque peur.

— Mais...

Je réprime un nouveau frisson lorsqu'il me coupe d'une voix rauque :

— Il est hors de question que ce soit un autre que moi, Pupi ! répète-t-il en appuyant sur chaque mot.

J'ai du mal à réaliser ce qu'il me dit.

— Tu plaisantes ?

— Je n'ai jamais été aussi sérieux de toute ma vie.

Je ne sais même pas quoi répondre. Je ne m'attendais tellement pas à ça. Hugo qui se propose de coucher avec moi... J'en ai rêvé. Tellement de fois. Mais là... quand je le regarde, déterminé et si intimidant, je doute. Serais-je capable de faire ça avec lui ?

Je serre la serviette contre moi, comme pour me donner de l'assurance. Les secondes s'étirent, interminables, pendant lesquelles nous nous mesurons du regard, lui froid et déterminé, moi hésitante et troublée. Des milliers de scénarios prennent vie dans ma tête, sur fond d'appréhension et de désir mêlés. J'ai l'impression de toucher du doigt le fantasme que je caresse en silence depuis toujours... Et bizarrement, d'un autre côté, j'ai peur de franchir le seuil qui le rendra réel.

C'est Hugo qui brise la glace en s'avançant vers moi, lentement, sans cesser de me regarder. Lorsqu'il arrive à ma hauteur, il s'empare de ma serviette et la jette au sol d'un mouvement sec.

Je me retrouve devant lui, avec pour seul rempart cette nuisette bien trop fine pour masquer ma nudité. Je me sens vulnérable. Désarmée. Instinctivement, je place mes mains devant moi, mais aussitôt Hugo m'oblige à les retirer.

— Tut-tut... Ne te cache pas de moi. Jamais...

Sans bouger d'un centimètre, il baisse les yeux vers moi. Son regard m'écrase... Il s'attarde sur ma poitrine qui se soulève au rythme de ma respiration devenue saccadée. Hugo m'a déjà vue nue, et pourtant, là, c'est différent. Il prend son temps, m'examine, implacable, les dents serrées, comme s'il évaluait une marchandise. Je reste rivée à son visage, incapable du moindre geste. Je ne suis même plus en mesure de réfléchir correctement.

Sa bouche se relève en un petit rictus autoritaire.

— Ce sera moi le premier, Violette. Moi, et personne d'autre. C'est non négociable.

— OK.

C'est sorti tout seul...

Je déglutis alors qu'il lève la main vers moi. J'arrête tout simplement de respirer lorsque son index vient cueillir une goutte d'eau sur ma clavicule, avant de glisser sur ma gorge avec une lenteur indécente. Ses yeux accompagnent son geste quand il suit la courbe de mon sein, s'attarde sur la pointe qui se tend sous le tissu... Son contact est presque imperceptible, et en même temps, si brûlant.

Soudain, je manque d'air. Ma bouche s'ouvre à la recherche de l'oxygène qui a depuis longtemps quitté mes poumons.

Hugo relève la tête pour venir capturer mon regard. À cet instant, je ne sais s'il me méprise ou s'il me désire... Mais quand sa main s'invite derrière ma taille pour m'attirer à lui, j'ai la tête qui tourne et l'impression que mes jambes se dérobent. Hugo me maintient fermement, m'empêchant de faillir ou même de fuir.

Il fronce les sourcils et humecte ses lèvres. Rapidement, je n'ai plus qu'une envie : qu'il m'embrasse. Comme en réponse à cette supplique silencieuse, il se penche vers moi, tout près. Si près que nos bouches se frôlent. Il finit par briser mes derniers doutes quand il murmure :

— Je vais faire de toi une femme comblée, Pupi...

36

Première leçon

Violette

J'ai perdu ma voix.

Elle est restée bloquée dans ma gorge quand j'étais dans la salle de bains. Tout comme le reste de ma raison lorsqu'Hugo a entrelacé ses doigts aux miens pour m'entraîner dans l'intimité de ma chambre. Toute volonté m'a quittée depuis longtemps, et à cet instant, l'étrange surnom qu'Hugo m'a donné prend tout son sens. « Pupi ».

C'est ce que je suis. Une marionnette, prisonnière de fils invisibles que le jeune homme manipule à sa guise quand il m'oblige à m'allonger sur mon lit sans me laisser la moindre échappatoire. Son regard m'hypnotise. Sa voix m'électrise. Je ne suis plus rien. Rien qu'une poupée obnubilée par l'attente de ce qui va suivre.

Je commets probablement une erreur que je regretterai demain. Mais là, à cet instant, la tension est si forte que je n'ai pas la force de lutter.

— Je vais t'apprendre à donner du plaisir et à en recevoir, Violette. Chaque fois que je te ferai l'amour, ce sera une nouvelle expérience.

Oh mon Dieu... Alors, il a vraiment l'intention de le faire...

Rien qu'à l'écouter, tout mon ventre se crispe. Hugo recule pour me regarder, et je comprends au tissu déformé de son jean qu'il apprécie ce qu'il voit. Cela me rassure. Pourtant, je m'agrippe aux draps lorsqu'il se décide à me rejoindre. Ses muscles roulent sous sa peau tandis qu'il m'escalade, tel un félin surplombant sa proie. Je me sens petite. Si petite...

— Tu es belle, Pupi. N'en doute jamais, souffle-t-il en approchant sa bouche de la mienne.

À cet instant, je ne sais pas pourquoi, mais je le crois. Peut-être parce que ses yeux confirment ses dires lorsqu'ils parcourent mon corps avec gourmandise. J'ouvre la bouche pour répondre, mais Hugo en profite pour y insérer sa langue, impérieuse et avide. Elle se mêle brutalement à la mienne, la défie, pour ensuite la caresser avec une délicatesse qui me laisse pantoise. Hugo a été le premier homme à me donner un vrai baiser. Mais là, il m'apprend qu'il existe plusieurs façons d'embrasser. Torride. Sensuelle. Subtile. Douce... Toutes ces nuances qui se mélangent forment une palette de couleurs enivrantes qui me font perdre la tête.

Je m'entends gémir et ce son me surprend. D'instinct, je m'arrache à son étreinte pour planter mes yeux dans les siens. Ses pupilles dilatées illustrent la tension qui règne dans la pièce. Trop chaude. Trop intense... Seulement, avant que je puisse prononcer le moindre mot, Hugo m'écrase du poids de son corps.

— Dis-moi oui, Pupi...

Je me mords la lèvre. Suis-je prête à passer la porte de l'interdit ? Mon Dieu, je crains tellement que mon cœur ne se brise si je succombe et accepte ce marché insensé... Et pourtant, ce pourrait être là l'opportunité de me guérir de l'amour que j'éprouve pour lui et de tourner la page, définitivement.

Sans attendre de réponse, il m'embrasse, avant de s'écarter presque aussitôt. Ses yeux m'implorent, assombris de désir. Mon cœur bat si fort dans ma poitrine que j'ai l'impression qu'il va s'en échapper. Je n'ai pas d'autre choix que d'accepter. De toute façon, mon cœur a déjà fait son choix, reléguant ma raison aux oubliettes. J'acquiesce d'un imperceptible mouvement de tête.

Les lèvres d'Hugo s'étirent sur un sourire satisfait avant de reprendre ma bouche. Rapidement, il s'égare dans mon cou, glisse sur ma clavicule, puis mes seins, happant au passage les pointes dressées à travers ma nuisette. La brûlure du tissu sur ma peau est insupportable et la morsure de ses dents beaucoup trop délicieuse. Je râle sous le coup de cette sensation nouvelle qu'il éteint d'un coup de langue bien placé. Mes yeux se ferment tandis que ma gorge laisse échapper un petit grognement parfaitement disgracieux. Je me cambre pour me rapprocher un peu plus.

Mais déjà, Hugo se redresse sur ses avant-bras pour descendre le long de mon ventre, picorant au passage chaque centimètre de peau désormais dévoilé. Il descend... descend. Et bientôt, je le sens... là où le feu est devenu brasier.

Mon Dieu, il ne va pas... ?

J'aspire une grande bouffée d'air en relevant la tête, et soudain, le voir entre mes cuisses, ses mains glissées sous mes hanches, me terrifie.

— Qu'est-ce que tu fais ? demandé-je bêtement, en proie à la panique.

Idiote ! Comme s'il allait me répondre qu'il enfile des perles. Loin de le dissuader, ma question semble l'amuser. Non, bien sûr, il n'a pas l'intention d'arrêter. À la place, il m'emprisonne de son regard maléfique et m'entraîne dans sa perversion. Il semble parfaitement sûr de lui quand il m'interroge, sans bouger d'un centimètre :

— Est-ce que tu as déjà joui, Violette ?

Oh, bon sang, je vais mourir.

— Quoi ?

Je dois ressembler à une écrevisse tant mes joues me chauffent. Mais mon corps, lui, n'aspire qu'à succomber.

— Est-ce que tu as déjà joui ? répète-t-il en articulant plus lentement.

J'ai bien tenté de me donner du plaisir en solo. Plusieurs fois. Mais je n'ai jamais trouvé ça très concluant. Enfin, disons que c'était loin de l'explosion des sens que j'ai pu lire dans les bouquins.

Je secoue la tête, lentement, en soutenant son regard. Je me sens pathétique.

— Il n'y a pas de honte à avoir, tu sais, reprend Hugo.

Honte ? Vraiment ?! Il ose me parler de honte alors qu'il me tape la discussion, la tête entre mes cuisses ? Je ferme brièvement les yeux, submergée par la tension qui grimpe d'un cran. Mais quand je les rouvre, la chaleur de son regard me fait succomber. Jamais je n'oublierai son expression lorsque sa bouche s'étire sur ce sourire diabolique que j'aime tant.

— Alors, ça va être encore une première...

Les yeux toujours rivés aux miens, il souffle sur le point le plus sensible de mon anatomie. Putain ! La surprise m'oblige à me redresser, mais d'une main ferme, Hugo me force à me rallonger, ramenant brutalement mon bassin vers lui.

— Détends-toi, petite fleur. Je ne vais pas te dévorer toute crue. Juste... te montrer à quel point je peux être doué avec ma langue.

Argh, ce mec veut ma mort.

— Vantard..., parviens-je toutefois à murmurer avant de rejeter brusquement la tête en arrière.

Hugo a déjà mis sa théorie en pratique. Et jamais, au grand jamais, je n'aurais imaginé qu'il puisse produire un tel effet sur moi, tandis qu'il s'applique à me prouver qu'il maîtrise ce jeu à la perfection... Je ne sais combien de temps cela dure. Deux minutes, trois, cinq... peut-être plus. J'ai perdu depuis longtemps toute notion du temps. Seules comptent les sensations indescriptibles qui naissent sous cette langue avide de mon plaisir.

— Tu es si douce, Pupi.

Douce, non. Je suis un volcan qui s'éveille dans l'attente de l'explosion finale. Le plaisir se concentre sur cette partie bien précise qui paralyse mes reins. Il monte, telle une vague de lave destructrice et incontrôlable. Je m'entends haleter, bouche ouverte, le dos cambré pour m'offrir un peu plus aux caresses de mon tyran.

Je ne suis plus qu'une boule de sensations. Instable et versatile, soumise au joug d'un bourreau bien trop habile pour la novice que je suis. Hugo accentue la torture en glissant ses doigts dans mon intimité tandis qu'il aspire ma chair enflammée.

Je n'en peux plus... et pousse un cri lorsque mes yeux se révulsent et que tout mon corps s'arc-boute sous le coup de l'orgasme qui explose soudain dans mon être, tel un orage volcanique. C'est fulgurant. Dévastateur... Et indécemment divin... Mon esprit s'envole. Haut. Bien au-delà de la conscience. Là où le ciel rejoint le paradis.

Est-ce là, le septième ciel ?

Je reste à planer pendant plusieurs secondes avant de redescendre lentement sur terre, laissant Hugo m'accompagner de ses caresses, et murmurer des paroles dans sa langue maternelle que je ne comprends pas.

Quand je rouvre les paupières, c'est pour trouver son visage penché vers le mien, attentif. Je réprime difficilement l'envie d'embrasser cette bouche qui vient de me donner tant de plaisir. Mais il se redresse déjà pour réajuster son entrejambe. Son désir est manifeste et... plutôt imposant.

— J'espère que ta première leçon t'a plu, dit-il avec un rictus satisfait.

— Mais, et toi, tu ne vas pas... ?

Je m'arrête, prenant conscience de la stupidité de ma remarque. Décidément, je suis la reine pour poser des questions idiotes !

— Non. Je ne vais pas te baiser, Pupi, si c'est ce que tu demandes. En tout cas, pas ici. Et pas maintenant.

Sa manière crue de parler me fait rougir. Pourtant, j'ose demander :

— Pourquoi ?

— Parce que ta première fois doit être parfaite.

Je voudrais protester, mais son visage s'assombrit.

— Et parce qu'il est hors de question qu'on fasse ça dans cet appartement !

Ah bon ?

OK !

37

Tout va bien

Violette

Comment dire que ce moment était une pure merveille ? Jamais je n'aurais pensé qu'on puisse ressentir autant de plaisir aussi vite. Parce que, finalement, en sortant de ma chambre ce matin, j'ai réalisé que mon premier vrai orgasme n'avait duré que quelques secondes. Bien sûr, je ne compte pas les sept minutes d'attention exclusive qu'a portée Hugo sur la partie la plus sensible de mon anatomie.

Il ne m'avait pas menti. Ce petit con sait parfaitement comment donner du plaisir à une femme. Pour ça, il mérite clairement une statue de bronze au panthéon du sexe. Ou du moins une statuette...

Bon sang, j'étais loin d'imaginer que ce serait si exquis...

Mais qu'est-ce que je raconte, moi ?

Cela ne me ressemble pas d'être aussi... Serais-je en passe de tomber dans la luxure, moi aussi ? À ma décharge, comment ne pas se sentir l'esprit lubrique lorsqu'on vient de toucher les étoiles et qu'on ne rêve que d'y retourner ?

J'imagine que les sentiments que j'éprouve pour Hugo ont accru mon plaisir. Peut-être que cela n'aurait pas été aussi intense avec quelqu'un d'autre.

Quelqu'un comme... Cole ?

Mon Dieu, ce doit être la confusion qui me pousse à avoir de telles pensées. Parce que jamais je n'aurais imaginé qu'Hugo me proposerait une chose pareille. Au début, j'ai réellement cru qu'il était frappé de folie. Mais quand il s'est avancé vers moi, avec son regard de prédateur... J'en ai encore des frissons sur tout le corps.

Comment aurais-je pu refuser ce marché si excitant ?

Je croque dans ma pomme avec un peu trop de vivacité. Cette situation est si ubuesque que j'en deviens irrationnelle. Et puis... je n'ai pas eu le temps de le remercier. D'ailleurs, je ne sais même pas si j'aurais dû le faire...

Il faut dire qu'après cette petite introduction, Hugo a filé comme un voleur. Et je ne l'ai pas revu de la journée. J'ai presque peur de ma réaction lorsque l'on va se croiser de nouveau. Est-ce que je vais rougir ? *Certainement.* Mais lui, va-t-il assumer ce qu'on a fait ? *Je n'ai aucun doute là-dessus.* Hugo est habitué à coucher avec des tas de gens. Et il a toujours été très à l'aise avec le sexe. C'est un homme libre qui s'assume. Le genre qui n'éprouve ni remords ni regrets.

Mes dents s'enfoncent dans la chair juteuse du fruit tandis que je me perds dans le paysage qui s'étale à travers la baie vitrée. Les rayons du soleil m'attirent jusque sur la terrasse. C'était vraiment une bonne idée d'installer ces bains de soleil. Orientée plein sud, cette partie du toit offre un réel espace de détente, en plus d'être un ravissement pour les yeux.

Sans Hugo et son argent à ne plus savoir qu'en faire, jamais je n'aurais pu me payer tout ce luxe. Je m'installe sur un sofa au tissu orangé en ruminant, quand un bruit de pas attire mon attention. Je place ma main en visière pour découvrir Hugo et Enéa qui s'avancent, bras dessus, bras dessous.

Non. Il n'a pas fait ça ?

Mon visage doit certainement afficher mon incrédulité, car les nouveaux venus s'arrêtent dans l'encadrement de la fenêtre.

— Bonjour, Violette, murmure la grande rousse avec une légère hésitation.

Je lui trouve les traits tirés et les yeux bouffis. De ceux que pourrait afficher une femme qui a passé la nuit à faire l'amour...

— Salut.

Est-ce que cela se ressent dans ma voix que je suis contrariée ? Mon regard se porte sur Hugo qui me fixe, les sourcils froncés comme s'il ne comprenait pas mon agacement. Je tords ma bouche en une grimace.

— Tout va bien ? demande-t-il.

— Parfaitement bien. Et toi, ça va ?

Il hoche la tête. Ce n'est pas comme ça que j'avais imaginé notre confrontation de « l'après ». Je reporte mon attention sur les toits, préférant ignorer les fauteurs de trouble, mais Hugo a une fâcheuse tendance à insister quand on le fuit.

— T'es vraiment sûre que ça va, Pupi ?

Il se fout de ma gueule, ou quoi ?

Comment peut-il penser que je vais bien, alors qu'il a sûrement culbuté cette fille quelques heures seulement après m'avoir...

Bref !

— Hum hum, m'obligé-je à répondre. J'ai seulement des courbatures... là.

Ai-je dit que je n'étais pas dans mon état normal ? Parce que là, je viens juste de désigner l'intérieur de mes cuisses à Hugo et Enéa qui me font des yeux ronds.

— J'ai dû abuser du yoga, m'empressé-je d'ajouter dans une vaine tentative pour me rattraper.

Contre toute attente, Hugo éclate de rire.

— La prochaine fois, évite de faire le grand écart. Ce n'est pas toujours nécessaire pour que... l'exercice soit efficace.

Punaise !

Si j'avais un verre d'eau à portée de main, je lui aurais balancé en travers de la figure. Malheureusement, je ne peux que ravaler ma colère, au risque de me ridiculiser. La tension monte et Enéa l'a bien senti, car elle jette un coup d'œil sur sa montre.

— Je vais devoir vous laisser. C'est bientôt l'heure de mon rendez-vous... Je t'appelle plus tard, Hugo ?

Le jeune homme l'attire contre lui et dépose un baiser sur sa tempe.

— Vas-y, et ne t'inquiète pas, ça va bien se passer. Nous aussi, on a rendez-vous, de toute façon.

Je lève un sourcil.

— Nous ?

Il m'ignore carrément. À la place, il raccompagne Enéa vers les escaliers. Quand il revient, les bras croisés sur sa poitrine, il affiche un petit sourire mesquin.

— Sérieusement, Pupi, tu pensais pouvoir y échapper ? Massato nous attend pour dix-huit heures.

Oh non ! J'avais oublié qu'on avait fixé le rendez-vous à ce soir…

— Et si je refuse ?

— Je t'emmène de force.

À ce moment-là, j'ai bien envie de m'échapper pour m'enfermer à double tour dans ma chambre. Mais ce serait puéril et inutile. Hugo est bien trop habile. Le jeune homme doit s'apercevoir que je complote intérieurement, car il referme la vitre pour empêcher toute tentative de fuite.

— Je cours plus vite que toi, je te rappelle. Alors, n'y pense même pas.

— C'est injuste.

— Yep. Va chercher tes affaires. On va être en retard.

— OK. Mais tu ne perds rien pour attendre…, grommelé-je avec humeur.

Il a bien compris à quoi je faisais allusion. Pendant que j'enfile mes chaussures à la vitesse d'un escargot, il en profite pour passer un appel.

— Bernard ? Bonjour. Hugo Castelli à l'appareil. Vous allez bien ?

Curieuse, je tends une oreille.

— Je vous appelle pour vous dire que je viens de vous envoyer une cliente. C'est une amie qui doit déménager, mais ses propriétaires refusent de lui rendre ses papiers. Vu ce qu'elle m'a raconté, je crains qu'elle ne soit victime d'abus... si vous voyez ce que je veux dire.

...

— Oui, elle vous expliquera tout. Elle s'appelle Enéa. Enéa Falke.

...

— Merci, Bernard. Je savais que je pouvais compter sur vous. À bientôt. Au revoir.

Quand il raccroche, je suis toujours accroupie à le fixer, la bouche ouverte. Putain, j'ai honte d'avoir pensé qu'il avait couché avec elle, alors qu'en fait il lui apportait son aide. Je comprends mieux les yeux gonflés de la jeune femme, à présent. Elle a dû pleurer. Quand je me redresse, Hugo m'interroge du regard.

— Je croyais qu'Enéa était écossaise...

C'est tout ce que j'ai trouvé à dire. *C'est d'un pathétique...*

— Non. Elle est russe.

Hugo sourit, inconscient de mes remords, et me tend la main.

— Allez, il est temps de changer de tête, petite fleur.

— Oui, c'est ça. Allons changer de tête.

38

C'est cadeau !

Hugo

Je le savais. Conseiller à Violette de couper ses cheveux était une excellente idée. Autant au départ, quand je lui ai parlé de relooking, je l'ai sentie réticente, autant à présent, je la vois plutôt ravie. Cette nouvelle coupe va faire ressortir ses yeux de biche et dégager sa nuque si délicate.

Je me mords la lèvre. C'est la partie de son corps que j'ai toujours préférée... jusqu'à très récemment. Parce qu'on ne va pas se mentir, ses tétons sont bien trop mignons... On dirait deux petites fraises.

Quant au reste... Comment dire que j'ai adoré explorer ce temple des délices. À tel point que je ne pense qu'à recommencer, encore et encore... ?

Et putain, je me sens coupable de penser à elle de cette manière.

La vérité, c'est que je n'ai jamais regardé Violette avec mes yeux d'homme, auparavant. Je l'ai toujours considérée comme ma petite sœur. Ou du moins, un membre de ma famille. Et bon sang, on ne couche pas avec la famille ! On n'a même pas le droit d'avoir la moindre pensée dans ce sens. C'est proscrit ! Interdit par l'éthique et la morale.

Malgré tout, c'est ce que je m'apprête à faire. Sous peu. À présent, je ne peux plus faire marche arrière. En vérité, je n'en ai même pas envie. Je crois qu'imaginer Violette coucher avec un autre homme m'a complètement fait vriller. C'était impossible que je la laisse faire.

Impossible que je laisse un autre être son premier.

Cette seule idée a changé le regard que je porte sur elle. Bizarrement, je réalise qu'elle n'est plus la gamine que j'affectionnais. Je m'en rends compte, à présent. Violette est plus mature. Plus voluptueuse. Plus femme…

Et j'avoue que ça me fiche un coup. Je ne m'attendais pas à ressentir un désir aussi violent en lui donnant son premier orgasme. Mais la voir complètement à ma merci, les doigts agrippés aux draps pendant qu'elle se laissait aller aux vagues du plaisir m'a transporté. Jamais une femme ne m'avait paru aussi belle en s'abandonnant.

Quand je lève la tête vers elle, Violette m'adresse un sourire timide à travers le miroir du poste de coiffage, tandis que le maître s'affaire autour d'elle.

Nos yeux s'accrochent naturellement. Nous n'avons pas reparlé de ce qui s'est passé. Ni du drôle de marché que j'ai passé avec elle… J'avoue que j'ai eu peur qu'elle refuse, à un moment donné. Alors, quel n'a pas été mon soulagement lorsque je l'ai vue acquiescer d'un mouvement timide et déterminé à la fois. Ma vue se brouille en pensant à la suite… J'espère qu'elle ne fera pas marche arrière.

Les coups de ciseaux de Massato me ramènent au présent. Les cheveux de Violette s'envolent pour se replacer délicatement en harmonie. Le maître dégrade, déstructure, jusqu'à obtenir la coupe parfaite pour elle : un carré effet « wavy » qui encadre magnifiquement son visage et lui donne plus d'assurance, tout en conservant sa fraîcheur.

Le contraste est saisissant, d'autant plus que Violette a l'air enchantée par la nouvelle image que lui renvoie son reflet.

— Waouh ! s'exclame la jeune femme d'une voix émue en examinant son profil. C'est tellement… différent. J'ai l'impression d'être une autre femme.

Mon cœur se serre à ces mots... *Une autre femme*. C'est ainsi que je la vois, désormais.

— Merci infiniment, ajoute-t-elle à l'attention du créateur.

— Je suis heureux quand je vois le bonheur se peindre sur le visage de mes clientes. Et le tien éclaire mon salon comme une fresque de joie et de reconnaissance.

Je tapote l'épaule du coiffeur avec affection.

— Je savais que tu parviendrais à faire ressortir sa vraie personnalité.

L'homme m'adresse un sourire discret et penche la tête plusieurs fois en signe de respect.

— Nous sommes quittes à présent, mon ami, ne manque-t-il pas de me rappeler.

Puis il s'éloigne, nous laissant seuls face au miroir. Je profite de son absence pour appuyer mes mains sur le dossier du fauteuil et surplomber Pupi.

— Quittes ?

— Il me devait un service... Alors ? Heureuse ?

La mine renfrognée de Violette indique qu'elle n'a pas manqué le double sens de mes paroles.

— Et toi ? Pas de regrets ?

Je renifle et décide de crever l'abcès.

— Écoute, Violette... si tu te demandes si je regrette ce qui s'est passé ce matin, alors, je vais tout de suite te rassurer. C'est non. Non, je ne regrette pas. Et si c'était à refaire, je recommencerais. Je... je ne supporte pas l'idée que tu donnes ton innocence au premier venu.

La voir se mordre la lèvre me fiche un coup au cœur.

— Et c'est pour cette raison que tu as décidé de te sacrifier pour la bonne cause ? demande-t-elle d'une voix empreinte d'amertume.

— Crois-moi, Pupi, ce que j'ai fait ce matin était loin d'être un sacerdoce...

Ses joues qui s'empourprent la rendent encore plus touchante. Je décide de la provoquer un peu plus.

— Je sais que ça t'a plu autant qu'à moi.

Son expression change, et au lieu de confirmer, elle m'interroge, l'air mutique :

— *Signore* Casanova aurait-il besoin d'être rassuré sur ses talents ?

Piqué au vif, je bombe le torse.

— Aucunement. Je peux affirmer sans exagération qu'aucune femme n'est jamais ressortie déçue de mon lit.

Elle pouffe.

— Oh, ça, je n'en doute pas le moins du monde. Seulement...

— Seulement ? rétorqué-je, sérieux.

— Seulement, je n'ai aucun moyen de comparaison.

Ah, elle veut jouer à ce jeu ? Je me penche vers elle et effleure son cou, là où la peau se fait la plus fine, juste sous l'oreille. Je ne peux retenir un sourire lorsque je la sens frémir sous mes lèvres, tout en plantant mon regard dans le sien.

— Je t'ai entendue crier mon nom, Pupi. Inutile de me faire croire que tu n'as pas apprécié ma démonstration.

Je la vois déglutir tandis que ses yeux restent bloqués sur moi. Heureusement, Massato vient à son secours en lui apportant un petit paquet, enveloppé dans un morceau de papier de riz coloré. La voir rougir de plus belle m'amuse.

— C'est de l'huile de camélia. C'est très bon. Ça nourrit le cheveu et lui donne de la brillance. Les femmes l'utilisent beaucoup au Japon. Prends, c'est cadeau.

— Oh, merci... Cela me touche énormément.

Ça me fait marrer de la voir aussi gênée et intimidée devant le maître. Mais surtout, au fond de moi, je suis content de voir ce sourire qui ne la quitte pas. Même lorsque nous arrivons à ma voiture, il reste fiché comme un voile sur ses lèvres. L'assise du véhicule est plutôt basse, alors je lui ouvre la portière pour l'aider à s'installer côté passager. Puis, je prends place au volant.

— T'avais raison, Hugo, dit Violette en baissant le pare-soleil pour vérifier l'état de sa coiffure. Cette nouvelle coupe mérite bien que je me déplace en Porsche.

Je secoue la tête en riant et tourne la clé dans le contact pour faire ronfler le moteur.

— Une petite bombe dans une petite bombe… C'est parfait, ça !

Sans me soucier de sa mine blasée, je me penche vers elle pour ouvrir la boîte à gants. Puis je me redresse, jette un coup d'œil dans le rétro, et m'engage sur la voie.

— Moi aussi, j'ai un cadeau pour toi, déclaré-je sans la regarder.

— Encore ?

À l'intérieur du vide-poche se trouve effectivement un petit paquet rouge, fermé par un ruban en satin. Mais au lieu de s'en saisir, Violette m'interroge du regard.

— Vas-y ! Il ne va pas te sauter à la figure. Enfin… normalement.

Elle attrape la boîte et en déballe le contenu en silence. À l'intérieur se trouve un petit appareil en forme de goutte couleur fuchsia. Violette s'en empare et le manipule devant son visage, l'air perplexe, avant de tourner la tête vers moi.

— C'est un… ?

Elle s'arrête, sa pudeur l'empêchant de formuler ses pensées. Ses joues sont devenues cramoisies.

— Exact. C'est un *Womanizer*. Il paraît que toutes celles qui l'utilisent en sont folles.

Violette pince les lèvres et je crois un instant qu'elle va se liquéfier. Mais à la place, elle explose de rire.

— Attends, tu crois que je vais… utiliser ce bidule ?

Je hoche la tête, on ne peut plus sérieux.

— Tu as dit que tu voulais apprendre les rudiments du sexe. Ça commence par découvrir tes propres désirs, apprivoiser ton plaisir… Ce « bidule », comme tu l'appelles, est un excellent moyen d'apprendre à te connaître.

— Tu te fiches de moi ?

Je lève les sourcils.

— Est-ce que j'ai l'air de plaisanter ?

Elle blêmit.

— Punaise, tu es sérieux…, soupire-t-elle.

Elle replace l'objet dans son emballage, l'air chafouin, et le renferme dans la boîte à gants. Je décide de la provoquer.

– Ce n'est pas ce que tu voulais ? Apprendre à devenir une femme fatale ?

Elle se renfrogne, avant de triturer sa veste d'un geste nerveux.

– Si.

Je pose ma main sur son genou.

– Tu regrettes ? demandé-je d'une voix douce.

Elle tourne la tête pour soutenir mon regard.

– Non.

Sa réponse m'enlève un poids dans la poitrine, et c'est comme si l'air affluait de nouveau dans mes poumons.

Je tends la main vers elle pour caresser sa joue.

– Alors pourquoi est-ce que tu fronces les sourcils comme ça ?

À cet instant, elle affiche un petit sourire machiavélique que je ne lui connais pas.

– J'étais juste en train de me dire que ce machin pouvait très bien être meilleur que toi !

Je m'étouffe, choqué.

– T'es sérieuse ?

39

Pas de sentimentalisme

Violette

Hugo s'est empressé de repartir pour aider Enéa, semble-t-il.

Sauf qu'à présent, il est minuit passé, et il n'est toujours pas rentré. C'est idiot, mais je ne peux pas m'empêcher de penser qu'il cherche à me fuir. Ou plutôt, qu'il regrette de m'avoir proposé ce marché débile...

C'est énervant et pourtant, ce n'est pas ce qu'il y a de pire. Le pire, c'est que j'ai beau tenter de me raisonner, je n'arrête pas de l'imaginer au lit avec elle.

Inutile de le nier. La jalousie me ronge de l'intérieur depuis qu'il m'a déposée devant la porte de notre immeuble. Et elle m'emplit d'amertume.

Néanmoins, je comprends aisément qu'il préfère passer du temps avec une femme au physique de nymphe plutôt qu'avec moi. Enéa est bien plus attirante. En vérité, il n'y a pas de comparaison.

D'ailleurs, c'est peut-être pour cette raison que mon colocataire m'a offert ce magnifique cadeau vibrant... Pour repousser l'échéance où il me dira qu'il regrette ce qui s'est passé... Un soupir m'échappe lorsque je me recentre sur l'écran de mon PC. L'épisode de *Gilmore Girls* défile depuis une bonne demi-heure sans que j'en comprenne le contenu. Je tente de me reconnecter à l'histoire pour repousser les idées pessimistes qui m'envahissent.

Sur le papier, l'idée était déjà folle. Et en pratique, c'est encore pire… Accepter la proposition d'Hugo, c'était prendre le risque de souffrir. Je ne me suis jamais voilé la face, mon amour propre en prendra forcément un coup quand Hugo me dira : « C'est bon, j'ai fait le job. Maintenant, arrête de m'emmerder et ne me parle plus jamais de ce marché débile ! »

Je sais au fond de moi que cette histoire me fera du mal. Parce que je l'aime, alors que lui ne fait ça que pour m'empêcher de me jeter à l'aveugle dans les bras du premier venu.

Finalement, plus on avance dans le temps et plus je doute de la pertinence de mon choix. Ce plan n'est pas si ingénieux. Et puis surtout, il reste tout de même un paramètre qui m'échappe encore complètement aujourd'hui. Cole. Si le schéma ne fonctionne pas, si le chef ne veut pas de moi, que se passera-t-il ?

J'attrape machinalement mon téléphone et me connecte sur le compte Insta du cuisinier, histoire de vérifier ses actualités. Son dernier post date de plus d'un mois. Et je n'ai pas vraiment eu de nouvelles depuis qu'il est parti, à part quelques mails sur notre projet commun.

Quand mon portable se met à vibrer et que sa photo s'affiche, je pense d'abord à un bug. Je n'ai jamais cru au hasard, et là, encore une fois, le destin m'envoie un signe que je ne peux ignorer. Je fais glisser mon doigt fébrile sur l'écran pour faire apparaître l'image du jeune homme devant moi.

— Violette…

Sa voix a toujours sonné étrangement lorsqu'il prononçait mon prénom. Comme s'il prenait soin de bien articuler les syllabes.

— Cole.

— Bonsoir.

Son visage qui se découpe sur le soleil couchant s'illumine d'un sourire. Il est minuit dix à Paris, alors qu'il doit être à peu près dix-huit heures à New York.

— Salut.

— J'avais envie de te voir.

Décidément, cet homme sait parler aux femmes.

— C'est gentil.

— Tu es au lit ? demande-t-il d'un air étonné.

— Il est plus de minuit, réponds-je en souriant à mon tour.

— Ah oui, c'est vrai. Le décalage horaire...

Un silence s'installe durant lequel nous nous observons par écrans interposés. Puis Cole secoue la tête, comme s'il reprenait ses esprits.

— En vérité, Violette, si je t'appelle aussi tard, c'est parce que j'aimerais t'exposer une idée.

— Je t'écoute.

— Mon ami, Tom Salvato, inaugure son nouvel établissement dans deux semaines. Et je voulais te proposer de venir avec moi.

Ce nom me parle vaguement.

— Où ça ? À Paris ?

— Oui. À Paris. J'arriverai la veille et je repartirai le lendemain soir. Ce sera un peu une visite éclair. Mais je voudrais que tu sois là et que tu couvres l'événement. Quand il a vu tes photos, il a tout de suite accepté la proposition. C'est une opportunité incroyable pour toi.

Mes sourcils se rejoignent avant que je ne murmure.

— OK.

J'aurais aimé qu'il m'en parle avant, cependant, ce serait malvenu de le lui reprocher.

— Parfait. Alors, je vais te transmettre tous les détails par mail.

— Hum hum.

— Je suis content que tu acceptes. J'ai hâte de te revoir. Bonne nuit, Violette.

— Bonne nuit.

Pendant quelques secondes, je reste à fixer l'écran, interdite. Je ne sais pas si je suis contente, excitée ou contrariée. Et je n'ai pas le temps d'y réfléchir, car un bruit de pas attire mon attention. C'est Hugo qui rentre. *Enfin...*

Je tends l'oreille pour l'écouter.

OK, j'avoue. C'est plutôt pour vérifier s'il est accompagné. À moins que la fille ne marche pieds nus, il est seul. Mon cœur se serre à l'idée qu'il pourrait venir me rejoindre dans ma chambre. Mais je comprends en l'entendant refermer sa porte qu'il n'en a pas l'intention.

Quelques minutes passent avant que mon téléphone ne se remette à vibrer. Cette fois, c'est un SMS… d'Hugo.

Hugo : [Tu ne dors pas, Pupi ?]

J'aurais bien envie de l'ignorer, mais la tentation est trop forte.

Violette : [Non.]

Hugo : [Parfait. Parce qu'il est l'heure de suivre ton cours du soir.]

Mon sang abandonne brusquement mes veines tandis qu'au creux de mon ventre, le souvenir de sa langue rallume la flamme en sommeil. D'instinct, je porte mon attention sur la porte, attendant qu'elle s'ouvre avec un mélange d'appréhension et d'excitation. Cependant, elle reste résolument close, et à la place, c'est la sonnerie de mon téléphone qui retentit. Quand je décroche, la voix d'Hugo me semble plus grave que d'habitude.

— Avant qu'on ne continue, Pupi, il faut qu'on fixe des règles.

Oh…

— Je t'écoute.

Ma voix est ridiculement faible.

— Je ne veux pas que ce marché change quoi que ce soit entre nous. Toi et moi, ce ne sera que du sexe. Il n'y aura pas de sentimentalisme ou toute autre mièvrerie.

S'il voyait ma tête à ce moment-là, il saurait que les sentiments me minent depuis déjà bien longtemps et que ces derniers jours, ils me bouffent carrément.

— OK. Que du sexe, pas de sentiments, m'entends-je cependant lui répondre.

— Tu jures ?

— Je jure.

Suis-je réellement en train de croiser les doigts derrière mon dos comme une gamine ?

Hugo pousse un petit soupir. Il semble soulagé.

— Bien. À présent, on va pouvoir jouer...

Hein ?

— Tu as gardé ton cadeau avec toi ? poursuit-il.

Je me mords la lèvre, consciente qu'il parle du bidule rose.

— Oui. Il est dans ma table de chevet.

— Bien. Prends-le.

Je déglutis, mais ne bouge pas.

— Prends-le, Pupi, c'est un ordre.

Je ne me demande même pas comment il peut savoir ce que je fais et me penche pour attraper l'objet, encore dans son emballage. Puis je l'ouvre d'une main hésitante.

— Il est chargé. Tu as juste à l'allumer.

Je mets le haut-parleur et pose mon téléphone sur le lit avant d'appuyer sur le bouton « power » du sex-toy. Un ronronnement se fait entendre tandis qu'il se met à vibrer dans ma main. Je frôle le petit cratère, puis retire vivement mon doigt, surprise par la sensation de succion.

Wôw !

— Maintenant, tu vas faire tout ce que je t'ordonne.

Son timbre rauque qui caresse mes oreilles est chaud et sensuel. J'ai toujours aimé la voix d'Hugo. Particulièrement quand elle se fait suave.

— Allonge-toi, ma belle. Je veux que tu te détendes.

Après quelques secondes d'hésitation, je finis par obéir.

— Tu y es ?

— Oui.

— Parfait. Je te promets que je vais te faire décoller, petite fleur.

L'homme a toujours tenu ses promesses. Et alors que j'obéis docilement à ses directives, appliquant à la lettre la moindre de ses consignes, le plaisir me gagne rapidement. Qui aurait cru que cet objet pouvait procurer de telles sensations ?

En quelques minutes seulement, la chaleur m'envahit, accentuée par les paroles d'Hugo qui accompagnent mon ascension. Sa respiration se fait haletante, signe que l'exercice ne m'est pas réservé. À cet instant, je voudrais qu'il soit là, avec moi, plutôt que de l'autre côté du mur.

— Hugo..., imploré-je.

— Oui, petite fleur ?

— Hugo... je vais... jouir.

— Bordel !

Entendre le râle de plaisir qui accompagne son juron m'emporte. C'est rapide, fulgurant. Et incroyablement intense. Il me faut plusieurs secondes pour redescendre. Et avant qu'Hugo ne demande, d'une voix éraillée :

— Pupi ?

J'inspire profondément, l'esprit troublé, le cœur battant et le corps apaisé, bercée par le ronron du *Womanizer* qui gît maintenant sur le matelas.

— Oui ?

— Dors bien.

40

Ce n'est pas un jeu !

Violette

— Violette ! C'est nous !

La voix qui hurle dans l'entrée m'oblige à ouvrir les yeux. Par réflexe, je me redresse et attrape mes lunettes pour décrypter les signaux lumineux sur mon radio-réveil. *Mince !* J'avais oublié qu'on était déjà samedi. Il est neuf heures quarante-cinq et je suis grave à la bourre.

Bon sang ! Jamais je ne me lève à cette heure-ci, d'habitude ! Je manque de m'affaler lorsque je me précipite hors du lit, en proie à la panique. *Mais... pourquoi est-ce que je panique, d'ailleurs ?*

Je m'arrête brusquement et donne un coup d'œil circulaire afin d'inspecter la pièce. Tout a l'air normal... Jusqu'à ce que mes yeux tombent sur mon nouvel ami, tout de rose vêtu. *Womanizer* trône fièrement sur mes draps froissés, comme pour m'envoyer à la figure les souvenirs de ma séance de « dirty talk » avec Hugo.

— Tu es là, Violette ?

Zut ! Zut ! Zut !

Je saute sur le lit pour balancer subtilement l'objet sous la couette, pile au moment où ma mère pénètre dans ma chambre. *Qu'est-ce qui m'a pris de lui avoir laissé les clés de l'appartement ?! Elle rentre ici comme dans un moulin, à présent...*

— Maman !

Ma mère, tirée à quatre épingles, m'examine de haut en bas, les sourcils arqués et l'œil critique.

— Violette ! Tu es encore au lit ? Et... tu as coupé tes cheveux ?

— Oui, maman. Mais, ça ne t'ennuie pas de rentrer dans ma chambre comme ça ?

— Tu es ma fille. Accessoirement, je t'ai déjà vue en nuisette, voire sans nuisette, tu sais.

— Et accessoirement, j'aurais pu être accompagnée, je te signale !

Elle rit avant de m'embrasser en m'adressant un clin d'œil entendu.

— Oh, tu sais, j'en ai vu d'autres. Ça ne m'aurait pas choquée de tomber sur un homme nu.

— Toi, peut-être pas, mais moi, si ! Il faut que tu arrêtes de me traiter comme une gamine, parce qu'au cas où tu ne l'aurais pas remarqué, je n'en suis plus une. Et ça fait de ça un moment !

Elle fait un blocage sur le vêtement qui me recouvre et me semble beaucoup trop transparent, d'un coup.

— Oui, effectivement. Mon Dieu... Et dire que tu auras vingt-six ans dans seulement quelques semaines, et moi cinquante-deux dans quatre jours. Ce que le temps passe vite. Enfin, c'est la vie...

Indifférente au fait que je la surveille, les bras croisés sur la poitrine, elle se met à déambuler dans la pièce en examinant ma décoration avec une espèce de nostalgie. Puis elle revient vers moi et caresse mes cheveux.

— Tu as bien fait. C'est joli. Très... femme fatale.

Je hausse les épaules tandis qu'elle s'éloigne avec un sourire. Elle se décide enfin à me rendre mon intimité en se dirigeant vers la sortie. Mais au moment de partir, elle se tourne une dernière fois vers moi.

— Je vais t'attendre en haut, avec Allegra. Il te reste à peine quinze minutes pour te préparer.

J'attrape un coussin et le balance sur la porte qu'elle vient de refermer sur elle. C'est puéril. Mais elle me traite encore comme une gosse, et là, j'ai juste l'impression d'avoir fait un bond en arrière, quand elle me pressait pour aller à l'école. Finalement, j'aurais dû laisser le vibromasseur en évidence sur mon lit. Elle aurait peut-être compris que je n'ai plus dix ans !

Quinze minutes plus tard, et pas une de plus, je la rejoins auprès d'Allegra dans la cuisine. Bien évidemment, Hugo est installé au bar et leur a déjà offert un thé, en bon fils parfait qu'il est. J'évite néanmoins son regard quand je prends place sur un tabouret. Comme je m'en doutais, je suis gênée, et en même temps, j'ai une furieuse envie de rire. Si nos mères savaient que pas plus tard que la veille, on se chauffait au téléphone comme des lapins au printemps !

— Nouvelle coiffure, nouveau look, tu es magnifique, Violette, m'accueille Allegra avec un sourire.

Je l'embrasse tandis qu'Hugo me tend une tasse remplie de liquide noir.

— Bien dormi, Pupi ?

Je ne peux faire autrement que de le regarder. Je n'aurais pas dû. Car voir son petit sourire en coin échauffe mes joues comme un brasero.

— Hum hum.

Heureusement, une fois n'est pas coutume, c'est ma mère qui me sauve de ce moment embarrassant.

— Quelle chance tu as d'avoir un homme comme Hugo dans ta vie, ma chérie. Ce garçon est un véritable amour !

Je lève un sourcil.

— Si, je t'assure. Il y a tellement de jeunes gens qui considèrent les femmes comme des objets sexuels. C'est rare de voir quelqu'un qui soit à la fois si attentionné et courtois de nos jours.

Je me retiens de cracher mon café dans ma tasse. *Attentionné et courtois ? Laissez-moi rire...* Si ma mère avait une idée du nombre de filles qui ont défilé dans cet appartement depuis que nous avons emménagé, sûr qu'elle s'étoufferait dans son Earl

Grey ! La pauvre doit avoir un voile devant les yeux... Ou plutôt, un rideau bien opaque.

— Oh, mais ne t'en fais pas, Flore. Violette a bien conscience de la chance qu'elle a de vivre avec un mec comme moi. Et puis, je suis sûr qu'elle apprécie à leur juste valeur mes petites... attentions.

Le con ! Comment peut-il faire des allusions sur ce qui s'est passé entre nous, devant ma mère et la sienne ? Je lui lance un regard noir tandis que mes joues s'empourprent de plus belle. Mais il n'en a que faire et pousse le vice jusqu'à se lécher les lèvres avec une lenteur parfaitement indécente.

— En parlant d'attention, nous allons devoir y aller, mes chéris, reprend ma mère, inconsciente de nos duels visuels. Il y a des travaux en ce moment, et notre ligne de métro risque d'être prise d'assaut à cette heure.

— Je vous accompagne, intervient Hugo. J'ai un truc à faire en ville.

Quelques minutes plus tard, nous empruntons la ligne 1. Effectivement, les transports sont bondés et il nous faut jouer des coudes pour trouver une place dans la rame. J'ai horreur de me sentir enfermée dans une boîte de sardines. J'attrape fermement la barre de fer pour éviter de me retrouver ballottée entre les autres usagers.

Quand une main se place juste au-dessus de la mienne, puissante et fine à la fois, je reconnais la montre d'Hugo en même temps que l'odeur caractéristique de son parfum. Il est là, juste derrière moi, me dominant de toute sa hauteur. Bien sûr, il a déjà capté l'attention des femmes présentes dans le wagon. Certaines lui lancent des regards sans équivoque, alors que d'autres s'interrogent clairement sur son identité. Étonnant que personne ne l'ait encore reconnu. C'est impressionnant de voir la propension qu'il a à attirer l'attention sur lui. Et je dois avouer que ça m'énerve aussi.

Bizarrement, lui ne semble pas y être sensible. Je peux sentir sur mes épaules la caresse de son regard tandis que son corps se presse contre le mien. D'instinct, j'avance pour laisser un espace libre entre nous, mais rapidement, il se rapproche. *C'est moi, ou il colle volontairement son entrejambe contre mes fesses ?*

— Qu'est-ce que tu fais ? râlé-je par-dessus mon épaule.

— Je t'apprends à faire monter la température.

Quoi ?

— Ici ? Tu es dingue ? Je te rappelle que ma mère et la tienne sont juste à côté.

Bon, en vérité, elles ont trouvé une place assise plus loin dans le wagon. Mais cela n'empêche pas la situation d'être gênante.

— Et alors ? Tu as peur ?

Je relève le menton, plus par défi que par conviction.

— Non. C'est juste que...

— Que ?

Je n'ai pas pu finir ma phrase parce que sa main vient de se poser sans aucune pudeur sur l'arrondi de mon postérieur, avant de venir se placer sur le bas de mon ventre. La sensation que me procure son contact est comme une brûlure à vif. Machinalement, je me tortille pour lui échapper. Mais avec tout ce monde qui se presse de toutes parts, c'est impossible. Alors, je ne vois pas d'autre solution que de me retourner pour lui échapper. Mais sa main est toujours là, et il s'amuse à la glisser dans la ceinture de mon jean pour me ramener vers lui.

— Que se passe-t-il ? Tu as peur que ça te plaise ? murmure-t-il avec un petit sourire en coin qui ajoute encore à mon trouble.

— Arrête, Hugo ! Ce n'est pas un jeu.

Pourquoi est-ce qu'il fait aussi chaud, d'un coup ?

— OK, j'arrête. Mais tu verrais ta tête, c'est tellement drôle !

— Ce n'est pas un jeu ! articulé-je en faisant les gros yeux.

Il comprend à mon ton que je ne plaisante pas et reprend un air sérieux.

— Non, tu as raison. C'en était peut-être un au départ, mais plus maintenant.

Ses prunelles ne lâchent plus les miennes.

— On a mis le doigt dans un engrenage, Pupi, à présent, on ne peut plus faire marche arrière.

Il lève la main pour effleurer mes cheveux, désormais libres de toute entrave. Puis il se penche vers moi. C'est dingue. J'ai beau le connaître depuis toujours, avec lui, je n'arrive jamais à distinguer ce qui est sérieux de ce qui ne l'est pas. Et à cet instant, alors qu'il se penche vers moi, je crois qu'il va m'embrasser.

— Avoue que tu en as envie..., susurre-t-il d'une voix rauque.

Ma bouche s'ouvre d'elle-même tandis que le temps semble s'arrêter en même temps que les battements de mon cœur. Mais quand sa lèvre supérieure se relève, je comprends qu'une fois encore, il prend ça à la légère.

— Dommage, c'est ici que je descends, dit-il alors que le métro commence à ralentir.

Je reviens brusquement à la réalité au moment où il se faufile entre les voyageurs pour quitter la rame, me laissant désemparée et étrangement abandonnée. Une fois dehors, il se retourne face à la porte, et j'ai juste le temps de voir son clin d'œil lorsqu'il me lance :

— J'ai hâte d'être à ta prochaine leçon, Pupi !

41

Calme tes hormones !

Violette

Instant de pure détente...

Je ferme les yeux et m'abandonne aux mains expertes de l'esthéticienne qui masse lentement mon visage pour gommer mes peaux mortes. J'ai déjà dit que ma mère adorait les rituels. Eh bien, prendre rendez-vous au spa en fait partie. À chaque fois que nous prévoyons de faire les boutiques, elle ne manque pas de nous organiser une petite séance de massage en fin de journée pour nous remettre en forme. Avec sa décoration asiatique et la musique relaxante aux sonorités naturelles qui se diffuse en continu, ce lieu est un véritable temple du bien-être.

J'avoue que j'affectionne particulièrement ces moments où l'on peut se détendre, tout en papotant de tout et de rien. Mais aujourd'hui, c'est un peu différent. On dirait que ma génitrice a décidé de rayer le mot « détente » de cette partie de plaisir. Et ce, à l'instant même où les esthéticiennes nous abandonnent avec une épaisse couche d'argile verte sur le visage.

— Il se passe quelque chose entre Hugo et toi ?

Et voilà ! J'ai attendu qu'elle pose cette question toute la journée !

Depuis que nous sommes sorties du métro en fin de matinée, je vois bien les regards qu'elle me lance, l'air de rien. Je suis sûre qu'elle a vu quelque chose quand Hugo me tripotait dans la rame. Il faut dire que cet idiot n'était vraiment pas discret.

Grrr, il ne perd rien pour attendre, celui-là ! Bref !

J'ai senti que ma mère se retenait de me questionner. Elle n'attendait en fait que le bon moment pour me sauter dessus. Et le bon moment, c'est juste à cet instant où Allegra vient de nous quitter pour sa séance d'épilation. J'envierais presque celle que je considère comme ma « tata » de nous avoir quittées pour sa session de torture. Elle souffre, mais au moins, elle n'a pas à subir l'interrogatoire de Queen Bee !

— Tu sais, si vous deviez... évoluer dans votre relation, cela ne me dérangerait pas.

Encore heureux ! ai-je envie de lui répondre. *Depuis quand dois-je lui demander la permission pour sortir avec un garçon ?* Malgré tout, sa question me perturbe. Notre relation a effectivement pris un sacré tournant. Et malheureusement, je ne sais pas où cela va nous mener.

— Et je ne crois rien inventer en disant qu'Allegra serait certainement ravie de cette situation. Seulement... Hugo est un jeune homme fragile, tu sais ?

— Maman... Je te rappelle que c'est avec moi qu'il dort quand il fait ses crises. Tu es au courant, rassure-moi ?

J'aime énormément ma mère, mais parfois, son attitude m'exaspère. Particulièrement lorsqu'elle se mêle de ma vie privée.

— Oui, bien sûr que je suis au courant. C'est bien pour cette raison que je t'en parle. Si vous deviez avoir une histoire ensemble et qu'elle se termine mal, il serait anéanti.

Mon Dieu, que penserait-elle si je lui disais que j'ai accepté un marché tordu dans lequel Hugo va m'apprendre à faire l'amour ? Et que j'ai accepté parce qu'il m'a semblé être le seul moyen de me guérir de la passion dévastatrice que j'ai envers lui ?

Je préfère ne pas l'imaginer. Au fond, je sais qu'elle a raison. Si cette histoire tourne mal, les conséquences seront dramatiques. Seulement, quelque chose à l'intérieur de moi refuse obstinément de l'entendre.

— Ne t'en fais pas, maman. Je t'assure, il n'y a absolument rien entre Hugo et moi. Enfin, rien de ce que tu crois.

J'essaye de m'en convaincre. Après tout, ma réponse n'est pas totalement erronée. Ma mère s'imagine certainement que nous vivons un début d'idylle comme un couple normal, alors qu'il n'en est rien. Hugo a été parfaitement clair : entre nous, ce n'est que du sexe ! Et j'ai accepté ce qu'il m'offre en connaissance de cause.

Cependant, il m'est impossible de nier l'évidence : nous sommes en train de jouer avec le feu. Et ce qui, au départ, me semblait être simple, s'avère bien plus complexe qu'il n'y paraît. J'aurais pourtant dû m'en douter. Hugo ne fait jamais dans la sobriété. J'en frissonne rien que d'imaginer ce qu'il me réserve. Avec lui, tout est plus fort, plus intense… Particulièrement quand il s'agit de sexe.

En sera-t-il de même avec Cole ?

— Tu me le dirais si cela changeait entre vous ?

Bon sang, ce qu'elle peut être têtue parfois !

— Oui, maman. Avec Allegra, vous seriez les premières informées.

Je vois bien à son regard qu'elle n'est pas dupe. Alors, pour couper court à cette conversation improbable, je décide de l'amener vers un autre sujet : Cole.

— De toute façon, j'ai quelqu'un d'autre en vue.

Elle ouvre grand la bouche, provoquant des myriades de ridules sur son masque asséché.

— Ah bon ? Mais qui ça ? Je le connais ? Que fait-il dans la vie ?

Et voilà ! À présent, je m'en voudrais presque d'avoir balancé l'info. Cependant, il m'est impossible de faire marche arrière.

— C'est un cuisinier. Quelqu'un que tu ne connais pas. Il est américain.

— Oh… Et j'ose espérer que tu vas nous le présenter bientôt ? Il est beau, au moins ? ajoute-t-elle en se redressant.

— J'ai dit que j'avais quelqu'un en vue. Pas que je sortais avec lui. Et puis, la beauté n'est pas le plus important pour moi.

— Mon Dieu ! Alors, il est moche ?

— Mais non, maman ! Rhooo, arrête de dire n'importe quoi...

— Je vais avoir des petits-enfants moches !

À cet instant, une esthéticienne passe la tête par la porte, certainement alertée par le bruit de nos voix.

— Tout se passe bien, mesdames ?

L'image de Grand-mère Feuillage[15] s'imprime dans mon esprit quand je vois ma mère afficher un faux sourire, les sourcils écarquillés, la main sur la poitrine pour retenir sa serviette.

— Vous auriez du thé ? demande-t-elle de la manière la plus naturelle qui soit.

L'argile séchée m'empêche d'ouvrir la bouche, transformant mon rire en un coassement ridicule.

— Qu'est-ce qui t'arrive ? demande-t-elle, agacée, à travers ses lèvres entrouvertes.

Le corps à présent secoué de spasmes, je tente de me retenir. Mais c'est plus fort que moi, je finis par exploser devant la mine contrariée et verdâtre de ma mère.

19 h 30. Retour à l'appartement. Hugo est déjà rentré et sirote une bière sur le canapé avec José, Ghislain et Anton. En bons fans de foot qu'ils sont, ils ont branché la télévision sur la chaîne sport. À l'odeur qui se diffuse dans la cuisine, je constate que les pizzas ont déjà été livrées et attendent patiemment dans le four qu'on les serve.

— Salut.

— Déjà rentrée ? m'accueille Hugo en portant sa canette à sa bouche.

Je mets de côté ce que j'avais prévu de lui dire en même temps que je pose mon sac à main.

— Oui. Cette journée n'a pas réussi à m'achever !

---

15 Esprit implanté dans un saule pleureur qui guide et conseille Pocahontas dans le film d'animation des Studios Disney *Pocahontas, une légende indienne*, sorti en 1995.

— Ça aurait été vraiment dommage ! intervient Anton.

C'est moi ou Hugo se renfrogne lorsque son ami se lève pour m'embrasser ?

— Putain, Violette, t'es de plus en plus belle, tu sais ça ?

— Arrête de te moquer.

— Non, je suis sérieux. Il y a quelque chose de plus... Je sais pas. Un truc chez toi qui a changé.

— Eh bien, remercie ton pote, c'est lui qui m'a relookée. Tu aimes ?

Je sais, c'est minable de minauder de la sorte. Mais c'est tellement jouissif de voir la tête d'Hugo à l'instant où Anton prend ma main pour me faire virevolter.

— Eh ! Mais elle est carrément canon, cette petite fleur, renchérit José d'un ton rieur.

— Calmez vos hormones, les mecs, menace mon colocataire, ce qui ne manque pas de faire marrer ses amis.

— Ah, ah ! Alors là, c'est l'hôpital qui se fout de la charité ! s'exclame Ghislain.

José en remet une couche.

— Carrément ! Ce n'est pas toi qui disais tout à l'heure que lorsque l'on trouve qu'une femme est jolie, il faut toujours le lui dire ?

Je lève les yeux au ciel, amusée de voir les amis de mon colocataire le charrier.

— Attends José, ne me dis pas que ton pote Casanova, ici présent, a voulu te donner un cours sur l'art de séduire sans engagement ?

— Tout juste.

Je fais la moue.

— Je ne sais pas ce qu'il a en ce moment, on dirait qu'il s'est pris de passion pour le professorat !

L'intéressé vide sa bière.

— Ce n'est pas ma faute si je suis entouré d'ignorants. Il faut bien que quelqu'un les instruise.

Il se lève pour se diriger vers la cuisine, nous laissant stupéfaits. Cette fois, c'est à mon tour de faire la grimace. Mais au lieu de lui répondre, je lui emboîte le pas. Quand il sort les pizzas du four, je profite qu'il a les mains prises pour faire courir les miennes sur son torse, dont les muscles se raidissent sur mon passage.

— Putain, Violette ! Qu'est-ce que tu fous ? chuchote-t-il en jetant des coups d'œil inquiets en direction de ses amis.

Je ne sais pas ce qui m'a pris, mais la tentation de lui rendre la monnaie de sa pièce était trop forte. Je me lève sur la pointe des pieds.

— Je ne sais pas, soufflé-je dans son cou. Une soudaine envie de faire des devoirs, peut-être...

À travers son t-shirt, je sens qu'il coupe sa respiration.

— Si tu ne retires pas tes doigts immédiatement, je te jure que...

— Besoin d'aide ?

Entendre Anton à l'autre bout de la pièce calme un peu mes ardeurs. Je retire mes mains et recule.

— Non merci ! Je gère ! grogne Hugo à travers ses dents serrées.

Il dépose le plateau sur le plan de travail et se tourne vers moi, les yeux plissés.

— T'es une sale petite allumeuse, Pupi, tu sais ça ?

Je souris en coin.

— Je ne fais qu'appliquer à la lettre les conseils que l'on m'a donnés. Ce n'est pas ma faute si j'apprends vite, rétorqué-je en l'imitant, satisfaite de mon petit effet.

— Dis plutôt que ton prof est bon.

— Ah, je ne peux pas encore l'affirmer...

Ses yeux s'écarquillent. Les miens aussi.

— Nonnnnn ! Tu n'as pas dit ça ? Si ?

Non ! Je n'ai pas dit ça... ? Si ?

Rouge comme une pivoine, je file me réfugier vers les autres, tandis que la voix d'Hugo me poursuit.

— Violette ! Tu ne peux pas te défiler après avoir dit un truc pareil !

Oh que si, je peux !

42

Ici et maintenant

Violette

Je profite qu'Hugo soit parti en virée à moto avec José pour remettre de l'ordre dans mes idées. Je n'ai jamais été très rassurée en montant à l'arrière de sa Yamaha, alors je préfère m'abstenir quand ils font des sorties. Même si j'avoue que mon colocataire est un bon pilote, rouler dans Paris en deux-roues, c'est quand même vachement dangereux. Et puis, les paroles de ma mère m'ont contrariée. Effectivement, je n'ai jamais émis l'hypothèse qu'un jour, Hugo et moi n'habiterions plus ensemble.

Pourtant, c'est une certitude que nous finirons par nous quitter et partir chacun de notre côté. C'est dans l'ordre des choses. Et alors, que se passera-t-il ensuite ? *Qui s'occupera de lui quand il fera ses crises ? Une autre fille ? Argh, bon sang !* Voilà que je commence à culpabiliser pour un événement qui n'est pas encore arrivé.

Quand Hugo a commencé à dormir avec moi, lorsque nous étions petits, cela m'a donné une sorte d'importance à ses yeux. Étant la seule capable de le calmer pendant ses cauchemars, je lui suis devenue indispensable. Pour une raison que j'ignore, ma seule présence parvenait à l'apaiser. Il ne se réveillait pas et je ne sais absolument pas si ses mauvais rêves disparaissaient, mais il ne se mettait plus en danger. Sa mère disait de moi que j'étais la

« custode dei suoi sogni », la gardienne de ses rêves. À l'époque, j'étais une gamine qui manquait d'assurance. Et ce nouveau statut m'a donné confiance en moi. Quand tous avaient peur d'Hugo, moi, je devenais celle qui le protégeait.

Alors qu'adviendra-t-il de cette mission lorsque nous serons séparés ? Comment évoluera notre relation ? Je sais bien que nous ne sommes pas un couple, mais je n'ai jamais vécu sans lui... Je ne suis pas encore partie, et pourtant, je ressens déjà le manque de sa présence.

Un coup d'œil à mon réveil m'apprend qu'il est presque minuit, trop tard pour continuer à me torturer l'esprit avec des questions auxquelles je n'ai pas de réponse. J'attrape mon PC et consulte mes mails dans le but de me changer les idées. Un peu plus tôt, j'ai reçu une notification m'indiquant l'arrivée d'un message de Bulbizarre. Il me fait un retour sur le travail que je lui ai transmis et il est plus que positif. D'après lui, si je continue sur cette lancée, je terminerai l'année avec un prix d'excellence. Un sourire satisfait aux lèvres, je balaye les autres mails. De la pub, de la pub et... Mon curseur s'arrête sur une adresse connue.

Comme promis, Cole m'a envoyé les informations sur l'inauguration du restaurant de son ami. Ce dernier veut que les clichés soient posés sur toile et servent ensuite à décorer la salle du restaurant. Soit. C'est une bonne idée. Cependant, je commence à me demander si je vais avoir le temps de tout assurer, entre mes cours et les examens qui approchent.

Je rédige une réponse rapide que j'enregistre, puis referme le clapet de mon ordinateur. J'ai besoin de réfléchir avant de donner un accord définitif. Je coupe la lumière et attrape mon oreiller, en essayant de faire le vide dans ma tête trop pleine.

J'ai l'impression de n'avoir dormi que quelques minutes quand la porte de ma chambre s'ouvre dans un petit grincement familier. Le parquet étouffe le bruit des pas d'Hugo lorsqu'il s'approche du lit. Mon esprit encore embrumé imagine son corps nu qui évolue dans la pénombre. J'arrête de respirer pour l'écouter se glisser sous les draps.

Sa chaleur m'enveloppe. Son parfum me caresse.

J'aime tellement ce moment où il se réfugie dans mon antre...

Pourtant, aujourd'hui, c'est un peu atypique. Il n'y a pas de fille dans sa chambre.

J'attends qu'il se cale contre moi, les yeux grands ouverts, le cœur aux abois. Et quand il se plaque dans mon dos, un sentiment de satisfaction m'envahit. Il n'est pas nouveau. Je le ressens à chaque fois. Mais là encore, il est... différent. Parce que cette nuit, plus que jamais, j'ai l'impression que ma place est ici. Dans ses bras... Et ça me tue.

Hugo

La chaleur monte brusquement tandis que je fais mon possible pour ne pas réveiller Violette qui semble dormir profondément. J'aime retrouver sa douceur, me lover contre son petit corps moelleux pour m'assoupir, l'esprit enfin reposé de mes tourments. Cependant, cette nuit, il y a quelque chose de nouveau. De troublant.

Habituellement, quand je viens dormir avec elle, c'est après avoir fait l'amour à une autre. Parce que c'est la seule solution que j'ai trouvée pour ne pas péter un plomb pendant mon sommeil. Mais ce soir, ce n'est pas ça qui m'a forcé à pousser la porte de la chambre de ma meilleure amie.

J'avais envie de la rejoindre. Tout simplement.

J'enfouis mon nez dans sa nuque pour humer son odeur. J'aimerais pouvoir la distiller afin d'en conserver l'essence, comme un bien précieux. Ce serait un peu ma drogue. Je la diffuserais sur mes draps avant de dormir quand elle m'aura quitté.

Merde ! Je crois que je suis en train de partir en vrille.

Je passe mon bras par-dessus sa taille pour la rapprocher de moi. Sa chemise de nuit m'apparaît alors comme un obstacle. Sans réfléchir, je tire sur le tissu pour glisser ma main sur son ventre. Sous la pulpe de mes doigts, je peux sentir sa peau se couvrir de frissons.

Je tends l'oreille.

Violette ne dort plus, comme l'indique sa respiration devenue irrégulière. Pourtant, elle ne me repousse pas. Comme un membre devenu autonome, mon index trace de petits sillons autour de son nombril. Je la rapproche encore, et son contact me fait réagir.

Je déglutis tandis que dans mon bas-ventre, l'expression d'un désir contenu se fait douloureuse.

Mon élève se met à bouger, à peine. Ses petites fesses caressent mon entrejambe dans un mouvement presque imperceptible, mais qui agit comme un puissant aphrodisiaque.

— Putain, Violette, si tu continues, ça va mal finir...

Je l'entends inspirer profondément tandis qu'elle se cambre légèrement.

Bon sang, moi qui la disais novice... Elle penche la tête en arrière et m'offre ainsi l'accès à son cou. Je me mords les lèvres, avant de les faire courir sur sa peau fine juste sous son oreille. Alors, sans crier gare, elle se retourne dans mes bras pour me faire face. Son regard, habituellement clair et brillant, s'est assombri comme un orage d'été. Le désir gronde à l'intérieur...

Elle semble hésiter, puis finit par tendre la main pour caresser mon torse. Elle prend son temps, explore, dessine les contours de mes muscles tendus. Son contact me brûle, et machinalement, j'avance le bassin vers elle.

Comment résister ? Comment résister quand tout son corps me réclame ? Quand ses yeux me supplient et que sa petite main part à la découverte de l'interdit ? Dans un sursaut de conscience pourtant, j'attrape ses doigts, au moment où ils se posent sur moi.

— Violette...

Elle ouvre la bouche, et à cet instant, je dois faire appel à toute ma volonté pour ne pas y glisser ma langue.

— Hum ?

Son insouciance me tue.

— Qu'est-ce que tu fais ?

Elle sourit.

— Je passe au chapitre suivant.

C'est à ce moment précis que j'arrête de lutter. Je n'en ai pas la force. Peu m'importent les conséquences. Peu m'importent les souffrances qui découleront des souvenirs que nous allons créer dans cette chambre.

À cet instant, le désir que j'ai d'elle est plus grand.

Plus puissant que la raison. Plus fort que la peur. Et quand je referme sa main sur mon membre douloureux, il n'y a plus rien qui compte. Plus rien qu'elle et moi. Ici et maintenant.

43

Cette nuit et pour l'éternité

Violette

Hugo m'embrasse. Un baiser profond, d'une sensualité à faire fondre la glace. Un baiser qui m'arrache des larmes en même temps qu'il vole mon âme. Ce baiser me tord le ventre et m'arrache le cœur de la poitrine.

Ce n'est plus un exercice. Ce n'est même plus un jeu.

Je sais que jamais un autre homme sur cette planète ne parviendra à me donner ce qu'Hugo me fait ressentir à cet instant. J'ai l'impression que ma poitrine va exploser sous l'intensité des battements qui l'agitent. Sa main accompagne la mienne dans un lent va-et-vient sur son membre durci. Nos doigts entremêlés appliquent de petites pressions, remontent avant de redescendre plus doucement, guidés par ses soupirs. Il pulse sous ma paume en réponse à mes caresses. J'aime la sensation de puissance que me procure cette emprise. Le fait de pouvoir lui donner du plaisir pour l'en priver, la seconde d'après.

Argh !

Mon râle de protestation le fait sourire quand il s'arrache à moi.

— Doucement, petite fleur... On a tout notre temps, murmure-t-il d'une voix rauque en s'emparant de ma chemise pour m'attirer à lui.

Je déglutis et pousse un nouveau gémissement lorsque, d'un mouvement vif, il déchire le tissu trop fin de ma tunique tandis que sa bouche s'aventure sur mon cou.

— Désolé, Pupi.

Je vois bien qu'il se moque complètement d'avoir détruit mon vêtement.

— De toute façon, elle était usée, murmuré-je en rejetant ma tête en arrière pour lui laisser l'accès à ma gorge.

Je l'entends rire avant qu'il ne m'arrache un cri en mordillant la pointe de mon sein. *Bon sang, si on m'avait dit que ce serait si sensible…* Hugo me débarrasse du reste de tissu, avant de m'allonger sous lui avec précaution. Quand il se soulève à la force des bras pour me surplomber, je me sens vulnérable. D'instinct, je place mes bras sur ma poitrine. Mais rapidement, il me les enlève d'un geste ferme.

— Non, Pupi… Tu n'as pas le droit de te cacher. Pas devant moi…

Sans attendre, il reprend possession de ma bouche comme s'il s'agissait d'une friandise. Je grogne quand il la délaisse pour partir à la découverte de mon corps. Rapidement, c'est une tout autre sensation qui s'empare de moi, alors qu'il s'aventure sous le tissu de ma culotte, jusque dans mon intimité. Les caresses d'Hugo sont d'une lenteur proche du sadisme. Il guette la moindre de mes réactions, change de rythme au gré de mes soupirs. J'aime le contraste qu'il crée quand il alterne douceur et fermeté. C'est comme un grand huit qui monte, monte, avant de redescendre brusquement en un tourbillon de sensations.

— Hugo… je t'en prie…

— Patience, petite fleur.

Sa bouche remplace ses doigts et bientôt, je ne suis plus qu'une boule de nerfs qui se tortille entre ses mains. Mais à l'instant même où je crois perdre pied, il se relève.

Frustration…

Bon sang, comment peut-il être encore plus beau, les cheveux défaits, les yeux luisants de lubricité ?

— Tu as ce qu'il faut ?

Reléguant ma gêne derrière moi, je hoche la tête et désigne ma table de nuit, bénissant ma mère d'avoir rempli mon tiroir, au cas où. Hugo récupère plusieurs préservatifs dans la boîte neuve puis revient au-dessus de moi. Mes sourcils se relèvent quand je jette un coup d'œil furtif à sa virilité fièrement dressée. Il est si... imposant.

Sans me lâcher des yeux, il déchire l'emballage avec ses dents, avant d'enfiler la protection. Je le regarde faire, le cœur battant, attentive à ses gestes. Mais lorsqu'il s'installe au-dessus de moi, l'appréhension me gagne de nouveau.

— On y est..., souffle-t-il d'une voix rauque.

J'ancre mes yeux aux siens, les dents plantées dans ma lèvre inférieure. J'ai peur et en même temps, je suis trop excitée pour faire marche arrière. Il y a comme un manque qui s'est formé au creux de mon ventre. Un vide qui ne demande qu'à être comblé. Hugo s'invite entre mes cuisses et se positionne là.

Ses prunelles rivées aux miennes, il attrape ma nuque pour m'obliger à le regarder.

— Tu es sûre que c'est ce que tu veux, Pupi ?

J'inspire profondément.

— Oui.

Je n'ai jamais été aussi certaine de toute ma vie. Alors, fort de mon consentement, Hugo s'enfonce en moi avec une lenteur mesurée. Je ferme les paupières. C'est plus fort que moi. Je ne parviens plus à soutenir son regard. Tout semble décuplé. La présence de son membre dans mon corps. Le désir qui palpite dans mes entrailles. Tout s'emmêle dans un imbroglio qui me fait perdre toute rationalité. Jusqu'à ce que cette étrange sensation laisse place à une douleur fulgurante lorsqu'Hugo donne un léger coup de reins pour forcer mes dernières barrières.

J'ouvre grand les yeux, à l'instant même où il étouffe mon cri dans sa bouche.

Merde ! Les larmes montent d'elles-mêmes sous le coup de la souffrance ou de l'émotion, je ne saurais dire.

— Je suis désolé, bébé... Détends-toi... Ça va passer.

Hugo ne bouge plus. Son corps reste parfaitement immobile tandis qu'il me caresse sans cesser de murmurer des mots rassurants à mon oreille. Au bout de quelques secondes, je finis par me détendre et m'habituer à sa présence. Alors, sans cesser de me cajoler, il recommence à remuer dans un va-et-vient langoureux. Je m'accroche à ses épaules, attentive à ses mouvements de bassin.

Et après quelques minutes, la douleur devenue brûlure finit par s'estomper, remplacée par quelque chose de moins désagréable. J'en profite pour observer Hugo à travers mes cils humides. On dirait un dieu grec sur un champ de bataille, conquérant, la mâchoire serrée et ce petit battement qui pulse sur sa tempe. Mes mains glissent sur ses bras aux muscles tendus par l'effort qu'il fait pour se contrôler. Des perles de sueur maculent à présent son front. Je comprends alors qu'il se retient. Pour ne pas me faire mal.

Instinctivement, je serre les cuisses pour l'obliger à arrêter et aussitôt, il stoppe son mouvement pour m'interroger d'un regard inquiet. Je lève la main et caresse sa joue.

— Ça va aller, dis-je d'une petite voix.

— Quoi ?

— Je te dis que ça va aller. Tu peux te lâcher, Hugo.

Je suis peut-être présomptueuse en disant cela. Mais je ne veux pas qu'il se prive de plaisir à cause de moi.

— Si je me lâche, tu ne pourras plus marcher pendant une semaine, Pupi.

Quel idiot ! Il n'y a que lui pour plaisanter dans un moment pareil.

— Et moi, je t'en voudrai, si tu ne le fais pas.

Ma réponse l'astreint à redevenir sérieux. Il me fixe pendant quelques secondes avant de s'emparer de nouveau de mes lèvres sans mot dire. Elles ont le goût du sel... Tandis qu'il reprend un rythme plus soutenu, je m'accroche à lui, la tête enfouie dans son cou, et le laisse m'emporter dans ce monde nouveau que je ne connais pas. J'aimerais que notre étreinte ne s'arrête jamais.

Qu'elle nous lie pour le restant de nos jours.

Je voudrais me fondre dans son corps, me perdre entre ses lèvres et m'abandonner dans cette sensation de plénitude qui s'installe au creux de mon ventre. Mon pouls s'accélère, alors qu'il augmente le rythme et se laisse enfin aller. Je ne sais pas combien de temps dure notre ballet. Ce que je retiendrai de ce moment, c'est le visage d'Hugo quand, au sommet de son art, il atteint l'extase dans un long râle de plaisir.

Cette fois, c'est moi qui accompagne sa descente de caresses tendres et émues. Jusqu'à ce qu'il s'effondre sur moi avec un soupir d'aise, la respiration haletante.

Ce n'est qu'à cet instant que je réalise ce qui vient de se passer. Hugo est mon premier. Cette nuit et pour l'éternité.

44

Ce n'est que du sexe

Violette

Allongée sur le côté, la tête posée sur mon bras replié, je regarde Hugo dormir. Ses traits sont détendus, paisibles. De ses paupières closes à sa bouche qui forme une petite moue satisfaite, tout en lui respire la sérénité. Cela fait bientôt dix minutes que je cherche un défaut sur son visage. Quelque chose qui le rendrait plus... normal et ordinaire aux yeux du monde. Peut-être cette petite fossette, là, sur sa joue... Et encore. Elle aussi me semble presque trop parfaite. C'est honteux d'être aussi beau.

Hugo ressemble à ces statues de bronze que l'on trouve dans les musées. Celles qui magnifient l'humanité et la rendent inaccessible au commun des mortels. Adonis, Apollon, Baldr ou encore Phœbus... Appelez-le comme bon vous semble, Hugo est la personnification de cet être divin qui symbolise la beauté masculine. Ses paupières tressaillent lorsque ses narines se mettent à frémir.

Il inspire profondément et ouvre les yeux.

Finalement, je crois que je le préfère éveillé. Avec son regard sombre qui transperce mon cœur et capture mon âme. Celui qui ferait se damner un saint rien que pour avoir la chance de se voir briller dans ses prunelles sombres.

Hugo efface la ride qui barre mon front et m'adresse un sourire, évacuant du même coup le trouble qui s'était installé.

— Salut.

Je cale mon visage sur ma main.

— Salut.

— Comment tu te sens ?

— Bien.

C'est la première question que je me suis posée lorsque je me suis réveillée. J'ai écouté mon corps pendant plusieurs secondes, avant de décréter que tout était en ordre, mis à part un léger poids dans le bas du ventre. Je devrais me considérer comme satisfaite d'avoir atteint mon but. Cependant, j'ai l'impression que quoi que je fasse, il y aura toujours un « mais ».

Parce qu'à l'intérieur, je suis perdue dans le désordre confus de mes sentiments. Il y a comme une faille dans le plan si parfait que je m'étais fait dans ma tête quand Hugo m'a proposé son marché. Tout n'est pas clair, rectiligne et cohérent comme je l'imaginais. C'est beaucoup plus complexe, en pratique. Moi qui croyais pouvoir garder le contrôle de mes sentiments, je me rends compte que c'est tout l'inverse. Sauf que je suis bien trop fière et lâche pour avouer quoi que ce soit. Et puis, il est tellement plus facile de faire l'autruche.

Hugo profite du silence pour replacer mes cheveux derrière mon oreille afin de dégager mon visage. Son geste est d'une telle douceur, on dirait qu'il craint de me blesser. Je réprime le sarcasme qui me vient à l'esprit. Il pourrait me faire du mal si facilement. De mille façons.

— Je suis désolé pour cette nuit. Tu n'as pas dû trouver cette première expérience transcendante.

— Je n'ai jamais cru aux contes de fées. Ni aux scénarios de films romantiques...

J'attrape la bouteille d'eau pour me désaltérer avant de la lui tendre en ajoutant :

— Et notre histoire est loin d'être une romance, n'est-ce pas ?

Il acquiesce sans mot dire, boit à son tour, puis glisse sa main derrière ma nuque pour jouer avec mes cheveux.

— J'espère seulement que ça n'a pas été trop douloureux.

Je suis touchée qu'il s'inquiète de ce que j'ai ressenti. Bon nombre de mecs n'en auraient rien eu à faire de savoir si j'ai souffert.

— Ne t'en fais pas pour moi. Ce n'était pas si... désagréable.

Ma réponse lui arrache une grimace.

— Désagréable ? Vraiment ?

Mince ! Je n'aurais peut-être pas dû être si directe.

— Oui. Enfin, non... je veux dire...

Il me fait taire en m'attirant à lui pour s'emparer de mes lèvres. Sa bouche caresse la mienne, puis la mord tandis que ses yeux se plissent jusqu'à devenir deux petites fentes brûlantes qui me laissent démunie.

— La prochaine fois, je te promets que tu vas grimper au rideau.

— La prochaine fois ? répété-je, interloquée.

Il s'écarte pour m'observer.

— Tu pensais vraiment qu'on allait s'arrêter là ? Tu plaisantes ! Tu ne sais rien de l'amour, Pupi. Tu n'as eu qu'un seul orgasme de toute ta vie, et tu es complètement novice dans l'art de donner du plaisir. Tu crois que tu n'as plus rien à apprendre parce que tu n'es plus vierge ?

Eh bien, ça aussi, c'est direct !

— Merci de me rappeler mon incompétence en la matière. Mais j'assume. Qu'est-ce que tu as à me proposer ?

Hugo se redresse. Moi qui pensais qu'il plaisantait, je réalise à son expression grave qu'il n'en est rien.

— Je t'ai promis de t'aider, Violette. Ce n'étaient pas des paroles en l'air. Et on ne s'arrêtera pas tant qu'il restera des capotes dans ta table de chevet !

Ma bouche se tord en même temps que mes yeux se posent sur le tiroir encore ouvert. *Mon Dieu, mais qu'est-ce qui a pris ma mère d'en acheter autant ?*

— Il doit en rester exactement quarante-neuf.

Son sourire en coin me fait fondre.

— Ça devrait suffire…

— Vantard !

— Pragmatique !

— OK, finis-je par murmurer sans me démonter.

Avec un sourire satisfait, Hugo applique un baiser rapide sur mon front, puis un autre sur ma joue, avant de revenir capturer mes lèvres. Cette fois, son baiser est différent. Plus sensuel. Sa langue qui taquine le coin de ma bouche m'oblige à l'ouvrir pour lui laisser l'accès jusqu'à la mienne. Rapidement, il s'engouffre dans la brèche avec un râle de contentement.

En quelques secondes à peine, Hugo se retrouve au-dessus de moi, ses mains jouant avec mon corps pour l'éveiller au plaisir. Ses caresses sont d'une efficacité redoutable, et rapidement, je me retrouve à me tortiller sous le poids de son corps.

Mais Hugo me relâche, m'arrachant un soupir dépité.

— Le *morning sex* brûle autant de calories qu'un jogging matinal. Tu le savais ?

Mais qu'est-ce qu'il raconte, enfin ? Il veut ma mort ou quoi ?

— Je m'en fiche… Je n'ai jamais aimé le sport, dis-je en l'attirant vers moi.

Il m'embrasse. La bouche, les seins, le ventre… puis quelques secondes plus tard, se redresse à nouveau pour me balancer :

— Et c'est un excellent moyen de doper son cerveau, aussi.

Cette fois, je m'agace, à bout de souffle.

— Hugo, je n'ai pas la tête à réfléchir, là. J'ai juste envie que tu poursuives ce que tu as commencé.

Je n'ai pas honte de le dire. Le désir que j'éprouve m'a fait oublier mon appréhension et ma timidité. Cependant, quand je me relève pour l'atteindre, Hugo attrape mes poignets pour les plaquer sur le lit, au-dessus de ma tête. À cet instant, le sourire qui illumine son visage m'enflamme comme une allumette. Il s'immisce entre mes cuisses et, sans préambule, entre en moi d'un mouvement leste du bassin.

La surprise me fait ouvrir la bouche. Mais rapidement, elle se transforme en plaisir quand il commence à remuer. Mince, à quel moment il a réussi à enfiler un préservatif à mon insu ?

— Je t'ai fait une promesse, Pupi. Et tu sais que je tiens toujours mes promesses.

Trente minutes et deux orgasmes plus tard…

Je réalise à peine ce qu'il vient de se passer. Hugo avait raison. Faire l'amour le matin est un excellent moyen de bien commencer la journée. Je m'étire dans les draps encore chauds de nos ébats tandis que le bruit de la douche me berce de ses clapotis.

Je me sens bien. Incroyablement bien. À tel point que je pourrais facilement m'habituer à commencer mes journées de cette manière. L'eau s'arrête de couler et quelques secondes plus tard, Hugo apparaît, nu comme un ver. Décidément, il est l'homme le plus décomplexé que je connaisse. Alors que je m'obstine à me cacher sous les draps, lui, il se balade à poil sous mon nez sans la moindre gêne.

— Je vais préparer le petit déj', dit-il en se dirigeant vers la porte.

— Tu ne veux pas t'habiller avant ?

Son sourire en coin me liquéfie sur place.

— Pourquoi ? Je ne te plais pas, comme ça ? demande-t-il en écartant les bras.

Oh, bon sang, si… Putain d'adonis ! Sans s'enquérir de mes yeux levés au ciel, il ouvre la porte. Mais avant qu'il ne disparaisse, je le hèle.

— Hugo ?

— Oui ? s'enquiert-il en passant la tête à travers l'ouverture.

— Merci !

Il reste quelques secondes à me fixer, avant de m'adresser un sourire amusé en secouant la tête.

— Pas la peine de me remercier, Pupi. Après tout, ce n'est que du sexe !

45

Aucune surprise

Hugo

Quel con !

Pourquoi est-ce que j'ai fait ça ? Encore une fois, j'ai laissé parler mon désir avant ma raison. Et en ce moment, cela arrive beaucoup trop souvent à mon goût. Me jeter sur Violette et poursuivre cette folle expérience était...

— Une putain de mauvaise idée ! hurlé-je en tapant du poing sur la table.

Pourquoi ? Parce qu'à présent, je ne sais pas comment je vais réussir à gérer le bordel qui se passe dans ma tête. Depuis que je me suis lancé dans ce plan foireux, tout s'emmêle dans mon esprit. Je n'arrive même plus à savoir ce que je ressens exactement. Et comme si cela ne suffisait pas, coucher avec Violette s'avère être l'expérience la plus excitante de toute mon existence.

L'initier aux plaisirs de la chair, voir ses yeux s'agrandir sous la surprise provoquée par la découverte de la jouissance... c'était aussi exaltant que la sentir frémir autour de mon membre.

Bordel !

Comment vais-je bien pouvoir me sortir de ce merdier ? En tout cas, une chose est sûre, c'est que plus jamais je ne laisserai mes émotions prendre les décisions à ma place.

Quelle utopie de dire ça... Comme si j'avais le moindre pouvoir de choisir... Comme si j'en avais ne serait-ce que la volonté...

— Hugo ! T'es là, mec ?

Je ravale mon aigreur et affiche un masque d'indifférence depuis longtemps éprouvé quand la voix de José retentit depuis l'étage inférieur.

— Yep ! Je suis en haut.

Mon ami monte les escaliers quatre à quatre pour me rejoindre.

— Eh ! On ne devait pas se retrouver à la salle de sport ce matin ?

— Si.

Mes efforts pour cacher ma mauvaise humeur sont vains, car il me lance un regard inquisiteur.

— Si. Et c'est tout ? Juste si ? Tu ne prends même pas la peine d'inventer une excuse bidon ?

Il marque un temps d'arrêt avant de reprendre :

— Allez... Dis-moi tout, mon bichon. Où est-elle, la meuf qui t'a mis les nerfs en pelote ? Tu l'as séquestrée dans ta chambre ?

Fruit du hasard, à l'instant même où il pose la question, Violette fait son apparition. Je ne l'ai même pas entendue monter. Inconsciente du chaos qu'elle a provoqué en moi, mon amie déboule dans la cuisine comme une bouffée d'air frais, lumineuse dans son ensemble jupe noire, chemisier blanc, surmonté d'une veste en daim qui fait ressortir ses formes.

José m'adresse un clin d'œil.

— Tu m'étonnes, je comprends mieux pourquoi tu sèches le sport. Avec une femme comme ça dans mon appart, moi aussi je ferais tout pour rester cloîtré avec elle. Veinard !

Je le fusille du regard, mais il m'ignore joyeusement pour saluer ma colocataire comme il se doit.

— Hello, Violette ! Décidément, je ne vais pas m'y faire à ce nouveau look ! Tu es « canonissime », ma chérie !

L'intéressée tapote le bras de mon ami, avant de s'installer sur un tabouret en faisant mine d'être blasée.

— Quel flatteur, José ! Mais ça ne prend pas avec moi. Je connais les hommes comme toi.

— Vraiment ? Et comment sont les hommes comme moi ?

— Vous êtes dangereux. Comme la flamme d'une bougie. Hypnotiques et irrésistibles, vous nous attirez dans votre cercle pour mieux nous cramer quand on s'approche de trop près.

José prend une mine offusquée.

— Dit-elle avec son visage d'ange ! Moi non plus, je ne suis pas dupe. Je sais très bien quelle femme fatale se cache dans ce corps de donzelle innocente.

Violette lève les yeux au ciel et croque dans la tranche de pain grillé qu'elle vient de piquer dans mon assiette. Je lui tends son jus de fruits, qu'elle saisit presque aussitôt en me remerciant d'un sourire.

— Carotte, mandarine, banane, fraise ? demande-t-elle en collant ses lèvres sur le bord du verre.

— Comme d'habitude.

— Parfait. Tu es parfait…

José nous fixe, tour à tour, avant de se frotter les tempes.

— Merde, vous êtes complètement dingues à voir, tous les deux. On dirait un vieux couple !

Je jette un rapide coup d'œil à Violette, dont les joues ont pris une jolie teinte rosée. José peut être lourd, parfois, et ce matin, il a décidé de monter encore d'un cran. Cependant, une fois n'est pas coutume, il a tapé dans le mille.

— Sérieusement, ajoute-t-il en écartant les bras. Il n'y a aucune surprise. Vous vous connaissez par cœur ! Comment est-ce que vous allez faire quand vous trouverez votre moitié et que vous devrez partir chacun de votre côté ?

L'atmosphère s'alourdit brusquement.

Le pauvre José n'a même pas conscience qu'il a mis le doigt sur ce qui pose problème. La simple idée de devoir me séparer de Violette m'est insupportable. Ça me terrifie ! Et je suis sûr que cette situation n'est pas anodine dans la recrudescence de mes crises nocturnes. Je me renfrogne et enfourne une poignée de fruits secs que je m'applique à mastiquer méticuleusement pour cacher mes tourments.

— Je ne crois pas avoir encore trouvé mon âme sœur.

La réponse de Violette me surprend.

— Ben... et ton cuisinier ? demande José, lui aussi surpris.

Évidemment, je l'ai mis au courant de cette partie du plan.

— Eh bien, j'ai des vues sur lui, certes. Mais de là à parler d'âme sœur, il y a un monde. Et puis, d'ailleurs, je ne suis même pas certaine qu'il voudra bien de moi.

José secoue la tête en faisant la moue.

— Non, mais il faudrait qu'il soit aveugle ou complètement taré pour laisser passer une fille comme toi, Violette. Regarde-toi. Tu es belle, voluptueuse... avec des...

— C'est bon, l'arrête la jeune femme, les joues en feu.

— Mais si, je suis sûr que tous les mecs qui te croisent ne pensent qu'à...

— C'est bon, José ! le coupé-je avec fermeté. On a compris.

Il se renfrogne, avant de lever les mains en l'air.

— OK. Mais franchement, mec, si j'étais à ta place, jamais je ne laisserais partir une fille comme elle.

Merde, mais il est dingue de dire ça ! Et puis, de quoi il se mêle cette andouille ?

— Ouais, justement, tu n'es pas à ma place, interviens-je avec humeur. Et en parlant de partir, il est temps d'y aller. Jackie va hurler si on arrive en retard à la séance photo.

José jette un coup d'œil à l'horloge du four.

— Ah oui, merde ! Je n'avais pas vu l'heure !

J'avale mon restant de café avant de débarrasser rapidement la table. Mais quand je passe à côté de Violette, son expression m'arrête.

— Tu veux venir avec nous ? proposé-je.

Son visage s'éclaire. J'ai vu juste. Elle meurt d'envie de nous suivre.

— Je peux ?

— Évidemment !

Quel meilleur prétexte pour la garder un peu plus avec moi ?

Violette

Jacqueline Charmant a donné rendez-vous à ses protégés dans une vieille fabrique désaffectée. Apparemment, c'est le lieu qu'elle a choisi pour qu'ils prennent la pose devant l'objectif d'une autre vedette de la photographie, Charles Berhinger. Je suis d'autant plus impressionnée qu'en dépit du fait que j'adore son travail, je lui trouve un faux air de Georges Clooney. En pénétrant dans l'immense pièce aménagée en studio, je mesure la chance que j'ai de pouvoir assister au travail de ces illustres personnes. Je peux remercier Hugo de me permettre d'assister à ce shooting.

— Violette..., m'interpelle Jacqueline de sa voix rendue rauque par l'excès de tabac.

Je fais volte-face et découvre l'agent d'Hugo qui m'observe des pieds à la tête en compagnie du fameux photographe.

— Eh bien, il n'y est pas allé de main morte.

— Pardon ?

La femme sourit et m'embrasse chaleureusement.

— Hugo m'a dit qu'il t'avait relookée. C'est plutôt réussi. Tu es superbe, ma chérie.

Cette analyse critique de ma petite personne me met mal à l'aise. D'autant plus que Charles Berhinger, qui ne manque rien à la conversation, se met à me fixer avec insistance.

— Charles, voici Violette, me présente Jackie.

— Enchanté, mademoiselle.

— Enchantée.

Les joues en feu, je serre la main qu'il me tend avec la ferme intention de m'éclipser rapidement, quand Jacqueline s'empresse d'ajouter :

— Violette étudie la photographie à Spéos. Et mon petit doigt m'a dit qu'elle avait un grand avenir devant elle.

Un éclair passe alors dans les yeux de Berhinger lorsqu'il les pose sur ma sacoche.

— Intéressant... Savez-vous que je suis intervenu de nombreuses fois dans cette école ?

Évidemment que je le sais... Ses œuvres sont exposées dans la salle de détente.

— Vous avez apporté votre matériel, je suppose ?

Mon sourire ressemble plus à une grimace lorsque j'acquiesce.

— Oui. Mais vous savez, mon domaine de prédilection, c'est l'art culinaire. On est loin de la photo de mode.

— Tiens donc ! Mais alors, pourquoi venir ici ?

Je lance un rapide coup d'œil en direction d'Hugo qui s'installe avec les autres sur le plateau. Il est justement en train de nous observer.

— Violette est l'amie d'Hugo, précise Jacqueline.

— Seulement l'amie ?

Je me mords la lèvre et m'empresse de répondre :

— Et sa colocataire, aussi.

Mais pourquoi est-ce que j'ai dit ça ? Ma réponse fait rire l'artiste.

— Quel dommage pour lui, dit-il avec un clin d'œil avant de s'éloigner en frappant dans ses mains. Maintenant, assez parlé. Mettons-nous au travail, les enfants !

46

Peu importe la violence

Violette

— Les enfants ! On y va !

L'influence légendaire de Jacqueline Charmant m'a toujours rendue admirative. Cette femme parvient à entraîner ses modèles dans tous ses projets, quels qu'ils soient, et leur enthousiasme à la suivre témoigne de la confiance aveugle que tous lui témoignent.

Mais plus que tout, je suis émerveillée par sa capacité à réunir les talents. C'est la reine incontestée pour constituer l'équipe parfaite qui saura déclencher le buzz sur une campagne.

Aujourd'hui ne déroge pas à la règle. La célèbre agent travaille pour un jeune créateur sorti de l'anonymat grâce à une aventure sulfureuse avec un styliste de renom, qui, soit dit en passant, aurait largement pu être son grand-père. Et afin de sublimer le lancement de la ligne de vêtements de l'artiste, Jacquie a choisi le photographe en vogue que tout le monde s'arrache.

La signature est simple : dans ce shooting, diversité et pluralisme seront à l'honneur. D'ailleurs, ces valeurs transpirent déjà dans le choix atypique des modèles qui donne une ambiance particulière à la séance photo.

Tout semble moins rigide, moins régenté, comme en témoignent la manière dont les mannequins portent les vêtements colorés du styliste ou les poses originales qu'ils prennent face à l'objectif. Ils semblent plus libres dans leur créativité, et j'avoue que le rendu est assez incroyable : un mélange de couleurs et de matières portées par des morphologies hétéroclites. De tout cela résulte un melting-pot universel dont les éléments fusionnent pour ne former qu'un seul et même ensemble harmonieux. C'est presque émouvant de voir les modèles se mêler les uns aux autres, sous les indications du photographe.

— Rapprochez-vous, touchez-vous, mélangez-vous... Vous devez être l'expression la plus belle du métissage...

Si, au départ, je me sentais un peu étrangère à cet univers, je commence à présent à me sentir plus à mon aise. Bientôt la tentation de prendre mon appareil devient irrésistible. Je m'installe un peu à l'écart et commence à mitrailler la scène, positionnant stratégiquement mon objectif pour améliorer la luminosité, ou au contraire l'assombrir. De fil en aiguille, j'en viens à oublier le shooting pour concentrer mes prises de vue sur celui qui attire inexorablement mon regard : Hugo.

C'est plus fort que moi, dès qu'il change de position, je ne peux m'empêcher de capturer son image, fascinée par les multiples expressions que prend son visage. J'occulte le monde qui m'entoure pour me focaliser sur lui, jusqu'à ce que les applaudissements signant la fin de l'exercice me fassent sursauter.

Jackie a donné le clap de fin et tout le monde se félicite de son travail dans un joyeux brouhaha. Moi, j'ai juste l'impression qu'on vient de me tirer d'un joli rêve contre mon gré. Troublée, je m'oblige à penser à autre chose et m'éclipse pour donner un coup de main aux assistants dans le local de stockage, installé spécialement pour l'occasion.

Ce n'est que lorsque le matériel est remisé que je me décide enfin à jeter un œil sur les clichés que j'ai pris.

— Alors, heureuse ?

Je sursaute, mais suis à peine surprise d'entendre la voix d'Anton. Le second degré est sa marque de fabrique. Le jeune homme se place derrière moi pour regarder l'écran LCD de mon appareil par-dessus mon épaule.

— Le résultat te plaît ?

— Il faudrait être difficile, marmonné-je.

Le cliché montre un gros plan d'Hugo, le regard sombre et fixé sur moi. Son expression est telle qu'il semble me défier. Comme s'il cherchait à me provoquer...

Anton ricane à côté de mon visage.

— Est-ce qu'il le sait ? demande-t-il alors.

Je tourne la tête vers lui, interdite, tandis qu'il poursuit :

— Est-ce qu'il sait que tu es amoureuse de lui ?

Ouch ! Piquée au vif, je pince les lèvres, éteins mon appareil et le pose sur la table avec lenteur, laissant à mon cœur le temps de ralentir son rythme.

— Je ne vois pas de quoi tu parles.

Cette fois, le jeune homme se met à rire. En vérité, il se fout carrément de moi.

— Comme tu veux, ma belle, mais sache que...

Sa présence se fait plus insistante et déclenche une petite alarme dans mon esprit.

— Le jour où tu comprendras qu'Hugo n'est pas un mec pour toi, tu pourras toujours venir me voir. Je serai là.

Je me retourne pour lui faire face et le fixe droit dans les yeux, en prenant un air volontairement détaché.

— Tu seras là ? Vraiment ?

Je sais bien que j'aurais dû mettre un terme à cette conversation avant qu'elle ne devienne embarrassante. Mais je ne m'attendais tellement pas à ce qu'Anton me fasse une telle proposition.

— Parfaitement, ajoute-t-il d'une voix plus grave. Je suis sérieux, *Pupi*. Ce ne sont pas des paroles en l'air.

Mes sourcils se rejoignent. *Depuis quand Anton m'appelle-t-il par le surnom que me donne son ami ?*

— Je sais que tu as d'autres projets en tête avec ton cuisinier..., poursuit-il. Mais si jamais tu as envie... de passer à autre chose.

Sa main se pose sur mon bras avant de remonter vers mon épaule pour se nicher dans mon cou. Je réprime un frisson d'agacement.

— Tu sais que je t'ai toujours trouvée incroyable, Violette. Tu ne mérites pas de te morfondre à attendre un type qui ne te voit même pas telle que tu es.

Bizarrement, je ne réagis pas lorsqu'il m'attire à lui, abasourdie par ses avances auxquelles je ne m'attendais pas. Ce n'est qu'au moment où je réalise qu'il s'apprête à m'embrasser que je me statufie.

— Anton... Arrête ça tout de suite !

Il se fige, le visage blême. Je crois un instant que c'est à cause de moi, mais rapidement, je comprends qu'il y a autre chose. Car derrière moi, l'ombre d'Hugo s'impose, nous écrasant de toute sa hauteur.

Anton retire sa main alors que sa bouche affiche un rictus qui est tout sauf amusé.

— Je m'en doutais..., déclare-t-il d'un ton caustique avant de s'éclipser, me laissant seule avec Hugo dans l'espace clos.

Je n'ose me retourner, par peur de ce que je vais découvrir. L'atmosphère déjà tendue s'est encore chargée d'électricité. Hugo s'approche et son corps se plaque contre le mien, redoutable.

— À quoi tu joues, Pupi ?

Sa voix est lourde de reproches. Gorgée de colère. Elle me tétanise.

— Quoi ?! parviens-je tout de même à demander d'un timbre bien trop aigu.

Il enfonce ses doigts dans la chair de mes épaules tandis que son visage s'approche de ma nuque. Son souffle qui effleure ma peau me brûle et me glace en même temps.

— D'abord, Berhinger. Et maintenant, Anton...

J'aimerais l'affronter en face, mais j'en suis incapable. Ses mains ont quitté mes épaules. Et pendant que l'une s'invite sous mon t-shirt, l'autre remonte ma jupe, haut sur mes cuisses.

— Je...

— Chut ! m'intime-t-il. Je t'interdis de parler...

Ma respiration se coupe lorsque ses doigts s'immiscent dans mon collant, puis sous la dentelle de ma culotte. D'instinct, je rejette la tête en arrière, lui laissant l'accès à ma gorge qu'il embrasse, avant de la mordre sans aucune douceur. La douleur s'efface rapidement au profit d'une chaleur désormais familière. Sans m'en rendre compte, je commence à onduler sous ses caresses.

Ses lèvres remontent le long de ma mâchoire, laissant derrière elles leur empreinte cuisante. Puis, délaissant ma poitrine, Hugo m'oblige à tourner la tête vers lui pour s'emparer de ma bouche. Sa langue force le passage jusqu'à la mienne, agressive et impérieuse tandis que sa rancœur se mêle à son impatience. Je devrais le repousser. Mais je n'y arrive pas. En vrai, j'en suis incapable. Il est trop fort. Trop intense. Je ne parviens pas à lui résister.

Et peu importe la brutalité dont il fait preuve, je m'abandonne dans ses bras, attentive aux sensations provoquées par ses caresses qui s'éternisent. Un râle enfle dans ma gorge alors que je sens l'orgasme naître au creux de mon ventre. La torture se prolonge, me fait gémir, et bientôt, mes jambes se dérobent. Je sombre, retenue simplement par le bras d'Hugo qui m'enserre la taille pour me maintenir contre lui...

Mais au moment où je m'apprête à libérer ce trop-plein de plaisir, le jeune homme retire sa main. Le choc est violent. Frustrant. Tel un seau d'eau glacée versé sur ma tête. Mon cri de satisfaction se transforme alors en vocifération.

Hugo n'en a que faire, et au lieu de me soulager, il replace mes vêtements correctement avant de saisir mon menton pour plaquer sa bouche sur ma joue et me balancer, la voix pleine de menaces :

— Les leçons, c'est moi qui les donne, Pupi ! Moi, et moi seul !

47

Je suis coupable

Hugo

— Han !

Je frappe le sac rempli d'eau avec rage dans le but d'évacuer la rancœur accumulée depuis le début de la séance photo. J'ai l'impression d'en vouloir au monde entier. À Berhinger. À Anton. À Violette. Et à tous ceux qui ont osé, ne serait-ce qu'une seconde, poser leurs yeux sur elle.

— Han ! Han !

Mon poing s'écrase sur le cuir, malmenant mes articulations enfermées dans le bandage déjà maculé de sang. En vérité, celui auquel j'en veux le plus, c'est moi-même. Quand je suis entré dans le local de rangement et que j'ai vu Anton sur le point d'embrasser Violette, j'ai cru que j'allais péter un câble. J'aurais pu le frapper, lui écraser les doigts pour lui faire passer l'envie de la toucher... J'aurais pu le détruire, alors qu'il est l'un de mes meilleurs amis !

Cela faisait une éternité que je n'avais pas ressenti cette rage sourde et dévorante. Cette envie de faire mal... Il m'a fallu lutter de toutes mes forces pour ne pas laisser la colère prendre le dessus et m'obliger à commettre l'irréparable. Et quand par miracle, Anton est parti, c'est Violette qui a dû assumer les conséquences de ma rage... J'ai agi comme un con. Comme si elle devait payer pour avoir suscité l'intérêt d'autres que moi !

Ce que j'ai fait est impardonnable. *Je suis comme lui...*

Je m'acharne sur l'agrès encore plusieurs minutes, jusqu'à ce que je finisse par m'effondrer sur le sol, en nage. Vidé.

— Eh bien... Je voulais te proposer un combat, mais je vais m'abstenir. Tu as le lion en toi, mon ami !

Claude, mon entraîneur, me lance une serviette avant de s'installer à mes côtés. Avec ses faux airs de Denzel Washington, ses cheveux blanchis et ses traits marqués par les ans, l'homme fait partie de ceux qui comptent le plus à mes yeux. C'est grâce à ses cours de boxe que j'ai appris à canaliser ma colère. Depuis tout petit, je suis ses entraînements à la lettre, et il m'a probablement évité de finir en garde à vue.

L'homme fixe mes mains tandis que j'ôte la bande de gaz souillée.

— Encore heureux que tu ne sois pas modèle de mains... Sans ça, Jacquie m'aurait déjà tué... Journée difficile ? ajoute-t-il en me tendant une gourde.

Je me renfrogne, avale une gorgée d'eau, puis renifle bruyamment.

— Ouais. Merdique, on peut dire !

— Eh bien, dans ce cas, la seule chose à faire, c'est de prendre une bonne douche froide... Ça remet les idées en place.

Quelques minutes plus tard, je me rends compte que c'est peine perdue. J'ai beau rester sous le jet, fourbu, courbaturé, la colère est toujours là. Installée bien au chaud, à l'intérieur de moi.

J'ai voulu la punir. Mais c'est moi que j'ai condamné en l'abandonnant, vibrante de plaisir contrarié... Jamais mon pénis ne m'avait fait aussi mal qu'à ce moment où j'ai laissé Violette seule dans le local. J'aurais pu la prendre, là, comme un animal cédant à ses instincts les plus primaires, et marquer ainsi mon territoire. J'aurais pu lui prouver que moi seul ai le droit de la posséder.

Mes poings se serrent et frappent la faïence.

J'étais fou de rage. Et bon sang, je ne comprends pas ce qui m'arrive.

À présent, je ne peux plus penser à elle sans que mon corps ne la réclame ardemment. Douloureusement. J'empoigne mon membre gonflé du désir que je n'ai pu assouvir. Me voilà réduit à m'astiquer en solo sous la douche, comme un désespéré.... L'esprit envahi des images de Violette, il me faut à peine quelques minutes pour évacuer ma frustration. L'orgasme est violent. Explosif. Mais terriblement fallacieux... Parce que je ne suis pas rassasié. Loin de là.

Lorsque je rejoins les vestiaires, je retrouve Anton assis sur un banc à m'attendre. Son visage empreint de pitié ajoute à mon agacement.

— Surtout, ne dis rien, le menacé-je.

Son regard me suit lorsque je me dirige vers mon casier. Mais il reste silencieux, même si je peux sentir sur moi le poids de ses accusations. Je m'oblige à faire de même, mais alors que je claque la porte de mon placard, je craque et lance les hostilités.

— Putain, Anton ! Qu'est-ce qui t'a pris ?

Le jeune homme se lève lentement.

— Ah, enfin ! Je me demandais combien de temps tu allais tenir...

Je me renfrogne.

— Je t'avais interdit d'approcher Violette ! Tu n'avais pas le droit !

— OK ! Je suis coupable. Je l'admets et je m'en excuse.

Il lève les bras devant lui dans une attitude pacifique. Son air contrit me laisse perplexe.

— Cependant, j'aimerais savoir pourquoi... Pourquoi, Hugo ?

Je reste un long moment à le regarder avec l'impression que mon cerveau n'est plus capable de suivre. Il est comme vide.

— Pourquoi es-tu comme ça avec Violette ?

Je l'interroge du regard.

— Possessif. Jaloux. Beaucoup plus qu'un ami devrait l'être, en vrai.

— Elle est comme ma sœur, me défends-je.

— Non !

Cette fois, Anton se redresse, le regard dur, comme pour s'opposer à mes arguments.

— Non, Hugo. Cette jalousie… *ta* jalousie, ce n'est pas ce que l'on ressent pour une sœur.

Merde, c'est vrai. Il a raison. Cependant, je ne peux l'avouer. Alors, je le fusille du regard et attrape mes affaires. Je ne vois qu'une seule option pour que tout cela ne vire pas à la catastrophe… La fuite. Je me dirige droit vers la sortie, sans un mot, mais alors que je m'apprête à pousser la porte, Anton me poursuit.

— Ne joue avec le feu, Anton ! grommelé-je.

— Tu as beau le nier, mec, je sais que ça te bouffe quand un autre s'approche trop près de ta petite protégée. Et c'est pour cette raison que je suis venu te parler… Parce que tu n'es pas seul dans le *game*, mon pote.

Je m'arrête, la main crispée sur la poignée.

— Son cuisinier. Il revient ce week-end !

Quand je pénètre dans l'appartement, le bruit des voix dans le salon m'interpelle. Je tends l'oreille et au bout de quelques secondes, je reconnais les acteurs de *Friends*, la série préférée de Violette. Celle qu'elle regarde quand elle a un coup de blues.

La culpabilité s'empare de moi.

Je pose mes clés avec précaution, ôte mon blouson et monte la rejoindre. Comme je l'imaginais, elle est enfouie sous son plaid jusqu'au menton et fixe l'écran sans vraiment le voir. Tout ce que j'avais prévu de dire s'envole au moment où je vois ses yeux rougis et les mouchoirs qui s'accumulent sur le sofa. *Merde !*

— Pupi…, commencé-je avec hésitation.

Son regard me cisaille le cœur telle une lame aiguisée. Lorsque je m'approche, elle ramène ses genoux vers sa poitrine et met sa série en pause.

— Je suis désolé.

— De quoi, Hugo ? demande-t-elle avec une certaine véhémence, le menton relevé. De m'avoir insultée ou d'être parti en me laissant en plan dans le local technique ?

Je déglutis, mais soutiens son regard.

— Les deux.

Ses yeux se plissent, sondant les miens à la recherche de je ne sais quoi, puis elle finit par m'adresser un petit signe de tête.

— J'accepte tes excuses. Mais je te préviens, tu ne me refais plus jamais un truc pareil.

— Promis !

— Je ne suis pas le genre de fille à me jeter sur tous les mecs qui passent, et ça, tu devrais le savoir mieux que quiconque.

— Oui, je sais.

— Et je ne suis pas non plus le genre de fille à me laisser… tripoter dans un coin sombre.

Je hoche la tête, gardant pour moi mon opinion. Caresser Violette dans cet espace exigu avec le risque de se faire surprendre était incroyablement excitant, je ne peux donc pas me résigner à lui promettre de ne jamais retenter l'expérience. Son visage finit par se détendre et elle soulève son plaid pour m'inviter à prendre place à ses côtés. Je n'en attends pas plus pour me glisser près d'elle. À peine suis-je assis qu'elle vient aussitôt se caler contre moi en me bousculant légèrement.

— Tu me dois un orgasme, petit con…

Je laisse échapper un juron, soulagé intérieurement de savoir qu'elle ne m'en veut plus. La tension retombe lentement.

— Je suis désolé, répété-je encore, tout en caressant ses cheveux. Je n'aime pas l'idée de te faire pleurer.

Elle se recule et prend un air étonné.

— Attends, tu as cru que je pleurais pour… ça ?

Ses traits s'éclairent tandis que sa bouche affiche un large sourire.

— C'est trop chou…, dit-elle en plaquant furtivement ses lèvres sur les miennes. Navrée, Casanova, mais… tu n'y es pour rien, cette fois.

Elle relance la vidéo avant de préciser :

— Saison 3, épisode 16 : *Celui qui a survécu au lendemain*. Je pleure à chaque fois.

Oh merde... Je viens de me faire avoir comme un blaireau.

Violette revient se blottir contre mon torse, et à cet instant, une sorte de plénitude m'envahit. Quelque chose qui m'indique que c'est là que je dois être. Avec elle. Je pourrais me laisser aller à cette douce euphorie, cependant, d'un autre côté, il y a toujours cette sirène dans ma tête qui hurle.

— Dis-moi, Pupi, demandé-je au bout d'un moment, bien décidé à mettre les pieds dans le plat.

— Oui ?

— Quand est-ce qu'il revient ?

Je la sens se figer. Pas besoin de préciser de qui je parle. Elle sait.

— Samedi.

Sa réponse n'est qu'un léger soupir.

— Il reste quatre jours..., soufflé-je.

— Hum.

— Et vendredi, c'est ton anniversaire.

— Hum hum.

C'est certainement une impression, mais elle ne me semble pas très enjouée. À moins que ce ne soit moi qui me fasse des idées ? Je m'empare de sa mâchoire pour lui tourner la tête vers moi et voir si, dans ses yeux, l'impression est la même. Je n'y vois qu'une petite flamme vacillante que je rêve de transformer en brasier. Soudain, sa proximité me donne une violente envie d'elle.

— Alors comme ça, je te dois un orgasme..., lui dis-je simplement d'une voix rendue rauque par le désir.

Au lieu de répondre, elle attrape mes lèvres pour les mordre. Alors, sans attendre plus d'encouragements, je la soulève pour la glisser sous moi, le corps enflammé à la simple idée de la goûter à nouveau...

Anton a raison. Je joue avec le feu. Et plus on avance, plus j'aime cette sensation de me brûler.

48
Une fête surprise

Violette

Je colle avec application la photo sur la porte de mon placard, bien au centre, avant de reculer pour observer le résultat. Elle pourrait presque passer inaperçue parmi les dizaines d'autres qui recouvrent entièrement le panneau en bois. Néanmoins, je lui donne une place particulière. Parce que c'est la seule sur laquelle je suis. Avec lui.

Charles Berhinger en personne me l'a envoyée, accompagnée de ce petit mot : « *L'amour qu'une femme éprouve pour un homme ne brillera jamais autant qu'à travers le regard qu'elle lui porte.* » Sur le cliché, j'apparais de profil, en train d'immortaliser Hugo qui pose sur l'estrade, un peu plus loin. Lui dans la lumière, moi dans l'ombre. La perspective est belle. Le message, encore plus. Il est criant de vérité...

En une seule prise, le photographe a su capter le lien étrange qui nous unit. Je passe mes doigts sur le papier glacé avec précaution. Hugo est tout simplement magnifique, mains dans les poches, buste en avant, le regard sombre, provocant. J'y retrouve la concupiscence qui l'anime lorsqu'il fait l'amour. Mais là, c'est à mon objectif qu'il offre son attention.

J'inspire profondément en refermant la porte, troublée. Cette photo sera probablement ma préférée pendant longtemps.

J'attrape mon sac et quitte l'appartement avec une certaine nostalgie, avant de prendre la direction de l'école. Bientôt, tout cela sera terminé. Malgré tout, il demeure au fond de moi une petite étincelle qui s'obstine à brûler… Elle s'accroche à la vie, espère l'impossible. Mais pour combien de temps encore ?

Je presse le pas et m'engouffre dans le tunnel du métro. Avec tout ce qu'il s'est passé ces derniers temps, je n'ai pas été aussi studieuse que d'habitude. J'ai un sacré retard à rattraper. Alors, je consacre les trois jours suivants à mes projets, entre la salle multimédia et les studios mis à disposition des stagiaires. Monsieur Thomasson m'a convaincue de m'inscrire au Prix des jeunes talents du Festival international de la photographie culinaire qui se tiendra en fin d'année. Et bien évidemment, je me suis mise dans le rouge. Il me faudra mettre un gros coup d'accélérateur si je veux avoir une chance. Ce concours est un véritable tremplin pour lancer une carrière, je ne peux pas me permettre de le prendre à la légère.

Toutefois, j'ai un sacré avantage. Mon thème est tout trouvé, et le nom de la série plutôt évident. « L'ivresse des saveurs » aura toute sa place dans la compétition. J'ai déjà informé Cole, qui a trouvé l'idée géniale et me soutient à cent pour cent. Bien sûr, pour lui, ce sera aussi une belle opportunité de valoriser son travail et sa créativité. J'ai hâte de le voir ce week-end pour échanger.

J'examine mes dernières prises de vue avec attention. L'effet que je viens d'ajouter sur ses macarons aux couleurs acidulées donne un relief qui les rend presque tangibles.

— Joyeux anniversaire, ma beauté !

Mia dépose un petit paquet noir devant moi, fermé par un ruban bleu ciel. *Zut ! J'avais presque oublié que c'était aujourd'hui.* Poussée par la curiosité et l'envie de lui faire plaisir, je m'empresse de déballer le cadeau.

— Waouh ! Quelle idée formidable d'avoir utilisé ces saladiers pour mettre en valeur les plats.

Mon amie se vautre sur la table à côté de moi, la tête posée sur le bras, le nez tout près de l'écran.

— Arrête, tu sais très bien que tu n'es pas objective, lui lancé-je, amusée par sa moue gourmande.

— Peut-être. Certainement. Mais n'empêche ! Ils me donnent grave la dalle, tes trucs !

Je l'attire contre moi pour l'embrasser.

— Merci pour ton cadeau. Je les adore.

J'ôte rapidement mes boucles d'oreilles pour enfiler les pendants en argent et cuir qu'elle vient de m'offrir.

— Tu les aimeras d'autant plus quand on aura trinqué. C'est ton anniversaire, ma bichette ! Alors qu'est-ce que tu fiches encore là à bosser ?

Je jette un coup d'œil sur ma montre qui marque presque dix-neuf heures. Effectivement, je n'ai pas vu le temps passer. Mia a raison. Je mérite bien un petit moment de détente. J'enregistre mes dernières modifications sur ma clé USB et éteins l'ordinateur.

— Laisse-moi le temps de me changer et je te rejoins chez toi, OK ?

— Yep ! Prends le temps qu'il faut. De toute façon, je dois passer chez José avant de rentrer.

Je ne peux m'empêcher d'afficher ma surprise.

— José ? *Le* José ? T'es sérieuse ?

— Oui, oui. Il m'a proposé de me présenter à son oncle qui tient une jardinerie... Peut-être qu'il va vouloir qu'on plante aussi des graines, qui sait ? ajoute-t-elle avec une moue entendue.

Décidément, cette fille est incorrigible.

— T'es au courant que ce mec est un coureur de première et qu'il fait tourner toutes les filles en bourrique ?

— Oui. Mais tu me connais, j'adore les challenges. Bon, on peut y aller maintenant, Madame Rabat-joie ? Sinon, ton chauffeur va s'impatienter...

Son air mutin ne me dit rien qui vaille. Encore moins sa précipitation lorsqu'elle me traîne à l'extérieur sans cesser de sourire. Une fois dehors, je comprends mieux son engouement. Hugo m'attend, adossé à sa voiture.

Et comme à son habitude, il a l'air d'une putain de gravure de mode ! Quoi de plus normal, n'est-ce pas ?

Avec ses bras croisés sur sa poitrine, sa jambe légèrement repliée et son allure nonchalante, il a la posture d'un homme sûr de lui. Les femmes aiment les mâles alpha. Et bien évidemment, à cette heure où l'école se vide, il attire tous les regards.

— Je crois que tu as trouvé ton chauffeur, ma belle, dit Mia avec un clin d'œil. On se voit chez moi ?

OK. Je me suis fait avoir. Sans un mot, je me dirige vers Hugo, le cœur battant et gonflé de fierté, je l'avoue. Parce que oui, même si c'est parfaitement puéril, c'est moi qui vais monter dans une Porsche 911 Carrera GTS avec ce mec canon qui fait baver toutes les nanas à trente mètres à la ronde ! Je sens, plus que je ne vois, les yeux qui nous épient lorsqu'il m'accueille, mâchoires serrées, le regard sombre.

— Tu as de quoi te refaire une beauté ? demande-t-il en guise de bonjour.

Je hoche la tête, étonnée par la sécheresse inhabituelle de son accueil.

— Oui. J'ai quelques trucs dans mon sac, pourquoi ?

Sans répondre, il m'attrape par le coude pour me ramener à l'intérieur du bâtiment, indifférent aux coups d'œil curieux des gens qui nous entourent.

— Où sont les toilettes ? demande-t-il en scrutant le couloir.

— Par là...

Il me conduit vers la zone indiquée avant de me tendre le sac qu'il tient à la main. Un sac de chez Prada.

— Enfile ça.

Voyant que j'hésite, il précise :

— C'est ton anniversaire, Pupi. Allez !

Oh...

Partagée entre une soudaine excitation et la crainte de voir les choses m'échapper, j'obéis et m'enferme dans les toilettes. Hugo m'a choisi une robe noire dos nu en soie sablée, accompagnée d'un haut clair au tissu fluide et de bottines en daim. Je refuse d'imaginer le prix qu'ont dû lui coûter ces fringues et me contente de les enfiler avant d'appliquer un peu d'eau sur mon visage pour me donner un coup de frais. Lorsque je sors, l'admiration que je perçois dans les yeux de mon ami a quelque chose de grisant. Je me demande ce qu'il a prévu.

— Et voilà ! Maintenant, est-ce que tu vas me dire où tu comptes m'emmener ?

Ai-je rêvé la lueur sombre qui traverse furtivement ses iris à cet instant ? Je ne sais pas. Déjà, un sourire vient illuminer ses traits. Un sourire que je trouve étrangement forcé.

— Surprise !

Malgré mes inquiétudes, je le suis jusqu'à sa voiture et le laisse me conduire à travers la ville, tandis qu'il s'obstine à me taire la destination. Ce n'est que lorsque la voiture prend la direction de Saint-Germain-des-Prés que je comprends où nous allons.

— Ah... Je vois.

Il lève un sourcil.

— Tu es sûre ?

— Oh là... Tout ce mystère... Est-ce que cela nécessite autant ? demandé-je en désignant ma tenue.

— Tu pourras bientôt en juger.

Je ne saurais dire pourquoi, mais je trouve son attitude de plus en plus étrange. Après tout, c'est Hugo. Il peut se montrer tellement énigmatique, parfois. Lorsqu'il gare la Porsche dans la cour de notre maison d'enfance, le parking est déjà plein.

— Une fête surprise ? souris-je.

Le jeune homme coupe le moteur et se tourne vers moi.

— Encore mieux que ça !

Ses prunelles emprisonnent les miennes, puis descendent lentement sur mon corps.

— Tu es parfaite, dit-il simplement.

Il y a dans sa voix comme un regret qui me serre le cœur. La tension monte dans l'habitacle et je ressens le besoin de me rapprocher de lui pour me rassurer. Je me penche et attrape sa veste pour l'attirer vers moi. Seulement, au moment où je me redresse pour poser mes lèvres sur les siennes, il amorce un mouvement de recul qui m'arrête.

— On devrait y aller, Pupi.

Je me raidis, blessée par son rejet.

— OK. Je voulais simplement te remercier. Pour la tenue.

Son visage se ferme et il ouvre la portière de la voiture.

— Tu me remercieras quand tu auras reçu ton vrai cadeau. Viens.

Je le suis, interdite. Je ne sais plus que penser de son étrange manège. J'ai l'impression qu'il vient de mettre des kilomètres entre nous. Comme s'il s'éloignait volontairement de moi.

Je fixe, sans vraiment les voir, les ballons que ma mère et Allegra ont installés sur la devanture de la maison. Une musique festive me parvient depuis l'intérieur, mais sa gaieté a du mal à m'atteindre. Quand je pénètre dans la demeure, je devine au moins deux dizaines d'invités dans le grand salon. Les visages me sont familiers. Cependant, un seul attire réellement mon attention… comme un aimant.

Celui de Cole qui sirote un cocktail en compagnie de ma mère.

49

À quoi tu joues ?

Violette

Hugo reste à côté de moi, droit comme un I. Et bordel, il n'a même pas la décence de me regarder en face. C'est quoi son délire ? Au départ, je devais retrouver Cole demain, à l'aéroport. On s'était donné rendez-vous en fin de matinée à Orly. Et ça me convenait parfaitement.

J'y étais préparée. Alors...

— C'est quoi ce plan ? murmuré-je tout bas à l'attention de mon ami.

Ses yeux sont étrangement vides lorsqu'au bout d'interminables secondes, ils se posent sur moi. Impénétrables. Un frisson parcourt mon épiderme tandis que je sens tomber un froid glacial sur mes épaules dénudées. Mon instinct me trompe rarement. Et à cet instant, il me souffle le pire. Bien que spacieux, le hall d'entrée me semble soudain trop étroit pour nous deux. Le menton d'Hugo frémit, sa bouche s'ouvre, mais au moment où je sens qu'il va enfin m'apporter une réponse, ma mère apparaît dans le couloir, dans un timing parfait.

— Ah, enfin ! Voilà la reine de la soirée ! Surprise ! mime-t-elle en prenant une pose de cinéma.

Sans attendre ma réaction, elle se précipite en trottinant vers nous, les bras levés, pour m'embrasser chaleureusement. Puis, alors que les invités crient en chœur d'un ton enjoué, elle s'efface pour laisser Cole s'approcher.

— Surprise..., répète doucement le cuisinier de sa voix rauque et éraillée.

Quand il se penche vers moi, ses lèvres effleurent le coin de ma bouche et échauffent mes joues. Encore plus lorsque je surprends le regard d'Hugo qui paraît à présent me juger. Quelque chose m'échappe. J'ai l'impression d'être coupable d'un truc dont je ne suis même pas responsable. Alors que lui...

J'ai envie de lui crier dessus, seulement les invités se pressent déjà dans l'espace exigu pour me souhaiter à leur tour un joyeux anniversaire. Courtoisie oblige, je réponds à leurs vœux, en plaquant un sourire forcé sur mes lèvres. Mais à l'intérieur, je n'y suis pas. Particulièrement quand ma mère saisit Hugo par les épaules pour lui claquer deux bises sur les joues.

— Quelle chance d'avoir un ami comme toi, Hugo. Tu te rends compte que c'est lui qui a tout organisé, ma chérie ?

Sans blague ! J'aimerais un instant avoir mal compris, mais depuis le début, j'ai supposé que c'était lui qui avait tout manigancé. J'en ai à présent la certitude, car l'intéressé ne nie pas. Je le fusille des yeux. Cependant, il ne semble pas décidé à m'accorder son attention. À la place, il se contente de toussoter.

— Excusez-moi..., je dois passer un coup de fil.

Je n'y crois pas ! Ce petit con ose me laisser en plan. Encore... Et sans aucune gêne ! Alors qu'il s'éloigne, je fixe son dos en me retenant de le poursuivre pour lui hurler des noms d'oiseaux. *Quelle lâcheté !*

— Mais quelle mouche l'a piqué ?

Ma mère a une fâcheuse tendance à poser des questions sans en attendre de réponse particulière. Alors, très rapidement, elle oublie Hugo, sa mauvaise humeur, et m'attrape le bras pour m'entraîner dans le salon où un immense buffet froid nous attend.

— Vingt-six ans et mon Dieu, j'ai l'impression que c'était hier ! Hugo avait raison. Cela aurait été vraiment dommage de ne pas fêter dignement cet événement... N'est-ce pas, Cole ? Je peux vous appeler Cole, dites-moi ?

— Certes.

La voir minauder devant le cuisinier est carrément déplacé, surtout lorsqu'elle nous fixe comme si elle prévoyait déjà de nous emmener à l'autel. Soudain, elle se tape le front.

— Oh zut, j'ai oublié les gougères dans le four ! Restez-là, mes chéris, je reviens !

Elle s'éloigne à son tour, me laissant seule devant le buffet avec le cuisinier et mon embarras qui me fait me jeter sur une coupe de champagne pour la vider aussi sec.

— Je suis désolée. Ma mère est...

— Une adorable entremetteuse ? sourit l'homme à côté de moi.

— Ouais. Je l'adore, mais parfois, elle me sort par les yeux.

— Elle est comme toutes les mères. Elle veut ce qu'il y a de mieux pour sa fille.

Je fais la moue.

— Et ça passe par un beau mariage, je suppose.

— En tout cas, j'espère que ton « cadeau » te fait plaisir, déclare-t-il en levant sa coupe vers moi.

Son petit air facétieux a le don d'apaiser un peu ma colère.

— Ne me dis pas que c'est toi...

— Le cadeau ? Eh bien, il me semble que j'en fais partie, oui.

Je dois faire une drôle de tête parce qu'il lève les mains devant lui.

— Je t'assure que je n'y suis absolument pour rien. J'ai été le premier surpris lorsque ton ami m'a contacté il y a quelques jours.

— Hugo ? Vraiment ?

Je crois halluciner en le voyant acquiescer.

— Quelle merveilleuse idée il a eue, n'est-ce pas ? intervient ma mère en nous rejoignant, un plateau rempli de petits fours entre les mains. Sans ça, je n'aurais pas fait la connaissance de ce charmant jeune homme. Tenez, Cole. Ils ne sont certainement pas aussi bons que les vôtres, mais ils se laissent manger.

Non, mais là, c'en est trop ! Ma mère a flairé un potentiel gendre en la personne de Cole et elle est clairement en train de prêcher pour sa paroisse ! Je ne peux pas me sentir plus mal à l'aise qu'à ce moment où elle s'accroche à son bras telle une moule à son rocher, comme s'il allait s'enfuir avec son carrosse doré !

Heureusement, cela fait rire le jeune homme qui m'adresse un clin d'œil rassurant. Je porte un nouveau verre à mes lèvres et en vide le contenu. Mais les bulles qui remontent brusquement dans ma gorge provoquent une quinte de toux des plus inélégantes.

– Eh ! C'est du Rothschild ! s'exclame ma mère. Tu pourrais au moins prendre le temps d'apprécier…

Les yeux larmoyants, je plisse le nez en attendant que les picotements s'estompent.

– Désolée.

– Violette ! C'est le moment d'ouvrir tes cadeaux !

Mia apparaît comme par enchantement et m'attrape par la main pour m'entraîner loin de ce calvaire.

– Oh punaise, merci Mia ! lui soufflé-je lorsque nous sommes assez loin.

– Ouais, j'ai vu que t'étais en panique. Je me suis dit qu'il était temps de te sortir de là.

Je ris autant à cause de ses paroles que pour évacuer la tension. Néanmoins, je reste préoccupée. Même l'ouverture des paquets ne parvient pas à me détendre complètement. Me voilà à présent en train de danser avec l'énorme coussin en forme de cœur offert par Mia, tout en ruminant de sombres pensées. Hugo a invité Cole… Soit.

À présent, avec le recul, je comprends qu'il a clairement voulu se débarrasser de moi.

Je cherche le jeune homme du regard. Il est accoudé au bar et semble accaparé par sa mère. Même s'il fait mine de m'ignorer, je vois bien les coups d'œil qu'il me lance à intervalles réguliers. Délaissant le doudou rose, je me dirige droit sur lui, déterminée à lui tirer les vers du nez.

– Violette ?

Zut ! Cole me barre la route.

— Je n'ai pas encore eu l'occasion de te donner ton cadeau. Enfin, le mien.

Oh...

Il me tend une boîte dans laquelle est rangé un pendentif en forme de goutte sertie d'un diamant. Je suis gênée qu'il m'offre pareil présent, alors qu'on se connaît à peine.

— Je ne sais pas quoi dire, Cole. C'est trop... Il ne fallait pas.

Ma remarque peut paraître vexante, mais il ne semble pas s'en offusquer.

— Un simple merci suffira. Prends-le comme un gage... d'amitié ?

Je déglutis. Ses yeux sont tout sauf amicaux, à cet instant. Ils me dévorent. Sans me laisser réagir, le jeune homme passe la chaînette autour de mon cou pour l'attacher. Ses doigts qui s'attardent sur ma nuque plus longtemps que nécessaire me mettent mal à l'aise. Parce que tous les yeux sont braqués sur nous à cet instant. Ceux de ma mère. Ceux de Mia. Ceux d'Hugo... dans lesquels je discerne une petite flamme qui danse dans la noirceur... et s'éteint brusquement, juste avant qu'il ne se détourne et quitte la pièce.

— C'est bon.

La voix de Cole me ramène à la réalité. Je hoche la tête, puis sans vraiment réfléchir, je m'entends murmurer :

— Excuse-moi, il faut que j'aille aux toilettes.

Je m'éclipse rapidement, indifférente à son air perplexe, et fonce dans le couloir pour rattraper Hugo au moment où il ouvre la porte de derrière.

— Stop ! crié-je en refermant le battant d'un coup sec.

Apparemment, il ne s'attendait pas à ce que je lui coure après. Je l'entends plus que je ne le vois soupirer.

— Qu'est-ce que tu veux, Violette ?

— Qu'est-ce que *je* veux ? Tu oses me demander ce que je veux ? Je veux des explications, Hugo.

Je suis surprise de voir son visage afficher un air mauvais.

— Eh bien, c'est ton anniversaire. Tu as eu ton cadeau. Basta ! Tu n'as plus qu'à me remercier pour que je puisse me casser d'ici.

Waouh ! La sécheresse de ses paroles est glaçante. Cependant, je ne me démonte pas et l'affronte, déterminée.

— Je peux savoir ce que je t'ai fait pour être énervé à ce point contre moi ?

— Toi ? Rien.

— Alors, pourquoi es-tu en colère ?

Je vois bien qu'il est nerveux. À sa main qui passe rapidement dans ses cheveux et à ce petit muscle qui bat sur sa joue.

— Parce que je... Il... Oh merde ! Laisse tomber, Pupi.

— OK. On ne va pas beaucoup avancer avec ça.

Je m'appuie contre la porte, bras croisés, pour l'empêcher de passer.

— À quoi tu joues ? demande-t-il avec agacement.

— À rien. Je te l'ai dit. Je veux des explications.

Soudain, sa main claque sur le bois à côté de ma tête et me fait cligner des yeux. L'air se charge d'électricité tandis qu'il souffle, tout près de mon visage.

— Écoute, Violette. Tu as voulu te faire déflorer. Maintenant, c'est fait. J'ai rempli le marché. À présent, plus rien ne t'empêche de coucher avec ton cuisinier et de vivre l'histoire d'amour dont tu rêves. Fais-toi plaisir. Il est là, juste à côté. Livré sur un plateau, comme ses putains de petits fours !

Mes paupières s'écarquillent tandis qu'une idée folle s'immisce dans mon esprit.

— Attends, ne me dis pas que tu es... jaloux ?

Cette fois, c'est son tour de se montrer choqué.

— Arrête tes conneries. Pour être jaloux, il faut aimer. Et moi... je ne...

... *t'aime pas.* Il ne prononce pas les mots. Et pourtant, c'est comme s'il les plantait dans mon cœur. Je refoule les larmes qui me montent aux yeux et les remplace par du mépris.

— Je sais, tu me l'as déjà dit. L'amour et toi, c'est incompatible.

Les informations tournent dans mon esprit à une vitesse folle tandis que je soutiens son regard. *Qu'est-ce que j'espérais, bon sang ? Qu'en acceptant de coucher avec Hugo, il changerait ? Non ! Il en est incapable.* Il a depuis longtemps enterré son cœur sous une épaisse couche d'amertume. Son refus d'aimer, il le cultive depuis qu'il est gosse…

Bon sang, quelle idiote je fais ! Depuis le début, il a été parfaitement clair avec moi. Il l'a même crié haut et fort, à maintes et maintes reprises. Ce n'est que du sexe. Ce *n'était* que du sexe !

Je savais dès le départ que je souffrirais en jouant avec lui. Mais bon sang, ça fait un mal de chien !

— Je t'ai donné ce que tu voulais, Pupi, murmure soudain Hugo d'une voix sourde. Je n'ai rien de plus à t'offrir.

Son téléphone se met à vibrer, détournant son attention. Sur l'écran, j'aperçois la photo d'Enéa. *Comme par hasard…* Même s'il ne répond pas à l'appel, je me sens blessée. Alors, je m'écarte pour lui laisser le champ libre. J'ai l'impression d'étouffer et la rancœur altère ma voix.

— OK. C'est parfaitement clair… Je te remercie, Hugo. Pour tout.

Sans me préoccuper de la manière dont il va accueillir mes paroles ou de son portable qui se remet à vibrer, je fais volte-face. Il dit n'avoir plus rien à m'offrir… Cela tombe bien.

Car désormais, moi, je n'attends plus rien de lui.

50
Un « possible » entre nous

Hugo

Mes doigts se crispent sur le volant.

Le moteur de la Porsche 911 rugit comme une bête au moment où mon pied enfonce rageusement la pédale d'accélérateur. Les pneus crissent, irritent mes tympans, avant d'accrocher le bitume dans un nuage de fumée poussiéreuse. La voiture fait une embardée, m'obligeant à la redresser in extremis juste avant de passer le portail en fer forgé. Je quitte la cour sans un regard en arrière, avec l'impression de fuir. Lâche que je suis...

Seconde. Troisième. Quatrième. Je pousse les rapports sans me soucier des risques. Je n'ai pas le choix. Il faut que je me barre au plus vite de cette mascarade.

Un sentiment de dégoût s'invite dans ma gorge, laissant sur ma langue une saveur amère. Aussi âcre que les mots que j'ai débités et dont j'essaye de me convaincre moi-même. J'ai fait ce qu'il fallait. *Je n'avais pas le choix !*

Je serine ces paroles dans le but qu'elles s'impriment dans mon esprit. Ce jeu dans lequel Violette et moi nous sommes engagés est devenu beaucoup trop dangereux. Avec le recul, j'en viens même à me demander si je n'aurais pas dû la laisser faire. En vérité, je suis persuadé que ça aurait été la meilleure chose pour elle. Mais à la place, j'ai préféré me lancer dans cette folie.

Merde ! Elle est mon amie… et cette histoire risque de tout foutre en l'air.

Mais bon sang, avais-je vraiment le choix ? Aurais-je dû la laisser coucher avec le premier venu pour arriver à ses fins ? S'abaisser à offrir ce qu'elle considérait comme le plus important à un mec qui l'aurait pris sans le moindre respect ? *Nan ! Jamais de la vie !* Jamais je n'aurais laissé un autre homme poser ses sales pattes sur elle.

Alors oui, j'ai agi sur un coup de tête. Mais à présent, je crains de ne plus pouvoir me contrôler. En restant près de moi, Violette est en danger… Des images troubles traversent mon esprit. Des scénarios où je ne parviens plus à maîtriser les pulsions assassines qui me rongent.

« Nous sommes pareils, Ugo ! Tu es la chair de ma chair… Tu es mon fils, forgé à mon image… Tu es mon héritage sur cette terre. »

Je cligne des yeux pour chasser le spectre du traumatisme et m'engage sur l'autoroute en poussant le moteur dans les tours avec le vain espoir d'anéantir le dégoût que j'ai de moi-même. J'ai blessé Violette en mettant le coup de grâce à cette hypocrisie, et je sais qu'elle ne me le pardonnera pas. Mais peu importe. Il fallait que je l'éloigne de moi. C'était inéluctable.

Le bonheur m'est interdit. Alors, c'était le mieux à faire.

Quand j'ai appris que son cuisinier devait rentrer le week-end de son anniversaire, l'occasion était toute trouvée. Je n'ai hésité que quelques secondes avant de prendre le téléphone. Non pas que je craignais sa réaction, mais parce que je savais qu'en agissant ainsi, j'anéantirais ce « possible » entre nous. Mon appel a marqué la fin de la partie. Définitivement.

Ai-je bien fait ? Oui. Assurément. Mais bordel, je n'avais pas envisagé que la jalousie me rongerait comme la gangrène dans une chair nécrosée. Je ne parviens même pas à l'imager dans ses bras. Je hais Sanders d'être avec elle. Et j'ai cette putain d'impression de lui offrir le plus beau cadeau que la vie m'ait fait. Ce soir, je ne peux plus me voiler la face. Et même si c'est moi qui l'ai poussée dans ses bras, savoir que Violette va construire son futur avec Cole Sanders me tue...

Mon téléphone se remet à vibrer et le visage d'Enéa apparaît sur mon ordinateur de bord. Cette fois, je réponds à l'appel et suis surpris d'entendre la jeune femme sangloter.

— Hugo...

Sa voix qui se brise me fait l'effet d'une gifle.

— Enéa ? Que se passe-t-il ?

— Je... J'ai besoin de toi... Hugo, il... il...

Merde !

— Quoi ? Qui ? Dis-moi ce qu'il se passe, Enéa !

Un frisson glacé hérisse les poils de ma nuque tandis que la jeune femme suffoque.

— Je... J'ai peur, Hugo !

Elle est en état de choc et je sais que je n'arriverai pas à en savoir plus.

— Où es-tu ?

Silence.

— Enéa, putain, dis-moi où tu es !

— Chez moi... Je suis chez moi. Il a voulu m'emmener et...

La panique dans sa voix me fait réagir. J'écrase le frein et fais demi-tour, sans même me soucier des klaxons qui hurlent leur mécontentement.

— J'arrive. Enferme-toi à clé et n'ouvre à personne d'autre que moi.

— Oui...

Elle raccroche et quand je relance l'appel, son silence m'inquiète d'autant plus. Je devrais certainement contacter les flics, mais je ne peux pas. Ils sauront qu'elle est en situation irrégulière... Je suis coincé.

Bordel ! J'accélère et quitte la route en direction de son quartier. Par chance, je n'étais pas loin et à cette heure avancée, la circulation est fluide. Il me faut moins d'une demi-heure pour arriver jusqu'à son immeuble. Une demi-heure durant laquelle il pourrait se passer tellement de choses...

Je me gare en vrac sur le trottoir et me précipite à l'intérieur. Les couloirs sont déserts et l'étage silencieux. Quand j'arrive devant sa porte, je cogne avec prudence.

— Enéa ?

Pas de réponse.

— Enéa... C'est moi, Hugo. Ouvre !

Je l'entends défaire les verrous et son visage apparaît dans l'embrasure de la porte, bloquée par la chaînette de sécurité. J'ai un mouvement de recul en voyant son expression bouleversée, vite remplacée par le soulagement de la voir en vie.

— Enéa...

Elle hoquette, avant de refermer le battant pour l'ouvrir en grand la seconde d'après. La jeune femme n'attend pas que j'entre pour s'effondrer dans mes bras. Elle pleure à gros sanglots, s'accroche à moi comme quelqu'un qui vient de risquer sa vie. Je connais le passé de la jeune femme et le calvaire qu'elle a vécu dans son pays, alors la voir dans cet état me touche. Longtemps, je la berce contre mon torse, attendant qu'elle se calme. Ce n'est que lorsque ses sanglots se tarissent que je pénètre sans la lâcher dans son trois-pièces à la décoration sommaire.

— Dis-moi ce qu'il s'est passé, ma belle..., demandé-je en caressant ses cheveux.

Elle lève ses yeux vers moi, des yeux de biche effrayée, tout en s'appuyant contre la petite console en bois qui orne le vestibule.

— Il y avait... cet homme. Dans la rue. Il s'est mis à... et...

Elle s'arrête, les paupières à nouveau noyées de larmes.

— Laisse tomber, soufflé-je en la reprenant dans mes bras.

La jeune femme secoue la tête et hoquette bruyamment.

— Non. C'est bon. Ça va aller.

Elle reprend sa respiration et m'entraîne dans son minuscule salon pour me raconter qu'un type l'a agressée alors qu'elle sortait du métro. L'homme était cagoulé et a tenté de l'emmener de force avec lui. Mais heureusement, elle a pu lui échapper et venir se réfugier chez elle.

— J'ai couru pour m'enfuir, et j'ai eu peur qu'il me suive jusqu'ici…, ajoute-t-elle.

Je l'abandonne quelques secondes pour regarder la rue à travers les voilages aux tons poudrés. Quelques passants, deux trois véhicules en circulation… Il n'y a rien de suspect. Cependant, il m'est inconcevable de laisser la jeune femme comme ça. Enéa a déjà subi un viol, alors je n'ose imaginer quelle a été sa peur quand elle s'est sentie suivie.

— Prends tes affaires, je t'emmène chez moi.

Elle m'interroge du regard.

— Il est hors de question que tu dormes ici toute seule cette nuit, Enéa. Demain, on s'occupera de te trouver un nouveau logement.

Le soulagement mêlé de gratitude qui s'inscrit sur son visage m'indique que j'ai pris la bonne décision. Plus tard, lorsque je dépose son sac de voyage dans le coffre de la voiture, il n'est pas loin de deux heures trente du matin. Les rues sont maintenant désertes et seuls quelques rares véhicules circulent sur les voies. Au bout de cinq kilomètres à peine, alors que je m'arrête à un feu tricolore, je réalise qu'Enéa s'est endormie. La pauvre… elle n'avait vraiment pas besoin qu'un connard vienne lui foutre la trouille.

Le feu passe au vert. J'accélère doucement, quand une grosse berline allemande vient se placer à mes côtés, tout près, en ronflant avec provocation. Je jette un coup d'œil rapide par la fenêtre. Carrosserie rutilante. Vitres entièrement teintées de noir. Le genre de véhicule au moteur surpuissant qui vient souvent me chercher lorsque je suis au volant de ma 911. Mais cette nuit, je ne suis pas d'humeur joueuse. Alors je ralentis pour le laisser s'éloigner, avant de bifurquer sur une autre voie, indifférent à ses *warnings* qui me narguent.

Vingt minutes plus tard, nous pénétrons enfin dans mon appartement.

— Tu peux utiliser ma salle de bains, proposé-je à Enéa.

Elle me remercie d'un hochement de tête et disparaît dans ma chambre. Mon regard se pose alors sur le portemanteau vide. Violette n'est pas rentrée. Une sensation désagréable m'envahit alors que des idées sombres prennent forme dans mon esprit. *Violette... Cole...* Je ferme les yeux pour les chasser. Mais déjà, Enéa réapparaît.

— Est-ce que je peux dormir avec toi ?

Ce n'est pas une question. C'est une supplique. Et même si cette situation ne m'enchante guère, je n'ai pas le cœur à lui faire de la peine.

J'acquiesce et la jeune femme s'empresse de se glisser dans mon lit. J'en profite pour filer à mon tour dans la salle de bains. Lorsque j'en sors, Enéa dort déjà. J'ouvre doucement le tiroir de ma commode pour récupérer un t-shirt, quand mon regard tombe sur une petite boîte à musique que je garde précieusement.

Du bout des doigts, je caresse les dorures, légèrement usées et tellement familières, avant de tourner la petite manivelle.

Ting... Ting...

Les notes s'élèvent lentement. Avec précision. Elles s'impriment dans mon esprit avec force. Je pince les lèvres et finis par refermer le tiroir, résigné. Puis je m'allonge aux côtés d'Enéa, sans me glisser sous les draps.

Les bras repliés sous ma tête, je m'attache à fixer le plafond.

La seule personne avec qui j'ai passé des nuits entières, c'est Violette. Mais à présent... c'est fini. Cette pensée m'oblige à ouvrir les vannes. Je me laisse envahir par les images d'elle, de ce qu'on a fait... À présent, nous y sommes. À ce point de non-retour qui marquera à jamais un tournant dans nos vies. Violette d'un côté, moi de l'autre. C'était prévisible, et pourtant inéluctable. Maintenant, je me sens coupable.

Coupable d'avoir encore envie d'elle. Coupable de l'aimer plus fort qu'un ami ne le pourra jamais...

51

La mauvaise nouvelle

Violette

Voilà. La fête touche à sa fin. Les invités ont déserté peu à peu la maison, laissant place à l'atmosphère désordonnée des fins de soirées. La musique n'est plus qu'un bruit de fond qui s'essouffle. Je me sens comme ces verres vides qui gisent sur la table... Abandonnée.

Hugo est parti. Pourtant, il y a encore beaucoup trop de choses qui tournent en boucle dans mon esprit. Je suis en colère. Déçue. Blessée. Complètement paumée. Et le pire, c'est que malgré toute ma bonne volonté, je ne parviens pas à le sortir de ma tête. J'aurais voulu que son départ marque le point final de cette comédie stupide, mais à présent, j'ai juste envie de pleurer.

Bon sang, je me suis trompée sur toute la ligne. Sur lui, sur nous et sur notre amitié que je pensais assez solide pour pouvoir surmonter toutes les épreuves.

Qu'est-ce que j'ai pu être bête...

— Tout va bien, Violette ?

La voix de Cole est douce et bienveillante. Il est tellement gentil que je n'ai pas le cœur de lui mentir encore.

— Non.

Ma gorge se serre.

— C'est Hugo, c'est ça ?

J'acquiesce, et il a la décence de ne pas en demander davantage. De toute façon, il connaissait déjà la réponse avant même de poser la question. Depuis qu'Hugo est parti, je m'enfonce dans un pathétisme navrant, enchaînant les coupes de champagne pour m'aider à faire semblant. Moi qui m'étais pourtant promis de ne plus boire. Cole m'attire contre lui et embrasse le sommet de mon crâne.

— Ça va aller. Il reviendra...

Je ne suis pas sûre de saisir de quoi il parle. Ni s'il a compris les sentiments que je nourris à l'égard de mon ami. En vérité, je préfère faire l'autruche et ne pas savoir.

— Je vais te laisser, dit-il en s'écartant. J'imagine que tu as besoin de te poser pour réfléchir. Je t'appelle demain matin pour le shooting.

Cet homme est un ange, j'éprouve un certain remords à ne pas lui rendre toute l'attention qu'il mérite. Alors, au moment où il fait volte-face pour s'en aller, je le retiens par la main pour l'attirer vers moi. Sans tenir compte de la surprise qui se peint sur ses traits, je me lève sur la pointe des pieds pour plaquer mes lèvres sur les siennes. Un baiser bref. Mais qui se transforme en étreinte lorsque Cole referme ses bras autour de mon corps. C'est doux. Presque timide. Bien loin de la fougue qui qualifie les premières fois. Cependant, je ne suis pas insensible à cette tendresse et finis par me laisser aller. Jusqu'à ce qu'il s'écarte, quelques minutes plus tard, avec un soupir qui en dit long. La chaleur de son regard me réchauffe le cœur.

— Si je n'étais pas un gentleman, je te demanderais de partir avec moi...

— Peut-être que tu ne devrais pas te conduire en gentleman, réponds-je, avant de réaliser la portée de mes paroles. Désolée, le champagne...

Il sourit devant mon air faussement désolé et caresse doucement ma joue.

— Ne t'en fais pas. Je ne suis pas un homme à profiter de la situation. Et puis, je n'aime pas jouer les seconds choix.

Sa réponse me pique au vif. Néanmoins, il m'empêche de rétorquer en tirant doucement sur une mèche de mes cheveux.

— C'est très joli...

Puis il m'attire vers lui pour embrasser mon front.

— À demain, *petite fleur*, dit-il en imitant Hugo.

Il passe la porte, et moi, je reste là, à la fixer, l'esprit vide de toute pensée. Mon cerveau ne se remet en marche que lorsque deux bras se posent sur mes épaules. Allegra me ramène tendrement contre elle.

— Chanceuse, ma petite Violette...

Je m'appuie sur sa poitrine, songeuse.

— J'aimerais tellement pouvoir tomber amoureuse de quelqu'un comme lui...

Je me mords la lèvre. Les mots ont franchi mes lèvres sans que j'aie pu les contrôler. Il faut vraiment que j'arrête le champagne, moi...

— Le cœur a ses raisons...

— ... que la raison ignore. Je sais. Pourtant, ce serait tellement plus simple d'avoir un cœur de pierre, froid et qui ne transgresse rien. Ce serait plus simple de l'aimer, lui, plutôt que... mon rêve inaccessible.

— Parfois, la logique de nos sentiments nous échappe. L'important, c'est de savoir s'écouter.

Allegra est la seule qui sache ce que j'éprouve pour son fils. Elle a deviné il y a déjà longtemps, quand elle m'a surprise en larmes, le jour où Hugo a ramené sa première conquête chez nous. Il avait à peine dix-sept ans. Et j'étais effondrée. Cependant, elle n'a jamais vendu la mèche.

J'aime énormément cette femme, et je me sens coupable de ne pas lui avoir accordé l'attention qu'elle mérite, ce soir. Alors, je me rattrape en la prenant dans mes bras. Nous restons longtemps ainsi, à nous serrer avec émotion. Quand elle s'écarte, elle a ce même geste qu'Hugo en replaçant ma mèche rebelle derrière mon oreille.

— Hugo t'a blessée plus d'une fois, je le conçois, et je ne suis pas ici pour l'excuser, loin de là. Tu le sais, je préfèrerais nettement que la situation soit différente entre vous. Cependant, j'aimerais arriver à te convaincre qu'il n'est pas un mauvais garçon. C'est la peur qui le fait agir ainsi. Il a peur pour toi.

Ses paroles me laissent perplexe.

— Excuse-moi, Allegra, mais là, je ne vois pas ce qui peut lui faire peur.

Elle pousse un profond soupir.

— Le seul exemple qu'Hugo a de l'amour, c'est celui de son père et moi. Une relation toxique et dangereuse qui a viré au drame. Sa psy a toujours dit que c'était notre histoire qui avait provoqué ce blocage chez lui. L'image qu'Hugo a du schéma amoureux est destructrice.

J'avais conscience que le jeune homme avait des problèmes relationnels. Cependant, je n'avais pas imaginé qu'il était traumatisé à ce point. Le regard de la femme se voile d'ombre, et à cet instant, sa voix prend des intonations plus sèches.

— J'aurais aimé qu'il soit préservé, crois-moi. Mais malheureusement, le Seigneur en a décidé autrement.

Les idées se télescopent dans ma tête. Je ne suis pas d'une nature curieuse et je respecte les secrets. Alors, je n'ai jamais vraiment cherché à connaître la véritable histoire d'Allegra. Le passé est derrière nous, remuer le couteau dans la plaie n'est bon ni pour celui qui le tourne ni pour ceux qui souffrent. Néanmoins, je ne peux nier les crises d'Hugo. Pas celles qui lui font faire des cauchemars, mais les autres, celles qui le rendent incontrôlable et durant lesquelles il se met à tout casser.

Aujourd'hui, elles semblent prendre plus d'importance, c'est la raison qui me pousse à questionner Allegra.

— Que s'est-il passé, à l'époque ? Pourquoi avez-vous quitté l'Italie ?

J'aurais certainement dû poser cette question il y a bien longtemps... Mais ne dit-on pas que l'ignorance est la meilleure des protections ? Ce dicton est très certainement le mantra préféré d'Allegra. Elle s'est toujours montrée d'une détermination sans faille. Et ce soir, elle prouve encore qu'elle n'est pas femme à se laisser tirer les vers du nez.

— Ce n'est pas important. Ça ne l'est plus. Cette histoire est derrière nous. Seulement, tu connais Hugo, quand il perd le contrôle de ses émotions, il devient excessif. Je pense qu'il a voulu te protéger.

— Me protéger ? Mais de quoi ?

— De lui. De l'image qu'il a des hommes, et de son père en particulier. Des sentiments qui peuvent nous détruire et nous poussent parfois à l'extrême. Hugo est persuadé que le bonheur lui est interdit.

Elle marque une pause avant de pousser un long soupir.

— Ressasser le passé l'a bousculé plus qu'il ne veut l'avouer. Alors, je t'en prie, sois indulgente. Il t'aime plus que tout, et s'il s'éloigne, c'est certainement parce qu'il ne veut que ton bien.

Si elle pensait me rassurer, c'est tout l'inverse. Je me sens encore plus mal, à présent. L'inquiétude me gagne.

— Son père est mort, n'est-ce pas ?

Je n'ai jamais posé la question. Pour moi, c'était une évidence.

— Vito ? Oui. Il est mort. Mais son ombre n'a jamais cessé de planer au-dessus de nous. *La sua mente vaga*[16].

En la regardant prendre une coupe et en vider le contenu, les yeux soudain embrumés, j'ai l'impression que cette femme n'a pas enterré tous ses démons avec son époux. *Mon Dieu, qu'est-ce qu'il a bien pu faire pour la terrifier à ce point, même après sa mort ?*

Et Hugo ? Je n'ose l'imaginer... Ma colère s'envole et laisse place au remords qui m'enserre le cœur comme une immense main invisible. Il ne me quitte plus. Même lorsque je m'enferme dans ma chambre d'enfant pour y passer la nuit... Il m'étouffe.

Hugo avait l'air tellement tendu quand il est parti. Et moi, j'ai été si dure avec lui.... À cet instant, j'éprouve le besoin de

[16] Son esprit rôde.

l'appeler, pour m'assurer qu'il va bien. J'aimerais qu'il me parle. Qu'il se confie sur les événements douloureux qui ont marqué son enfance...

J'attrape mon téléphone et parcours rapidement mon répertoire, jusqu'à ce que mon doigt s'arrête sur le H majuscule, suivi de l'émoji démon que j'ai choisi pour l'identifier. Je lance l'appel, mais au lieu d'entendre sa voix grave et éraillée, c'est celle d'une jeune femme qui me répond.

— Allô ?

Désorientée, je ne trouve pas les mots.

— Violette ? C'est toi ?

Ma photo de profil qui s'étale à n'en pas douter sur l'écran du mobile ne me laisse pas d'autre choix que d'approuver.

— Oui.

— Salut, c'est Enéa. Hugo est sous la douche. Tu veux lui parler ?

Évidemment. Au début, j'ai eu du mal à reconnaître la voix de la jeune femme, mais à présent je l'identifie parfaitement. Mon cœur se serre en réalisant qu'une fois encore, je me suis fourvoyée.

— Non, merci. Ça ira.

Ma voix est plus sèche que je ne le voudrais. Aussi sèche que mon cœur qui se vide de son sang.

— Tu es sûre ? Je peux aller le chercher...

— Non, je t'assure. Laisse tomber.

Je m'apprête à raccrocher, mais me ravise au dernier moment.

— Enéa ?

— Oui ?

— Ne lui dis pas que j'ai appelé. S'il te plaît.

Son silence me laisse penser qu'elle a compris ma supplique.

— Comme tu veux. Je ne lui dirai rien.

— Merci.

Je coupe la conversation sans même la saluer. Mes mains tremblent en reposant le combiné sur la table de chevet. Encore une fois, je ne sais plus quoi penser. Plus quoi faire. Cette histoire ressemble à un imbroglio de problèmes insolubles qui met à mal mes sentiments. Depuis le début, notre étrange relation était vouée à l'échec. Preuve en est avec ce dernier revirement.

Tant pis. Tant mieux... Je ne sais même plus.

Alors, je me laisse tomber sur le matelas, les bras en croix, le cœur en miettes et le cerveau hors service. Avec un peu de chance, la fatigue finira par avoir raison de moi, et elle m'entraînera dans ses ténèbres libératrices. Mais alors que je pense sombrer rapidement, mon écran s'allume à l'arrivée d'un SMS. C'est Cole. *Cole le gentil...*

Cole : [Je passe te prendre chez toi à 11 h. Il faut qu'on parle de la suite...]

Il termine par un cœur.

Je relis plusieurs fois son message avant de couper mon portable. Demain est un autre jour. Et la nuit d'insomnie qui s'annonce va être longue...

52

Samedi et les semaines suivantes

Violette

La journée est riche et intense. Il y a beaucoup d'informations. Beaucoup – presque trop – de visages... Des gens célèbres. Et aussi des anonymes, mais qui ne sont certainement pas moins riches. J'avoue que j'ai un peu de mal à me repérer dans cet univers. Tout va trop vite. Trop loin. Trop fort.

Apparemment, Tom Salvato, l'ami de Cole qui inaugure ce nouvel établissement, ne fait jamais les choses dans la dentelle. L'événement est à la hauteur du lieu. Excentrique. Fastueux. Mêlant le raffinement avec ce grain de folie pure qui rend le tout captivant et extrêmement judicieux. Tous les tabloïds ne parleront probablement que de cet événement qui a su réunir la jet-set de la gastronomie.

Tout comme le reste, l'endroit est atypique avec ses meubles dépareillés et son agencement qui reprend les codes des lofts parisiens. Le décorateur a réussi, grâce à une ingénieuse mise en scène, à nous faire nous sentir comme à la maison, à l'instar de ce salon où les clients peuvent converser confortablement devant le feu bleuté d'une cheminée à l'éthanol. Ou encore, avec ce coin-bar aux couleurs chatoyantes, dont la vue sur la terrasse est époustouflante.

J'ai du mal à savoir où donner de la tête...

Mon Dieu, quand je pense que c'est moi qui ai été choisie pour immortaliser la fête. Je n'arrive pas à le croire. Néanmoins, je m'oblige à garder la tête froide, et c'est avec un professionnalisme exemplaire que je m'applique à saisir toute chose qui me semble le mieux définir le climat ambiant. Ici, c'est le défilé de serveurs analogues qui exposent leurs plats comme un accomplissement. Là, la bouche écarlate d'une femme plantureuse qui engloutit un canapé de caviar aux teintes argentées. Ou encore sur ce guéridon, le reflet pourpré laissé sur le cristal d'un verre par l'empreinte liquoreuse d'un grand cru.

Chaque prise est réfléchie. Pensée comme une œuvre d'art. J'avoue que je prends un plaisir incommensurable à me fondre dans le décor, à capter des attitudes, des petites attentions, parfois même des intentions qui, elles, resteront à l'état embryonnaire... Je veux que chaque cliché témoigne de l'humeur qui anime les convives. De l'ambiance particulière de cette fourmilière presque trop stéréotypée.

Lorsque j'estime avoir assez de matière première pour travailler, je regagne l'espace que je me suis aménagé et m'installe devant mon PC. Le compteur de mon appareil photo affiche pas moins de quatre cents prises. Des heures de travail en perspective. Mais je ne me plains pas. Non seulement, j'adore ce que je fais, mais en plus, m'occuper l'esprit m'évitera de trop penser.

— Violette ?

Les mains de Cole qui se posent sur mes épaules m'arrachent un frisson. Il se penche à ma hauteur, caressant ma nuque de son souffle chaud. Je me sens étrangement petite à cet instant. Et tellement vulnérable...

— Je peux voir ?

En guise de réponse, je tourne vers lui l'écran de mon portable.

— Sacré matos que tu as là...

J'omets de lui préciser qu'il s'agit d'un cadeau d'Hugo. C'est lui qui m'a offert la « Rolls » des ordinateurs pour mon concours d'entrée à l'école de photographie. « Parce que ça fait plus pro », m'a-t-il affirmé à l'époque. Il avait poussé l'attention jusqu'à l'équiper des logiciels de retouche les plus performants. Sans même savoir si j'allais réussir mon premier trimestre.

À cette pensée, mon cœur se serre. Toute la journée, j'ai résisté. Je suis même parvenue sans trop de difficultés à occulter les dernières heures. Mais là, les souvenirs de la veille me reviennent en tête comme un boomerang. C'est ce qu'il se passe à chaque fois que quelque chose me rappelle Hugo. Cet homme est ancré sous ma peau comme une part de moi-même tapie dans l'ombre... capable de ressurgir sur un détail infime ravivant le souvenir.

Je ne suis pas retournée à l'appartement. Je n'ai pas l'intention de le faire. Pas tout de suite... Non pas que je n'aie pas envie de le voir, mais la perspective de le croiser en compagnie d'Enéa me semble encore insurmontable.

— C'est excellent, Violette ! s'exclame Cole, qui fait défiler mes clichés sur l'écran. Ce concept va faire un carton dans le milieu, j'en suis intimement convaincu.

Il s'arrête sur la photo d'une assiette présentant des traces de coulis de framboise. Un gourmet s'est attaché à racler la porcelaine de Limoges avec son doigt, laissant de longues traînées fuchsia sur le décor écru. Le contraste est saisissant avec l'arrière-plan, dont le fondu noir et blanc laisse entrevoir les convives qui gravitent comme des danseurs de salon. Le rendu est tel que je le souhaitais. Décalé et poétique à la fois.

— Magnifique... Tom va être ravi.

J'aime regarder son profil alors qu'il s'extasie devant mon travail. Il n'y a rien de narcissique là-dedans. C'est juste que je le trouve beau quand son visage s'éclaire de la sorte. Cole doit sentir le poids de mon regard peser sur lui, car il tourne la tête. Ses yeux capturent les miens. J'y découvre de l'admiration et aussi... un soupçon de désir.

— Dis-moi, tu es dispo samedi prochain ?

Mes sourcils se lèvent en accents circonflexes quand son index dégage une mèche de cheveux de ma joue.

— Samedi et les semaines suivantes ?

Je fais mine de ne pas comprendre. Parce qu'en vérité, je sais très bien ce qu'il me propose.

— J'ai déjà vu avec ton directeur d'études. Tu pourras suivre tes cours à distance et travailler en parallèle sur nos projets.

— Tu as déjà vu...

Je ne sais pas si je dois me sentir vexée ou flattée qu'il ait pris l'initiative d'en parler avec mon doyen, avant même de savoir si j'allais accepter.

— Donc, à aucun moment, tu ne t'es dit que je pouvais refuser ?

Son expression étonnée est une réponse à elle seule. Et son assurance est indéniable lorsqu'il déclare :

— Je ne vois pas pourquoi douter. C'est une opportunité incroyable pour une jeune stagiaire anonyme... Beaucoup aimeraient avoir cette chance.

OK. Je ne connaissais pas ce côté acerbe de sa personnalité. Si je comprends bien, je devrais sauter sur l'occasion, de joie aussi, et lui être redevable pour le restant de mes jours... C'est dommage, car c'est mal me connaître. Je retiens la réponse mordante qui me vient lorsqu'il se rapproche jusqu'à me toucher. Sa bouche effleure ma peau.

— Et puis... j'ai envie que tu viennes aux States avec moi.

Virage à cent quatre-vingts degrés.

— J'ai toujours aimé tester de nouvelles expériences. Et je veux que ce soit avec toi.

Bon sang ! C'est moi où il fait chaud, d'un coup ? Je déglutis, autant pour masquer ma gêne que pour contrôler le feu qui monte brusquement à mes joues.

— Alors ? demande-t-il au bout d'un moment. Tu signes ?

Je reste quelques secondes sans rien dire. Sans rien penser. Mon esprit est étrangement vide. Quand brusquement, une image s'impose dans ma tête. Celle d'Hugo. Avec Enéa.

— Où dois-je signer ?

J'ai passé la journée avec Cole. La soirée et le lendemain également.

Et c'était incroyable. Très intense, aussi. Je ne compte plus le nombre d'amis auxquels le cuisinier m'a présentée. Ni le nombre de fois où j'ai rougi alors qu'il me décrivait comme sa « bonne étoile », ou pire encore, sa « muse ». Selon lui, mon travail a réveillé sa créativité, stagnante depuis trop longtemps. Quand on sait qu'il n'a pas trente ans, j'ai du mal à le croire…

Comme à son habitude, il s'est montré adorable. Prévenant. Attentionné. Parfois taquin. Un vrai gentil, quoi. Si bien que j'ai vite oublié le sentiment de malaise que j'ai ressenti lorsqu'il s'est montré trop entreprenant avec mon avenir.

Peut-être ne fait-il ça que dans le but de me séduire ? Si c'est le cas, je dois tout autant me sentir flattée que… quoi ? Qu'est-ce que je ressens, au juste ?

Cole ne conçoit pas de retourner chez lui sans m'emmener dans sa valise. Mais moi, serai-je assez courageuse pour le suivre ? En ai-je vraiment envie ? Verdict dans une semaine.

En attendant, je préfère me tapir chez ma mère pour éviter de retourner à l'appartement. C'est lâche. Mais je sais pertinemment que si je revois Hugo, cela risque de compliquer les choses. Alors que quitter Paris reviendrait à tourner la page, en quelque sorte. Mon Dieu, j'ai déjà du mal à supporter ce silence qui s'est installé entre nous. Deux jours sans se voir. Sans le moindre appel. Sans même échanger un petit message… et j'ai l'impression que ça fait une éternité.

C'est terrible de ressentir déjà un tel manque, alors que je ne suis pas encore partie.

La voiture de Cole s'arrête dans la cour de la propriété de Saint-Germain. La lumière faiblarde des lampadaires projette des ombres fantomatiques sur la façade, lui donnant l'apparence d'une maison hantée. Comme la veille, je propose au jeune homme un dernier verre, d'une voix que je veux assurée :

— Tu es sûr que tu ne veux pas entrer ?

Passer pour la fille qui précipite les choses m'importe peu. J'ai la certitude débile que si je franchis le pas avec Cole, cela facilitera mon départ. Comme si coucher avec lui pouvait sonner la fin de tous mes problèmes. Mais le jeune homme ne semble pas du même avis.

— Dans la maison de ta mère ? *Really ?*

Je grimace.

Il a raison. Ce serait bizarre de m'enfermer avec lui dans ma chambre comme une ado le soir du bal de promo. Cole sourit, tout en glissant sa main dans la mienne pour m'attirer vers lui.

— Tu es tellement fraîche et entière, Violette. J'adore ça...

L'intonation rauque de sa voix se fait plus douce.

— Mais rien ne presse, jeune fille. Quand nous serons à New York, nous aurons tout le temps...

Il se penche et pose ses lèvres sur les miennes, douces et légèrement pressantes. J'ouvre la bouche, invitant du même coup sa langue à venir au contact de la mienne. Ses doigts s'enroulent dans mes cheveux tandis que son baiser se fait plus pressant.

C'est agréable. Juste... agréable. Mais je ne retrouve pas la flamme qui m'emporte quand Hugo m'embrasse... *Argh ! Mais non !* Il est hors de question que je pense à lui alors que Cole me... Je m'arrache à son étreinte, essayant d'écarter ces pensées malsaines.

— Quelque chose te chagrine ?

— Non, non. Ça va... Ça va aller.

J'aimerais me montrer rassurante, mais je vois bien à son expression que Cole n'est pas dupe. Quoi de plus normal quand je ne parviens pas à me convaincre moi-même...

53

Je crois qu'elle est amoureuse...

Hugo

Les yeux rivés à mon téléphone portable, je ne parviens pas à refouler les pensées qui ternissent mon esprit. Les images les plus folles dans lesquelles je vois Violette et Sanders nus, enlacés, me hantent. Le regard dans le vague, le corps ondulant avec lascivité, la jeune femme chevauche le cuisinier tandis qu'il caresse sa poitrine avec une sorte de vénération qu'il m'est insupportable de considérer. Ses mains glissent sur son ventre, remontent sur ses seins pour en titiller les pointes avant de redescendre avidement jusqu'à son intimité. J'aimerais les retirer, l'arracher à lui... mais je suis comme prisonnier de ma conscience, obligé de la fixer alors qu'elle rejette la tête en arrière, bouche ouverte... Le râle de plaisir qui s'échappe de sa gorge est mon coup de grâce.

— Hugo ?

Je lève la tête comme si je sortais d'un mauvais rêve, l'esprit encore pollué des images d'elle en pleine extase. Enéa m'a rejoint dans la salle de bains et m'observe, l'épaule appuyée contre le chambranle de la porte, les bras croisés.

— Dis-moi, tu n'aurais pas un sweat à me prêter ? Je crains de ne pas avoir prévu assez de vêtements en faisant ma valise.

Il me faut quelques secondes pour assimiler sa demande. La jeune femme est partie précipitamment l'autre soir, et je n'ai pas encore eu le temps de l'emmener récupérer des fringues dans son appart'. Cela fait trois jours qu'elle dort ici, mais je pense avoir trouvé une solution pour la reloger. Ce matin, je vais lui présenter une amie mannequin dont la colocataire vient de déménager pour Londres. Une aubaine !

– Tu n'as qu'à emprunter celui que j'ai filé à Violette l'autre jour…

– Tu crois qu'elle ne va pas m'en vouloir de fouiller dans ses affaires ? Et puis, il ne va pas lui faire défaut ?

– Ça m'étonnerait fortement, réponds-je avec un faux rire. De toute façon, elle n'est pas là pour s'y opposer, n'est-ce pas ? Alors vas-y, prends-le. Autant qu'il serve à quelqu'un…

L'amertume transpire dans mes paroles, mais Enéa ne relève pas et disparaît rapidement dans le couloir. Je reste plusieurs minutes à me regarder dans le miroir, les mains posées à plat sur le plan en marbre. Je me reconnais à peine dans le reflet qui me fait face. J'ai une tête à faire peur et je ne dois cette sale gueule qu'aux conséquences de mes dernières insomnies. Cela fait plusieurs nuits que je compte les heures en fixant le plafond, sans parvenir à fermer l'œil.

Tout s'embrouille dans ma tête. Mes histoires avec Violette, les secrets que je tente d'enfouir depuis de trop longues années… et le fantôme de mon père qui revient me hanter, ces derniers temps. Je ne sais pourquoi il occupe mes pensées de la sorte. J'imagine qu'il y a un lien avec ce que je vis avec Violette. Mes nombreuses séances de psychiatrie m'ont appris que tout avait une explication. Et je ne vois que mon histoire avec elle capable de réveiller mes vieux démons. Les paroles qu'*il* me répétait sans cesse reviennent forcer mon esprit.

« Tu es un Moretti, fiston. Le sang de mon sang. La chair de ma chair. Nous sommes faits de la même souche… » *Jamais !* Jamais je ne serai le monstre qu'il a été. J'en ai fait la promesse.

J'asperge rapidement mon visage d'eau froide, avec l'espoir d'y voir plus clair dans tout ce merdier. Je ne crois pas au destin.

Mais tous ces événements qui surviennent en même temps, ce n'est pas le fruit du hasard. Plutôt un signe. Le signe que j'avais raison et que les sentiments n'ont pas leur place dans ma vie.

— Hugo ?

Je relève la tête. Qu'est-ce qu'il se passe, encore ?

— Je crois que tu devrais venir voir...

Intrigué, j'essuie rapidement mes joues et rejoins Enéa dans la chambre de Violette. La jeune femme m'attend dans le dressing face à un placard dont elle tient la porte ouverte. Je comprends immédiatement ce qui la trouble autant.

— Merde ! Qu'est-ce que c'est que ce bordel ?

L'intérieur du battant en bois est entièrement recouvert de photos. Des photos de moi... par dizaines. Mes sourcils se rejoignent alors que je m'approche pour découvrir l'ampleur de la situation.

Oui, c'est bien de cela qu'il s'agit. Un pan entier consacré à ma seule personne, comme un putain de sanctuaire. Mon regard s'accroche à un cliché en particulier. Celui de la dernière campagne Armani où j'ai emmené Violette. On y voit la jeune femme en train de me photographier. Son profil se découpe dans la partie sombre, comme une ombre chinoise, alors que je prends la pose en pleine lumière. La mise en scène semble avoir été construite de toutes pièces, comme dirigée par une influence divine. On dirait deux entités inversées, mais qui se complètent parfaitement, telles les pièces d'un puzzle. Le blanc et le noir. Le yin et le yang.

Violette a accroché une petite carte sur laquelle on distingue ces mots : « L'amour qu'une femme éprouve pour un homme ne brillera jamais autant qu'à travers le regard qu'elle lui porte. »

Je dois relire plusieurs fois la phrase avant d'en assimiler le sens. Et tandis que l'idée chemine comme un venin dans mon esprit, Enéa verbalise à haute voix ce que je n'ose penser tout bas :

— Je crois que c'est clair. Ton amie est amoureuse...

Violette

La petite console en bois clair a la taille idéale pour accueillir mon PC portable. Je m'installe sur le fauteuil en velours rose poudré avec une certaine nostalgie. J'adorais m'installer ici pour travailler quand j'étais ado. C'était un peu mon refuge. Mais aujourd'hui, l'appréhension est trop forte pour que j'y trouve un réconfort.

Dans toute famille, il est des sujets dont personne ne parle. L'histoire d'Allegra et Hugo en fait partie. Nous n'avons jamais évoqué leur passé, et finalement, je n'ai jamais su la raison de leur fuite. Depuis ma conversation avec Allegra, des dizaines de questions restent en suspens. Qu'a fait l'homme qui fut son mari pour que la peur se lise encore dans les yeux de sa femme lorsqu'elle parle de lui ? Pourquoi Hugo et sa mère ont-ils dû quitter l'Italie ? Pourquoi ce sujet est-il tabou ? J'ai eu beau questionner ma mère, elle n'a rien lâché. Je la soupçonne d'être au courant depuis toujours, mais d'avoir promis à son amie de ne pas en parler.

Ce ne serait pas surprenant. Sa loyauté est indéfectible.

Enfin là, je m'en fiche de la loyauté. C'est plus fort que moi, il faut que je sache. La démarche n'est pas simple, parce qu'elle va à l'encontre de ce que ma conscience me dicte. Et surtout, il y a cette petite voix dans ma tête qui ne cesse de crier qu'à remuer un noir passé, on finit par se salir les mains... Hugo n'a pas besoin qu'on lui rappelle cette période difficile de sa vie. Moi-même, j'ai perdu mon père quand j'avais huit ans. Et la douleur est toujours là...

Néanmoins, je ne peux m'empêcher de ressentir ce besoin de savoir. Savoir ce qu'il s'est passé et qui est suffisamment dramatique pour le traumatiser à ce point. Je réalise seulement maintenant que pendant toutes ces années, mon meilleur ami ne s'est jamais confié. Finalement, nous ne sommes peut-être pas si proches que je l'imaginais...

Je lance la recherche, avec l'intime conviction de commettre une erreur. Toutefois, les résultats effacent rapidement les remords lorsque plusieurs articles s'affichent à l'écran.

« Vito Moretti, magnat de l'industrie agroalimentaire, décédé suite à un drame familial. » C'était le 8 juin 2009. Je parcours rapidement le texte qui expose que grâce à son petit garçon, Allegra a été sauvée d'une mort certaine. La police a constaté le décès de l'homme en arrivant sur les lieux, indiquant qu'il avait été tué de plusieurs coups de couteau. « Moretti avait tenté de tuer sa femme par strangulation. Sa mort est un cas de légitime défense. »

Waouh... J'ai une pensée émue pour Allegra qui a dû se défendre face à ce monstre.

Toujours d'après l'article, l'homme aurait perdu la raison en apprenant que sa femme voulait le quitter. « On ne quitte pas le Clan sans en payer les conséquences », auraient été les paroles que Vito Moretti se plaisait à répéter.

Merde...

Pendant toutes ces années, je suis restée dans l'ignorance. *Comment ai-je pu être aussi bête ?* Les crises nocturnes d'Hugo, ses accès de violence... Tout cela aurait dû me pousser à penser qu'il y avait autre chose... La mort de son père ne pouvait pas à elle seule provoquer un tel traumatisme. J'aurais dû me douter qu'il y avait quelque chose de plus grave. Le pauvre a dû voir sa mère tuer son père sous ses yeux...

Je parcours les autres pages, à la recherche d'informations plus précises. En vain. Moretti a voulu tuer sa femme. Moretti est mort. Point. Affaire classée.

J'observe le portrait, immortalisé sur la photo qui accompagne un nouvel article, identique aux autres. En l'observant, je retrouve un peu les traits d'Hugo dans ceux de l'homme qui s'affiche fièrement assis à son bureau. Un homme d'affaires prospère, fortuné et respecté, souligne la légende, mais connu pour ses accès de colère et son intransigeance.

Je reste un moment à fixer l'écran avec insistance, jusqu'à ce que les pixels finissent par me brûler les yeux. Il y a quelque chose de frappant dans ce portrait. Quelque chose dans son regard qui me perturbe. C'est un regard dur, sombre, dans lequel on distingue ce petit grain de folie qui caractérise les criminels. Un regard de tueur...

54

Tu n'as pas le droit de m'aimer

Violette

Allez, courage !

J'ouvre la porte de l'appartement avec précaution. Cela fait cinq jours que je n'y ai pas mis les pieds, et j'ai déjà la douloureuse impression de ne plus y être chez moi. Peut-être est-ce la perspective que je vais quitter cet endroit dans quelques jours ? Quelques heures...

Je tends l'oreille, m'assurant que je suis seule. Le silence ambiant m'apporte le soulagement que j'espérais. C'est donc plus détendue que j'emprunte les escaliers pour récupérer le reste de mon matériel de photographie. Mais en atteignant le palier, je marque un temps d'arrêt. Hugo est là, et j'ai la drôle d'impression qu'il m'attend, assis tranquillement devant une bière. Me retrouver face à lui me met aussitôt mal à l'aise.

— Hugo ? Je te croyais sorti...

D'instinct, je m'avance vers lui. Et le regrette amèrement quand son regard me foudroie.

— Et moi, je pensais ne pas te revoir. Pas aussi vite. Est-ce à dire que Machin a déjà mis les voiles ?

Sa voix est d'une froideur inhabituelle. Irritante. Mais je ne peux pas le lui reprocher. Moi-même, je lui en veux pour plein de choses que je n'ai pas envie d'aborder à cet instant. Je soupire bruyamment. Soudain, je me sens lasse. Usée par ces querelles devenues trop systématiques. Alors, j'ignore sa provocation et tente de conserver un ton neutre.

— Je suis venue récupérer mes affaires.

Il ne répond pas, et pendant que je remplis mon sac d'appareils en tous genres, il continue de me fixer avec son air sombre. Celui des mauvais jours.

— Je pars samedi. Pour New York, ajouté-je.

— Je sais.

Ah...

Hugo se lève et balance sa canette dans la poubelle à verre avant d'allumer une cigarette. Cela fait des années que je ne l'ai pas vu fumer. Il s'approche de moi en avalant une bouffée de poison. À cet instant, je me sens insignifiante face à son imposante stature.

— J'étais sûr que ça se terminerait comme ça un jour ou l'autre... C'est une bonne chose que tu partes maintenant.

Il n'y a aucune émotion dans ses paroles. Et je dois avouer que c'est pire que s'il m'avait mis une gifle en pleine figure. Je lève les yeux vers lui, vexée.

— Ah ouais ? Vraiment ? C'est ce que tu penses ?

— Ouais. Je te l'ai déjà dit. Je ne peux rien t'offrir de plus que...

— ... ce que tu m'as déjà donné. Oui, je sais.

J'ignore comment il parvient à me faire perdre mon calme aussi rapidement. Moi qui habituellement m'enorgueillis de ma patience, je me sens comme une braise prête à flamber et sur laquelle il souffle sans aucune retenue. Je dois faire un effort considérable pour garder le contrôle de mes émotions.

— Tu as été très clair, Hugo. Ce n'était que du sexe. Tu m'as appris à baiser, point ! Je sais que je n'ai rien d'autre à attendre de toi. Tu me l'as bien fait comprendre. Eh bien, tu peux être satisfait, parce que c'est ce que je fais. Je n'attends absolument rien. Et je préfère partir à l'autre bout du monde plutôt que voir notre amitié disparaître définitivement avec le peu de considération qu'il me reste !

— Parfait.

— Parfait !

Je laisse passer quelques secondes et me dirige vers l'escalier, mon sac à la main.

— Où vas-tu ?

Il s'attendait certainement à ce que je reste me prendre la tête avec lui. Je lui lance un sourire ironique.

— J'ai ma valise à préparer.

Indifférente au muscle qui s'agite nerveusement sur sa joue, je l'abandonne sur place et rejoins ma chambre. Cependant, lorsque j'ouvre la porte, mon sourire s'efface brusquement en même temps que ma fierté.

Parce que sur mon lit s'étalent des dizaines de photos de lui.

Je ne suis pas d'une nature violente. Je suis plutôt de celles qui règlent les conflits avec diplomatie. Mais là, c'est trop. Hugo a dépassé les bornes. Je laisse tomber mon sac au sol, et c'est quatre à quatre que je remonte les escaliers jusqu'à l'étage.

Le silence a fait place à la musique de Benson Boone, plongeant la pièce dans une atmosphère lourde de sens. Hugo est toujours là, posté devant la baie vitrée, les mains dans le dos, pendant que son mégot se meurt dans le cendrier. Son profil se dessine à la lumière des lampadaires. Parfait. Indéchiffrable.

Je n'avais même pas remarqué qu'il faisait déjà nuit.

Mes poings se serrent tandis que la rancœur me rend mauvaise. Il n'a même pas la décence de me faire face... Folle de rage, je fonce sur lui, et ce n'est que lorsque je m'apprête à l'atteindre qu'il daigne enfin se retourner pour m'affronter.

— Espèce de con !

Ma main se lève d'elle-même vers son visage sans que je maîtrise mon geste, mais Hugo l'intercepte et m'empêche de le gifler. Un éclair passe furtivement dans ses prunelles lorsqu'il murmure, en enserrant mes poignets :

— Du calme, petite fleur ! On n'abîme pas mon outil de travail.

Je me débats avec énergie, bien déterminée à atteindre mon but.

— Salaud ! Tu n'avais pas le droit !

Cette fois, ses traits se durcissent.

– Je n'avais pas le droit ? Vraiment ?

Ses doigts qui s'enfoncent méchamment dans ma chair m'arrachent une grimace.

– C'est toi qui n'avais pas le droit, Pupi ! Pas le droit de coller ces putains de photos sur ton foutu placard !

Sa virulence n'atténue pas ma colère.

– Ces clichés m'appartiennent. Ça ne te regarde pas ce que je fais avec !

Ma remarque est puérile et complètement stérile, car dans les yeux d'Hugo, le feu brûle toujours dangereusement.

– Bien sûr que si, ça me regarde. C'est moi qui suis dessus, je te rappelle. Et j'aurais aimé savoir que tu transformais ton dressing en temple voué au culte de ma personne.

Je cesse de me débattre, convaincue que je m'épuise pour rien.

– Ça te va bien de dire ça ! Comme si toi, tu n'avais aucun secret pour moi.

Ma remarque le prend au dépourvu, car son front se plisse. Son attitude m'énerve et je prends un malin plaisir à lui balancer en pleine figure ce que je retiens depuis que je l'ai vu.

– Je suis au courant pour ton père, Hugo.

Cette fois, ce n'est plus de la colère que je lis sur son visage, mais de la crainte. Une peur froide qui déforme ses traits. Il me relâche, comme si le simple fait de me toucher lui coûtait. Son silence est pire que ses ripostes tranchantes. À tel point que mon propre courroux finit par s'éteindre.

– Hugo, parle-moi, murmuré-je au bout d'un moment, suppliante.

J'ai l'impression qu'un fossé vient de se creuser entre nous. Une sorte de trou béant qui me semble impossible à combler.

– Ce ne sont pas tes affaires !

Sa voix claque si sèchement qu'elle me fait reculer. Je crois halluciner lorsque je le vois s'éloigner en direction de l'escalier.

– Alors, c'est ça ? Tu vas fuir plutôt que de me dire ce qui te fait peur ?

Quand il se retourne vers moi, j'ai du mal à le reconnaître tant il est bouleversé.

— C'est toi qui me fais peur, Pupi ! Toi !

— Mais pourquoi ? Qu'est-ce que j'ai fait de mal ?

J'avoue ne pas comprendre. J'ai le sentiment qu'il me cache des choses et qu'il ne sait pas comment gérer la situation. Lorsqu'il passe sa main dans ses cheveux et revient vers moi, on dirait un chien fou qu'on aurait enfermé dans une cage.

— Tu ne sais pas de quoi je suis capable, Violette ! Tu n'as pas idée de ce que tu risques si... Argh. Tu dois partir ! Va rejoindre ton cuisinier et pars. Loin d'ici !

Ses mots me blessent. Et pourtant, il continue d'enfoncer le couteau dans la plaie béante qu'il vient d'ouvrir dans mon cœur.

— Je le savais. Je savais qu'avoir quelqu'un comme toi dans ma vie était une mauvaise chose. J'aurais dû mettre fin à cette histoire avant même qu'elle ne commence.

— Quoi ?

À cet instant, j'ai peur qu'il perde le contrôle. Mais lorsque je m'approche de lui, son intonation se fait plus calme. Et douloureusement suppliante.

— Pourquoi tu ne t'en vas pas, Violette ?

Je déglutis, submergée par l'émotion. Les mots que je retiens depuis trop longtemps sont en train de m'étouffer.

— Parce que...

Mes yeux plongent dans la noirceur de ses iris, comme pour y chercher la force de continuer. Je m'appuie contre lui pour ne pas flancher, les paumes appuyées sur son torse.

— Parce que je...

— Non !

Sa voix n'est qu'un souffle sur mon visage. Mais qui me fait l'effet d'une brise glaciale. Hugo emprisonne mes mains et les plaque dans mon dos pour me rapprocher de lui d'un mouvement sec.

— Je t'interdis de le dire.

Malgré la menace, la douleur dans ses yeux fait écho à la mienne. Il baisse la tête jusqu'à coller son front au mien. Je le vois déglutir tandis que ses paupières se referment brièvement. Lorsqu'il capture de nouveau mon regard, je sais ce qu'il va dire, avant même qu'il ne formule ses pensées.

— Tu n'as pas le droit de m'aimer, Pupi... Jamais !

Je sais que je ne devrais pas répondre, mais j'ai besoin qu'il l'entende. Pour me libérer de ce poids qui enferme mon cœur dans un carcan de souffrance silencieuse.

— C'est impossible, Hugo. Je suis tombée amoureuse à l'instant même où tu as passé la porte de ma chambre, cette nuit-là, il y a dix-huit ans. Et tout ce que tu pourras dire n'y changera rien. Ce sera ainsi jusqu'à mon dernier soupir. Peu importe ce qu'il adviendra. Tu es et tu resteras le véritable amour de ma vie.

Ma voix se brise. Et s'il n'y avait pas eu Hugo pour me retenir, je crois que je me serais effondrée. Lui, il accuse le coup, mâchoires serrées, les sens en alerte. Longtemps, nous nous mesurons du regard, tels deux duellistes avant le combat, nos poitrines se soulevant à l'unisson sous le coup d'une tension grandissante.

Jusqu'à ce qu'Hugo finisse par secouer la tête avec une lenteur exagérée. Ses mots sont presque résignés lorsqu'il murmure en me toisant de toute sa hauteur :

— Je suis désolé, Pupi.

Je ne sais pas de quoi il s'excuse, et je ne le saurai probablement jamais, car à cet instant précis, sa bouche s'écrase durement sur la mienne.

55

Reste...

Violette

Jamais encore Hugo ne m'avait embrassée avec autant de fougue. Comme si sa vie en dépendait. Comme si c'était sa seule échappatoire. J'ignore ce qu'il fuit, ce qu'il cherche... Mais je le suis sans aucune retenue dans sa folie, m'abandonnant sans réserve à cette étreinte passionnée, libératrice et douloureuse à la fois.

D'une main, il me retient prisonnière tandis que l'autre remonte ma colonne vertébrale et agrippe mes cheveux pour me tirer vers l'arrière, lui permettant d'approfondir son baiser. Sa langue vient à la rencontre de la mienne, la défie dans un ballet incessant et frénétique. J'ai l'impression de perdre pied. De me noyer dans un tourbillon d'émotions contradictoires qui m'entraînent vers le fond. Je sais que je ne sortirai pas indemne de ces abîmes licencieux. Mais je m'en moque. Seule compte cette envie dévorante que j'ai de lui. Ce besoin urgent de nous perdre mutuellement dans l'oubli.

J'aimerais que cet instant ne s'arrête jamais. Qu'il se prolonge à l'infini. Et rapidement, j'aspire à plus. Je voudrais que nos corps se fondent l'un dans l'autre pour ne plus se séparer. Un gémissement m'échappe lorsqu'il répond à ma supplique silencieuse et plaque son bassin contre mon ventre. Son désir est manifeste. Dur et imposant. Ce contact m'excite et d'instinct, je l'encourage en ondulant. J'aime voir sa mâchoire se crisper tandis que je le provoque impunément de mes mouvements lascifs.

Il grogne et finit par s'écarter pour me regarder, la respiration haletante. Pendant quelques secondes, nos souffles s'emmêlent, cherchant dans l'autre l'air qui leur manque. Sans douceur, il attrape ma mâchoire.

— On ne joue plus, Violette..., m'intime-t-il d'un ton dur.

Non. Ce n'est plus un jeu. C'est seulement lui, moi et l'impatience insoutenable de céder à ces pulsions qui nous poussent l'un vers l'autre. Hugo dégage mes cheveux de mon visage et écrase son pouce sur ma bouche avec une sensualité exigeante qui me fait suffoquer. Je le supplie du regard, mais pour toute réponse, il effleure mes lèvres, les touchant à peine. L'homme aime souffler le chaud et le froid. Me faire languir. Seulement, je n'en peux plus d'attendre. Alors, je mords l'ourlet de sa bouche pour l'obliger à m'embrasser encore. Il n'y a aucune douceur dans mon geste, uniquement le besoin dévorant qu'il comble le manque qu'il a créé à l'intérieur de mes cuisses.

Ses mains glissent maintenant sous mes fesses pour m'approcher un peu plus de lui. Quand il me soulève, je hoquette de surprise. Mon dos heurte la paroi de la baie vitrée, et je dois enrouler mes jambes autour de ses hanches pour me maintenir à sa hauteur tandis qu'il se perd dans mon cou. Ses doigts s'immiscent sous ma jupe, me caressent à travers le tissu, avant d'arracher ma culotte d'un coup sec.

— Tu me rends dingue, Violette...

Oh, mon Dieu...

La souffrance dans sa voix rauque fait écho à la mienne. Le désir qui nous anime est douloureux... comme la promesse de notre abandon. Je m'oublie dans ses bras jusqu'à ce qu'il me repose sur le sol pour faire sauter les boutons de mon chemisier et dégrafer mon soutien-gorge avec habileté. Sa bouche s'égare sur mes seins, désormais libérés. Il mordille ma peau sensible, avant d'éteindre le feu d'un coup de langue savamment placé, m'obligeant à m'agripper à ses cheveux hirsutes pour ne pas flancher.

Puis encouragé par mes ronronnements impudiques, il me retourne d'un mouvement sec, dos à lui, pour me plaquer contre la vitre.

— Tu n'as aucune idée de ce que tu provoques en moi, Pupi...

La fraîcheur du verre sur ma poitrine m'arrache un cri. Du genou, Hugo m'oblige à écarter les jambes, sans douceur, et part à l'assaut de mon intimité. Sa langue remonte ma mâchoire pour revenir investir ma bouche offerte à ses baisers.

Je me laisse aller contre lui, attentive au plaisir qu'il fait naître avec expertise.

— J'aime sentir à quel point tu es prête pour moi...

Argh... Il veut ma mort.

Mais déjà, Hugo m'abandonne, laissant à sa place un courant d'air frais qui couvre ma peau de frissons. Le bruit d'une fermeture Éclair sonne alors comme une promesse à mon esprit embrumé. Je m'impatiente, le souffle court, le front collé à la vitre et les vêtements débraillés, indifférente au fait que l'on puisse me voir de l'extérieur. Créature vibrante de désir, immorale et scandaleuse... Esclave du pécheur libertin.

Lorsqu'enfin Hugo revient contre moi, c'est avec un grognement de satisfaction que je l'accueille.

— Je vais chercher une capote, murmure-t-il à mon oreille, avant d'en mordre le lobe.

Au moment où il s'écarte, je proteste.

— Non !

J'attrape son bras pour le retenir. Hugo hésite, puis saisit ma mâchoire pour m'obliger à le regarder.

— Reste..., répété-je, suppliante, les yeux plantés dans les siens.

Ses prunelles me sondent pendant quelques instants, comme pour vérifier que je ne plaisante pas. Je soutiens son regard, déterminée. Alors, il reprend mes lèvres et sans cesser de m'observer, s'invite entre mes cuisses d'un mouvement leste du bassin. Je me cambre pour l'accueillir. Et… *Oh, mon Dieu !*

Lorsqu'il s'enfonce dans ma chaleur, je dois fermer les paupières sous le coup de cette sensation incroyable. Les larmes montent et je suis incapable de les retenir.

Hugo grogne, embrasse ma bouche, mes joues, mon front… il dévore mon visage en même temps qu'il murmure des paroles érotiques à mon oreille, tout en commençant à remuer. Agrippant mes cheveux, il m'impose son allure. Lente et sensuelle. Faisant grimper progressivement la chaleur au creux de mes reins en même temps que sa langue remonte le long de mon cou. Rapidement, j'oublie mes larmes et le rythme s'accélère, transformant notre étreinte en affrontement plus rude, plus sauvage. Hugo attrape ma main pour plaquer ma paume sur la vitre. Ses doigts s'emmêlent aux miens, s'y accrochent tandis qu'il accompagne ses assauts de petites rotations. Le plaisir se propage, gagne en puissance et nous transforme peu à peu en deux bêtes haletantes avides de luxure.

De sa main libre, le jeune homme attrape mes hanches pour me maintenir alors qu'il s'engouffre dans les profondeurs du plaisir. Plus vite. Plus fort. Je me mets à trembler, exaltée autant par le feu qui me consume que par notre reflet dans la vitre. Lui, mâchoires crispées, concentré. Moi, méconnaissable, bouche ouverte, et les traits ravagés par l'émotion. Quand il place mes doigts sur mon intimité, je suis déjà au bord de l'explosion.

Nos corps en sueur glissent, se fondent l'un dans l'autre dans une parfaite communion. Je me cambre, glissant ma main libre derrière sa nuque pour le rapprocher de moi. J'ai besoin de sentir ses lèvres sur les miennes.

— Je veux t'entendre, Pupi, murmure-t-il en m'embrassant.

Lorsque ses doigts mêlés aux miens m'imposent un mouvement circulaire, je perds le contrôle.

— Hugo ! Je vais…

Il accueille mon cri dans sa bouche au moment où l'orgasme me foudroie.

— C’est ça, bébé… Jouis pour moi…

J’obéis, l’esprit confus, le corps secoué de spasmes tandis qu’il prolonge sa torture. Le feu me consume, m’emporte dans un tourbillon incontrôlable où règne en maître une passion dévorante.

— Je t’aime, Hugo…

Jamais je n’oublierai son regard lorsqu’il se contracte, juste avant de rendre les armes.

Hugo

J’ai envie d’elle. Encore…

Et je crains que peu importe le nombre de fois où je lui ferai l’amour, jamais je ne serai rassasié de son corps. Je la veux tout entière. Pas simplement physiquement, même si son cul et ses seins me rendent dingue. Non, je veux aussi la posséder. Totalement. Que son âme m’appartienne autant que son cœur.

C’est dit. C’est amoral. Mais je ne peux plus le nier.

Et le fait que Violette m’ait avoué ses sentiments ajoute encore à ce désir insatiable qui me dévore.

Putain, je crois que je l’aime…

Je me fige, la respiration coupée, alors que ces pensées se frayent difficilement un chemin jusqu’à ma conscience. En vérité, c’est une certitude. Peut-être même que je l’aime depuis toujours et que je n’ai jamais su l’admettre… *jamais pu l’admettre*. En ce moment, je la regarde dormir, sereine, tellement belle, et je réalise que c’est cet amour qui causera notre perte.

Nous sommes pareils…

Je ne veux pas qu’elle souffre, bordel ! Pas elle…

Ma vue se brouille tandis que son image devient floue, ternie par un voile rouge sang. Mes tempes se mettent à bourdonner dangereusement et mes poings se serrent. Il est hors de question que je lui fasse du mal. Qu’*il* lui fasse du mal. Hors de question qu’*il* la touche…

Lentement, à l'intérieur de moi, la petite voix assassine refait surface et m'insuffle ses peurs. Elle prend de l'ampleur, se met à hurler, grignotant peu à peu ma raison. Je m'écarte, passe nerveusement ma main dans mes cheveux. Mais Violette proteste en gémissant et se tourne vers moi pour se caler contre mon torse, comme si ma proximité était son refuge.

Il *va lui faire du mal !*

Elle sera son tombeau. Mon esprit s'égare.

Ne pas l'aimer ! C'est interdit. Nous sommes pareils !

Le voile se transforme en liquide écarlate inondant mes pupilles. Je me mets à trembler, incapable de contrôler mes nerfs qui prennent le dessus. La sueur perle sur mon front tandis que je m'efforce de garder un reste de contrôle.

Désorienté, je cherche un soutien dans le miroir en face du lit.

Mais *il* est plus fort. Je le sens qui nous guette, tapi dans l'ombre, prêt à frapper.

La panique condamne ma conscience, et la peur finit par m'engloutir lorsqu'à la place de mes traits, c'est le visage de mon père qui apparaît dans le reflet.

56

Le sang de mon sang

Violette

Je ne m'étais même pas rendu compte que je m'étais endormie. Alors, quand je sens quelqu'un me saisir pour me secouer comme un prunier, la panique s'empare de moi et me pousse à me redresser avant même de comprendre ce qu'il se passe.

— Hugo ?

Je me retrouve face à lui qui m'observe avec insistance, les sourcils froncés. Son regard me scrute. Et pourtant, j'ai la sensation qu'il ne me voit pas. Dans la noirceur de ses prunelles danse la folie caractéristique qui l'habitait quand nous étions petits. Elle me fait peur. Parce que je sais de quoi il est capable quand il est dans cet état.

— Hugo, c'est moi...

Je ressens le besoin de le rassurer et pose ma main sur son bras, comme quand j'étais enfant et que personne ne parvenait à le calmer. Mais cette fois, il ne m'écoute pas. Son visage ne lui ressemble plus. Il est comme possédé. Les yeux trop noirs. Les traits trop durs. Et la mâchoire tellement serrée que je crains qu'il ne se brise les dents.

— Va-t'en, Violette ! m'intime-t-il d'une voix que je ne lui reconnais pas.

Le jeune homme tremble, secoué par un frisson qui hérisse les poils sur sa peau. Ses muscles tendus à l'extrême font saillir ses veines et donnent l'impression qu'il est prêt à exploser. Fascinée par sa soudaine transformation physique, je me focalise sur la goutte de sueur qui perle sur son front et finit par dévaler sa tempe, avant de tomber brusquement sur son torse glabre.

Hugo est en crise. Pas de celles qui le réveillent la nuit. Non. Mais ce trouble excessif qui l'oblige à laisser parler sa violence. Cela fait si longtemps que ça n'était pas arrivé que j'avais presque oublié à quel point il paraissait dangereux dans cet état. Sa mâchoire se contracte sous le coup des émotions qui prennent le dessus. D'instinct, j'attrape le drap pour me couvrir la poitrine, comme si ce geste anodin pouvait me protéger.

Cette fois, j'ai peur. Il me fait peur. Non pas que je craigne pour ma sécurité, mais je sais que dans ces moments, il est capable de tout. Du pire... Je me recroqueville contre la tête de lit et reste en alerte, les yeux rivés à ses globes injectés de sang, attentive au signe qui m'indiquera que ses démons se réveillent. Et pourtant, je ne peux empêcher un sursaut lorsqu'il écrase violemment son poing contre le mur, à côté de moi, éclatant du même coup la peau de ses phalanges sur le bois.

— Je t'ai dit de dégager d'ici, putain !

Cette fois-ci, il hurle, et chacun de ses mots est comme un poignard enfoncé dans ma chair. Ils me brûlent. Je ne parviens plus à distinguer si ce sont ses paroles ou si c'est son double maléfique qui s'exprime. Je suis perdue, et cela me tétanise de le voir tambouriner au-dessus de ma tête, laissant des traces sanglantes sur son passage.

D'instinct, sans même réfléchir, je me jette sur lui pour l'attraper à bras-le-corps dans une vaine tentative de le calmer. J'échoue lamentablement, l'adrénaline nourrissant sa violence et le rendant insensible.

— Hugo, arrête, je t'en prie !

Je ferme les paupières, aussi fort que mes bras qui s'agrippent à sa taille. Je sais que quoi que je dise, quoi que je fasse, je ne parviendrai pas à lui faire entendre raison. Il n'est pas en état. Mais peu importe. Je n'ai que cette solution pour l'aider à passer la crise en espérant que ma présence atténue un peu sa rage.

Je ne sais combien de temps je reste là, blottie contre lui, la tête contre sa poitrine, attendant qu'il ait évacué toute cette folie. Mais au bout d'un moment, je le sens faiblir.

Contre toute attente, Hugo attrape mon poignet et avec une force surhumaine, me soulève comme si je ne pesais pas plus lourd qu'une plume. Je m'accroche aux draps quand il me sort du lit sans ménagement. J'entraîne avec moi le tissu pour me couvrir lorsqu'Hugo me repose. Étonnamment, il approche son visage du mien et c'est d'un ton calme et posé qu'il ordonne :

— Dehors, Violette ! Sors de cette chambre. Je ne veux plus te voir.

Ce sang-froid inattendu est encore plus violent que ses accès de colère. Je retiens difficilement les larmes qui affluent. Ravalant ma douleur, je redresse le menton et tente encore de le raisonner, d'une voix douce, mais ferme.

— Tu n'es pas dans ton état normal, Hugo.

De sa main libre aux doigts ensanglantés, il caresse ma joue, y laissant une traînée chaude et humide.

— Et toi, tu vas quitter cette chambre, Pupi.

Pourquoi mon cerveau refuse-t-il cette triste réalité ? Est-ce la douceur de son geste qui contraste avec la dureté de ses paroles et me fait douter ? *Peut-être*. Quoi qu'il en soit, j'ai une boule qui obstrue ma gorge lorsqu'il me relâche et ouvre la porte.

— Si je sors, je ne reviendrai pas.

Les tremblements dans ma voix rendent ma réponse encore plus tragique. Je suis là, le drap cachant à peine ma nudité, à attendre que cet homme scelle mon sort. Notre sort. Mais il reste sourd à ma menace et désigne le couloir d'un geste de la tête, comme une invite à le quitter.

Pourtant, au fond de moi, il y a toujours cette petite voix qui se révolte et que je laisse s'exprimer une dernière fois.

— Je ne bougerai pas tant que tu ne m'auras pas expliqué ce qu'il se passe dans ta tête.

Sa réponse ne se fait pas attendre.

— Je t'avais dit que je ne pouvais pas t'aimer !

Je le provoque, exprès.

— Et... ? C'est à cause de ton père, c'est ça ?

Il ne dit rien, mais si ses yeux étaient des armes, je serais morte sur-le-champ.

— Nous sommes pareils, Ugo ! Tu es la chair de ma chair !

Il récite en boucle les mots exacts qu'il serinait quand il était gosse. Ceux qu'à l'époque, je ne comprenais pas, et qui prennent aujourd'hui un sens particulier.

— Non, Hugo ! Tu n'es pas comme lui.

Dans un fol espoir, j'attrape son visage entre mes mains pour l'empêcher de se dérober.

— Écoute-moi ! Tu n'es pas lui !

Un sursaut de raison passe dans ses yeux. Furtif. Mais rapidement, il s'efface. Ce n'est plus Hugo que j'ai en face de moi. Ce sont ses démons...

— Le sang de mon sang !

Il hurle, juste avant de frapper dans la porte dont le battant vacille dangereusement, prêt à se dégonder. Cette fois, j'ai peur pour moi. Vraiment. Je ramasse les pans de tissu qui traînent au sol pour les ramener en boule contre ma poitrine, comme un rempart. Comme s'il pouvait me protéger de lui... Puis je me précipite en dehors de la pièce.

Ce n'est qu'arrivée devant ma chambre que je marque un temps d'arrêt, la respiration haletante, le cœur au bord de l'explosion. Hugo m'a suivie, et je ne sais pas si c'est un regain de lucidité que je perçois dans son regard, mais peu importe...

Il est trop tard...

À la minute où je formule cette pensée, je sais qu'il n'y aura plus de marche arrière possible, et ça me tue. Je déglutis. Non, je ne pleurerai pas. Pas tout de suite. Pas devant lui.

Alors, je me contente de murmurer d'une voix faible :

— Ce n'est pas juste de me faire payer ta lâcheté, Hugo.

Ce sont mes dernières paroles avant que je ne m'engouffre à l'abri. Je ferme rapidement le verrou et m'adosse à la porte, le corps tremblant, le souffle saccadé. Derrière moi, j'entends Hugo, haletant, les mains frappant le bois avec force.

— Violette !

Je sursaute.

Puis, effrayée, je m'empresse de caler une chaise sous la poignée et me réfugie sous ma couette pour me rouler en boule. Quelques secondes plus tard, la porte de sa chambre claque. Et tandis que la distance se creuse entre nous, je me force à fermer les yeux en plaquant mes mains sur mes oreilles pour étouffer le bruit de ses poings qui recommencent à cogner.

57

Je veux que tu saches

Violette

Des coups donnés sur la porte d'entrée me réveillent. Tout mon corps se crispe, hanté par les souvenirs de la veille. Mais devant l'insistance du visiteur, je ne peux faire autrement que d'enfiler mon peignoir et me précipiter dans le couloir pour ouvrir. J'affiche ma surprise lorsque je découvre le visage de l'importun : madame Lonchard, la voisine, dont les traits affichent une inquiétude manifeste.

— Tout va bien, mon petit ? demande la vieille dame d'une voix chevrotante avant de s'approcher pour me souffler tout bas, j'ai entendu du bruit cette nuit. On aurait dit que quelqu'un s'acharnait à abattre le mur.

La comparaison me fait grimacer. Risquant un coup d'œil par-dessus mon épaule, je constate que la chambre d'Hugo est ouverte. Mais elle semble vide. Mes lèvres se pincent lorsque je décide de tromper délibérément mon interlocutrice, afin de ne pas l'inquiéter davantage.

— Oh... euh... C'était Hugo. Il... il m'a aidée à installer des tableaux. Je suis désolée si le bruit vous a importunée, Eugénie.

— Mais quelle idée de faire des trous en pleine nuit, mes enfants !

Elle agite sa canne sous mon nez avant de chuchoter :

— À ton âge, si j'avais eu un homme comme lui dans ma chambre, crois-moi qu'il n'aurait pas perdu de temps à bricoler... Ou du moins, pas cette bricole-là, si tu vois ce que je veux dire...

En temps normal, sa remarque et son air malicieux m'auraient amusée.

— Je vois parfaitement, Eugénie. Ne vous inquiétez pas, cela ne se reproduira plus. Désolée d'avoir troublé votre sommeil.

— Oh ! Ne t'en fais pas, mon petit. Je me rattraperai cet après-midi. Albert vient me rendre visite. Il est tellement soporifique, ce pauvre garçon, que j'en bâille d'avance. Je te parie que je dors avant même qu'il n'ait terminé sa première anecdote de bureau. Mais bon, que veux-tu... Je ne peux pas lui en vouloir. Il n'a que moi pour écouter ses histoires. Allez, il faut que je me dépêche de rentrer. J'ai mon bourguignon sur le feu. Bonne journée, mon petit.

— Bonne journée, Eugénie.

Je pousse la porte, l'ombre d'un sourire fiché sur les lèvres en repensant à l'image un tantinet coincée de ce neveu qui vient la voir chaque semaine. Mais une fois le battant refermé, la réalité me rattrape. Froide et implacable. Je reste un moment le dos collé à la porte. Je me sens mal, comme si quelqu'un avait pris mon cœur et l'avait déchiré pour en éparpiller les morceaux au gré du vent. Tous mes souvenirs reviennent à la surface, étonnamment détaillés. J'aimerais hurler ma colère, me révolter, mais je me sens lasse. Je n'ai plus envie de me battre. Pourtant, la peur est toujours là, en embuscade. Attentive au moindre frémissement.

Oui. C'est la première fois que j'ai peur d'Hugo. Autant de ses gestes qu'à cause de ses paroles. Et lorsque je retourne dans ma chambre pour préparer mon départ, c'est avec une sorte de précipitation. Comme si tout mon être me criait de fuir. Au fond, il a raison. Il faut que je quitte cet endroit au plus vite. Cohabiter avec lui, alors qu'il vient de balayer notre amitié tel un vieux tas de poussière, me serait insupportable.

Dans trois jours, je pars pour les États-Unis. C'est une nouvelle page de mon existence qui se tourne. Alors, autant refermer ce chapitre dramatique le plus rapidement possible.

Mes pas résonnent dans le couloir tandis que je traîne derrière moi trois ans de vie dans une valise pleine à craquer. La porte d'Hugo restée ouverte attire mon regard. Les stigmates de ses coups ont laissé sur le mur des traces écarlates qui se mêlent au plâtre effrité. Le tableau est glauque, mais effrayant aussi. Je n'avais pas mesuré qu'il puisse faire preuve d'une telle violence. À présent, je sais.

Je me presse et me dirige à l'étage. Pourquoi là, pourquoi maintenant ? Je ne saurais le dire. C'est comme si un fil me conduisait jusque dans le salon. Jusqu'à lui... Je le trouve sur la terrasse, les mains posées sur la rambarde, tel un spectre immobile. L'émotion me serre la gorge. J'hésite un court instant.

Je ne peux pas partir sans lui dire au revoir.

Le bruit des glissières de la baie vitrée lui fait tourner légèrement la tête, juste assez pour que je puisse admirer son profil aux lignes pures qui se découpe sur le ciel de Paris. Il m'attendait.

Mon trouble augmente à mesure que les secondes passent. Il paraît que la perfection a un prix. Chez Hugo, c'est celui de ses démons.

Quelque chose dans son attitude m'oblige à approcher, jusqu'à me trouver derrière lui. J'ai la soudaine envie de le serrer dans mes bras... Je lève la main, mais me ravise au dernier moment, la gorge nouée. Je ne sais pas quoi lui dire. Alors, quel autre choix que celui de partir en silence, tout simplement ?

Mon bras retombe et je fais volte-face.

— J'avais six ans...

Je m'arrête. La voix d'Hugo est douce et pleine d'émotions contenues. J'ai du mal à la reconnaître. On dirait un enfant. Je comprends alors qu'enfin, il a décidé de me parler. Ses yeux semblent s'être déjà évadés à la recherche d'un sombre passé. Je le vois à son visage muré dans un masque de noirceur et ses doigts qui se crispent sur le fer forgé jusqu'à devenir blancs.

— J'avais six ans quand il a levé la main sur elle pour la première fois. C'était un soir où nous revenions de la fête foraine. *Il* était avec des amis. Des « frères de sang », comme il les appelait. Mais l'un d'eux a eu le malheur de regarder ma mère de trop près. Un simple compliment. Parfaitement anodin. Auquel ma mère a répondu par un sourire. Elle ignorait que ce geste signerait son arrêt de mort. Car pour *lui*, c'était une véritable trahison.

Il marque un temps d'arrêt, comme pour reprendre son souffle.

— Ce jour-là, *il* lui a cassé le nez. Mais en soit, ce n'était pas grand-chose comparé au type qu'on a retrouvé à moitié mort sous la fenêtre de notre appartement.

Mon Dieu...

La bouche d'Hugo se tord en une grimace amère.

— Malgré mon jeune âge, j'ai compris ce que voulait dire faire partie du clan Moretti. La richesse, l'opulence, la bonne éducation... Une façade qui cache la dépravation et la violence.

Il inspire profondément, le regard voilé, fixant un point invisible dans le ciel.

— Depuis ce jour, *il* n'a eu de cesse de la violenter, rongé par sa jalousie excessive et son pouvoir de domination. Ma mère n'avait plus le droit à rien. Il a fini par la séquestrer. Afin de la garder pour lui seul.

Je pose mes mains près des siennes, le tirant de ses pensées. Et lorsqu'il se tourne enfin vers moi, je pressens la douleur ravivée par ses souvenirs d'enfance.

— Est-ce qu'il a aussi... levé la main sur toi ?

Sa mâchoire se contracte.

— Une fois. Une seule. J'étais son fils unique. Son héritier. Il me disait qu'on était pareils, lui et moi. La chair de sa chair. Le sang de son sang. Mais moi, je le détestais.

Ses lèvres se pincent.

— Un jour, j'ai osé m'élever contre lui et m'interposer alors qu'il s'apprêtait à frapper ma mère. Il n'a pas apprécié. J'ai payé cher cette erreur, mais je m'en foutais. J'avais évité à ma mère une nouvelle humiliation. C'est ce qui l'a poussée à vouloir le quitter.

Oh, merde... L'image du petit garçon s'impose à mon esprit. Quand il est arrivé chez nous la première fois, il était distant, froid, mais dans son regard brûlait une rage incommensurable. Je comprends pourquoi.

— Il...

Il passe nerveusement sa main dans ses cheveux.

— Tu n'es pas obligé de poursuivre, Hugo.

— Si. Je le veux. Je veux que tu saches... Il a toujours su que ça arriverait.

Je secoue la tête.

— Comment ça ?

— Qu'on le trahirait. Il l'a toujours su. Comme s'il avait un sixième sens pour ces choses-là. Et il avait raison. Un an plus tard, ma mère demandait le divorce et le dénonçait au procureur spécialisé dans les affaires familiales. Cela faisait un moment qu'elle l'avait contacté, et elle le voyait en cachette quand mon père s'absentait. Il avait accepté de l'aider.

Il a ce petit sourire triste.

— Pour ma mère, cet homme était notre ticket de sortie. Elle pensait qu'on pourrait s'enfuir et qu'il nous protégerait. Mais elle a fait l'erreur de sous-estimer la folie de Moretti...

Lorsque je pose ma main sur la sienne, il s'échappe et se met à faire les cent pas, tel un lion en cage. Ça a l'air tellement difficile pour lui de parler de ces traumatismes qui ont marqué son enfance. Qui le marquent encore.

— Tu sais ce que ça signifie de te marier avec un chef de la mafia ?

J'ouvre la bouche, incapable de répondre.

— Quand tu épouses l'homme, tu épouses son clan. Et on ne quitte pas un clan, Violette. C'est la mort qui nous arrache à lui.

Ses mots sonnent comme une sentence. Dramatique et implacable.

— Pour la garder, Moretti a choisi de la tuer. Ma mère l'a compris à l'instant même où il a passé la porte. Elle m'a caché dans le placard et est allée à sa rencontre. Certainement qu'elle espérait me sauver en se sacrifiant.

Hugo s'arrête, le souffle court, les yeux hagards. On dirait qu'il revit la scène... Et j'ai du mal à supporter la souffrance qui se peint sur son visage.

— Je me suis toujours dit que quelque part, il avait raison. J'étais comme lui. Incapable de maîtriser ces pulsions assassines qu'il avait l'art d'attiser en moi. Parce qu'à l'instant même où il a levé la main sur elle, j'ai voulu qu'il meure.

Ses doigts agrippent les miens quand il se replace face à moi.

— Je le haïssais tellement, Pupi... Putain, tu ne peux même pas imaginer à quel point je voulais le voir crever quand je l'ai surpris, là, les mains autour de son cou... Ce salaud a cru que je ne ferais rien. Que je n'oserais pas. Il a même ri en me voyant. Après tout, je n'étais qu'un gosse...

Un frisson d'effroi me parcourt l'échine, alors que j'appréhende la suite. Pourtant, j'ose demander :

— Que s'est-il passé ?

Le sourire machiavélique qui se fiche sur les lèvres d'Hugo restera à jamais gravé dans ma mémoire.

— Je l'ai tué.

58

La seule et unique

Violette

Comment rester insensible à l'histoire d'Hugo ? Comment ne pas avoir le cœur brisé à l'idée de ce petit garçon torturé commettant l'irréparable pour sauver sa maman d'une mort certaine ? Bon sang, j'aimerais être assez forte pour retenir mes larmes. Cependant, je ne le suis pas. Et c'est avec une certaine honte que je laisse l'homme que j'aime me serrer contre lui pour me réconforter.

Le reniflement que j'opère dans le col de sa chemise est d'autant plus gênant qu'il s'accompagne de secousses incontrôlables.

— Je suis désolée...

— Ce n'est rien, murmure le jeune homme en caressant mes cheveux. J'en ai d'autres...

Je ne retiens pas le pauvre sourire qui se fiche sur mes lèvres, nichées dans son cou.

— Je ne parlais pas de ta chemise.

Même si je suis navrée de ruiner cette création Armani avec mon maquillage dégoulinant, ce n'est pas pour cette raison que je m'excuse. Hugo me serre un peu plus contre son torse, sa main appuyée derrière ma nuque.

— C'est moi qui devrais être désolé, Pupi. Quand je suis comme ça, je... je n'arrive pas à contrôler ce qui se passe dans ma tête. Je ne supporte pas l'idée de ne pas pouvoir me maîtriser...

— Ne t'excuse pas. Ce n'est pas ta faute. À présent, je sais...

Il s'écarte et tandis que je relève la tête vers lui, prend le temps d'essuyer le rimmel qui se délaye sous mes yeux. Son regard explore mon visage à la recherche de je ne sais quoi. Et puis, sans que je puisse l'anticiper, il embrasse ma bouche. Comme si c'était la chose la plus naturelle du monde.

— Tu es et tu resteras ma meilleure amie, Violette. Tu es la seule et unique personne sur cette planète avec qui j'aurais voulu partager mes secrets. Mais...

Mais...

Ce « mais » reste en suspens. Comme une barrière infranchissable entre nous. Tout comme ses mots qui me font l'effet d'une lame incandescente s'enfonçant douloureusement dans mes entrailles.

— Je ne reviendrai pas sur ce que j'ai dit. S'il t'arrivait malheur par ma faute, je ne me le pardonnerais jamais...

— Alors, c'est décidé ? Tu pars ?

Ma mère me fixe d'un œil inquisiteur, le dos appuyé contre le chambranle de la porte. Évidemment, elle est perturbée à l'idée que j'aie pris cette décision aussi rapidement. Moi qui n'ai jamais quitté la région parisienne et qui suis toujours restée dans le sillage de mes proches.

— Oui.

— Bien. J'imagine que je devrais te féliciter pour cette merveilleuse opportunité. Mais...

Encore ce mot !

— ... Mais j'espère que tu ne le fais pas pour de mauvaises raisons.

J'ignore sa remarque et poursuis le déballage de ma valise. Hélas, ma mère est certainement la personne la plus entêtée qui soit. Après moi, bien sûr. Elle s'avance dans la chambre et entreprend de m'aider à plier mes t-shirts. Je vois bien qu'elle s'efforce de garder le silence, pourtant, à l'intérieur, elle trépigne d'impatience de me cuisiner. Je la laisse mariner jusqu'à ce qu'elle n'y tienne plus et demande d'un air pincé :

— Il le prend comment ?

Inutile de préciser qu'elle parle d'Hugo.

— C'est-à-dire ?

Ma mauvaise foi manifeste la fait soupirer.

— Tu sais très bien ce que je veux dire. Depuis que tu as huit ans, vous n'avez jamais été séparés, Hugo et toi.

C'est vrai. Je ne peux pas le nier.

— Oui. Et ensuite ? Je ne peux pas passer ma vie à attendre. Il faut que j'avance. Et lui aussi.

C'est la première fois que j'évoque avec elle ce que je ressens pour Hugo. La voir hausser les sourcils m'agace.

— Il aura du mal à supporter ton absence. J'espère juste que tu en as conscience. Tu sais très bien qu'il n'y a que toi qui...

Qu'est-ce qu'elle cherche, exactement ? À me culpabiliser ?

— Oui, je sais, maman ! Tu crois quoi ? Que c'est facile pour moi de prendre cette décision ? Non, ça ne l'est pas. C'est dur ! Terriblement dur. Mais c'est la seule solution qui s'offre à moi. Et puis, je lui ai fait une promesse...

C'est vrai. J'ai fait cette chose incroyable de lui jurer que je m'éloignerais de lui. Je me radoucis en voyant ses traits assombris d'un voile de tristesse.

— Je refuse qu'on en vienne à se détester.

Elle pose sa main sur la mienne pour la presser délicatement.

— Je n'ai jamais compris votre relation... Je dois être trop arriérée. Seulement, j'ai l'impression que depuis quelque temps, vous en souffrez.

C'est comme si j'avais attendu ces mots pour laisser tomber les barrières. Mes épaules s'affaissent et mes yeux s'emplissent d'amertume. Ma mère m'attire vers elle et je me laisse aller dans la douceur réconfortante de son étreinte.

— Tu l'aimes ? murmure-t-elle, sa main caressant mes cheveux.

Je hoche la tête d'un mouvement imperceptible. J'ai presque honte de l'avouer.

— Tu sais, il est des personnes qu'il est difficile d'aimer. Non pas qu'elles ne le méritent pas, mais parce qu'elles érigent des barrières qui sont, pour nous, infranchissables. L'amour les terrorise. Hugo en fait partie.

— Je sais. Et je sais aussi pourquoi.

Elle se fige, et je devine alors qu'elle aussi est au courant. *Depuis combien de temps ?*

— Je peux ?

Est-ce un hasard si Allegra apparaît à cet instant dans l'embrasure de la porte ? Ma mère s'écarte, mais garde le silence.

— Depuis combien de temps es-tu ici ? demandé-je à la nouvelle venue.

Le sourire d'Allegra me fait l'effet d'une imposture.

— Depuis suffisamment longtemps.

Elle s'approche du lit et ma mère s'éloigne pour lui laisser sa place. Ses yeux rougis trahissent son émotion. Mais comme toujours, elle préfère battre en retraite plutôt qu'afficher une quelconque faiblesse.

— Je vous laisse, je vais préparer le déjeuner, dit-elle après avoir brièvement serré son amie contre elle, en témoignage de soutien.

Une fois que nous sommes seules, Allegra attrape machinalement une brosse.

— Tu permets ?

J'acquiesce et elle entreprend de me démêler les cheveux. Elle a toujours fait ça, dans les moments d'intimité où étant petite, elle venait me raconter des histoires de son pays. C'était comme un rituel empli de tendresse.

— Quand pars-tu ? demande-t-elle, après quelques instants.

— Samedi, en fin de journée.

Mon cœur se serre. Je sais qu'elle n'est pas venue ici pour me parler de mon vol à destination de New York. Et cela se confirme quand elle murmure :

— Son vrai nom, c'est Ugo Francesco Zanella Moretti.

Je tourne légèrement la tête, suffisamment pour apercevoir la mélancolie qui a pris possession de son regard.

— Lorsque nous avons été forcés de quitter les Abruzzes, j'ai entamé des démarches pour changer nos identités. C'était pour moi une façon de nous protéger, Ugo et moi, mais aussi de tourner la page. Quelle idiote...

Elle arrête son geste et repose la brosse avant de s'asseoir à côté de moi. Un voile de haine déforme à présent ses traits.

— J'aurais dû savoir que l'influence nocive de Vito était imprégnée en nous. Quand les démons vous habitent, ils finissent toujours par surgir.

Je reste silencieuse, par peur de la bloquer dans son récit.

— Lorsque j'ai demandé le divorce, j'ai aussi donné à la police les informations qui ont permis au procureur de saisir le tribunal pour intenter un procès contre lui. Ça l'a rendu fou. Vito a toujours exigé des siens une loyauté sans faille. Il ne supporte pas qu'on lui soit infidèle... La suite, tu la connais à présent.

Oui... Cette fameuse nuit où Hugo a tué son père.

— J'ai été naïve au point de penser que nous serions tranquilles après ça. Vito était mort, et nous étions libres. Mais rien n'arrête le diable. Pas même la foi... Le Clan nous a pourchassés pour le venger. J'ai bien demandé à bénéficier d'une protection de témoins. Mais elle m'a été refusée.

— Le procureur ne vous a pas aidés ?

— Il est mort quelques jours après le drame dans un accident de la route. Une coïncidence, selon la police. Mais moi, je sais qu'il n'en est rien. Giuseppe était le seul magistrat qui avait encore une intégrité.

Elle marque un temps d'arrêt, ses yeux s'évadant par-delà les souvenirs, avant de prendre ma main dans la sienne.

— Tu le sais, je n'aime pas ressasser les vieilles histoires. Mais il était important que je t'explique ce qui s'est passé. Je regrette de ne pas l'avoir fait plus tôt.

Ses doigts suivent machinalement la broderie du dessus-de-lit.

— Le silence est la meilleure des protections. J'ai eu de la chance d'avoir ta mère pour amie.

J'en déduis qu'elle lui voue une confiance absolue.

— Pourquoi me dire ça maintenant, Allegra ?

Son long soupir m'émeut.

— Je ne sais pas. Peut-être parce que je connais l'amour que tu portes à mon fils ? J'ai conscience que tu souffres qu'il ne soit pas partagé... Enfin, pas comme tu le souhaiterais. Mais je t'en prie, n'en veux pas à Ugo. Ce passé tragique a affecté le petit garçon qu'il était, mais aussi l'homme qu'il est devenu. Aujourd'hui, il a peur de cet amour que tu lui portes. Il croit qu'il est comme son père... Et même si je suis persuadée du contraire, je comprends qu'il préfère renoncer à toi plutôt que risquer de te faire du mal.

Je me redresse et me dirige vers l'autre côté de la pièce. J'ai du mal à retenir les larmes qui montent. Il me faut plusieurs secondes pour parvenir à répondre, les yeux larmoyants, un pauvre sourire pathétique vissé sur les lèvres, comme un signe de résignation.

— C'est en renonçant qu'il me perd, Allegra.

Je me retourne face à elle.

— Mais je ne pourrai jamais lui en vouloir. Ce qu'il y a entre Hugo et moi, c'est plus fort que ça. C'est indestructible.

59

Il y a une alerte !

Violette

C'est un samedi comme tous les autres. Enfin, presque... En réalité, j'aimerais qu'il le soit. Mais c'est complètement insensé de vouloir prétendre que tout est normal, alors que dans quelques heures à peine, je m'envolerai pour les États-Unis. Et le pire, c'est qu'Hugo est là, lui aussi... D'humeur taciturne, mais présent.

Il ne manquerait pour rien au monde ce rituel auquel on s'adonne depuis qu'on a quitté le cocon familial. C'est étrange. Parce que tout le long du repas, on fait comme si... comme si rien n'avait changé entre nous. Comme si on n'avait jamais couché ensemble. Comme si dans quelques heures, je ne partais pas à l'autre bout du monde avec un autre homme... alors qu'à l'intérieur, j'ai l'impression de lutter comme une acharnée pour ne pas montrer à quel point je suis mal.

La grande table de la salle à manger, décorée comme toujours avec soin, me paraît anormalement gaie lorsque j'installe les assiettes à dessert en porcelaine. Peut-être parce que ce sont les préférées d'Hugo ? Celles avec le liseré d'or à propos desquelles il s'amuse à taquiner ma mère et ses goûts pour les vieilleries. Ou parce que ses potes nous ont rejoints pour la fin du repas, comme il leur arrive parfois de le faire ? Je soupçonne Hugo de leur avoir demandé de venir exprès, pour ne pas avoir à être seul face à moi quand je partirai.

— Voilà ! C'est Hugo qui a apporté les desserts.

Ma mère, toujours aussi admirative, dépose sur la table trois boîtes à gâteau contenant de magnifiques Paris-Brest.

José émet un petit sifflement admiratif.

— De *Chez Durand* ! Carrément !

Hugo n'a pas fait les choses à moitié en achetant ces pâtisseries franciliennes emblématiques directement dans l'établissement de son créateur, à Maisons-Laffitte.

— Ton gâteau préféré, Violette..., souligne ma mère.

— Oui. Je devrais peut-être partir plus souvent.

Je n'ai pas pu m'en empêcher. Ma mère laisse le couteau en suspens au-dessus de la pâte à choux, sans savoir si elle doit me sauter à la gorge ou pleurer.

— C'est notre dernière journée, murmure Hugo d'une voix sourde en se penchant vers moi.

Sous la table, sa main se pose sur la mienne.

— Tu ne crois pas qu'on devrait faire en sorte qu'elle reste agréable ?

Son regard noir me brûle la joue et dément la douceur de ses paroles. Mais il a raison. Je retire mes doigts et tends mon assiette, un sourire pincé aux lèvres.

— Désolée. C'était mesquin.

Légèrement honteuse, je me résigne à rester d'humeur égale tout le reste du repas. Même lorsqu'Ayako, l'amie d'Hugo, aborde le sujet que je voulais éviter.

— Ton vol est à quelle heure, Violette ?

— Vingt et une heures trente. Cole m'attend pour dix-huit heures. Il a tout fait en ligne, mais nous devons tout de même nous enregistrer trois heures avant le décollage.

Un coup d'œil rapide à ma montre m'indique qu'il me reste un peu plus de deux heures trente pour me rendre à Roissy. L'échéance approche, augmentant mon trouble.

— Alors ? Ça t'est venu comme ça de quitter le pays ? intervient

Ghislain. Avoue, il y a un mec là-dessous.

Comme s'il n'était pas au courant... Machinalement, je lance un regard en direction d'Hugo. Son visage n'affiche aucune émotion.

— Peut-être... Mais c'est surtout pour le travail que j'y vais.

— Dommage, rétorque Ayako d'une voix douce. J'aime bien l'idée de tout quitter par amour.

Un bruit de vaisselle nous fait sursauter. Hugo a lâché sa cuillère dans son assiette. Coïncidence ou conséquence ? Aucune idée. Quoi qu'il en soit, quand José l'attrape par les épaules pour lui faire un câlin, j'ai comme l'impression qu'il se retient de lui coller son poing dans la figure. Particulièrement lorsque son ami demande d'une voix moqueuse :

— Et comment il va faire notre bichon pour vivre sans sa Pupi ?

— Ta gueule, José ! grogne Hugo d'un ton menaçant.

Le jeune homme s'écarte, les mains en l'air.

— Oh, mais il fallait me dire que c'était un dossier sensible. Désolé, mon pote...

Le sujet est clos. Cependant, Hugo ne me lâche pas des yeux. Je me retrouve prisonnière de ses prunelles sombres, desquelles je ne peux me soustraire. La culpabilité revient me ronger tandis que je repense à sa dernière crise. Qui va le calmer quand je serai partie ? Enéa ?

— Mia ne devrait plus tarder, poursuis-je pour éviter d'y penser. Elle tient à m'accompagner jusqu'à l'aéroport. Désolée, il faut que je prépare mes affaires.

Joignant le geste à la parole, j'essuie ma bouche et me précipite dans le couloir en direction de ma chambre. Mais arrivée à la porte, quelque chose vibre dans ma poche. J'attrape mon téléphone et aussitôt, le visage de Mia apparaît lorsque je lance l'appel vidéo.

— Oh putain, ma chérie, c'est la merde !

Elle est entourée de voyageurs, pressés les uns contre les autres. L'entendre jurer comme un charretier ne me dit rien qui vaille.

— Quoi ? Que se passe-t-il ?

— Un sac perdu dans le métro. Il y a une alerte ! Toutes les lignes du coin sont stoppées le temps qu'ils vérifient s'il s'agit ou non d'un colis piégé ! Je suis bloquée à Châtelet. Et avec les travaux sur les autres lignes, c'est impossible que tu arrives à l'heure à Roissy, ma belle...

Le doute se fraye un chemin jusqu'à mon esprit déjà troublé.

— Je suis dégoûtée, Violette, pleurniche Mia. Je ne vais même pas pouvoir te dire au revoir.

Je ravale ma déception.

— T'inquiète pas pour ça. On se fera un câlin virtuel. Et puis, je ne pars que quelques semaines, hein ?

Je n'arrive même pas à me convaincre moi-même. Mon amie sourit derrière ses larmes.

— T'as intérêt, ma vieille ! De toute façon, t'es obligée de passer ton oral de fin d'année. Allez, dépêche-toi de trouver un plan B, sinon tu vas louper ton vol. Je t'aime fort, ma belle.

— Bisous, Mia. Moi aussi, je t'aime. Je t'appelle plus tard !

Je reste quelques secondes à fixer l'écran noir de mon portable quand la voix d'Hugo retentit derrière moi, me faisant sursauter.

— T'as pas de plan B, avoue !

Il m'a suivie, et à voir sa tête, il n'a rien manqué de la conversation Je grimace lamentablement. Mon cerveau tourne à plein régime, s'efforçant de trouver une solution. Mais j'ai beau me creuser les méninges, effectivement, je n'ai pas de putain de plan B ! Je fonce dans ma chambre, Hugo sur les talons.

— Je vais appeler un taxi.

— Pfff, il ne sera pas ici avant au moins trente minutes, rétorque-t-il du tac au tac.

— Alors, je vais emprunter la voiture de maman !

En panique, je commence à regrouper mes affaires. Mais là encore, Hugo m'arrête.

— On est samedi, Pupi. À cette heure-là, sur le périph', ça va être l'enfer.

Je n'ai jamais aimé conduire, préférant la sécurité des transports en commun. Alors dans les bouchons, autant dire que ce serait carrément une expédition. Je me laisse tomber sur le lit, dépitée.

— Comment je vais faire ?

Il n'en fallait pas plus à Hugo pour me donner la solution. Celle que je redoutais et que mon esprit refusait de formuler.

— Je vais t'emmener.

— Non ! Jamais je ne monterai sur ton engin de mort !

— Vraiment ? Tu serais prête à tout remettre en question parce que tu as peur de monter sur ma moto ?

Hugo attrape le casque qu'Ayako a déposé sur la console dans le couloir et me le tend. Son expression a changé, et je décèle dans son regard une lueur machiavélique tandis que sa voix se fait plus rauque. Plus pernicieuse.

— Jusqu'où es-tu prête à aller pour trouver l'amour que tu convoites, Violette ?

Ce n'est pas une question. C'est un défi qu'il me lance en me toisant de toute sa hauteur. Encore une fois, il me provoque et joue avec mes nerfs. Il me connaît si bien qu'il sait que je ne peux résister à son manège.

Serrant les dents, je me lève face à lui et soutiens son regard. Puis, sans prévenir, je lui arrache le casque des mains en redressant fièrement le menton, des flammes dans les yeux.

— T'es vraiment un enfoiré, tu sais ça ?

J'attrape un sac à dos et vide le contenu de ma valise sans plus me préoccuper du sourire qui plane sur les lèvres d'Hugo.

60
C'est l'heure...

Violette

— Tu es sûre que tu veux faire ça ?

Ma mère me tend ma valise souple Cabaïa que j'ai troquée contre l'autre, impossible à transporter en deux-roues.

— Oui, maman, c'est la seule solution si je veux arriver à l'heure pour mon rendez-vous.

— Mais tu n'as jamais aimé la moto ! Et puis, c'est trop dangereux avec ça sur le dos !

— Je sais. Merci de me rappeler que je vais monter sur un cercueil ambulant !

L'humour noir à cet instant fatidique n'est pas vraiment indiqué, mais c'est la seule façon pour moi de dédramatiser la situation et gérer mon stress.

— Cesse de la faire paniquer, intervient Hugo dans mon dos. Je te promets de l'emmener à bon port en un seul morceau. Dans moins d'une heure, ta précieuse fille sera en train d'enregistrer ses bagages.

— Et il croit me rassurer en me disant cela !

— Hugo est le meilleur pilote que je connaisse, Flore. Vous pouvez être rassurée, intervient José.

Il en profite pour la prendre par les épaules et l'approcher de lui. Ma mère est une très jolie femme, et José ne manque pas une occasion de lui montrer son intérêt. Mais devant son grossier manège, elle le repousse gentiment en lui tapant le bras.

— Arrête de perdre ton temps, mon garçon. Va courir après les femmes de ton âge. Et toi, je te préviens, ajoute-t-elle en tendant son index manucuré sous le nez d'Hugo, t'as intérêt à être prudent. Sinon, tu auras affaire à moi !

Je pouffe nerveusement, mais mon sourire s'efface quand l'intéressé glisse mon sac à dos dans le top case.

— Ne t'en fais pas. Violette m'est bien trop précieuse pour que je prenne le risque de l'abîmer.

J'enfile mon casque pour cacher le rouge qui me monte subitement aux joues. Heureusement, ma mère fait diversion en s'approchant pour refermer la fermeture Éclair de mon blouson, emprunté dans le stock d'Hugo. Avec toutes les filles qu'il a ramenées à la maison, il pourrait clairement ouvrir une boutique de fringues.

— Tu fais attention à toi, hein ?

Je lève les yeux au ciel dans mon casque.

— Oui, maman.

— Et tu m'appelles sans faute dès que tu as atterri !

Je hoche la tête et la laisse me serrer contre elle.

— Je t'aime, chérie.

— Moi aussi, maman. Je t'aime.

— Après toi, princesse, m'invite Hugo en avançant son bolide.

Je peux compter sur les doigts de mes mains le nombre de fois où je suis montée à l'arrière de son CB750 Hornet. Alors, j'avoue que je n'en mène pas large.

Prendre le périph' sur un deux-roues à une heure de grande circulation n'est pas vraiment le plus sécurisant pour quelqu'un qui appréhende l'exercice. Pourtant, j'inspire un grand coup et enjambe la selle pour me caler derrière lui, sans montrer la moindre hésitation. Mais mon chauffeur n'est pas dupe. D'un geste rassurant, il caresse ma cuisse avant de placer ses mains de part et d'autre, au creux de mes genoux. D'un mouvement sec, il me ramène contre lui, de façon que mon buste vienne se plaquer contre son dos.

— Avec les sacs, il vaut mieux ne pas laisser le moindre espace entre nous. Je m'en voudrais de te perdre sur l'autoroute.

Il se fout de moi, en plus ! J'affiche mon mécontentement d'une pichenette sur son casque.

— Tu n'es pas plutôt censé me rassurer, là ?

— Ne me dis pas que tu as la trouille ?

— Tais-toi, et démarre ! Je vais louper mon vol à cause de toi.

Avec un petit sourire, il s'exécute et la sensation du moteur qui vrombit entre mes cuisses me file des frissons. Comme s'il en avait conscience, Hugo donne plusieurs coups d'accélération-freinage qui me poussent un peu plus vers lui.

— C'est puissant, hein ?

Connard ! J'ai envie de l'étrangler. Mais déjà, il me désigne sa montre.

— Quarante-cinq minutes, Pupi. Top chrono.

Sans attendre ma réponse, il ferme sa visière d'un claquement sec et attrape mes mains pour les serrer fermement autour de sa taille.

— C'est parti !

Puis il quitte la cour sous les regards mi-inquiets, mi-tristes de nos mères.

C'est comme voguer sur une mer invisible, bercés par des vagues ondulantes qui nous entraînent tantôt d'un côté, tantôt de l'autre. J'avais presque oublié la sensation de liberté que procure la moto. Ce côté aérien qui nous donne l'impression d'être invincibles. Hugo tourne légèrement la tête vers moi.

— Accroche-toi, Pupi, dit-il avant de s'engager sur le boulevard périphérique.

Les warnings activés, le pilote se faufile aisément dans les ralentissements et s'engage sur la double file, laissée libre par les automobilistes. Plusieurs fois cependant, il doit jouer du klaxon pour prévenir de notre arrivée, anticipant la manœuvre éventuelle des conducteurs à cran. Dans ces moments-là, je cale ma tête sur son épaule, préférant fermer les yeux pour ne pas voir arriver le danger. J'oublie que la vitesse est limitée à cinquante kilomètres-heure et que son compteur affiche bien plus.

Toutefois, je ne peux m'empêcher de penser à ce qui pourrait se passer si, malgré sa vigilance, une voiture faisait une embardée devant nous ou changeait de file au dernier moment.

Quelques minutes plus tard, nous délaissons le périphérique au profit de l'autoroute, plus fluide. Hugo maîtrise parfaitement son engin, slalomant avec assurance entre les véhicules qui, malgré l'affluence, roulent à une vitesse trop rapide à mon goût. Néanmoins, je refuse de céder à la peur.

Et bientôt, son aisance ainsi que la justesse de ses trajectoires finissent par me convaincre. Je me laisse porter, en confiance jusqu'à destination.

Quand il stoppe le deux-roues à l'intérieur du parking souterrain, je me sens légèrement grisée, les jambes tremblantes.

— Ça va ? T'as survécu ? demande Hugo en ôtant son casque.

Comment dire non, alors que je ne parviens pas à effacer le fichu sourire collé sur mes lèvres ?

— Oui, merci.

Il positionne sa béquille avant de descendre pour se placer devant moi et m'aider à ôter la valise de mon dos. Lorsque je retire mon casque à mon tour, il prend soin de replacer mes cheveux correctement.

— Encore deux, trois virées comme ça, et tu deviendras accro.

— C'est ça, rêve ! dis-je en lui tendant mon blouson. C'était un cas de force majeure, je te rappelle.

Hugo dépose nos casques et mon blouson dans le placard de la consigne, puis sort mon sac à dos du top case avant de le fixer sur ma valise.

— Le terminal 2E est juste au-dessus.

Je lui emboîte le pas jusqu'à l'étage. Il est dix-huit heures trente. Le grand hall nous accueille avec son brouhaha caractéristique et ses nombreuses boutiques. Je me fie à Hugo et le laisse me guider dans l'aéroport, jetant de temps à autre un coup d'œil sur les panneaux lumineux. À mesure que l'on avance, le poids du stress prend de l'ampleur. Je ne parviens pas à savoir si c'est le vol ou l'idée d'abandonner Hugo ici, dans ce long couloir, qui me fiche mal au ventre. Pourtant, quand le jeune homme s'arrête, cela devient une évidence.

— Nous y voilà, dit-il en glissant ses mains dans les poches de son jean.

Sa voix n'a plus le ton léger qu'elle renvoyait quelques minutes plus tôt. Elle est plus grave. Aussi tendue que je puisse l'être moi-même quand je réalise qu'il n'a pas prévu de m'accompagner jusqu'à mon point de rendez-vous.

Je l'interroge du regard, avec le vain espoir qu'il démente mon pressentiment.

— Je crois que c'est par là, dit-il dans un mouvement de tête.

Je hoche la tête.

Je n'ai pas besoin de regarder dans la direction qu'il me désigne. Quelques mètres plus loin, je sais que Cole est là, à m'attendre près des comptoirs d'enregistrement.

Il est dix-huit heures trente-neuf. Je me fige. D'ici quelques heures, il n'y aura plus de retour possible. Je serai loin d'Hugo. Je ne pourrai plus le voir, le toucher, le sentir...

Et ce que je redoutais par-dessus tout devient soudain une réalité effrayante que j'ai du mal à encaisser.

61
Tu me promets d'être heureuse ?

Violette

L'ombre d'un sourire apparaît sur ses lèvres tandis qu'Hugo s'approche de moi. Il se veut rassurant, mais ça ne prend pas. Je sens bien que la tension qui l'habite est égale à la mienne. C'est de la torture. Il faut qu'on en finisse. Et vite.

J'attrape la poignée de ma valise et glisse l'anse de mon sac à dos sur mon épaule, avant de m'avancer vers lui.

— Merci, Hugo. Pour tout.

Je l'enlace brièvement pour ne pas craquer, embrassant ses joues comme je le ferais avec un bon ami. Mais alors que je m'apprête à faire demi-tour, il m'en empêche en saisissant mon poignet.

— Eh !

Oh non...

La carapace que j'ai pris soin d'ériger autour de mon cœur s'effrite inexorablement lorsqu'il m'attire à lui, sans se soucier de ma réticence ni de mon air apeuré.

— Viens par là !

Mon instinct de protection me crie de reculer, mais je n'en ai pas la force. Pas l'envie. L'odeur d'Hugo m'enveloppe déjà comme un linceul, emprisonnant mes sens dans un cocon épicé.

Je m'effondre contre lui, le front posé sur son torse pendant qu'il embrasse mes cheveux, sa main glissée derrière ma nuque.

Jusqu'à ce qu'il m'oblige à relever la tête vers lui.

Pendant plusieurs secondes, peut-être même plusieurs minutes, nous restons là, en plein milieu du hall, comme figés dans la contemplation l'un de l'autre. Le monde qui nous entoure disparaît peu à peu. Il n'y a plus que nous, inondés par la lumière chaleureuse diffusée par les vitres du terminal 2. Peu importe la faune des voyageurs pressés qui grouillent et nous contournent avec des soupirs agacés. Peu importent les curieux qui nous observent, dérobant au passage une part de notre intimité. Il n'y a plus que nous deux, dans cette bulle émotionnelle qui nous serre la gorge, mais nous rapproche, inexorablement.

Je le laisse faire quand il caresse mes joues de ses pouces, captive de son aura familière devenue pour moi une véritable addiction. Je lève la tête vers lui.

— Tu me promets d'être heureuse avec Machin, Pupi ?

Je vois bien qu'il se force à sourire. La boule d'angoisse qui s'était logée confortablement dans ma gorge depuis une semaine menace à présent de m'étouffer. Mes résolutions s'envolent. Et pourtant, mes lèvres s'étirent malgré moi. Qu'est-ce que je pourrais bien répondre, si ce n'est demander en retour :

— Et toi, Hugo ? Me promets-tu de l'être avec Enéa ?

Il marque un temps d'hésitation, puis se penche, son souffle balayant mon visage.

— Tu ne réponds pas à ma question.

— Pas plus que tu ne réponds à la mienne.

J'ai l'impression que ma réponse pourrait conditionner toute l'histoire. Troublée, je me perds dans ses prunelles tandis que nos sourires s'effacent, inexorablement. Mon sac glisse de mon épaule et finit par s'écraser à mes pieds avec le reste de ma volonté.

Sans un mot, Hugo dépose un baiser sur mon front. Ma joue. Ma bouche. Un baiser léger, auquel je réponds en montant sur la pointe des pieds. Je le vois se figer, avant qu'il ne finisse par briser les barrières.

— Oh bordel, Pupi...

Il écrase ses lèvres sur les miennes. Sauf que ce baiser-là n'est plus un au revoir, c'est un adieu. Empli d'amertume, de souvenirs... et de nous deux mélangés.

Avec un sanglot, je lâche ma valise et m'accroche à son blouson, me laissant submerger par ce besoin impérieux d'emporter avec moi un peu de lui. Son goût. La sensation de sa langue sur la mienne. L'odeur de sa peau... Il grogne en réponse, ses doigts emmêlés dans mes cheveux, et m'arrache un gémissement quand il approfondit notre étreinte, me serrant à tout rompre comme s'il voulait m'engloutir à l'intérieur de lui.

Je me laisse sombrer dans ce tourbillon d'émotions contradictoires et douloureuses... La peur, la rage, la frustration, la tristesse et l'amour... L'amour interdit. L'amour tragique. Quand il me libère, Hugo garde son front collé au mien pendant plusieurs secondes. Sa respiration saccadée fait écho à la mienne. Puis, sans un mot, il embrasse une dernière fois mes lèvres et replace ma mèche de cheveux derrière mon oreille, ses yeux explorant mon visage comme s'ils le voyaient pour la première fois. Je reste silencieuse, la gorge nouée... profitant de ces derniers instants avant qu'une petite voix dans ma tête ne me presse. *Reviens à la réalité !*

— Ton prince charmant va s'impatienter, Pupi, dit Hugo au bout d'un moment, la voix éraillée.

Il m'écarte doucement de lui, sans violence, mais avec fermeté. Dans ses iris couleur de nuit, la résignation a remplacé la tendresse. Il se baisse pour ramasser mon sac et ma valise. C'est sa manière de me rappeler que je dois m'en aller. Ça fait mal...

Dans un état second, j'attrape la poignée d'une main tremblante. Les larmes sont là. Juste là, au bord de mes cils... Je les retiens de toutes mes forces. Je ne veux pas craquer devant lui. À la place, je lui adresse un dernier sourire. Triste et pathétique.

— Au revoir, Hugo.

— Au revoir, Pupi.

Je me sens si lamentable de ne pas être à la hauteur de nos adieux. De ne pas pouvoir lui dire combien je l'aime.

Mais finalement, ce n'est pas si grave. Parce qu'il le sait déjà. Je le perçois dans son regard juste avant qu'il ferme les paupières et embrasse mon front une dernière fois. Puis, sans un mot, il me laisse partir en direction de cette nouvelle vie, que je me persuade de pouvoir aimer.

Après quelques mètres, pourtant, je ne peux maîtriser le besoin de me retourner pour le voir encore.

Il est déjà reparti.

J'essuie mes yeux avant de rejoindre Cole, qui m'attend effectivement dans la zone d'enregistrement. Son sourire accueillant me fait l'effet d'un rayon de soleil chaleureux. Comme une caresse chatoyante sur mon visage.

Malgré tout, je reste fébrile, à essayer de me persuader que j'ai pris la bonne décision. Quand j'arrive à sa hauteur, je suis envahie par le doute.

— Violette... Je suis heureux de te revoir, dit-il en me prenant dans ses bras.

— Moi aussi.

Ma voix sonne faux.

— Alors, tu es prête pour la grande aventure ?

Je lui tends ma joue avec une certaine pudeur. La dernière fois que l'on s'est vus, il m'a embrassée sur la bouche. Mais là, avec ce qui vient de se passer... Bon sang, j'ai encore le goût des lèvres d'Hugo sur les miennes. Ce serait lamentable de le laisser faire.

Pourquoi ai-je l'impression qu'il n'est pas dupe de mon sourire de façade ? J'en ai la certitude lorsqu'il demande, les sourcils légèrement froncés :

— Tu es venue seule ?

— Oui... Non. Hugo vient de partir.

— Ah...

OK. J'aurais pu... j'aurais dû m'abstenir.

— Et toi, ça va ?

Je ne suis même pas étonnée qu'il pose la question. Je dois

avoir une mine affreuse avec mes yeux rougis. Cependant, je pousse le vice jusqu'à répondre d'un ton enjoué :

— Merveilleusement bien ! J'ai hâte d'atterrir à New York...

C'est dingue d'être aussi hypocrite ! Je mérite un Oscar que j'emporterais probablement avec moi dans les bouches de l'enfer.

— Oui, enfin, d'ici là, on a quelques étapes à passer. Tu as bien pris ton passeport ?

Je hoche la tête.

— Bien. Maintenant, détends-toi, je m'occupe de tout, ajoute-t-il en prenant mes bagages.

— Ah oui ? Tu me trouves tendue ?

Il sourit.

— On a plus de trois heures devant nous avant l'embarquement, alors si tu veux, tu peux t'installer là, dans les jardins, pour patienter pendant que je passe quelques coups de fil. Je te rejoindrai dès que j'aurai terminé.

Cole est tellement gentil, tellement prévenant... J'ai des remords en ne l'appréciant pas à sa juste valeur.

Sans attendre, il m'entraîne vers un espace décoré à la manière d'une guinguette. J'inspire profondément et m'installe sur un fauteuil sous un arbre, face à la piste, bien décidée à suivre les conseils de Cole. Avec un peu de chance, je vais réussir à me détendre et apprécier ce voyage vers le renouveau.

Mes écouteurs sur les oreilles, je lance ma playlist. Je pourrais profiter de ces quelques heures pour mettre à jour mon book avec mes dernières photos, mais je préfère procrastiner et scroller sur les réseaux sociaux. Mia a publié une story avec une photo de nous deux, enlacées, sur laquelle elle a collé un message on ne peut plus explicite :

« Si je trouve le c** qui a laissé traîner son sac et m'a empêchée de serrer ma bestie dans mes bras avant son départ pour les States, je vous jure que je lui fais bouffer ! »

Un sourire mélancolique se dessine sur mes lèvres. Cette fille est folle, et elle va sacrément me manquer... Je lui envoie des cœurs. Mais une fois mon message parti, je tombe sur le profil d'Enéa.

Elle aussi a publié une story, où on la voit dans un appartement avec une autre jeune femme qui, vu son apparence, est certainement mannequin également. Elle a identifié Hugo avec des cœurs. Mais son message est plus un remerciement qu'un message d'amour.

« Sans toi, je ne sais pas où j'en serais. Je ne te remercierai jamais assez, Hugo Castelli. J'adore mon nouvel appart', ma coloc', et son frère encore plus ! »

Sur la photo suivante, elle embrasse un type blond au regard rieur. Et ça n'a rien d'amical. *Mince ! Alors, cela signifie qu'Hugo ne sort pas avec elle ?*

Machinalement, je clique sur le nom d'Hugo. Son dernier post est un carré noir, sur lequel il a simplement collé un cœur brisé. En légende, il a écrit ces mots :

« Elle n'est pas encore partie que mon cœur pleure déjà son absence et que mon âme se languit d'elle... »

Je relis plusieurs fois la phrase, la gorge nouée par la vague d'émotions qui me submerge. Je n'arrive pas à croire qu'il parle de moi. Et pourtant... C'est évident. Je lève la tête, regardant alentour.

Cole n'est pas loin, l'oreille collée à son téléphone. Il sourit quand il voit que je le regarde. Le pauvre n'a aucune idée de ce qui se passe dans ma tête à cet instant. Il ne sait pas que je meurs d'envie de courir pour rejoindre Hugo.

Mais lui, le veut-il vraiment ? Ses mots, aussi forts soient-ils, ne sont peut-être pas ce que je crois ? *Comment savoir ? Comment être sûre ?* Je clique sur la flèche, en haut de mon écran. Mes doigts pianotent sur le clavier tactile et j'appuie sur « envoi », le cœur battant.

Puis, je range mon téléphone dans mon sac, comme si j'avais peur d'être prise en faute. Comme si je craignais sa réponse.

62
Tout est calme

Hugo

Mon cœur pleure déjà son absence et mon âme se languit d'elle...

Alors qu'elle est juste là, en partance pour un futur que je refuse ne serait-ce que d'imaginer. Je sais que je ne devrais pas penser ainsi. Ni même rester tel un con à l'épier, planqué derrière un poteau comme je le fais actuellement. Je devrais la laisser partir pour vivre l'amour auquel elle aspire. Mais je n'arrive pas à quitter ce putain d'aéroport.

C'est comme si quelque chose me retenait ici. Comme s'il fallait que je voie de mes propres yeux l'avion décoller pour être totalement convaincu qu'elle est vraiment partie.

Bon sang, je ne sais pas comment je vais bien pouvoir vivre sans elle. Sans sa douceur, sa fraîcheur et ces petites habitudes que l'on a prises depuis toutes ces années. Ironie du sort : on dirait un vieux couple en instance de divorce. *Alors qu'on n'en a jamais été un...*

— Hey, mais c'est Hugo Castelli !

Bordel ! J'ai failli me faire repérer à cause de cette idiote ! Je m'écarte et regarde à peine la fille qui m'accoste avec son amie, trop occupé à vérifier que Violette ne m'a pas vu.

— S'il te plaît, on peut prendre une photo ?

Je suis habitué à ce que des personnes me reconnaissent dans la rue. Depuis quelques années où ma tête s'affiche en grand format Decaux sur les panneaux publicitaires urbains, je ne peux plus aller nulle part sans qu'on me demande un autographe ou un selfie. Impossible d'ignorer cette gamine à peine sortie de l'adolescence, maquillée à la truelle et vêtue de fringues tapageuses qui semblent bien trop petites pour sa morphologie. Alors qu'elle serait nettement plus jolie sans tous ces artifices grossiers...

— Ouais.

Dans ma tête, je ne peux m'empêcher de hurler : « Qu'on en finisse, vite ! » Malgré ma mauvaise humeur manifeste, je m'exécute sans rechigner, imposant sur ma bouche un sourire hypocrite.

— C'est dingue, tu es tel que les photos... Canon, grand, musclé et tout... T'es vraiment gaulé, en vrai !

La fille se met à tâter mes biceps sans aucune gêne en roulant des yeux vers sa copine qui filme la scène. Et là, j'ai une méchante envie de la rembarrer proprement. *Connasse, tu as cru que j'étais quoi ? Un bout de viande ?*

Cependant, c'est une tout autre réponse qui franchit mes lèvres.

— Merci, c'est trop gentil.

Des années de pratique intensive de simulacre et de mensonges...

— Merci à toi.

Elle s'éloigne après m'avoir bavé sur la joue et affublé d'un clin d'œil sans équivoque :

— Je te tague sur Insta, Hugo ! Comme ça, tu pourras me MP...

J'inspire profondément pour conserver mon calme. Cette gamine doit avoir à peine dix-sept ans... C'est la partie de mon job qui me déplaît le plus. Le monde fallacieux des réseaux. Ce côté intrusif... Tout le monde poste tout et n'importe quoi, à l'abri derrière son écran. Parfois sans aucun respect. Sur la toile tout est sujet à polémique. Néanmoins, j'ai conscience qu'il est quasi impossible de ne pas faire partie de ce monde virtuel. Surtout dans le milieu de la mode. C'est une sorte de vitrine. Et si on veut faire carrière, un passage obligé.

Je reporte rapidement mon attention sur Violette pour vérifier que je n'ai pas été grillé. Elle est toujours assise sur son fauteuil jaune, la tête au soleil, les yeux rivés sur la piste où les avions attendent patiemment leurs passagers. Je suis distant de plusieurs mètres et pourtant, d'ici, je peux voir que son visage a changé. Malgré les rayons du soleil qui l'éclairent, il paraît plus sombre. Comme troublé.

Au même instant, la sonnerie de mon téléphone retentit, m'indiquant l'arrivée d'un message. La gamine doit m'avoir déjà identifié sur sa publication. J'attrape mon appareil avec humeur. Seulement, ce n'est pas une notification Instagram que je reçois. Mais un message... de Violette.

« Un mot de toi, et je reste... »

Les lettres me sautent à la figure. Une par une, elles s'impriment en taille quarante-huit devant mes rétines. Comme des provocations.

Oui, Violette me provoque en me renvoyant la balle que je lui ai honteusement lancée, quelques instants plus tôt. C'est dégueulasse ! Injuste de me demander une chose pareille. Parce que si ma raison m'impose le silence, mon cœur, lui, me hurle de la supplier de rester.

Des mots, j'en ai des milliers en réponse... ***Reste, reste, reste...***

Je fixe les écritures jusqu'à ne plus les voir. Entre mon cœur et ma raison, mon choix est fait. Parce que si je suis honnête avec moi-même, la voir s'envoler à l'autre bout de monde avec un inconnu, même s'il est gentil, même s'il est l'homme qui lui faut... ça m'est tout simplement insupportable !

Évidemment, tout cela est complètement incohérent avec le discours que je lui sers depuis des semaines. Bien sûr que c'est égoïste et certainement malsain. Il n'y a aucune logique dans mon raisonnement. Je change d'avis sans arrêt, partagé entre le besoin de la protéger et l'envie de la garder avec moi pour toujours. Jamais je n'avais pensé comme ça auparavant... Mais depuis ce foutu contrat, je ne la vois plus comme une amie. En vérité, elle est bien plus... Et l'idée de la voir avec Sanders m'a ouvert les yeux. J'aime Violette. C'est stupide. Insensé. Irrationnel. *Et alors ? Depuis quand suis-je raisonnable, moi ?* Ce que je ressens pour elle, je ne le vis avec aucune autre. Elle arrive à toucher mon corps et mon âme. Et à présent qu'elle me tend la main et m'ouvre son cœur, comment pourrais-je la repousser encore ?

Bon sang, j'aurais tellement aimé avoir la force de l'éloigner de moi. Mais à présent, je voudrais croire qu'il y a un avenir possible entre nous. Que quelque chose de fort se passe, et que ce quelque chose anéantira mes doutes et mes craintes. On ne peut pas s'embrasser comme ça et prétendre qu'on ne ressent rien. C'est impossible.

Je lève les yeux vers Violette. Ma douce Violette... Aussi belle et fragile que la fleur dont elle porte le nom. Elle a glissé son appareil dans son sac et son visage a pris une teinte plus pâle. À cet instant, j'ai envie de la rassurer. D'effacer la ride d'inquiétude qui barre son front.

Seulement, au moment où je prends la décision qui changera à jamais notre vie, mon téléphone se met à vibrer. Le nom de ma mère s'affiche en gros sur l'écran. Machinalement, je décroche.

— Maman ?

Sauf que ce n'est pas sa voix qui me répond. Non... C'est un autre timbre, beaucoup plus grave, à l'accent prononcé, qui s'immisce au plus profond de mon être pour m'arracher violemment les entrailles.

— Bonjour, fiston.

Le monde vient de s'écrouler autour de moi.

Mes mains tremblent lorsque j'attrape mon casque, et je dois inspirer à plusieurs reprises pour ne pas péter un câble. Délaissant le reste des affaires dans la consigne, je me précipite vers ma Honda. J'ai encore du mal à croire que je viens de l'entendre. En vrai. En vie... Le monstre de mes rêves. L'homme qui a sali mon enfance, celui que je pensais mort et enterré.

Comment est-ce possible ?

J'enfourche ma bécane d'un geste mécanique, glisse mes mains moites dans mes gants de cuir avant d'allumer le contact. Quelques coups d'accélérateur font ronfler le moteur, transformant le parking souterrain en théâtre cataclysmique.

« Il » est revenu. Évadé de l'enfer pour nous persécuter, encore. Mon pire cauchemar est en train de se réaliser. *Merde !*

Je file vers la sortie, la poitrine secouée par les battements intempestifs de mon cœur.

La lumière des phares sur le périphérique forme un tunnel qui m'aspire comme un tourbillon. Je m'y engouffre, poussant ma machine à sa limite. Le compteur s'affole tandis que ma moto zigzague avec finesse entre les voitures sous la huée des coups de klaxons furieux qui fusent sur mon passage. Mon bolide répond parfaitement à mes sollicitations, comme un animal docile.

Je risque le retrait de permis. Voire l'accident mortel. Mais il n'y a rien qui puisse me stopper dans cette course contre-la-montre.

Ma mère et Flore sont en danger...

En une demi-heure seulement, j'arrive à la maison de Saint-Germain... Ce havre de paix qui nous a assuré un abri pendant toutes ces années. Par précaution, je coupe le moteur avant de passer le portail. Dans la cour est garée une Audi... Une RS8 flambant neuve aux vitres teintées. Elle me rappelle vaguement quelque chose.

Un flash surgit dans mon esprit lorsque je réalise qu'il s'agit probablement de la voiture qui voulait faire la course avec moi, le soir où j'ai récupéré Enéa chez elle... Est-ce une coïncidence ? Non. À présent, rien ne pourra me persuader du contraire.

Cela fait bien longtemps que je suis convaincu que le hasard n'a pas sa place dans cette tragédie. Je saute de ma moto et pose mon casque au sol, puis commence à sonder mon environnement.

Tout est calme... Bien trop calme.

63

Jusqu'où es-tu prête à aller ?

Violette

— Tu attends un appel ?

Cole m'interpelle tandis que je regarde pour la énième fois mon téléphone portable. Cela fait une heure trente que j'ai envoyé mon SMS à Hugo. Une heure trente que je guette l'arrivée d'un message... partagée entre l'envie de découvrir sa réponse et celle de me terrer au fond d'un trou.

Encore le même laps de temps et je serai là-haut, dans les nuages. À partir de ce moment-là, il sera trop tard. Je n'ai peut-être plus rien à espérer. Cependant, je n'arrive pas à lâcher ce téléphone dans l'attente de son appel. Ce n'est pas dans ses habitudes de me laisser comme ça, dans l'ignorance. Cela ne lui ressemble pas. Même s'il avait l'intention de me dire non, il aurait pris soin de me l'annoncer de vive voix. Si j'en crois mon iPhone, mes messages n'ont pas été lus. Pourtant, même s'il les a reçus pendant le trajet, il doit être arrivé à notre appartement depuis longtemps, maintenant.

Ce silence commence réellement à m'inquiéter.

— Violette ? insiste Cole. Quelque chose ne va pas ?

— Non. C'est juste que... j'ai besoin de prendre l'air. Je reviens.

Je me lève et laisse le pauvre homme en plan sous une guirlande d'ampoules multicolores. Cet espace aux allures bucoliques me paraît soudain oppressant. Les oiseaux de papier géants semblent me juger depuis leur perchoir de verdure à l'instant où je m'éclipse, incapable de supporter davantage cette fausse joyeuseté. *J'en ai marre de faire semblant !*

Au lieu de me diriger vers les portes M, en direction du patio destiné aux fumeurs, je me réfugie dans les sanitaires, bousculant au passage quelques femmes qui protestent par des soupirs excédés.

Là, je m'enferme dans les toilettes et m'appuie contre le lavabo, le souffle court, le cœur battant. J'ouvre le robinet et m'asperge longuement le visage, comme si cette fraîcheur liquide pouvait anéantir les idées qui saturent mon esprit tourmenté. L'eau dégouline sur mes yeux, emportant le mascara qui s'étale sur mes joues.

Je ressemble à un panda, à présent. Et bien évidemment, il n'y a plus de papier dans le dévidoir. Glissant ma main dans ma poche de veste à la recherche d'un Kleenex, j'en ressors à la place un sachet en papier kraft contenant un petit objet de forme cubique.

Qu'est-ce que c'est que ça ? Et comment est-ce arrivé dans ma poche ?

Quand je défais prudemment l'emballage, je laisse échapper un hoquet de surprise. Et c'est tout mon être qui accuse le coup.

À l'intérieur du paquet se trouve une boîte à musique miniature. *Notre* boîte à musique. Je reconnais parfaitement les notes dessinées autour des violons sculptés sur le support en bronze. Et la petite manivelle dorée qui entraîne le mécanisme pour libérer la mélodie de la Môme. *La Foule*. Ma chanson préférée.

Cette boîte à musique, je l'ai offerte à Hugo pour son quinzième anniversaire. Comme un gage de sa guérison. J'avais treize ans et je pensais qu'en lui offrant, il parviendrait à mieux gérer ses cauchemars. Je ne savais même pas qu'il l'avait conservée pendant toutes ces années.

Mon cœur se brise à la vue de cet objet anodin, mais qui pour moi a plus de valeur que n'importe quoi d'autre. Je comprends qu'il n'est pas là par hasard. Hugo l'a glissé dans ma poche à mon insu.

Est-ce un cadeau d'adieu ?

Mon cœur se serre dans ma poitrine tandis que des informations contradictoires défilent dans ma tête. Parfois, on donne trop de valeur à certains détails, au risque de se gâcher la vie. Pourquoi ne prendrait-on pas les choses simplement comme elles sont ?

Pourquoi ce cadeau ne serait-il pas une preuve d'amour plutôt qu'une fin tragique ?

J'ai envie de le croire. Au fond de moi, je *veux* le croire.

Hugo ressent quelque chose pour moi. C'est une évidence. Sinon, pourquoi aurait-il accepté mon stupide marché ? Pourquoi se plierait-il en quatre pour mon bonheur ?

Machinalement, je tourne le manche de la boîte en fermant les yeux. La musique m'envahit, ravivant les souvenirs et ce lien particulier, mais indéfectible qui m'unit à Hugo. L'amour lui fait peur. À moi aussi. C'est comme plonger dans l'inconnu. Ça peut être aussi merveilleux que douloureux. *Et alors ? Il ne tient qu'à nous d'en faire quelque chose de beau...*

Je déglutis et, les yeux fixés sur mon reflet, les mains de part et d'autre du lavabo, je murmure les paroles qu'Hugo a prononcées quelques heures auparavant :

— « Jusqu'où es-tu prête à aller pour trouver l'amour que tu convoites, Violette ? »

— Je suis navrée, Cole.

L'homme semble à peine étonné de me voir revenir, le souffle court, les cheveux défaits et les yeux charbonnés de maquillage dégoulinant. Un maigre sourire s'affiche sur ses lèvres, comme un regret. Et pourtant, je ne vois nul ressentiment dans son regard. Il se lève pour se placer face à moi, avec sa prestance habituelle. J'admire son calme face à la situation.

— Je comprends..., murmure-t-il en caressant ma joue du dos de l'index. J'aurais adoré te faire découvrir New York et faire de toi la nouvelle star du papier glacé.

Je reste quelques secondes à ne pas savoir que répondre. En vérité, je suis désolée de ne pas être à la hauteur de ce qu'il a à m'offrir. Cole Sanders mérite vraiment quelqu'un digne de sa gentillesse. Une personne de son envergure.

— J'imagine que tu vas le rejoindre.

Une certaine mélancolie imprègne le ton de sa voix. Je hoche la tête. Je me sens nulle de l'abandonner comme ça, à la dernière minute. Tout est prêt pour le départ. Nos bagages sont enregistrés... Et moi, je fais une grosse marche arrière à une petite heure de l'embarquement.

— Je te rembourserai le billet...

Je me mords la lèvre. Comme à chaque fois que je suis mal à l'aise, j'ai dit ce qui me passait par la tête. Et comme toujours, je le regrette presque aussitôt.

— Là n'est pas la question. J'ai de quoi assumer un billet en première classe.

Oh, bon sang ! Je me sens d'autant plus redevable, à présent. Et tellement minable...

— J'insiste, Cole. Je vais...

Il plaque son doigt sur ma bouche pour m'empêcher de poursuivre.

— Tu ne me dois rien du tout, Violette. Je me suis certainement emballé trop vite. J'ai pensé à tort que...

— Je suis désolée. Vraiment...

Il secoue la tête.

— T'inquiète, c'est ma faute. J'aurais dû m'en douter.

Mes sourcils se rejoignent.

— Petite fleur... Ça se voit comme le nez au milieu du visage que tu crèves d'amour pour lui.

Je déglutis tandis qu'il poursuit, résigné :

— J'espère au moins qu'il a conscience de la chance qu'il a. Allez, maintenant file. Va-t'en le rejoindre avant que je ne change d'avis et ne cède à l'envie de te kidnapper.

Je ne sais plus quoi dire. Alors, je me jette dans ses bras pour le remercier. Quand il attrape mon visage et plaque ses lèvres sur les miennes, c'est pour y déposer un baiser aussi léger qu'une plume. Je le laisse faire. C'est mon cadeau d'adieu.

— Merci.

Sur ce dernier mot, j'attrape mes sacs et m'éloigne en direction de la sortie, sans un regard en arrière, le cœur lourd et léger en même temps. L'aéroport de Roissy-Charles de Gaulle est un immense dédale de couloirs, une concentration de boutiques et de guichets en tous genres... alors, quel était le pourcentage de chances de tomber sur Mia, en plein milieu du terminal ? Et pourtant, c'est bien elle que j'entends crier mon prénom, faisant se retourner de nombreux voyageurs.

— Violette ! Bordel, j'avais trop peur d'arriver en retard !

L'étonnement marque mes traits et je n'ai aucune réaction lorsqu'elle se jette sur moi, pour me serrer contre elle comme une folle, manquant de me faire tomber.

— Mais qu'est-ce que tu fiches ici ?

Elle s'écarte et me fixe comme si j'avais dit une ânerie.

— Tu ne crois tout de même pas que j'allais te laisser quitter le pays sans un dernier câlin ? J'ai réussi à dégoter un Uber... Oh, mon Dieu, je suis trop contente d'être arrivée à temps...

Elle me reprend contre elle.

— Attention, tu m'étouffes ! protesté-je.

— M'en fiche ! Je te rappelle que je ne vais pas te voir pendant au moins...

Soudain, je la sens se figer.

— Attends ! Mais qu'est-ce que tu fous là ? Et pourquoi tu n'es pas avec Cole Sanders ?

Je n'ai pas le temps de me lancer dans des explications interminables. Alors, j'attrape son bras et l'entraîne derrière moi, faisant fi de son air ahuri.

— Je ne pars plus. Viens avec moi, je t'expliquerai dans le taxi.

— Oh merde ! J'adore quand rien ne se passe comme prévu !

64

C'est long, quinze ans

Hugo

La porte d'entrée est close. Les lumières éteintes. La maison semble endormie. Calme. Trop calme. Je sais qu'il n'en est rien et qu'il attend ma venue, tapi dans l'ombre, prêt à frapper.

Je fais le tour jusqu'à l'arrière. Il n'y a aucun bruit. Aucun mouvement. Longeant prudemment la véranda qui abrite la piscine, je courbe légèrement le dos pour me faire discret. La buée provoquée par la chaleur recouvre les vitres et m'empêche de voir à l'intérieur. Je colle mon visage contre la froideur du verre, puis place mon œil sur un petit espace resté sec et transparent. Les lampes solaires apportent suffisamment de clarté pour me permettre d'examiner les lieux. Personne. Tout semble normal.

J'entre et me dirige rapidement vers le local technique pour y prendre la petite clé à molette qui reste là en permanence, près du moteur de la pompe de piscine. C'est ridicule. Un outil de plombier contre un couteau ou un flingue... Cela relève du suicide ! Mais depuis mes dix ans, j'ai appris à ne pas rester les mains vides en cas de menace. Et là, l'atmosphère empeste les relents fétides du danger... Ça pue le piège !

Le cœur serré, les sens en alerte, je fonce vers la porte de service. La serrure n'est pas verrouillée, et je suis sûr que ce n'est pas un hasard. Je me précipite à l'intérieur, sachant pertinemment que je me jette dans la gueule du loup. Je m'en contrefous. La seule chose qui m'importe, dorénavant, c'est la sécurité de ma mère.

Putain, je jure que s'il lui a fait le moindre mal… cette fois, je ne le raterai pas.

Je monte les escaliers quatre à quatre, dans le noir, coinçant mon arme improvisée dans ma ceinture, vers la poche arrière de mon pantalon. J'avais vu juste. À peine ai-je atterri sur le palier que je le découvre là, vautré confortablement sur l'un des fauteuils club de l'immense salon, un pistolet à la main, un cigare coincé entre les dents.

Malgré la faible lumière des lampadaires qui filtre à travers les persiennes, cette vision me fout un coup. Les années ne m'ont jamais fait oublier les traits de son visage. Chaque détail, chaque caractéristique est restée gravée dans ma mémoire, comme une punition. Il faut dire que je n'ai jamais eu le loisir de les effacer, mes cauchemars me rappelant régulièrement son image. Pourtant, là, en le regardant en face de moi après quinze années à le voir en rêve, je le trouve presque inoffensif.

Le fantôme a vieilli.

— Fiston… Je savais que tu ne manquerais pas ce petit… rendez-vous, déclare-t-il dans un français correct.

J'oublie qu'il utilise le surnom que j'exècre et lui crie :

— Où est-elle ? Où est maman ?

Sa bouche s'étire sur un sourire mauvais tandis qu'il étire ses jambes et pose son arme sur la table du salon. Il sort un briquet de sa poche et prend le temps d'allumer le cigare qu'il avait à la bouche, avant de recracher un nuage de fumée dans ma direction. *Ce salopard se croit dans sa putain de maison !*

— Elle est, disons… en sécurité.

J'espère ne pas me tromper en déduisant qu'il ne lui a encore rien fait. L'homme tourne la tête pour examiner la pièce.

— C'est joli, ici, dit-il en reniflant. Vous avez dû être bien pendant tout ce temps.

— Je ne suis pas venu pour discuter avec toi. Dis-moi ce que tu as fait de ma mère !

Ignorant mon intervention, il s'avance pour poser ses coudes sur ses genoux. Son regard s'assombrit et enfin, je le reconnais. Tel qu'il était lorsqu'il rentrait à la maison pour nous terroriser. L'atmosphère devient vite inquiétante quand il s'empare de son flingue et se caresse lentement le menton avec le canon. Je rêve de pouvoir appuyer sur la détente...

— Et dire qu'il m'a fallu quinze longues années... alors que vous étiez juste là. J'admire votre capacité à vous faire oublier. Vous m'avez donné du fil à retordre. Mais cela me n'étonne pas de ta mère. Elle a beau s'en défendre, l'esprit des Moretti vit en elle.

Il se lève et commence à faire les cent pas dans la pièce. Cet homme est dingue... Je réprime un mouvement de recul lorsqu'il se tourne vers moi.

— C'est long, quinze ans, tu sais ? Mais bon... Ça laisse le temps de bien réfléchir. Penser à ce qui s'est passé. Ce qu'on a raté... et les années qu'on nous a volées.

Mon attention se focalise sur son arme qu'il balance devant lui. La tension monte d'un cran. Je le sens fébrile. Capable de tout. Je le lis dans la folie qui anime son regard. Soudain, il jette son cigare et fond sur moi sans préavis. Sa main enserre mon cou tandis qu'il me plaque son arme sur la tempe.

— Est-ce que tu sais ce que ça fait... *fiston*... de se faire trahir par sa propre famille ? La chair de sa chair ? Le sang de son sang ?

Le canon glisse sur ma joue pour se caler sous mon menton, m'obligeant à rejeter la tête en arrière. Cette fois, je n'ai plus aucun doute. Moretti est un psychopathe. Un putain de taré, de ceux qui peuvent partir en vrille d'une seconde à l'autre. La peur s'immisce dans mes entrailles, mais je la relègue au second plan, derrière ma rage.

— Tu as peur que je te tue ?

— Et toi, tu as les couilles de le faire ? osé-je répondre en tentant de me dégager.

Je ne devrais pas le provoquer ainsi. Mais quelque chose au fond de moi m'assure qu'il ne le fera pas. Je suis persuadé qu'il me réserve un autre sort, bien plus sordide. Au lieu de le mettre en colère, ma remarque le fait sourire. Il finit par me relâcher, aussi brusquement qu'il s'est rué sur moi quelques minutes plus tôt.

— Tu perds ton temps à vouloir me pousser à bout. Je ne vais pas te tuer. Pas tout de suite. Pas comme ça. Je veux que tu comprennes ce que ça fait de perdre ce à quoi tu tiens le plus au monde.

Sa voix se fait douloureuse.

— Toi, mon fils. Tu m'as volé ma vengeance... et mon héritage. Et tu vas payer pour ta trahison.

Soudain, poussé par je ne sais quelle folle pulsion, j'attrape la clé à molette dans ma poche et lui fonce dessus. Mais il est plus rapide et m'assène un violent coup de crosse à l'arrière du crâne qui me fait sombrer dans les ténèbres.

Violette

Je me laisse tomber sur un tabouret, perplexe, pendant que Mia attrape de quoi nous servir un verre d'eau. Le doute recommence à me ronger.

— Je n'arrive pas à le joindre. Et il n'a toujours pas répondu à mon SMS.

Cela fait plusieurs fois que je tente de contacter Hugo et que je lui laisse des messages, sans résultat. Je ne devrais peut-être pas m'inquiéter, mais il y a une petite voix au fond de moi qui me souffle que ce n'est pas normal. Qu'il se passe quelque chose.

Quand nous sommes arrivées à l'appartement, il était presque vingt-deux heures. Et il n'était toujours pas rentré. Je suis à deux doigts d'appeler les secours.

— Peut-être est-il retourné à Saint-Germain ? demande Mia.

— Aucune idée. J'ai appelé ma mère. J'ai aussi appelé la sienne. Personne ne répond.

Mince ! Ce n'est vraiment pas normal !

— Attends deux secondes, intervient mon amie en posant un verre devant moi.

J'avale une gorgée d'eau en la regardant fouiller dans son téléphone. Quelques secondes plus tard, elle me tend l'écran. L'avatar d'Hugo apparaît sur un plan en 3D. J'interroge mon amie du regard.

— Snapchat. Je t'ai dit qu'il fallait que tu te mettes aux réseaux.

Elle agrandit l'écran.

— Tu vois, il est là. À Saint-Germain.

Mais alors, pourquoi personne ne donne suite à mes appels ?

— Arrête de te torturer, Violette. Tout à l'heure tu étais persuadée qu'il t'aimait, et maintenant... Tu sais quoi ? dit mon amie en se levant brusquement. On va prendre sa bagnole et aller là-bas. Comme ça tu en auras le cœur net. Et si Hugo ne ressent rien d'autre pour toi que de l'amitié, ce dont je doute, alors tu pourras toujours prendre un autre vol pour New York.

Pendant quelques secondes, mon regard se fixe sur la petite boîte à musique posée sur le meuble. Je n'irai jamais à New York, c'est maintenant une certitude. Mais je vais aller à Saint-Germain. Et alors, je jure que je torturerai Hugo jusqu'à ce qu'il m'avoue ce qu'il ressent vraiment.

Une demi-heure plus tard, j'arrête le moteur de la Porsche dans la rue, juste devant la maison. Dans la cour, la moto d'Hugo est stationnée à quelques mètres d'une berline noire que je ne connais pas. *Étrange...*

Je descends de voiture avec cette drôle de sensation d'être observée. Les volets sont ouverts, mais aucune lumière ne s'échappe des fenêtres, aux rideaux tirés. On dirait qu'elle est vide. Pourtant, mon instinct me dicte de me méfier, qu'il y a quelque chose d'anormal. Que tout est bien trop calme.

Je referme la portière, en m'efforçant de ne pas la claquer. Quand mes yeux tombent sur le casque d'Hugo, posé à même le sol, mon pressentiment se confirme.

— Il se passe quelque chose, soufflé-je à Mia en désignant l'objet.

Elle comprend mes craintes au moment où un bruit se fait entendre depuis la maison. Comme le cri étouffé d'une femme. Ce son me glace le sang. Le visage de Mia est aussi blême que le mien lorsqu'elle me désigne la plaque d'immatriculation de l'Audi. Une plaque italienne.

Les seuls Italiens que ma mère connaisse sont Allegra, Hugo... et les membres du clan Moretti.

65

Alors, c'est elle ?

Violette

— Je te jure Violette, il est hors de question que je mette un pied dans cette baraque, murmure Mia d'une voix tremblante, accroupie derrière la berline. Et toi non plus. Je refuse que tu ailles là-dedans.

Elle a le regard ahuri et le visage déformé par la peur.

— J'ai vu ça des milliers de fois dans les films. Ceux qui entrent dans la maison n'en ressortent jamais vivants.

Je n'ai pas vraiment l'âme d'une guerrière, mais s'agissant de ma famille, il m'est inconcevable de rester ici à ne rien faire en attendant que quelqu'un d'autre agisse à ma place. Peut-être que je fais une erreur et qu'il serait effectivement plus prudent d'attendre les secours, mais c'est impossible. J'ai le sentiment qu'ils sont en danger. Et je ne peux pas imaginer ne rien tenter pour les secourir.

Je m'agenouille aux côtés de mon amie qui agrippe ma veste pour me rapprocher d'elle et chuchoter, les yeux exorbités.

— Et... et... et si c'étaient des tueurs ? Si on se faisait kidnapper ? Il y a peut-être des criminels, là-dedans... Merde, Violette, je ne veux pas mourir...

Bon sang ! Mia est en train de céder à la panique. Elle se met à pleurnicher, le corps secoué de tremblements. D'habitude, c'est elle, la fille forte. Mais face à l'évidence du danger, elle vient de perdre tous ses moyens. J'ai du mal à me dégager tant elle me serre, je n'ai d'autre choix que de lui asséner une gifle pour qu'elle se calme.

— Mia !

Elle se fige et sans ménagement, je la secoue par les épaules pour l'obliger à me regarder et tenter de lui faire entendre raison, d'une voix que j'espère suffisamment assertive pour la rendre convaincante.

— Écoute-moi bien. Toi, tu vas rester ici et appeler la police, tu m'entends ? Pendant ce temps, je vais aller voir ce qu'il se passe.

— Mais...

— Il ne va rien m'arriver, Mia. Ni à moi ni à ceux qui sont dans cette demeure. OK ?

Mon Dieu, je prie pour avoir raison. Des larmes plein les yeux, mon amie finit par entendre raison. Ses sanglots se tarissent tandis qu'elle recouvre son calme. Elle acquiesce, étouffant un dernier spasme. Je me redresse suffisamment pour regarder par-dessus l'immense capot de la voiture. À la lumière qui filtre à travers les persiennes, je constate que les voisins sont chez eux.

— Les Martin... Va chez eux et appelle la police ! répété-je à Mia pour être certaine qu'elle ait compris.

Hochant la tête, la jeune femme me serre une dernière fois contre elle avant de me tendre son porte-clés, un petit canif replié au manche décoré de fleurs.

— Tiens. Prends ça. On ne sait jamais.

Je la suis des yeux lorsqu'elle passe le grand portail en titubant avant de m'adresser un dernier signe.

— Fais attention à toi, Violette !

J'attends qu'elle disparaisse derrière la clôture pour me diriger vers la maison d'un pas assuré, mais prudent. Avec des gestes mesurés, je glisse mes clés à l'intérieur de la serrure et déverrouille la porte pour pénétrer dans le vestibule. La porte d'entrée fermée à double tour me confirme qu'il y a bien un problème. Ce n'est pas habituel.

Un silence inquiétant règne dans la demeure, accentué par la fraîcheur de la nuit. C'est glauque. Terrifiant.

Je me suis toujours demandé ce qui poussait les gens à aller au-devant du danger. À présent, je le sais. L'adrénaline nourrit mon audace... Elle annihile mes peurs tandis que je referme doucement la porte, veillant à limiter le grincement de ses gonds. Je connais cette maison par cœur, alors me glisser dans la pénombre à la recherche d'un signe de vie m'est aussi facile que si j'étais en plein jour.

Le rez-de-chaussée est vide. Le premier étage aussi. Si occupant il y a, ce ne peut être qu'au sous-sol. Je passe outre les images des films d'horreur qui me viennent à l'esprit. Je suis la fille qui se rend à la cave, droit dans la gueule du loup, consciente du risque qu'elle encoure, mais incapable de faire marche arrière.

J'emprunte l'escalier de service, le cœur battant. J'ai toujours pensé que l'éclairage de sécurité que ma mère avait fait installer était superflu. Aujourd'hui, je suis contente que les lampes à LED me guident de leur halo écarlate. En dépit de leur faible intensité, elles me permettent de me diriger jusqu'à la grande pièce qui sert de débarras. Je suis restée parfaitement silencieuse jusqu'à présent. Mais lorsque j'ouvre la porte et que je me retrouve face à Hugo, assis sur une chaise, éclairé par le faisceau lumineux du spot qui pend au-dessus de lui, je ne peux étouffer le cri qui s'échappe de ma gorge. Il a le menton posé sur sa poitrine, les mains attachées dans le dos.

— Hugo ?

Mon intonation est hésitante tant je peine à réaliser qu'il s'agit bien de lui. Le jeune homme relève la tête, et j'ai un mouvement de recul en découvrant son visage tuméfié.

— Violette...

Sa voix n'est qu'un râle. Mais au moment où je m'avance, il m'arrête.

— Violette, va-t'en ! ordonne-t-il, plus clairement cette fois.

Ses yeux cernés de noir sont emplis de crainte et de larmes. Je ne sais pas ce qu'il se passe, ni qui lui a fait ça, mais il est hors de question que je le laisse ici, attaché à cette chaise dans cet état.

Quand j'arrive à sa hauteur, je mesure l'ampleur des dégâts. Mais il ne semble pas enclin à me laisser l'aider.

— Je t'en prie, Pupi... Écoute-moi au moins une fois dans ta vie. Tu dois partir d'ici... Vite !

Je suis têtue. Il le sait. J'attrape sa tête entre mes mains fébriles pour le regarder en face. Sa peau est couverte de sang séché. Il a plusieurs coupures sur le front et les pommettes, et le coin de sa lèvre supérieure est éclaté. Ma voix se brise lorsque je tourne sa tête pour examiner le cocard qui cerne son œil droit :

— Mon Dieu... Qui t'a fait ça, Hugo ?

— Je t'aime, Violette.

Bordel ! Il a de la fièvre. *Il faut que je le tire de là !* Hélas, quand je passe derrière lui, il s'agite sur sa chaise et s'énerve.

— Mais putain, Pupi. Ne t'occupe pas de moi, et magne-toi de sortir de cette baraque !

Je l'ignore malgré la véhémence de ses protestations, et commence à défaire les liens qui l'enchaînent à un gros tuyau en cuivre. Je parviens avec difficulté à libérer l'une de ses mains et il en profite pour m'attirer brutalement vers lui pour plaquer sa bouche contre la mienne. Il m'embrasse avec violence et déchirement, comme si c'était la dernière fois. Son baiser a le goût de l'urgence, du sang et de la peur... J'y réponds avec ferveur, espérant à travers mon étreinte apaiser ses craintes. Lorsqu'il s'écarte, c'est pour plaquer son front contre le mien et murmurer d'une voix rauque :

— Je t'aime. Depuis toujours. Je crois que je t'aimais avant même que tu m'attires dans ta chambre avec ta boîte à musique, comme le joueur de flûte. Mais j'étais trop con et torturé par mon passé pour m'en rendre compte.

J'embrasse sa bouche, touchée par les mots que je rêvais qu'il prononce depuis tant d'années. Il me repousse.

— Écoute-moi ! Il faut que tu partes, Violette. Sauve-toi, je t'en supplie !

Ses derniers mots sonnent comme une plainte. Et j'ai beau résister, sa peur finit par me gagner. Jamais je n'avais vu Hugo aussi inquiet. À croire que la situation est désespérée, au point qu'elle le pousse à dire n'importe quoi.

Devant mon absence de réaction, il me repousse avec une violente détermination.

— Dégage, Violette ! m'intime-t-il sèchement. Sors d'ici !

Cette fois, j'obéis. Trop tard. Car dans la pièce, une autre voix s'élève. Grave et enjouée à la fois. La voix du psychopathe. Le tueur du thriller.

— Le papillon revient toujours vers la flamme qui le tue...

Hugo pousse un grognement qui se transforme rapidement en plainte quand l'homme s'avance vers moi.

— Alors c'est elle, le papillon... Celle que tu protèges. Ta... sœur.

Il fait la moue.

— En vérité, elle est plus que cela, n'est-ce pas ?

Hugo reste muet, comme paralysé. Un seul regard me confirme ce que je redoutais. C'est bien son père qui se tient là, devant moi, revenu du royaume des morts. Le choc est tel que je ne peux retenir une exclamation de surprise.

— Mais vous êtes... Vous étiez...

L'homme ricane. De ce rire diabolique qui file des frissons.

— Mort ? Non. Je suis bien vivant, petite. Malgré l'acharnement de mon fils à vouloir me tuer, le Seigneur n'était apparemment pas encore prêt à m'accueillir. Cependant...

Il virevolte à la manière d'un acteur de théâtre.

— À cause de Francesca, enfin... Allegra, comme elle se plaît à s'appeler désormais, je risquais la prison. Et voyez-vous, j'ai horreur de l'odeur de la réclusion... Alors, il a été facile pour moi de me faire passer pour mort. Être membre du Clan confère certains avantages. J'ai pu me cacher pendant plusieurs années, jusqu'à me faire oublier... Je dois dire que le temps m'a paru... terriblement long. Jusqu'à ce que je tombe sur une publicité.

Il fait la moue.

— Ce n'était pas très judicieux d'afficher ton visage sur des quatre par trois... J'ai tout de suite reconnu mon fils.

L'homme est à présent derrière moi. Je suis tellement tendue que j'ai l'impression que je vais finir par m'effondrer d'une minute à l'autre. D'autant plus quand il pose son arme sur mon épaule et la fait glisser le long de mon bras.

Hugo s'agite, tirant sur ses liens jusqu'au sang.

— C'est dur, n'est-ce pas ? murmure son père à son attention. C'est dur de se dire qu'on va perdre ce à quoi on tient le plus...

Je ne réalise pas tout de suite où il veut en venir. Mais au moment où je comprends, un voile sombre s'abat sur moi.

66

De la même trempe

Hugo

La lumière éblouissante des néons agresse mes rétines lorsqu'on me retire le sac en toile de jute que j'avais sur la tête. Nous ne sommes plus dans le sous-sol de la maison, mais dans un entrepôt désaffecté, au milieu de carcasses industrielles disloquées.

Il me faut plusieurs secondes pour faire la mise au point et découvrir le lieu qui semble être une ancienne miroiterie. Je ne connais pas l'homme qui m'a libéré, mais il ressemble à ces malabars qui accompagnent toujours les gangsters. Lui aussi est armé. Sur la chaise derrière moi, Violette est toujours inconsciente. Grâce aux nombreux miroirs ébréchés, je peux voir qu'on nous a positionnés dos à dos. Je me tortille et grimace sous la douleur qui malmène mes poignets emprisonnés par des cordes. L'inconnu ôte le sac qui recouvre Violette. Dans un morceau de verre, je distingue sa tête qui dodeline pour retomber mollement contre sa poitrine.

Mes poings se serrent en voyant les marques qui colorent la peau délicate de son front. J'ai cru que j'allais devenir dingue lorsque mon père l'a frappée. S'il n'avait pas gardé son flingue pointé sur elle, je me serais certainement arraché la main pour lui sauter dessus. Toutefois, le canon métallique m'a dissuadé d'agir.

Ce salaud est capable de tout. Du pire... C'est dans ce domaine qu'il excelle. Et il a bien compris que Violette était ma faiblesse. Je n'ai pas pu faire autrement que de lui obéir et rester tranquille. J'ignore ses intentions, toutefois, je suppose qu'il ne nous a pas emmenés ici pour une partie de plaisir.

Le lieu se prête au crime. Cependant, si je tiens compte de la durée du trajet, il n'est qu'à quelques rues de la maison.

— Hummm.

Violette gémit. Quelques secondes plus tard, je l'entends bougonner.

— Bon sang... Qu'est-ce que j'ai mal au crâne !

Je caresse sa main à travers nos liens pour la rassurer. Quand elle redresse la tête, ses yeux me percutent à travers les fragments de miroir comme deux lames affûtées. Ses iris couleur de nuit me renvoient des émotions successives : la stupeur, l'incompréhension, et enfin la peur lorsqu'elle réalise que nous sommes prisonniers. La culpabilité m'emprisonne dans un étau.

Violette ne devrait pas être là. À cet instant précis, elle devrait être en sécurité dans ce putain d'avion avec son cuisinier. Pas ici, dans ce bâtiment sordide à l'odeur de ferraille et de moisi.

Bordel, mais pourquoi j'ai fait ça ? J'aurais dû la mettre moi-même sur le quai d'embarquement et la regarder s'envoler à l'autre bout du monde. Au lieu de cela, j'ai laissé mes pulsions prendre le dessus et je l'ai embrassée comme un désespéré. Merde ! À cause de moi, maintenant, elle est en danger ! À cause de moi, ma mère et Flore sont en danger. Tout ce qui arrive est ma faute.

Mon père s'approche de nous. Et ça me tue de voir une terreur sourde se peindre sur les traits de Violette au moment où il dégage son visage avec le canon de son flingue. Ça me terrifie d'imaginer qu'il pourrait la blesser, ou pire... Mais je suis totalement impuissant face à la situation. J'ai beau tenter de me libérer, tirant sur mes liens aussi fort que je le peux, je ne parviens qu'à les enfoncer un peu plus dans ma chair déjà meurtrie.

— Je pense qu'il est temps pour nous de faire une petite réunion de famille… les enfants. *Renato, vai a prendere le donne*[17] *!*

Cet homme est fou. Je veux dire, *vraiment* dérangé. Dans son regard brille une lueur démente et sadique, signe qu'il prend plaisir à mettre en œuvre cette torture psychologique qu'il nous impose.

Son sbire s'éloigne pour revenir quelques minutes plus tard avec Flore et ma mère, bâillonnées et ligotées comme des forcenées. Cependant, le soulagement se fait sentir lorsque je les découvre saines et sauves. Le type les pousse violemment sur un canapé de fortune aux ressorts apparents avant de leur ligoter les pieds. Lorsque ma mère pose son regard sur moi, je perçois tout son désespoir. Mais il se transforme rapidement en crainte quand mon père s'approche d'elle.

Sans ménagement, il la saisit par les cheveux, avant de tirer d'un coup sec sur le scotch qui fermait sa bouche, lui arrachant un cri. Je m'agite sur ma chaise.

— Ma chère et magnifique épouse… J'ai tellement attendu ce moment où nous serions de nouveau réunis.

Il se penche vers elle pour embrasser le haut de son crâne. Voir sa bouche glisser sur sa joue jusqu'à ses lèvres m'emplit d'un dégoût mêlé de rage.

— J'espère que je t'ai manqué.

Ma mère ne dit rien. Elle reste immobile, comme résignée. Elle le connaît par cœur et sait que si elle bouge, ce sera pire. J'ai l'impression de la revoir, quinze années en arrière, lorsqu'elle attendait que la sentence soit tombée, serrant les dents sous les coups, supportant la douleur et l'humiliation sans ciller.

Un goût de ferraille envahit ma bouche alors que mes dents s'enfoncent dans mes joues. À l'intérieur, ma colère gronde et commence à prendre des proportions que je ne parviendrai bientôt plus à contrôler. J'attends qu'il fasse une erreur… Un

[17] Renato, va chercher les femmes !

écart qui me permettra d'agir. Alors seulement, je laisserai le démon jaillir.

— Hugo...

La voix de Violette, qui chuchote derrière moi, me ramène au présent. Je la sens se tortiller et tordre son poignet pour fouiller dans sa poche. Je suis surpris quelques secondes plus tard de sentir la froideur du métal sur ma paume, puis la lame aiguisée d'un petit couteau. Je ne sais comment elle a réussi à se procurer l'objet, mais je lui facilite l'accès lorsqu'elle entreprend de scier mes liens.

Malheureusement, c'est le moment où mon père se décide à revenir vers nous et se placer face à moi. Sans douceur, il attrape mes cheveux pour me maintenir la tête quand il se penche vers moi.

— Tu étais mon unique héritier, Ugo. Mais tu as choisi de me tourner le dos. *Tradire la famiglia ha firmato la tua condanna a morte*[18]...

Sa voix se gorge d'aigreur lorsqu'il poursuit :

— Tu penses que tu es différent. Que tu n'es pas comme nous. Mais je sais qu'au fond de toi, la flamme brûle et que l'héritage est intact.

Il me donne un coup sec dans le ventre. Je tousse sous le coup de la douleur, sa prise m'empêchant de me plier en deux.

— Arrêtez espèce d'ordure !

Bon sang, mais faites que Violette se taise ! Heureusement, mon père l'ignore.

— Nous sommes de la même trempe, tous les deux. Tu es mon fils. Et je sais qu'à l'intérieur, tu es un animal féroce, prêt à bondir. Il te faut juste... Un peu de motivation.

Il me relâche avec un certain mépris, puis fait le tour pour rejoindre Violette. Je la sens se crisper tandis qu'il place l'index sous son menton pour l'obliger à le regarder, avant de sourire d'un air machiavélique.

---

[18] Trahir la famille a signé ton arrêt de mort.

— Je t'ai promis une souffrance égale à la mienne, fils. Elle sera aussi ta renaissance...

Il me désigne de la tête, et presque aussitôt, son sbire vient défaire les cordes qui me lient à la chaise. Flore pousse un long gémissement tandis que ses yeux expriment l'horreur de l'avenir qui se dessine.

— Ce n'était qu'un enfant, Vito ! Un enfant ! Tu ne peux pas lui faire payer ce qu'il a fait ! Prends ma vie à sa place ! Je t'en conjure.

L'expression de Moretti se fait assassine quand il revient vers elle.

— J'avais douze ans quand mon propre père m'a obligé à tuer pour la première fois.

Il saisit la gorge de ma mère pour la forcer à lever la tête vers lui avant de susurrer, d'une voix étonnamment douce :

— Est-ce que tu crois que j'ai songé, une seule seconde, à renier ma famille ?

Il la repousse, et d'instinct, elle se recroqueville dans un coin. Quand il revient vers Violette, je ne peux me retenir.

— Je te jure que si tu la touches..., sifflé-je entre mes dents.

— Quoi ? Que feras-tu ? Me tuer ? Tu as déjà essayé et tu as échoué... lamentablement.

L'homme de mon père m'oblige à rester immobile. Violette est à présent livide. Encore plus lorsque mon père attrape les cordes qui l'emprisonnent pour l'entraîner sans douceur vers ma mère et la sienne. Mon instinct me pousse à vouloir les rejoindre, mais le malabar m'en empêche en tirant mon épaule pour me ramener fermement en arrière.

Derrière mon dos, je continue de scier discrètement mes liens.

67

La froideur du canon

Violette

Je crois que de toute ma vie, je n'ai jamais eu aussi peur. Pour Hugo. Pour ma mère et la sienne. Pour moi, aussi. Vito Moretti est un monstre psychopathe, et nous sommes ses proies. Cet homme est cruel, violent et doté d'un sadisme digne des tueurs en série. Pourtant c'est avec des gestes d'une douceur infinie qu'il m'installe à côté d'Allegra.

Un sourire satisfait étire ses lèvres lorsque son regard nous balaye, les unes à côté des autres. Indifférent à nos expressions apeurées et aux grognements d'Hugo, il se penche pour replacer ma mèche de cheveux qui s'est encore échappée. Ensuite, s'écartant légèrement, les sourcils froncés, il considère son travail d'un œil critique. On dirait qu'il sculpte une fresque, perfectionne les détails d'un tableau. Mais le résultat ne semble pas à la hauteur, car il pousse un juron, défait mes cordes et place mes mains devant moi, avant de reculer pour admirer son œuvre.

— Voilà ! *Perfetto* [19]*!*

À présent, il joue avec son flingue. J'entends ma mère sangloter à côté de moi lorsqu'il le fait passer devant nos visages.

---

[19] Parfait.

Puis il le place contre ses dents et penche la tête de côté. Quelque chose semble le chagriner.

— *No !*

D'un geste, il m'attrape par le bras pour me forcer à me lever. Je résiste, mais il tire si fort que je finis par basculer en avant. Un tintement musical se fait entendre lorsque quelque chose atterrit sur le sol. Mes yeux s'écarquillent d'effroi quand je constate qu'il s'agit de ma boîte à musique échappée de ma poche dans le feu de l'action. Quelle mauvaise idée de l'avoir gardée sur moi... Surpris, Moretti me repousse sans ménagement sur le canapé.

Avec une précaution malvenue, il s'empare de l'objet et l'observe pendant plusieurs secondes, puis fait tourner la manivelle. Le son de *La Foule* s'élève dans la froideur de l'entrepôt, réchauffant mon cœur de sa douce mélodie.

— Lâchez cette boîte !

Je n'ai pas pu m'en empêcher. Mais je le regrette amèrement lorsque je réalise que l'homme a compris qu'il s'agissait d'un bien précieux. C'est un sadique qui se nourrit des émotions qu'il provoque avec perversité... Dans ses yeux brille une lueur démente quand il se baisse pour reposer la boîte sur le sol, délicatement. Et là, d'un mouvement sec, il l'envoie valser du pied contre le mur.

— Non !

J'ai hurlé, et sans réfléchir, bondi sur lui pour le repousser et tenter de sauver la boîte qui représente tellement à mes yeux. C'est un morceau de moi qu'il vient de détruire. *Un morceau de nous...*

Mais l'homme est imprévisible et rapide. Au moment où je l'atteins, il m'assène une gifle monumentale qui me décroche la mâchoire. Alors que je bascule en arrière, sonnée par le coup, tout se passe très vite. À travers le voile flou des larmes qui brouillent ma vue, j'aperçois Hugo se ruer sur l'homme qui le maintenait jusqu'alors prisonnier.

Il a réussi à se libérer. Dans un geste vif et rapide, il plante la lame du petit porte-clés dans l'œil du type avec une violence qui le terrasse. Le sang gicle, aspergeant son visage. Et tandis que l'homme hurle, tournant sur lui-même dans un ballet absurde, Moretti lève son arme. Droit sur Hugo.

Je ne sais pas ce qui nous anime face à l'imminence du danger. Est-ce la peur ? L'adrénaline ? Ou le sentiment de désespoir qui nous pousse à tenter le tout pour le tout ? Peut-être les trois à la fois. Toutefois, à cet instant où ma douleur est encore vive et mes yeux larmoyants, quelque chose en moi agit comme un détonateur. Je me jette sur l'agresseur sans me soucier de la douleur, ni même du danger. Le choc de nos corps retentit en même temps que le coup de feu.

Dans le silence angoissant qui précède les drames, le temps semble s'arrêter. Je roule sur moi-même pour suivre des yeux la balle qui fuse en direction d'Hugo. Mais je n'ai pas le temps de voir si elle atteint sa cible, car déjà, Moretti s'affale sur moi. Ma tentative de fuite s'avère infructueuse lorsqu'il saisit mes cheveux et se positionne sur mon dos pour me maintenir au sol. La sensation qu'on m'arrache le cuir chevelu me fait crier. D'instinct, j'attrape ses mains pour me libérer. En vain. Il est trop lourd et je commence déjà à étouffer sous son poids.

Mes yeux implorent les deux femmes ligotées sur le canapé, mais je ne vois que la détresse se peindre dans leurs regards éperdus, alors qu'elles se débattent avec leurs liens. Sur ma nuque, la froideur du canon me fige.

— Non, Vito... Arrête, je t'en supplie...

Moretti n'a que faire des suppliques d'Allegra.

— *Puttana*[20] *!* clame-t-il en tirant un peu plus ma tête en arrière.

Je sens ma dernière heure arriver. Le monde se met à tourner au ralenti tandis que dans mon esprit, mille pensées se bousculent.

Je vais mourir. Ici. Dans un entrepôt sordide, sur un sol souillé, à quelques pas de chez moi. Moi, qui ai toujours certifié

[20] Putain !

que je mourrais dans mon lit, dans la maison de mon enfance, à Saint-Germain… Entourée de ceux que j'aime. J'attends le coup fatidique qui mettra fin à l'histoire.

Soudain, le poids dans mon dos disparaît. Moretti s'est levé. Ou plutôt « quelqu'un » l'a levé. L'air revient brusquement dans mes poumons, me faisant tousser. Je me retourne avec difficulté sur le dos pour voir Hugo qui, d'une main, a soulevé son père et l'oblige à garder son arme en l'air. Une autre déflagration retentit, arrêtant du même coup les battements de mon cœur. Les deux hommes se lancent alors dans un corps-à-corps digne des films.

Pendant plusieurs secondes, je suis hypnotisée par leur combat, jusqu'à ce qu'Hugo m'ordonne entre deux coups :

— Barre-toi, Pupi ! Sauvez-vous d'ici !

Sa voix est sans appel. Pourtant, je ne réagis pas tout de suite, accaparée par la scène de lutte et le type gisant au sol dans une flaque de sang. Il est probablement mort, et cette idée me donne la nausée. Trois autres coups de feu retentissent. Mais ceux-ci viennent d'ailleurs.

— Il y a deux autres types de l'autre côté ! s'écrie Hugo. Allez prévenir les flics !

Ses mots finissent de me convaincre. Il a raison. Je dois mettre ma mère et la sienne en sécurité. Sans plus réfléchir, je me relève, non sans mal, et me précipite vers elles. Mes gestes restent fébriles lorsque je m'applique à défaire les liens qui emprisonnent les pieds des deux femmes.

— Mon Dieu… Mon Dieu…, ne cesse de répéter Allegra, sous le choc.

Ma mère, elle, semble plus calme. J'arrache le scotch qui masquait sa bouche, et en dépit de sa grimace, elle parvient à crier :

— Je connais l'usine. Il faut sortir par là.

Je jette un rapide coup d'œil derrière moi. Et c'est seulement à cet instant que je perçois la tache rouge qui macule le t-shirt d'Hugo, au niveau des côtes. *Oh, mon Dieu !* Mais alors que l'instinct me pousse à aller l'aider, la main de ma mère s'agrippe à la mienne.

— Il faut partir d'ici, Violette !

Il se passe quelques secondes pendant lesquelles j'hésite, partagée entre fuir et la perspective d'abandonner Hugo.

— Violette !

La voix de ma mère est sans appel. Je finis par les suivre en direction de la sortie, tentant de forcer mon esprit à faire l'impasse en ignorant ce qu'il se passe derrière moi. J'essaye d'oublier qu'Hugo est en danger et qu'il va peut-être laisser sa vie dans ce duel...

Rapidement, nous débouchons sur un large couloir, encombré de tôles et autres débris. Au fond, une grande porte en métal rouillé s'ouvre sur l'extérieur. De nouveaux coups de feu déchirent le silence de la nuit, se répercutant contre les murs avec un fracas assourdissant.

Hugo...

Mon cœur s'arrête, en même temps que ma raison se laisse dominer par le besoin irrépressible d'aller le rejoindre. Je stoppe ma course.

— Violette ? m'interroge ma mère.

Je plante mes yeux dans les siens qui m'implorent. En vain.

— Je suis désolée, maman.

Sans lui laisser l'opportunité d'en dire davantage, je fais demi-tour et repars au front. La peur empoigne ma gorge comme un étau et m'empêche de respirer, mais elle est aussi mon carburant. Je cours aussi vite que je peux. Il ne me faut que quelques minutes pour rejoindre le lieu du crime.

Lorsque j'arrive enfin, essoufflée, j'ai le cœur qui bat à deux cents à l'heure. Cependant, il s'arrête brutalement quand une nouvelle déflagration retentit. Hugo est face à son père, les genoux légèrement fléchis, les bras écartés de chaque côté du corps.

La balle vient d'effleurer sa tempe, laissant sur sa peau une ligne rouge, sanglante. Loin d'être perturbé, le jeune homme affiche un sourire démoniaque qui m'effraie davantage que sa blessure.

— C'était ta dernière balle… et tu m'as raté… « Papa ». Dommage pour toi…

À peine a-t-il fini sa phrase qu'il se jette sur lui avec la puissance d'un fauve enragé. Pendant plusieurs secondes, je reste comme hébétée, le regard focalisé sur le pistolet devenu inoffensif que Moretti laisse tomber au sol. Hugo a repris le dessus et se tient à présent au-dessus de son père, couché au sol.

Le combat est déséquilibré. Les forces inégales. Bientôt, le patriarche se retrouve submergé par les assauts de son fils. Sa tête se balance à présent de droite à gauche, rythmée par les coups. Et à chacun d'eux, le sang jaillit, peignant sur le sol un tableau macabre.

— Hugo !

Il ne m'entend pas. Il n'entend plus. Les yeux fous, inondés de larmes, il a pris une expression démente qui me glace le sang. Jamais je n'avais vu une telle rage, une telle violence dans ses coups.

L'idée même qu'il puisse l'anéantir me glace les os.

— Hugo ! Arrête, Hugo, tu vas le tuer !

Je me jette sur lui et m'agrippe à son dos, usant de toutes mes forces pour retenir ses assauts. Hélas, il est beaucoup trop puissant. Trop enragé. Je ne parviens pas à l'arrêter.

Alors je recommence, encore et encore, m'épuisant à tenter de l'empêcher de commettre l'irréparable. À bout de forces, je finis par me relever en l'attrapant par le cou pour essayer de l'entraîner vers l'arrière, mais d'un simple geste, il me repousse.

Je m'écroule au sol.

À cet instant, je ne le reconnais plus. Ce n'est plus Hugo qui frappe son père jusqu'à ce que mort s'ensuive. C'est lui… le démon. L'héritier des Moretti.

Le désespoir s'empare de moi. Alors je m'effondre contre lui, impuissante et en larmes.

68

La promesse d'un futur

Hugo

Il a osé la toucher. La souiller de ses mains... Ce salaud innommable a fait du mal à la femme que j'aime. Et ça me rend complètement dingue. Ces simples pensées hérissent les poils sur tout mon corps, libérant le démon qui ne demandait qu'à jaillir.

Je frappe.

Laissant libre cours à la rage, je décharge ma haine dans les coups que j'enchaîne à un rythme régulier.

Bam !... Bam !... Bam !

Comme les battements d'un tambour chamanique. Ils me mettent en transe et cadencent cette mise à mort inévitable. Je deviens une machine, programmée pour tuer. Froide et méthodique. Dénuée de sensations.

Je frappe. Encore et encore.

Ignorant les cicatrices de mes articulations qui s'ouvrent un peu plus à chaque fois. Tout comme je me moque de la douleur qui accompagne les coups. Je ne la sens plus.

Je frappe. Toujours plus.

Je ne sens plus rien. Mon corps a cessé de m'appartenir. Je suis à la fois dehors et dedans, et mon poing n'est plus que le sceau de la vengeance.

Je frappe. Sans retenue.

Enfermé dans une bulle névrotique qui annihile le monde autour. Nourrie de ma peur. Saturée de fureur.

Je ne sais même plus à qui appartient le sang qui macule mes mains. Le sien. Le mien. Les deux... L'homme sous moi a abandonné depuis longtemps. Il a cessé de se défendre, d'implorer. Et pourtant...

Je continue de frapper.

Transformant son visage en un amas informe qui n'a plus rien d'humain. Je voudrais le voir disparaître... Regarder son corps s'enfoncer dans une mer écarlate jusqu'à ce qu'il s'étouffe avec son propre sang.

Je vais le tuer. Mais pas si vite... Avant, je veux lui faire mal. Je veux qu'il souffre pour me repaître de son agonie.

Je frap... J'arrête mon geste.

Quelque chose vient de s'immiscer dans mon cerveau. Comme une caresse. Une fragrance... légère et subtile... qui ébranle ma conscience. C'est un doux parfum qui s'invite dans mes narines, effaçant l'odeur ferreuse de l'hémoglobine. Cette essence, je la reconnaîtrais entre mille. Peut-être même un million.

C'est mon sédatif. Le remède à ma folie. Le parfum de Violette...

— Hugo... s'il te plaît... Arrête !

Elle pleure... Peu à peu, je reprends conscience de la situation, de l'environnement, et perçois le poids qui pèse dans mon dos. Un corps... serré contre moi. Des bras fins... qui m'enlacent la poitrine. Et sa tête enfouie dans mon cou alors qu'elle me supplie en sanglotant.

— Arrête, Hugo, je t'en prie ! Tu n'es pas comme lui ! Tu n'es pas comme lui...

Les informations parviennent difficilement à mon cerveau et je reste longtemps à ne rien faire, la laissant s'accrocher à moi comme une âme perdue. Lentement, la réalité me rattrape.

Je découvre avec horreur l'atrocité de la situation. L'ampleur de ma folie. Mon père est à moitié mort, défiguré. La respiration sifflante d'un homme moribond. Je pourrais me délecter de le voir ainsi. Mais je ne ressens qu'un dégoût amer qui envahit ma bouche comme une remontée de bile.

Je fixe mes mains tremblantes avec écœurement. Je ne peux pas...

Quand je me tourne vers Violette, je ne me rends même pas compte que mes joues sont recouvertes de larmes. Des larmes de rage qu'elle essuie délicatement d'une main tremblante.

— Tu n'es pas comme lui... Tu ne le seras jamais. Je le refuse. De toutes mes forces, de toute mon âme. Je suis avec toi, Hugo... Ensemble, nous sommes plus forts que ça.

Elle a raison. Je ne peux pas... Je ne veux pas être cet homme insensible qui tue sans remords, froidement. Moretti ne sait pas ce qu'est « aimer ». Il en est incapable. Et moi, je ne serai jamais comme lui. Parce que j'aime Violette. Profondément, éperdument. Et jamais je ne pourrais lui faire le moindre mal.

La pression retombe brutalement de mes épaules alors que cette idée sonne comme une révélation. Mes forces m'abandonnent.

— Tu n'es pas un meurtrier, Hugo..., répète encore Violette. Je t'aime.

J'aimerais lui répondre, mais j'en suis incapable. Alors, avec un hoquet, je m'effondre contre elle et m'abandonne dans la douceur réconfortante de ses bras, tandis que dehors, les sirènes de police se rapprochent.

Violette

Je ne sais pas combien de temps Hugo reste là, blotti dans mes bras, pendant que je tente de lui apporter du réconfort, puisant dans le peu de forces qu'il me reste lorsque je l'entraîne à l'écart du massacre. Sa détresse m'a retournée, tout comme les sanglots qui secouent encore son corps de spasmes incontrôlables.

Je crois que je ne l'avais jamais vu pleurer avant ce soir. Même quand il était enfant, il n'a jamais laissé échapper la moindre larme. Et là, j'ai juste l'impression qu'il vient d'ouvrir les vannes. Il ne peut faire autrement que de les libérer. Enfin.

Il pleure tout ce qu'il peut, comme s'il voulait se purger de ses démons. Comme si ce torrent pouvait le laver de sa culpabilité.

Le voir ainsi, vulnérable et fragile, me bouleverse. J'aimerais pouvoir éteindre la brûlure du mal qui le ronge. Effacer les souffrances de son passé pour lui permettre de trouver enfin la paix.

Hugo n'était qu'un enfant quand le drame a eu lieu. Et un gamin ne devrait jamais avoir à subir de telles choses, ni prendre de telles décisions. J'ai de la peine pour ce petit garçon de dix ans qui a voulu tuer son père pour sauver sa mère... Et je me sens démunie face à l'adulte qu'il est devenu, un homme qui refuse d'aimer parce qu'il est persuadé que ça lui est interdit.

Je ne peux que l'entourer de mes bras et le soutenir, le temps de la guérison. Oui, je serai là, à ses côtés chaque jour, aussi longtemps qu'il voudra bien de moi. Je serai là chaque nuit, pour repousser ses peurs, effacer ses cauchemars. Je serai là, tout près, jusqu'à ce que la mort nous sépare.

Les larmes roulent sur mes joues et viennent mourir à la commissure de mes lèvres. Je les essuie rapidement d'un revers de main quand Hugo cale sa tête sur ma poitrine. Je le serre contre moi jusqu'à ce que les siennes se tarissent.

Lorsqu'il se redresse, ses yeux sont rouges et empreints d'émotions. De la crainte, de la douleur, de la tristesse aussi...

— Je suis tellement désolé, Pupi.

Je secoue la tête, émue par sa détresse, et prends son visage entre mes mains.

— Non. Ne le sois pas. Ce n'est pas ta faute si...

Un coup d'œil sur l'homme qui gît au sol m'indique qu'il est toujours inconscient. Je pince les lèvres, submergée par l'aversion qu'il m'inspire. Les sirènes de police continuent de hurler, à présent tout près de nous.

— Je t'aime, Violette.

Les mots me percutent en même temps qu'ils me calment, modifiant mon rythme cardiaque.

— Je t'aime comme jamais je n'aurais cru être capable d'aimer.

Hugo plaque son front contre le mien. Les mots lui semblent difficiles à prononcer, et je vois bien qu'il fait un effort pour exprimer ses pensées.

— Ne te sens pas obligé...

— Non ! Laisse-moi parler, Pupi.

Il inspire profondément avec de sceller son regard au mien.

— J'ai verrouillé mon cœur le jour où j'ai vu ma mère lutter pour sa survie alors que l'amour de mon père était en train de la tuer. J'ai pris la clé et je l'ai enfouie au plus profond de mon être. J'étais persuadé que jamais rien ni personne ne pourrait m'atteindre. Qu'il était fermé, à jamais. Mais je me trompais.

Il marque une pause, puis déglutit.

— Putain, je me trompais, Pupi. Parce qu'il s'est rouvert le jour même où tu es entrée dans ma vie. Comme une bouffée d'air frais dans la fournaise. Tu n'étais qu'une gamine de huit ans. Et moi, un sale gosse violent mal dans sa peau. Mais déjà, tu avais ce don pour apaiser mes maux et soigner mes blessures. Tu es mon refuge, Violette. Mon âme sœur. Et je ne conçois pas de passer un seul jour de mon existence loin de toi.

Sa main tremble lorsqu'il caresse ma joue pour la glisser derrière ma nuque. L'émotion enserre ma gorge et transforme mon corps en coton. Je me sens fébrile, alors qu'il poursuit d'un ton plus ironique.

— J'ai fait tout ce que j'ai pu pour fuir l'amour. Mais bordel, j'ai échoué lamentablement. Parce que je suis éperdument et inconditionnellement amoureux de toi, Violette.

Je ne peux retenir les larmes qui reviennent inonder mes yeux. Cette fois, je les laisse couler. Et c'est Hugo qui vient les effacer de ses pouces.

— Je t'aime tant...

Mes mots ne sont qu'un souffle qui se meure sur ses lèvres, scellant la promesse d'un futur que l'on n'imagine plus l'un sans l'autre. Mais alors que je me perds dans cette étreinte pleine d'engagement, un coup de feu retentit, nous faisant sursauter. D'instinct, nous levons nos mains en signe de soumission.

Je n'avais même pas remarqué que le hangar avait été envahi par les forces de l'ordre. Ils progressent à présent vers nous, arme au poing. L'un des agents se précipite vers Moretti, tandis que les autres se dispersent alentour.

Je ne comprends pas tout de suite ce qu'il vient de se passer, jusqu'à ce que mon regard tombe sur le pistolet dans la main de Moretti qui gît à présent dans une mare de sang, une balle en plein milieu du front.

69

Le sel de nos larmes

Violette

— Je suis désolé, je vais devoir vous faire revenir au poste demain matin pour prendre votre déposition.

Je hoche la tête face au policier, resserrant contre moi la couverture de survie. Comme en témoignent les frissons qui recouvrent ma peau, je suis frigorifiée et encore en état de choc. L'homme place sa main sur mon bras dans un geste qui se veut réconfortant.

— Ça va aller, mademoiselle ? demande-t-il avec empathie.

J'acquiesce. Mais en vrai, je ne sais pas.

Ce soir, j'ai vu un homme mourir juste sous mes yeux, une balle en pleine tête. J'ai aussi compris que celui que j'aime est habité par des démons qui, quand ils prennent le dessus, le rendent violent au point de vouloir tuer son père à mains nues... Moi-même, j'ai échappé à la mort plusieurs fois.

Alors, pour être honnête... non, je ne sais pas si je parviendrai à me sentir bien après tout cela. J'aime Hugo. Profondément. Et il m'a prouvé qu'il m'aimait en retour. Mais cet amour sera-t-il assez fort pour soigner les blessures du passé ?

— Ne vous inquiétez pas, je m'occupe de tout.

L'agent s'écarte en laissant passer Mia, qui s'empresse d'ouvrir la porte de la maison. Je la suis à l'intérieur tel un automate.

— Attends-moi deux secondes, ma belle.

Elle se tourne vers l'homme avec un large sourire en battant l'air de la main.

— Merci ! Vous pouvez… disposer.

Sans se préoccuper de l'air dérouté et un brin mécontent de l'agent, elle referme la porte et m'entraîne jusqu'au salon. J'ai l'impression de peser une tonne, comme si toute la tension de ces dernières heures s'accumulait sur mes épaules.

— Merci, soufflé-je quand mon amie m'aide à m'asseoir sur le sofa.

— De rien, Violette, c'est normal. Après ce qui s'est passé, il était hors de question que je te laisse ici toute seule. Je vais attendre avec toi jusqu'à ce qu'Hugo revienne.

Machinalement, j'attrape le coussin qui traîne sur le canapé pour le serrer contre moi. Hugo est encore avec sa mère à l'hôpital, le temps de remplir les papiers et de recevoir ses soins. J'aurais voulu rester avec lui, mais il a insisté pour que je rentre à la maison. En vrai, je suis soulagée d'avoir pu échapper à tout le tapage qui a suivi l'intervention de la police. Le scénario NCIS n'est pas mon fort.

— T'es pas obligée, Mia. Si tu veux, tu peux rentrer chez toi.

— Et te laisser seule ? Hors de question ! dit-elle en m'enlevant la couverture de survie pour la remplacer par un plaid au moelleux réconfortant. Repose-toi, je vais nous faire un thé.

Je me love contre l'accoudoir et ferme les paupières quelques secondes en espérant faire le vide dans mon esprit tourmenté. Mais lorsque je les rouvre, plusieurs heures se sont écoulées. Je suis couchée dans mon lit et je ne sais pas comment j'ai atterri ici. Mais quand l'odeur familière d'Hugo caresse mes narines, je ne peux réprimer un frisson.

J'entends ses pas dans la chambre. Souples, légers. Comme rythmés par les battements de mon cœur que je sens vibrer dans ma poitrine. Les paupières mi-closes, j'attends son arrivée comme un soulagement, impatiente et inquiète à la fois.

Le lit grince, j'arrête de respirer. La chaleur de son corps vient réchauffer le mien alors qu'il m'enserre de ses bras. Je m'oblige à rester immobile, tandis que ses muscles se contractent sous l'effort qu'il fait pour ne pas me brusquer.

Je me retourne face à lui, ignorant les courbatures qui malmènent mes muscles. Dans la lueur faiblarde de l'aube, je distingue à peine ses prunelles. Et pourtant, elles me subjuguent par leur intensité. À cet instant, Hugo me paraît intimidant. Et en même temps, tellement vulnérable...

— Ça va aller ? demande-t-il d'une voix rauque en dégageant mon front de l'index.

Je hoche la tête, la gorge nouée. J'espère qu'un jour, la boule d'angoisse finira par disparaître complètement.

— Et toi ?

— Oui.

Nous restons plusieurs minutes à nous fixer, sans rien dire, perdus dans la contemplation l'un de l'autre. Je sourcille en réalisant l'ampleur des dégâts.

Hugo a pris de nombreux coups et son visage comporte plusieurs ecchymoses. Sa lèvre supérieure est coupée et la balle qui l'a frôlé a laissé une vilaine éraflure sur sa tempe. Il en gardera certainement une cicatrice.

Machinalement, je tends la main vers lui. Il grimace lorsque mes doigts effleurent ses plaies.

— J'aimerais pouvoir effacer tes blessures, soufflé-je.

Un voile d'ombre passe devant ses yeux.

— Celles-ci sont superficielles.

Je sourcille.

— Et les autres ? osé-je demander.

À son tour, il fait glisser son doigt le long de ma joue, avant de s'avancer pour m'embrasser. Un baiser qui m'apparaît presque douloureux. L'émotion me submerge quand il me relâche, et je dois déglutir pour ne pas pleurer.

— J'ai compris il y seulement quelques heures que les autres se sont refermées il y a bien longtemps. Seulement, je l'ignorais...

Son pouce remonte la ligne de ma mâchoire.

— Après l'histoire avec mon père... J'ai fini par me convaincre que j'étais comme lui. Que je ne pourrais jamais aimer sans faire du mal... Mais je me trompais.

Il bascule sur le dos et passe ses mains dans ses cheveux, comme il le fait à chaque fois qu'il est perturbé.

— Tu m'as guéri, Violette, je ne suis pas comme lui. En vérité, je réalise que je ne l'ai jamais été. Parce que je t'aime, s'écrie-t-il avec un rire nerveux avant de se retourner vers moi. Je t'aime depuis toujours, et je sais que jamais je ne pourrais te faire le moindre mal.

Ses mots résonnent comme un engagement à mon oreille. De même que ses émotions, que je vois poindre au bord de ses cils et qui font écho aux miennes.

— Je le sais, Hugo. Et moi aussi, je t'aime.

Avec un soupir, je l'attire vers moi. Cette fois, notre étreinte a le goût de l'amour partagé et du sel de nos larmes. Elle s'éternise, se transforme peu à peu en désir, tandis que notre baiser s'épanouit sur fond de soulagement et de promesses d'avenir.

— Le futur nous appartient, Pupi. Il ne tient qu'à nous de le rendre beau.

Épilogue

Violette

— Dimitri, tu veux bien relever un peu le spot, s'il te plaît ?

Le jeune homme obéit, tandis que j'ajuste l'obturateur de mon appareil pour obtenir l'effet escompté. Puis je colle mon œil dans le viseur et mitraille mon sujet avec la précision d'un orfèvre.

Le charisme de l'homme dans mon objectif me coupe le souffle.

Une beauté ravageuse magnifiée par un visage taillé à la serpe, souligné désormais par une fine cicatrice qui remonte sur sa tempe jusque dans ses cheveux savamment décoiffés. Des yeux sombres, dangereux, et une bouche à l'ourlet parfaitement dessiné... Il a un corps de statue grecque. Cette attitude nonchalante et enjôleuse qui ferait se damner tous les saints du paradis.

Mon sujet favori. Hugo.

Mon ami. Mon amant. Mon amour.

Celui qui illumine ma vie depuis toujours. Celui qui la sublime depuis trois merveilleuses années. Les trois plus belles de toute mon existence. J'ai encore du mal à y croire...

Il paraît qu'avec le temps, la passion s'atténue. Et pourtant, j'ai l'intime conviction que depuis que nous sommes ensemble, elle ne fait que se renforcer. À l'image de notre boîte à musique, qu'il a réparée après l'avoir récupérée dans le hangar. Je me souviens de ses mots quand il me l'a rendue…

« L'amour que j'ai pour toi est comme cette boîte, Pupi. Cabossé, rafistolé avec des bouts de ficelle… mais plus puissant que tout. Rien ne pourra le détruire. Jamais. »

Je ne pensais pas pouvoir aimer Hugo encore plus. Mais plus le temps passe, et plus le lien qui nous unit est fort. À tel point que je ne m'imagine pas vivre sans lui.

— Alors ? Ça donne quoi ?

Kelly Clarks se penche au-dessus de mon épaule tandis que j'examine les essais du shooting d'un œil critique.

— Pas mal pour quelqu'un qui disait ne jamais vouloir bosser dans la mode, ajoute-t-elle avec un sourire malicieux.

— Il faut dire que j'ai eu un bon professeur…

Depuis que j'ai remporté le Prix des jeunes talents du Festival international de la photographie culinaire à la fin de ma formation, je n'ai pas manqué de propositions. Mais c'est avec elle que j'ai choisi de travailler. Mon projet professionnel a pris un virage à cent quatre-vingts degrés et j'ai énormément appris. Moi qui me destinais au départ à côtoyer les plus belles compositions de la gastronomie internationale, me voilà à arpenter les plateaux de shooting avec les plus beaux spécimens de la planète mode. Je ne sais pas si je ferai une carrière aussi belle que celle de mon mentor, mais j'ai la chance de pouvoir faire parler ma créativité dans un domaine qui me passionne.

— Et puis, je dois avouer que le sujet est plutôt… inspirant.

J'ai dit ça comme si je me parlais à moi-même. La photographe éclate de rire et reporte son attention sur Hugo qui, à cet instant, enfile son t-shirt, tout en plaisantant avec les autres modèles.

— Il a de la chance de t'avoir, tu sais ? Depuis que vous êtes ensemble, il est comme… apaisé.

C'est vrai. Depuis que son père est mort, les cauchemars ont disparu. Comme si c'était la condition sine qua non à son bonheur.

Mon bonheur, c'est toi...

Je souris au souvenir des paroles qu'il aime à me répéter.

— Ah, au fait... Il y avait cela pour toi au courrier.

Je sors de ma rêverie et attrape la lettre que me tend Kelly, avant de s'éloigner en m'adressant un petit clin d'œil. Pendant plusieurs secondes, mes yeux restent fixés sur l'adresse du laboratoire notée dans le cadre du destinataire. Mes mains tremblent lorsque j'ouvre l'enveloppe et lis en diagonale, le cœur battant.

Seules quelques informations parviennent à mon cerveau embrouillé.

Bêta-hCG plasmatique.

Test de grossesse.

Positif...

La respiration coupée, je relève la tête à la recherche d'un soutien. Mon regard embué rencontre celui d'Hugo, d'abord surpris, puis ému. Son sourire s'efface.

On n'a pas besoin de se parler pour se comprendre. Et il a compris...

Un quart de seconde plus tard, je laisse échapper la feuille tandis qu'il se précipite vers moi, un large sourire aux lèvres, des larmes plein les yeux.

Le futur nous appartient. Il ne tient qu'à nous de le rendre beau.

FIN

Remerciements

L'écriture des remerciements est toujours un moment particulier. Déjà parce qu'ils signent le point final de cette histoire dont on tourne la dernière page… Il nous faut dire adieu à nos personnages, ceux avec qui nous avons passé plusieurs semaines, voire plusieurs mois… Ceux qui ont vécu avec nous, nuit et jour, en voiture, sous la douche et parfois même dans les endroits où on ne les attendait pas (comme un magasin de bricolage TT).

C'est toujours une épreuve de leur dire au revoir, même si on sait qu'on laisse notre « bébé » entre de bonnes mains. L'instant est un mélange de tristesse et de joie, de crainte et d'excitation. Un melting-pot d'émotions qui fait frissonner et monter les larmes.

Mais ce moment est important car c'est celui durant lequel on remercie toutes les personnes qui nous ont soutenu (pour cette histoire, mais aussi depuis le début, dédicace à mes amies et ma famille).

Comment commencer sans remercier chaleureusement ma maison d'édition, Plumes du Web. Caro et Nico, merci d'avoir cru en ce manuscrit. Merci aussi à toute l'équipe de prendre si bien soin des auteurs et de leurs œuvres… Clin d'œil particulier à Sam, la « best » pour promouvoir nos bébés.

Je remercie aussi chaleureusement mon éditrice, Océane, pour ses conseils avisés, son professionnalisme et sa bienveillance.

C'est un honneur de pouvoir bénéficier de l'expérience d'une autrice dont on admire la plume…

J'ai une pensée particulière pour mes partenaires d'écriture, Lisa, Amélie, Léa et Violaine. Nos échanges, nos fous-rires, nos séances de boosting sont un carburant !

Enfin, je ne peux pas terminer ces remerciements sans saluer ma petite Cindy, qui m'a accompagnée et soutenue dans l'écriture. Qui a cru en ce récit et l'a défendu bec et ongles quand moi-même, je doutais… Un grand merci à toi, ma belle !

À FLEUR DE PEAU, À FLEUR DE TOI

DELPHINE D. EDEN

Romance contemporaine

Lorsque Jess débarque dans le salon de tatouage où elle exerce, Avani ressent rapidement de l'animosité envers son nouveau collègue. Si elle admire l'artiste et rêve de se forger une réputation à la hauteur de la sienne, elle déteste l'homme. Cette amoureuse de l'amour perçoit en lui tout ce qu'elle exècre : l'instabilité, l'arrogance et la noirceur.

En plus, elle en est certaine, ce n'est qu'un coureur de jupons qui joue avec les sentiments de l'une de ses amies.

Alors, pour éviter qu'il ne la fasse souffrir, Avani décide de l'avoir à l'œil.

Mais le tatoueur, nomade et allergique à toute forme d'attache, ne compte pas se laisser dicter sa conduite. Si la jeune femme s'immisce dans ses histoires, il ripostera...

Au risque de passer plus de temps que nécessaire avec elle.

Au risque de voir la carapace qui le protège d'un passé difficile se fendiller.

Au risque de mettre en danger l'amitié entre deux femmes.

Car au milieu des prises de bec et des vérités crues, une étincelle naît entre Jess et Avani. Une étincelle qui pourrait bien se transformer en un brasier anéantissant morale et culpabilité.

Et si, en jouant avec le feu, tous deux se brûlaient les ailes ?

MY DARLING BRIDE

ILSA MADDEN-MILLS

Romance contemporaine

Une histoire d'amour qui pétille,
Deux âmes tourmentées réunies par le hasard...
Deux vies à jamais changées.

En temps normal, Emmaline Darling n'est pas une voleuse de voitures. C'est une fille sans histoires, qui tient une librairie et qui adore les chats. Mais lorsqu'elle se retrouve bloquée en plein milieu du désert de Sonora, au fin fond de l'Arizona, et qu'elle doit fuir son dangereux ex-petit ami, il ne lui reste qu'une seule option : voler les clés de la Lamborghini d'un célèbre joueur de football et s'enfuir à vive allure.

La vie de Graham Harlan, star du football, est en plein chaos. Pour commencer, il a été victime d'un violent coup sur le terrain qui lui a fait frôler la mort, et maintenant, il doit se marier dans les plus brefs délais pour assurer son héritage et celui de son frère. Seulement... il ne fréquente personne.

C'est alors qu'il croise la route d'une mystérieuse femme... qui lui vole sa voiture. Tenace, il la poursuit à travers tous les États-Unis jusqu'à Manhattan, et lui pose un ultimatum : l'épouser ou il portera plainte.

Coincée, Emmaline n'a d'autre choix que d'accepter... Mais ni elle ni Graham n'aurait pu deviner l'alchimie qui allait naître entre eux.

Alors que la fin de leur arrangement se profile, Graham prendra-t-il le risque de l'amour... ou la laissera-t-il s'éloigner pour toujours ?

Faux FIANCÉS Vrais PROBLÈMES

ANNE FERRA

Romance contemporaine

Tyler réalise enfin son rêve : jouer en NBA.

Pourtant, un nuage noir plane sur le joueur : quelqu'un semble ne pas voir d'un bon œil son entrée dans la prestigieuse équipe des Pistons de Détroit. Des lettres, des menaces... La police est obligée d'intervenir.

Alicia est une enquêtrice passionnée, mais elle ne s'attendait pas à s'occuper du dossier de Tyler Maclean, un ancien amour de lycée.

Alors qu'elle est contrainte et forcée de le protéger sans dévoiler son identité de flic, ils vont devoir se faire passer pour un couple, afin de sauver les apparences face aux journalistes et démasquer le coupable.

Mais Alicia ne supporte pas Tyler et son caractère, alors leur colocation fait des étincelles !

Entre danger, rancœur du passé et ce petit jeu du faux couple, la jeune femme n'est pas au bout de ses surprises...

IN MEMORY

CLARA NOVÉ

Romantic suspense

Tout le monde connaît Estrella, l'une des prisons les plus dures des États-Unis, située dans le désert inhospitalier de l'Arizona.

C'est là que Caleb a été enfermé après le braquage d'une bijouterie qui a mal tourné. Seul problème : il a tout oublié de cette soirée et des raisons pour lesquelles il a commis ce crime. Lui, un simple mécanicien automobile de Phoenix et freefighter à ses heures perdues. Quant au butin, c'est pareil : impossible de remettre la main dessus !

Malheureusement, la police et certaines menaces extérieures ne lui laissent pas d'autre choix que de le retrouver au plus vite...

Son seul bonheur dans la tourmente ? Parler avec la belle Genesis lorsque la jolie veuve vient fleurir la tombe de son mari décédé un an auparavant, dans le cimetière où il effectue des travaux de forçat.

Est-ce le début d'une amitié, ou peut-être plus ? Difficile d'y voir clair, là encore, car sa situation actuelle lui interdit de rêver.

À moins qu'un événement tragique et inattendu ne précipite leur relation à tous les deux...

Mais que peut-on réellement bâtir sur des mensonges ?

Imprimé en France par
CPI Bussière
en février 2025
N° d'impression : 2082281
Dépôt légal : mars 2025